闪耀的长庚星

橙石◎著

河北出版传媒集团

花山文艺出版社

图书在版编目（CIP）数据

闪耀的长庚星 / 橙石著. -- 石家庄：花山文艺出
版社，2024.1
ISBN 978-7-5511-6376-7

Ⅰ．①闪… Ⅱ．①橙… Ⅲ．①幻想小说－中国－当代
Ⅳ．①I247.5

中国国家版本馆CIP数据核字(2023)第017844号

书　　名：*闪耀的长庚星*
　　　　　SHANYAO DE CHANGGENGXING
著　　者：橙　石
责任编辑：董　舸
责任校对：李　伟
美术编辑：王爱芹
出版发行：花山文艺出版社（邮政编码：050061）
　　　　　（河北省石家庄市友谊北大街330号）
销售热线：0311-88643299 / 96 / 17
印　　刷：北京一鑫印务有限责任公司
经　　销：新华书店
开　　本：880毫米×1230毫米　1/32
印　　张：13.625
字　　数：330千字
版　　次：2024年1月第1版
　　　　　2024年1月第1次印刷
书　　号：ISBN 978-7-5511-6376-7
定　　价：58.00元

目录
contents

第 1 章　怪异的骆驼

每次凝望天空中那颗熟悉的星球，看球体慢慢旋转，找到那片与眼睛相似的隆起山脉时，辰青云就心潮澎湃。

第一次行驶在这条荒漠无际的公路上，辰青云感觉被一束远古的空灵侵入。以公路为界，西侧直到天边是延绵不断的沙丘，东侧是缓缓抬升的戈壁和丘陵，延展向远方，横贯着一条南北走向的巍峨山脉。昆古山脉南北长 250 公里，东西宽 120 公里，山脉中间向东西两侧鼓出。从天空看，整个山脉犹如一只巨大的眼睛。

辰青云发现漠城 5G 网络存在干扰信号，从江城前去调查。江城与漠城之间隔着昆古山脉。漠城位于山脉西侧，坐落在戈壁与丘陵之间。从江城出发，经过西侧缓慢的上坡，进入山脉峡谷，蜿蜒在群山之间，从峡谷出来后，沿这条缠绕在沙漠与戈壁的公路，向北行驶 42 公里，到达漠城。

行驶在公路上，向东侧看去，山脉上宽广的雪峰之间，分布着纵横的雪线。雪线下是青色的山脊，山脊下是一条条时空冲刷出如丝缕般的沟壑，在戈壁和丘陵间交织。所有视野内，没有一棵树，没有一间房屋，只有孤独，在天地间游荡。

前面，一辆客车缓慢行驶，在一块刻有字迹的石板旁停下。几名头裹深色纱巾，身套绿色冲锋衣，脚穿高帮皮鞋的旅客，背着行李从车上下来。环视四周，方圆几十公里内，没有一处路口和一缕人烟。辰青云停下车，看着旅客们整齐地排好队伍，向西边没有任何足迹的沙丘走去。这是一个干燥的初夏，午后阳光晒着这片无边的沙漠。不久，这群孤独的旅客就远远地消失在气浪升腾的沙丘之间。

现在，公路上除了辰青云，没有一辆车。这片茫茫的荒漠里没有一丝人气。他自嘲道，这个世界只有自己，或者，自己的心中，只有这个世界。打开车载导航，距离漠城还有50公里，但前方空旷的视野中，没有漠城的任何踪迹。

经过一段平缓的公路后，视野突然向下展开，丘陵间低洼的河谷呈现出来。公路沿斜坡下到谷底，变为平直。经过几百米的河床后，缓慢爬升，在与来时平齐的丘陵上方消失。河床中间公路的路基上，有几孔水道，人弯腰可以穿越。公路两侧依旧泾渭分明，西侧沙丘，东侧戈壁，只不过孔桥两侧被河水长年冲刷后，形成沟痕。

河床东边的戈壁滩上，几十峰骆驼进入视野。这里是全国重要的骆驼饲养区。没有公路之前，骆驼是这里及周边地区的主要运输工具。现在交通发达了，骆驼早已失去沙漠或高山中运输的功能，只有很少部分在娱乐场和公园里供游人骑乘，其他大部分和牛羊一样，成为人们餐桌上的肉品。这里的戈壁滩上分布着很多沙蒿、白刺、沙棘，在河床上游围起的水坝周边，还生长着茂盛的草类植物，这些都是独有环境中骆驼的美食。在辰青云看来，这些低矮植物的形态及色彩，与戈壁上分布的各类石头没有区别。

河床中间的公路上，两峰骆驼不紧不慢地走着，尾巴左右摆动，一股动物的体臭弥漫过来。辰青云摇上玻璃，看着它们高大的双峰躯体，有些害怕。心想它们一抬腿，就能将车踢下公路。他轻轻按动喇叭，两峰骆驼渐渐分开。他缓慢地向中间驶去，两峰骆驼根本无视他的存在，高昂的脑袋悠然地冲着天空。他小心翼翼地驶出缝隙，骆驼斜睨着他，是一种居高临下的蔑视。

经过孔桥后，一峰骆驼堵住前方。骆驼脑袋向着沙漠，屁股冲着戈壁，斜眼看他。一条土道引出东侧。他按下喇叭，骆驼没有理会。他向土道的方向望去，几百米外一群骆驼聚在一起。驼群旁一个人远远地向这里招手。他前后张望，公路上没有别人。

他转到土道上，回头瞥了眼骆驼，它的头抬得更高了，一串粪蛋从尾巴间掉落，向这边滚来。他急忙加速，车在土道上颠簸起来。

走近那人，是位穿灰色冲锋衣的中年人。光线从中年人光秃的脑袋上折射过来，闪出几丝透亮的汗迹。中年人身后是一辆沙漠山地车，车下嵌着三个粗大的轮胎。车上斜躺着一位年轻小伙子，戴着遮阳帽，一身牛仔工作服，右腿裹着白色的纱布，渗出几丝血迹。

"去漠城吗？"中年人声音嘶哑。

"有什么事？"

"能不能把这位受伤的小伙子带到漠城医院？"中年人用黝黑的手臂指向小伙子，晒红的脸庞刻满粗糙的皱纹，面容僵硬，脖子上满是汗水。

看到小伙子只是腿部受伤，不需要担架，辰青云点点头，问："你们出了什么事？"

"我是这群骆驼的主人，小伙子是城里畜牧管理站的员工，来这里给骆驼打疫苗，操作时，骆驼的腿没有捆好，打针时挣开绳子，踢伤了他。"中年人瞟了眼小伙子，指向远处一峰盯向他们嗷嗷叫的骆驼，郁闷地说，"就是那峰骆驼！"

　　小伙子脸色苍白，受伤的腿直挺出去，另一条腿耷拉在座位旁。他向辰青云打了个招呼，被中年人从山地车上换下来，扶到辰青云车上。小伙子携带的药箱抬到后备箱里，地上丢弃了几卷撕开的纱布和绷带。

　　"你不回城里吗？"辰青云问中年人。

　　"那边还有一群骆驼，我去看看它们。"中年人用左手擦去脖子上的汗水，右手指向河床的上游。

　　临走时，中年人对小伙子高声说："等年底，我把那峰该死的骆驼宰了，割掉那条踢你的腿，给你养伤！"犹豫一会儿，降低声调说，"真不知道你们强行装在骆驼身上的那些传感器有什么用，自从安装后，很多骆驼不听话，个别脾气变得暴躁。以前打针时它们都很温驯，今天不知中了什么邪，根本不听管教。你们还是好好检查一下传感器吧。以前这些散养的骆驼根本不用管，现在却让我们天天忧心，它们之间不是追逐就是疯狂顶撞。我建议你们换掉这批传感器，好好跟上面反映一下！"中年人声调更低，又委婉地说，"这些骆驼的防疫报告和你们领导再确认一下吧，它们肯定没病，我了解它们！"中年人脸色枯黄，两只手摊开来。

　　辰青云驶回公路。那些在公路上行走和堵路的骆驼，已下到土路旁。车经过时，它们依然斜睨着他，高傲冷漠。他躲开它们的眼睛，在高大的身躯面前，生出一股自卑。他感觉被这群动物嘲笑着。中年人开着山地车，向河床上游驶去。

　　沿着公路上坡驶出河床，进入丘陵上面的平直地段。回头望去，河床与驼群早已淹没在视野之外，又是一片荒漠。

　　"太感谢您了，我工作三年，从没有因为打针受过伤！"小伙子脸色缓和一些，"今早和那位牧主人来时就预感到不祥，牧主人根本不相信我们的防疫报告。"

"是什么防疫报告？"辰青云问。

"就是在戈壁或草原饲养的所有牲畜，都会在脖子上装一个生态传感器。它能采集牲畜的步数、体温、心率、位置及环境参数。所有这些牲畜的生态数据通过 5G 网络实时汇总到总站。定期对每群牲畜进行数据筛选和专家诊断后，会得出一份生态防疫报告。"看到辰青云很感兴趣，小伙子接着说，"刚才那群骆驼的报告上说，今年的生态指标比去年低 30%，表现为活动量不够。离这片牧区不远的另一群骆驼指标比这群更严重，有几峰感染了病毒，上月我刚给那群骆驼打完疫苗。这月联系这个牧主人，他开始不同意，我说是畜牧管理站强制要求的，疫苗费用会部分补贴。后来牧主人同意了，今天带我来打针，谁知道这群骆驼好像跟牧主人商量好似的，打第一只骆驼时，就非常不配合。现在打针方式先进了，动物不会疼，打完半小时后才会有疼的感觉。可这次还没有打针，骆驼就开始反抗，这不，那峰骆驼看我拿出药箱，还没拿出针，就挣脱腿绳狠狠踢了我一脚！"

"是不是疫苗比较贵，牧主人不愿承担？"辰青云问。

"对于牧主人，这点儿费用根本不算什么。畜牧管理站年初就下达计划，完成不了要被扣分的。这次又受伤，这月肯定不能完成计划，奖金全没了！"小伙子语气低沉，攥紧车里的把手。

辰青云想起骆驼在公路上的围堵行为，问："那群骆驼好像很聪明，你遇到的其他骆驼也这样吗？"

小伙子盯着他，沉默片刻后说："您是外人，我和同事私下讨论过这事。跟您说吧，今年牧区的骆驼分化很严重，原本都很温驯，现在出现很多变化。有些变得焦躁，有些冷漠，有些胆子变小，有些却更聪明。从统计来看，暴躁的比例最大。牧主人说是由去年安装生态传感器造成的。我跟领导反映过这事，但领导说我与客户串通，无事生非，被当作典型批评，并扣了一个月的奖金。后来就不敢再提这事。牧主人也拿不出证据，对我们的态度越来越差。这次被骆驼踢伤，明显是他们不配合造成的。你也看到了，牧主人不信任我，我也有苦难言啊！"

"生态传感器，你们有样品吗？我能看看吗？"

"这个不归我管，是信息部门的事。领导把这东西归为涉密类通信设备，说这地区是军事要地，不经同意谁也不能私下买卖和使用。出现故障需要维护时，也必须经过授权。我们都不会有这东西。牧主人也必须签订保密合同，损坏丢失后要及时报备。"

"牧主人说年底会宰那峰骆驼，是真的吗？"辰青云问。

"应该是真的，每到年底都是骆驼肥壮的时候，牧主人会屠宰一批老龄骆驼，这是他们的主要收入。我们单位到年底也会收到他们大量的馈赠作为福利，比如驼肉、驼绒等。"

车继续前行，沿丘陵上面的公路，又经过几处相同低洼的河床后，宽广的丘陵前方，出现一个巨大狭长的盆地。盆地东侧上游，直达昆古山脉的山脚；向西看，是连绵的沙漠；向南北两侧看，丘陵间宽阔的平地铺满戈壁。公路从南侧丘陵斜降下来，平缓后进入城中。辰青云突然明白，漠城位于巨大的盆地里，无法寻觅。

漠城不大，方圆10公里。市区布局整齐，大片住宅小区错落有致，各类办公楼整齐排列。街道两边低矮的绿化林里，分布着纵横的浇水管道。中心公园里围出一泓湖水，宁静而悠远。城市里的楼房都不高，越过它们能看到南北丘陵上的经幡，看到东侧山脉上的雪峰，看到西侧大漠里涌动的风沙，衬上深蓝的天空，真是一座美丽的圣城。

市医院里冷冷清清，门外长廊上坐着一排老人，正在晒太阳和聊天。辰青云借出担架车，挂号、拍片、拿药、包扎、打针。很多病房空置着，房门敞开，病人很少，偶尔一个病人会成为大家关注的重点。护士找出一间宽大的房间，安置好小伙子后，等待医生的检查结果。医生和护士年纪都较大，慢悠悠地一点儿都不急，每个流程都会细致、唠叨地嘱咐，在他们眼里，小伙子与老人被同等看待。

"耽误您时间了，真是感谢。您赶紧忙自己的事吧，别管我，一会儿朋友来接我。"小伙子脸色红润，平躺在床上放松下来。

"我没什么事，等你的朋友来后再走。"辰青云知道这个城市很安逸，他不着急。

"哦，抱歉，还不知道您的名字，您来做什么？我对这里很熟，哪个宾馆好，哪家餐馆有特色，周边景区，我都清楚，您有什么事尽管吩咐。"小伙子说。

"我是省通信研究院的，来检查通信设备，这里的 5G 基站出了点儿问题，我来处理一下。"

"哦，5G 网络，去年市里才装好，虽然这里偏远，但信号很好，没发现什么问题啊。"小伙子有些好奇，接着说，"我知道您为什么对骆驼的生态传感器感兴趣了，原来就是研究这个的，一会儿我的朋友来，他就是信息部的，您可以问问细节。"

"你们领导不是说保密吗，我问不好吧？"辰青云笑了笑。

"什么保密？我又不是没见过那个设备，外形粗糙简陋。听说领导和供应商关系紧密，专门引入的。领导在每次会上都强调，要适应大数据时代，要提高科技含量，要开拓市场，要服务转型。最后的结果就是，要求牧主人们强制安装这种生态传感器。牧主人不同意，就以缺少体检报告、缺少畜牧证件等缘由要求他们整改，开具各类罚单。牧主人认怂。去年牧区的 5G

网络安装后，这种生态传感器立刻大批量安装到各牧区的骆驼身上。我看过那个传感器，就是和老式手机类似的一个小设备，没有什么成本，上层肯定靠此赚足了费用。虽说对牧主人有补贴，但羊毛出在羊身上，这就是要求保密的原因。当然这是私下说，您就当听笑话，千万别讲出去。"

"我只是个外人，不关心此事，不会说的。"辰青云又笑笑。

"您从江城来，那是个大城市啊，其实与这里只隔着昆古山脉。我去过几次，比起这里好多了，我有很多同学都在那里工作。"小伙子羡慕道，"一些同事也陆续调了过去，单位里的年轻人越来越少，我的工作量就越来越大了！"

"你为什么不去江城啊？"辰青云问。

"爸妈身体不好，就我一个孩子，去不了！"小伙子撇撇嘴，看得出，他是一个孝顺的孩子。

小伙子的朋友和部门主任来探望。主任看到他的腿伤不严重，就劈头盖脸地训斥，说没签安全卡没进行安全交底就去现场工作？说要是因为工作出事，站里领导会被问责和处罚的，整个部门全年的奖金都会受到影响。说他只会给部门添乱，说大事化小吧，不要让上面知道，就说是在家里自己受的伤，不要给部门添加事故记录了。最后，说给他放两天假，上班后就当没发生这事，说对他对整个部门都好。主任说完后，气鼓鼓地走了。

朋友和辰青云在病房外听得清清楚楚，见主任走后进来，看见小伙子的脸憋成猪肝色。要不是腿伤，小伙子肯定下床追打主任。他俩赶紧好言安慰，小伙子脾气挺好，一会儿就没事了。小伙子向朋友介绍辰青云，说他是省通信研究院的工程师，对生态传感器感兴趣。

辰青云问："有传感器的厂家信息吗？自从去年安装 5G 网

络后，你们地区就频繁出现干扰，我来这里就是检查这事的。当然，与生态传感器可能没关系。但这种传感器的大规模应用，肯定对网络产生影响，才对这个设备感兴趣，若你们真保密，不回答也行，我只是好奇。"犹豫片刻，他又问，"这些生态传感器的网络地址能告诉我吗？我在 5G 基站中会检查它们对网络的影响。"

"厂家信息能告诉您，但驼群在牧区的网络地址不行，这些内容是保密的。"朋友说。

"好吧。我再问问，厂家去年完成安装后，今年升过级吗？骆驼中出现的大量暴躁案例是今年才有的，与传感器有关吗？"辰青云直觉这个问题很重要。

"今年升过级，就是打疫苗的这批骆驼。厂家说升级后能探测到动物体内，能对骆驼的体能进行远程分析，但汇总来的数据里并没有对体能的测试。我估计厂家在骗人，只是一个虚假功能。"朋友谨慎地看看四周，接着说，"上月厂家的技术人员来我们单位调研，从上级部门拿到调查许可，在数据中心查过几天。"

"调研什么，是传感器的效果吗？"辰青云感到好奇，"有联系方式吗？"

"我记得很清楚，这位技术人员也是顺路探亲，说父母就是本地人。她叫骆雪梅，是位年轻的女性。"朋友拿出手机，在通信录中找到联系方式，让辰青云记下来，接着说，"她主要来查看今年与去年对比下的驼群生态数据。跟我们的分析方式不同，她只比较一些奇怪的参数，如骆驼走的路线是否有规律，心率的高值和低谷是否有共性，还有更奇怪的，要寻找那些足距最怪异的个体。这些数据我们从来不关注，我们只关心是否因为生病或环境因素，使驼群活动量减小，或出现健康问题，比如每天行走的步数、距离、体温等，以及随天气变化的影响。"

辰青云离开医院，按小伙子的介绍，住进一家离5G中心机房最近的宾馆。他要了一间最高层带露台的房间。稍作休息后，看时间还早，就联系5G机房的管理员。半小时后，他与管理员进入5G机房，接上检测电脑，找到基站信号被干扰的通道。他与管理员边交流边查看通信参数，想起生态传感器的事，从内部数据库里查到畜牧管理站的网址，又找到生态传感器厂家的网址，添入触发条件，设好截获方式，等待之后的数据捕集。他的好奇心一旦被勾起，就会无比兴奋，那是对技术的痴迷。

检查结束回到宾馆。他在餐厅里要了一碗本地的臊子面和一杯热牛奶，将咖啡粉溶入牛奶中，倒入便携的保温杯里。回到房间，他把椅子搬上露台，躲开楼下人流的视野，躲开所有可能出现的眼睛，抱着保温杯，静静地坐下。凉风袭来，夕阳在大漠中沉坠下去，长庚星已悄然闪烁。

天穹很近，漠城的夜空，将星光灿烂。

第 2 章　亭阁诗情

　　翌日下午，辰青云来到中心机房。他一帧一帧地过滤数据，发现昨晚 11 点 30 分，在 5G 网络中涌现出大量干扰。打开内部网络地图，将收集的干扰源标记出来。他发现这些数据分布在两条 5G 主线上，一条是漠城与山城的连接干线，一条是漠城与昆古山脉灵隐山谷连接的支线。这两条主线通过电网的高压铁塔传送。5G 网络依赖于电网设备，电网走到哪里，5G 就布置到哪里。漠城电网公司利用现有铁塔资源及布线优势，承揽了漠城及牧区所有 5G 网络的建设和运营。

　　辰青云提取出所有干扰源数据。看着屏幕上这些古怪的没有任何规律的数据，好像遥望远古，翻看着《易经》和《山海经》，仿佛书里的字迹，经过几千年的风雨洗刷，变成一条漫长的纸屑，在眼前飞舞。他把数据拼接成音频，风声鹤唳，鬼哭狼嚎，没有任何自然的声音；他把数据拼接出视频，出现大量的雪花和少量的条纹乱码，就像老式电视机没有信号时的状态，还有若隐若现的鬼影。

　　他分析干扰源可能与电网的运营有关，上报研究院领导。领导与漠城电网公司沟通，反馈的结果是让他以"5G 故障分析"为题，利用电网公司每周例行的主题培训进行交流。电网公司会议太多，抽不出单独时间，只能借用培训名义讨论。他有些紧张，但很快平静下来。多年的工作经验，已经适应了与众人相处，不像刚参加工作时的胆怯和孤僻。

　　参加培训的主要有网络中心、设备运行及检修维护等部门。各部门主任和班长坐在前面，台上摆放着对应的名字标牌，下级人员坐在后面的排椅上。参会人员身穿短袖工作服，手中拿有统一的记事本，有负责签到和拍照的人员。辰青云穿着浅色格子衬衫，突显在桌子中央。主持人刚要开场说话，一位身穿笔挺工作服的领导走进会场，面容透着威严。大家齐刷刷地盯过去，目光随领导步入主座。主持人慌忙鼓掌，大家跟着鼓掌。坐在辰青云旁边的网络中心主任悄悄说，这是漠城电网公司的总经理，临时来参加会议。

　　主持人简短介绍后，辰青云首先开始进行 5G 网络及故障分析的主题讲座。讲完后对大家说："这个讲座主要从理论上阐述，但实际问题要复杂得多，我主要结合对电网铁塔线上 5G 基站的维护工作，尤其出现的干扰问题，与大家作技术交流，大家有问题请提。"

　　短暂的沉默。他知道他们有严格的管理条例，所有工作必须按照行业标准和技术规范执行，每天每周每月都有绩效考核和指标统计，每个人都按部就班，不能进行规范之外的任何操作。任何提出的问题，都有可能表明自己存在技术缺陷，所以比较谨慎。而且总经理的临时参会，也把大家吓着了。

　　辰青云尴尬地打破沉默，说："我有一个问题不太清楚，想请教各位专业人员。来漠城的路上，在电网铁塔下总聚集着成群的骆驼。5G 网络铺设后，据牧民反映，有很多骆驼冲撞铁塔，部分塔架下有明显的撞击痕迹。牧民说许多骆驼出现暴躁情绪，说与电网架线和 5G 信号有关，对于动物对电网和 5G 网络的干扰，大家分析过原因吗？"

　　沉默气氛被打破了。几个班组长发言，说保证一定做好检测，保证一定规范执行，保证一定解决问题，都是表态性发言，根本没有对原因进行分析和讨论。有位班长居然说，请公司与本地军区协商查验，可能由军区信号干扰造成。另一位班长立刻否定，说铁塔周边不存在军事设备，不可能有信号干扰。维护部门主任说，应对此区域的牧民进行罚款，按塔架下的骆驼聚集数量收费，保证它们不再破坏塔架。

辰青云越听越觉得不是培训会，而是出征前的宣誓大会，或者甩锅大会。个个信誓旦旦，坚决有力，好像电网公司的利益绝不能受到半点儿侵犯。他看了眼冷峻的总经理，感觉员工们在向总经理汇报工作。

坐在后排的一位不知深浅的下级员工忍不住发了言："我们在电网铁塔巡检中，的确发现塔下存在大量的粪便，多数是骆驼的。我们曾经做过围栏，但后来发现，骆驼破坏得更严重。检修规程中没有这方面的处置方案，我们没法按标准管理。而且围栏的存在，更加剧了动物之间的相互攻击。有一次我们班组想上塔维护，结果被几只母骆驼追赶，追得我们四处逃跑！"会议室出现一片笑声，这位发言人看看大家，接着说，"后来，我们看到铁塔下有骆驼，就不上塔维护了，保证人员和测试仪器安全是我们最重要的职责！但一定会记下铁塔号，等待下次骆驼不在时，再进行维护。我们保证，所有铁塔都在检测和维护范围之中，绝不缺项和漏项！"

"巡检时除了骆驼还有别的动物冲撞吗，比如马群和羊群？"辰青云问这位发言人，因为他知道，只有骆驼的生态传感器升级过，马群和羊群没有更换。

"主要是骆驼，它们的脾气越来越坏，不像马和羊温驯。比如马群，巡检时我们给它们喂吃的，时间长了，关系处得非常好，我们还骑着它们溜圈呢，都变成巡检的牧马人了！"

又是一阵哄笑，这个发言人意识到自己说错话了，又连忙解释,"不是那个意思,我们的野外巡检车也骑得方便!"又是一片笑声。

总经理的脸色越来越难看,大家开始谨言慎行,后来都不敢再说话了。最后,主持人说培训结束,请总经理给大家讲话。总经理首先感谢辰青云给大家的培训讲解,然后话锋一转,冷峻地面对员工,总结说道:"动物冲撞铁塔,我怎么一点儿都不知道?对电网铁塔的维护,是我们电网公司最重要的主业。规程中没有写入对动物的防范措施,你们就不会完善和重新修改吗?"总经理严厉地盯着几位耷拉脑袋的中层干部,狠狠训斥,"你们中层天天开早会,周周开例会,没有一个人提这事吗?规程中有如何防范大风、雷电和冰雪的处置方案,有防止偷盗的预案,难道只出现这类规定事件时才去关注和制定措施吗?这是典型的僵化思想,典型的形式主义,典型的腐化风气,你们干工作难道都不动脑子吗?执行力再强有什么用,狠抓安全责任有什么用。噢!动物冲撞,使塔架变了形,翻翻规程,上面没说这种事,就没事了,不用管了?骆驼在塔架下聚集冲撞,噢!也没事,等它们散了再去维护吗?这就是你们工作的逻辑?亏得我今天参加这个培训会,否则还被你们隐瞒多久?一个塔架要是倒了,整个城市都没电了!不是我被免职的问题,是省公司领导被免职的问题!何况,我们还与本地军事部门签订了供电协议,给他们停了电,比对省公司处罚还严重!我现在警告你们,别说出现倒塔事件,就是塔歪了也不行,在我和上级部门被处理之前,我一定先把你们中层干部,一个一个开除掉,让你们回家放羊去。不多说了,明天早上,我要听处理方案!"

讲座结束后,辰青云迅速逃离电网公司。他怎么也没想到,一个问题,给大家带来如此难堪的局面。他想讨论干扰的期望落空了。看来,电网公司要整改一段时间了!

他在宾馆的餐厅里要了一份炒菜和米饭。这两天食用本地面食，胃不舒服，他想换个口味。尤其昨晚喝的鲜牛奶，让他肚子在昨夜叫个不停。观赏的星辰再美，也得让身体舒坦啊。今晚得好好睡一觉，明早还要准备去城市上游的灵隐山谷，继续寻找干扰源。

翌日早餐后，太阳刚从山边露头，辰青云就迎着阳光向城市上游驶去。为了检测路上的 5G 信号，他打开随车携带的一台频谱分析仪，调到监测模式。5G 基站的管理员说，沿途与公路平行的每座电网塔架上，都布置了 5G 基站。

远远看去，在漠城与灵隐山谷之间辽阔的河床上，各种牧草丛生，但远比不上草原的丰茂。远山脚下，分布着戈壁和丘陵。戈壁深处，散落着几条缩成黑线的驼群和马群。丘陵之上，耸立着几座石堆。石堆尖顶与地面拉紧的圆周丝绳上，挂满了五色经幡。经幡抖动的声音，在风中传播。远山中间劈出一条山谷，山谷里一条山路蜿蜒盘入山间。山峦两侧，长满茂密的松树。松林深处，环抱着一座宁静的佛教寺院——云禅寺。

出城后视野逐渐开阔，空旷寂静。公路上车很少。很快，进入茫茫的戈壁里。电网铁塔从城郊的变电所引出，像一条直线连接到山谷入口旁边的变电站里。虽然是初夏，冷风却在戈壁上生硬地横行，透过车窗，将凉气渗入肌肤。

远处的黑线渐渐拉近，几处驼群和马群映入眼帘。沉睡一夜后，动物们在凉爽的清晨开始觅食，以便午后干热袭来时慵懒地休息。这里没有放牧人，他们几天才会巡视一次。动物们在这里享受着绝对的天地自由。在某处公路旁，一座高大的电网铁塔下面，堆砌着零乱的碎石和粪蛋，表明动物们在这里聚集过。辰青云走下车，遥望远处，一群骆驼正在觅食。他拿起望远镜，发现它们都在低头吃着沙棘类的干枯植物，并没有曾经出现的追逐和暴躁现象。骆驼脖上挂着风铃，后脑下方有一个不明显的突起，那可能就是生态传感器。

他抬头向铁塔望去，中间塔架位置挂着一个灰色的 5G 基站。几朵白云在高压电缆间移动。风扫过电缆，发出咝咝的涡流声，显出天高云淡的宁静。这两天他了解到，对于驼群出现的异常现象，本地人在年初就开始传言。有人说是地震前的异象，有人说放牧人给骆驼打了有问题的成长激素，有人说是一种未知的即将流行的疾病，也有人说是 5G 信号引发了骆驼的脑部变异。他最感兴趣的是 5G 干扰信号和生态传感器，应该与骆驼的性格变异有关。

铁塔几米外，一个灰色碎裂物在地面上反射着细光。他走近捡起它，像手机大小，边缘裂开的口子里可以看到破损的电路板和脱落的天线。他四处搜寻，没有发现其他零件。他仔细翻看碎裂物后，认定就是生态传感器，然后装进口袋，回到车上。他看了眼频谱分析仪，在背景杂波下有几根线跳跃出来，又立刻淹没下去。这几根线肯定是生态传感器与 5G 网络的连接信号，除此之外，没有其他频谱信号。

山谷前，公路分出两条：一条转弯指向山城，一条进入灵隐山谷。

辰青云向山谷驶去。两侧山脊渐渐抬高，路边花草细密，树丛繁茂，沟壑里填满翠绿的松树。两侧山坡越来越陡，形成峡谷峭壁。壁面上画有大大小小的佛像及佛经符号，许多壁面上开凿了大小不一的岩洞，里面供奉着各类佛像。山路蜿蜒起伏，山间越来越宽。几公里后，沿灵隐山谷向雪山方向，云禅寺层层铺展开来。在寺院后山上，突显出一座亭阁，亭阁旁边矗立着一根石柱，石柱向四周辐射着白色丝绳，丝绳上系着五色经幡，飘扬在山间。

寺院旁边是一栋宾馆。他在网上已办理了入住。进入房间，从窗口向寺院望去，塔寺层叠相间，塔周松柏环绕。按照约定，与山谷 5G 管理员联系后，他进入此条支线的基站设备间。接好电脑，开始采集监测。他准备明天对截取的数据进行分析和诊断。

回到宾馆，他换上一身休闲服，进入寺院。从正门进去是几十级石阶，登上后出现一片宽阔的广场。沿广场中线向山顶望去，有大雄宝殿、讲经殿、转经楼、藏经阁、各式佛塔。它们如天梯般层层叠砌向山顶。寺院里冷冷清清，几名僧人打扫着院落，各殿门廊两侧挂满长长的转经筒。几座镶有金边的白塔刺向天空，悠扬的诵经声从佛堂里传出。他上了一炷香，朝拜之后从后堂走出，沿着山阶，向寺院后面山顶的亭阁爬去。

从宾馆到寺门，从寺院到后山，从山底到山顶，他留心各处安装的 5G 基站，将上面的序号记到小本子上。

云禅寺后院到山顶铺有几百层石阶。很快，他登上最高处的亭阁。东侧，阳光从更高的雪峰间如流水般倾泻下来；西侧，是来时的戈壁；南侧，在崖壁上错落着平坦的岩石，上面刻满各种风格的岩画，有太阳神画像，有怪异的人脸图形，有祭祀物品，有牛羊马群及双峰骆驼的狩猎场景。这些岩画据说有几千年的历史，看来骆驼在远古时代就生存在这个地区。他第一次来这里，第一次看见岩画。他感觉这些岩画似曾相识，有一种铭刻在心的印象，仿佛烙印一样。他冥思苦想，实在记不起何时、何地、何种场景，让这些画面侵入自己的大脑。

亭阁北侧相邻的山顶上，一根祈福石柱高高矗立。石柱底部堆满涂鸦的石头，顶端向四周地面拉出白色的丝绳，丝绳上挂满经幡，石柱下方固定着几根石架，上面挂满各种写着寄语的祈福红绸。面向雪山，他看到一条长长的红绸随风舞动，凌乱缠绵。他拉下来翻看，上面只有一句话："来世相见。"他笑了笑，哪有这样的祈福！放手后，这条红绸飘起，将手臂缠住。他甩开后，碰到另一条宽边的红绸，顺手拉下来，上面是一首熟悉的诗文。他知道寺院里供奉着一位活佛，肉身裹着金箔安放在殿堂里。活佛法号央措，是位诗人，已圆寂三百余年，寺院由他建立。诗文的作者就是这位活佛。

　　那一天，我行走在荒漠的尘雾间，蓦然听见你悠扬的笛声；那一月，我翻遍所有的经书，不为朗读，只为探寻你的踪迹；那一年，爬雪山攀岩壁历尽千难，不为朝拜，只为牵起你的手心；那一世，建佛殿修金塔转动经筒，不为轮回，只为能融入你的心灵。

　　那一天，我游离在沙海蓝天之间，悄然聆听你心海的驼铃；那一月，我穿透所有的梦境，不为怀念，只为留下你的眼眸；那一年，克心魔历孤单满目疮痍，不为信仰，只为拥抱你的胸怀；那一世，踏昆仑戏长河峰回日月，不为永生，只为能伴随你的笑容。

　　只是，就在那一夜，我褪去了容颜，湮没了星辰，割裂了灵魂，只为，那曾在尘世磨难的众生，燃起来生轮回的光芒。

　　下面紧接着一段："骆雪梅祈愿：今世，我愿寻觅你的灵魂，相伴相随；今生，我愿拥抱你的笑容，红颜不老；今日，我愿祈求上天，赐予我轮回中的真情！"

　　祈愿者很熟悉，他仔细回想。啊！就是那位生态传感器厂家的技术人员，怎么是她？

　　他抬头向亭阁望去，亭阁的上端，悬挂着一个 5G 基站。

第 3 章　探寻山谷杂音

辰青云站在亭阁上，环顾四周，这里处于山谷的中心。整个山谷，像一座巨大的锅形天线，亭阁就是这座天线的反馈头，将山谷汇集来的声音反射向天空。他能听到各种奇怪的声音在风中传送。他闭上眼睛，静静聆听。祈愿柱上五色的丝绸，发出簌簌的声音，如诗中悠扬的笛声，牵出梦呓般的宁静。

亭阁分为三层。底层正门进去后，沿内圈楼梯螺旋向上。旁边有一间木制的房间，房间敞开着，里面铺有地板，一扇窗户面向南侧打开，映入蓝天和山壁岩画。地板上放置几摞草席垫子，为僧人或游人提供休息。从楼梯上到二层和三层，只有石柱、围栏和雕梁的棚顶。站在最上层，整个山谷的风景一览无余。

他检查着，除了亭阁悬挂的 5G 基站外，整个山谷还分布着十几个，都在高高的电线杆或建筑物上。这里除了安静，就是空旷，哪来的信号干扰？他遥望整个山谷，疑惑而迷茫。

山底的石阶上，出现一个移动的身影，渐渐走近后，是一位穿红色运动装的阿姨，半白的头发在树缝间晃动。几百个石阶，相当于爬十几层楼房的高度。他四处探望，除了这位老人，只有盘旋在山谷林间的山鸟，在低空中鸣叫。

他准备下山，正好这位阿姨气喘吁吁地登上山顶。阿姨看到他愣了一下，立刻绽放笑容说："好面熟的小伙子，上山求佛来了？这里可是好地方，来对了！"

"阿姨，您来这里做什么，这么高，您不怕伤着腿脚，您一个人上山，也不安全啊！"

"这里安全着呢。在家里时间长了就会心烦，到这里待上一会儿，就像手机充满电！心情立刻变好，精神头十足啊，这是个好地方！"

"好地方，哪里好啊？"辰青云看着神采奕奕的阿姨，笑着问道。

"这里远古是狩猎场，野生动物从山谷入口被撵到这里后，就像扎上口袋，哪只都跑不掉。这座亭阁，就是远古时的祭祀台，你看到南面的岩画了吗？就是几千年前古人祭天刻上去的。古代，这里常年战争，是屯兵的好地方，进可攻退可守，是理想的休兵场所。"阿姨看了眼亭阁，又神秘地说，"这里还是仙人光顾的地方啊！"

"有什么仙人光顾了？您知识真渊博。"他赞许道。

"那位八仙过海的吕洞宾，就在这里感悟后修炼成仙的！"阿姨灿烂地笑着。

"真的吗？"他一脸疑惑，头一次听说这故事。

"本地历史文献中，记载他来过这里，与传说中他成仙的时间吻合，所以我这么推导出来的。当然是传说啦！"阿姨畅怀地笑了，盯着他又说，"央措诗人你知道吗？他就是在这座亭阁上圆寂的，这座寺庙也是他建立的。"

"我知道。据说他的肉身就在大雄宝殿里，但进去后没有看到啊，您知道在哪里供奉着吗？"

"大雄宝殿里供奉的是佛祖和观音，央措诗人的肉身在旁边的偏殿里，不对外开放的。"阿姨仔细端详他的脸后，又神秘地笑着说，"在这里祈愿可比大雄宝殿灵验多了，哦！在那边祈福柱上，有位姑娘将这位诗人的一首诗写在绸带上，你可以去看看，诗写得很好啊！"

"我看到了，那首诗非常好！"

"小伙子是哪里人啊，今年多大了，成家了吗？"阿姨的眼神里透出兴奋。

"我是江城人，今年 29 岁，还没有成家。"他感觉要被追问下去，连忙向阿姨摆摆手，"阿姨注意安全，我该下山了，再见！"然后健步跑下山去。

回到宾馆，他从包里拿出电网铁塔下捡来的生态传感器，仔细翻看，强烈的好奇心膨胀起来。他有一种直觉，干扰是今年才出现的，而这块生态传感器，也是今年才升级安装的，两者之间肯定有关联。这片山谷入口宽阔的河床上，牧养着大量的骆驼群，有干扰信号的 5G 支线穿进山谷和牧区，除山谷外在牧区里布置了很多基站。他想，这块传感器电路里，可能会查出一些问题。

下午，他开始研究这块破裂的生态传感器。他是一位资深的软硬件设计工程师。中学时代就开始沉迷于硬件设计，后期随着软硬件融为一体，他的软件水平也快速提高。从最老到最新的技术，他都涉猎，尤其是网络编程，研究更深。他已经达到中级黑客的水平。对这些技术孜孜不倦地追求，成为他生活中最大的乐趣，尤其当一个个难题解决后带来的自信和满足，是摆脱任何生活琐事及工作压力的极好方式。他深知在国企这种地方，不能锋芒毕露，要想活得安稳，必须极度低调和隐藏实力。但有时隐藏不住，偶尔泄露的技术底蕴已经让他成为研究院的大咖级人物。他内向而谦逊，痴迷于技术，不卷入各种纷争。工作几年之后，他成为一个技术部门的主任。

他很快将生态传感器的内部电路研究清楚。令他惊讶的是在利用 5G 通信正常获取生态参数的电路上，发现了一块从未见过的芯片。芯片上面的字迹被刻意磨掉，从引脚上也查不出生产厂家。从配套的电路看是与 5G 完全不同的另一组低频无线通信模块。他疑惑现成的 5G 通信电路不用，还要偷偷用另一种方式对外通信？就像送两名急诊病人到医院，一人上了不堵车的高速公路，另一人却通过低速的山路去医院，这里肯定隐藏着不为人知的秘密。他又发现在电路上还放置一个只在几十厘米范围内有效的高频线圈，从线圈功率上推测，它可能就是监控骆驼脑电波的信号源。这组低频通信模块，很可能就是 5G 通信的干扰源。他发现整个电路做了加密设计，初级人员根本看不明白。

他查遍所有科技文献索引，甚至黑进某些高层次的科技数据库，也没有发现一篇与此相关的文章。看来，要么是一个绝密的研究项目，要么就是一个隐蔽的商业计划，因为人为控制和干扰动物的脑行为，是不符合道德和法律规范的。他直觉，骆雪梅肯定知道内幕。

辰青云的好奇心猛增。他回到车里拿出电子工具箱，看了一眼后备箱里还静静躺着的装有无人机的箱子，觉得该做点儿什么。他准备改造这块传感器，给它配上无人机的电源插头，在 5G 通信和未知芯片的出口焊入一个微型记录器，记录器内置两小时的信号存储。

晚餐时间，他到餐厅点了份烤牛肉，要了一杯热咖啡，打包两罐红牛，坐在向西窗口的餐桌上呆呆地沉思。餐厅里没有人，他向山谷外的西天望去，夕阳悬吊在地平线上，很快就要坠入黑暗，长庚星隐隐约约地即将闪现。

辰青云想起骆雪梅的事。她在祈福柱下系的那条寄语红绸，表明她来过这里。一个搞技术的女人，难道也对佛家诗词感兴趣，留下自己的名字，难道只为了相亲？看来不是一个低调的人，有些招摇。而她公司的脑机项目却隐藏这么深，他很好奇。

路过前台，他对里面的接待员说："您好，上月我有一位同事来过这里，走时匆忙，忘开住宿发票了，让我问问能否补开，您有印象吗？"

"叫什么名字？"接待员非常热心。

"骆雪梅。"他说出名字。

"好的，我查一下，您稍等。"一分钟后接待员抬起脸疑惑地看他，"此人的发票已经开出了，这有底联的。"

"噢！她特意交代给我的，能拍一下底联吗？好让她确认一下，可能什么地方整错了，真不好意思！"他为自己的小伎俩很不自在。

接待员没多想，把屏幕转过来。他拍照后说："我和同事确定一下，谢谢！"

发票底联显示，骆雪梅上月来过这里，在宾馆住过两天。他感觉她来的真实目的就是冲着山谷外那些骆驼的，至于相亲祈愿，只是一时兴起。

夜幕降临，星辰在群山间闪耀，牛郎星和织女星在银河两端相望。天气凉得很快，与午后的干热相比，夜晚完全是另一种气候。他查了下天气，晚间在 10℃左右。他又重点关注本地区的军方动态，没有发现任何禁飞公告。

晚上 10 点，他拿着改造好的传感器，开车向山谷外那片牧区驶去。进入中心牧区后，他确定这里是驼群的集中散养区。四周望去，被星辰和月亮照耀下的荒漠一片灰白，东侧群山的轮廓清晰可见，西侧远远的漠城城区，点点灯火与星辰相映。

驼群并没有在视野内，估计它们在某个洼地里休息。他从后备箱里拿出无人机，将改造过的传感器放入仓盒，接好电源，然后通过便携电脑将周边 10 公里范围内的 GPS 坐标输入无人机导航参数中，让车作为无人机的航行起点和终点，飞行时间设定半小时，全程静默方式。设定完成后，他打开无人机灯闪，放飞出去。看着无人机灯闪与群星融为一体，他靠在车里，打开天窗仰望仿佛近在咫尺的星空。

半小时后，无人机归来。他取出生态传感器，打开车里的灯光，连上便携电脑，将记录器的数据导出。打开软件，按时间和 GPS 坐标将接收的数据进行处理。很快，排除掉正常通信的 5G 基站位置后，未知芯片的通信基站位置被确定出来。最后，他决定到这个神秘安装的通信基站去看一看。

星空依然闪烁着光芒，他又出发了。按照 GPS 位置，在山谷入口西南 8 公里的一处土道边停下来。他打开频谱分析仪，确定就在这片区域。旁边是一处丘陵，丘陵的高处，在一根堆满石头的石柱经幡下，发现一根隐藏的天线和小型太阳能板。他移开石柱旁边的石头，看到基站柜，打开柜门找到天线连接的通信设备，小心翼翼地拆开壳体，找到通信接口，用两根针笔夹住，连上记录器开始捕集。回到车里休息两小时后，凌晨 3 点，天空微白时，他取出记录器，将基站恢复到初始状态，从颠簸的土道上返回宾馆。

通过分析，他找到了生态传感器的后门通道。那块未知芯片上接收和发送的数据加密后，通过 5G 网络上传。给人的假象，这只是普通民用的 5G 用户。他仔细研究从记录器截取的数据包，所有地址指向厂家的后台数据库。他终于知道厂家的目的，是不想让畜牧站获取某些数据，而这些数据里，可能掩藏着控制骆驼的秘密项目。

困意瞬间袭来，他将"请勿打扰"的牌子挂到门外，沉沉地睡去。

雪山深处，一行牦牛沿着荒漠由远及近，铜铃声悠扬沉闷。

一位穿着藏衣袈裟的活佛骑在最前面的牦牛上，忧郁而深情。牦牛昂首向前，向远山深处挂满红色丝绸的寺院前进。后面的牦牛背上，驮着几箱经书和画卷，几幅书卷从箱中露出，在冷风中翻飞。牦牛队伍后面，一位骑着白马的红衣女子，头上裹着长长的红色纱巾，与书卷同舞。忽然，西南荒漠中，冲出一队握着长刀的骑兵，卷起黑色烟尘，向他们冲杀而来。红衣女人立刻疾速前进，将惊恐的活佛拽到身后，拉起缰绳，一骑红尘，向着东侧微明的天边狂奔！

他感觉自己变成旁边伴飞的猎鹰，紧随着他们。他大声呼唤，没有任何回应。不一会儿，整个黑暗吞噬了天际。突然，铜铃声从天空中传来，他睁大眼睛，从梦境中惊醒。他听到窗外寺院里悠扬的钟声，在山间回荡。

辰青云早餐后泡了杯浓浓的咖啡，坐到电脑前。此时他最想做的，就是黑进传感器厂家的后台数据库，获取资料。他经历一夜的辛苦，大致了解了厂家的意图和后台数据库地址。若不通过这种实地的数据截取，不可能在 5G 网络的汪洋大海中发现这家公司的通信端倪。

他需要登录一台能隐藏自己身份的主机。他手里有几个未失效的云端空间，都是通信客户初装设备时注册的。他登录到第一台主机，打开攻击窗口。另外又开出一个自毁程序，能够在危险降临时快速逃离并删除所有信息，防止留下痕迹；他登录到第二台主机，打开监控窗口，监测第一台主机上所有端口的连接信息，一旦发现被反攻击，能立刻诊断攻击来源，同时在第二台主机上，也设好自毁程序。

一切防范措施准备好后，辰青云进入攻击模式。输入对方的数据库地址，打开命令程序，开始战斗。

第一步，攻击程序扫描对方所有端口和漏洞，寻找一切可潜入的机会。最后发现，对方筑建着强大的城墙，城墙上所有的洞口都已经修复和填充完成，根本没有机会。

第二步，攻击程序自动发送大量的邮件，写入海量的命令，上传洪水般的文件。就如弓箭手射出成千上万支火箭，看能否烧毁城墙；就像工兵在城下挖出纵横交错的地道，能否钻进城内；像士兵抱起长长的圆木，能否撞开大门。最后，都没有成功！

第三步，也是最后一步。他利用从牧区隐蔽基站截获来的数据，装载木马后，伪装成正常的数据向对方大量发送，目的是让对方出现拥挤和堵塞，便于漏进木马后瘫痪它的后台数据库。

他看着反馈信息一条一条地跳跃出来，没有任何令他兴奋的信息，他在紧张地等待！

他时刻盯着第二台主机上的监测数据。很快，对方洪水般的反潜入和反攻击开始了。他发现在对方反攻击的信息里，写着一段明码。

"大哥，您真牛！想要什么直接说，这里没有秘密！不如到我的炼狱游戏里来玩吧，我给你个狠角色，比这种无聊的攻击好玩多了，等你来！周岩。"

看到这段幽默的语句，他放松下来。想了想，回复道："老弟，防火墙系统挺严密啊！我想约一下骆雪梅，能否转达？我只想知道，她是不是我要的菜。哈哈，再会。"紧张又回到他的脸上，心想不能被对方迷惑，容易暴露，谁知道他们这个项目里有什么阴谋和风险。他越想越害怕。

从连续监测的信息分析，对方攻击能力更强大，软件工具更先进。辰青云的内心开始恐慌，这样耗下去，他的信息必定被对方锁定！他没有犹豫，立刻执行自毁程序，然后以最快的速度逃离第一台主机。从第二台主机的监测来看，再晚一步，真要被对方抓住了。心有余悸之时，他又快速地启动第二台主机的自毁程序，退出主机。至此，所有在主机上登录的痕迹，都从他的屏幕中消散了。

他望着空空的屏幕，呆呆得茫然不知所措！

缓过神后，他连接到云端第三台已注册的主机空间，在管理员的信息发布栏里，一条闪烁着红色的信息跳跃出来。

"云安全中心控制台警报：今天早晨 10 点发现大量不明网络攻击，涉及多台服务器，已造成部分网络瘫痪，有大量主机空间被迫关闭，请各位用户密切关注，防止自己系统被病毒攻击，带来不必要的损害！目前控制台已升级漏洞防护软件，提供企业版 7 天免费试用，开通后可一键修复，请各位用户尽快试用，以防数据受到损失！"

他笑了笑，云端管理员在报警的同时，也不忘推销他们的防护软件。此类软件与木头栅栏没什么区别。但看到涉及多台主机也被关闭的消息时，他心想这个周岩的防火墙系统真够狠，把这些无辜的主机也连带攻击了！

下午，他按照约好的时间与管理员来到山谷的 5G 基站设备间。干扰出现的规律，一般在一天内出现一次。他查看数据记录，发现干扰源在凌晨 2 点 30 分出现，持续 15 分钟左右。这个时间不正是他在牧区查找隐蔽基站的时间吗？他兴奋起来，感觉离目标越来越近。他发现这些干扰源像强烈的环境噪声，在数据流中反复激荡，让部分网络失真，偶尔还会形成广播风暴充斥在网络中。他仔细摘录着干扰源的产生地址，展开网络地图，拿出在野外记录的小本子对照。

他惊讶地发现：90% 的干扰源都产生在亭阁顶端那个悬挂的 5G 基站上，并不在牧区里。他呆坐在椅子上，想不明白。看来，他的很多直觉都是错误的。

宾馆餐厅里，辰青云坐在一处不显眼的角落里，一份简单的晚餐，没要咖啡。他不想让自己的精神和思绪再度亢奋。一个旅游团正吵吵闹闹地在餐厅的另一端吃饭。他透过寺院的天空，茫然看着远处群山雪峰上落满的白色余晖。当他的视角再次移到寺院山顶上的亭阁，看到祈福柱上系满的五色经幡时，一丝愁容锁上眉间。

他路过前台买下一段红绸。宾馆里有专为游人提供的佛教用品及一些旅游工艺品。他回到房间，用记号笔在红绸上写下这段语句：

> 独行在山野之中，聆听沙草风卷；拥挤于众生之间，静想山花烂漫。我愿披上青云，扬起风帆，飘过你的心海；我愿褪去繁华，踏破山川，追随你的脚步。只为寻找梦中失落的红颜沙雪，重新拥抱，那份美丽的孤独。我寻觅，你不来，心愿就在那里，虽然荒漠遮掩；我歌唱，你不听，音律就在那里，虽然风声淹没；我伸手，你不牵，时空就在那里，虽然驼队已远去！敬献央措诗人。

趁夕阳还没落入沙海，他再次进入寺院，绕过殿堂，快步登上那座亭阁。在祈福柱下方石架上，面向雪山，匿名系上这条红绸，然后呆望着亭阁上方那个 5G 基站。

第 4 章　梦回故里

　　翌日清晨，辰青云离开云禅寺，经山谷之外的岔路向山城驶去。窗外，又是一片茫茫的戈壁。山谷周边所有的人工建筑淹没在身后，只留下群山和丘陵。他感受着空旷和孤独，体验着天地间的空灵。车向北行驶 50 公里，从巨大的山脉切口进去，盘绕 30 公里后，从东侧山坳出来，进入山城。

　　群山渐矮，丘陵环绕。从山坳出来，进入缓慢的下坡。前方，几十座巨大的风力发电机组挡住视野。风电桩的机头间，一架无人机正在盘旋巡检。驶过风电场，公路两边开始裸露出巨大的黑色沟壑，那是煤矿开采和运输中长年积累遗留的痕迹。远处，一座燃煤发电厂高耸的烟囱直入云霄，冒出的白色烟柱倾倒入灰色的天空，旁边高大的冷水塔上面，翻滚着乌云般的水汽。电厂旁边，一座被拆除的旧厂房只剩下围墙，围墙后面，竖立着一根孤零零的烟囱和两座小冷水塔。按照国家对发电企业扶大压小的政策，必须淘汰旧产能才能建设更大容量更高效率的新电厂。而且随着风能和光伏的急剧扩大，燃煤发电份额逐步减少，淘汰旧产能和实现"双碳"目标，成为国家的重点督办项目。

　　进入山城前，路过一片塌陷区，这是山城遗留的老城区。老城区北侧 50 公里处的小镇，是辰青云出生的地方，他对这里的地形非常熟悉。北侧看去，两条铁路从废弃的矿井深处引出，以人字形汇集到破落不堪的桥洞上。铁道前后方圆几十公里的区域，曾经的住房、学校和市场，已变成残垣断壁。经过几十年的煤矿开采，地下形成的大量空洞给地面造成巨大的隐患，地震和塌陷时常发生。而且，煤矿资源的枯竭和国家能源的转型，也对整个地区的经济造成毁灭性打击。这里看不到年轻人，只有一些老人在断壁的房屋中留守。市政府早就下达了强拆令，并在新城为塌陷区的住户建好了新房。但很多老人还是留恋祖辈留下的土地，在如末日般的世界里生存着。

远处曾经熟悉的矿区视野里，一座巨大的矿渣山如金字塔般堆砌在中央，一辆爬上山顶的运输车正倾倒着废弃的煤矸石。在矿渣山的各个坡面上，煤堆自燃后形成的缕缕白烟从缝隙中升起，散发出浓烈呛鼻的气味，弥漫向空中。天空是灰色的，大地是灰褐色的，断壁的房屋是灰黄色的，远处散落的矿井是灰黑色的。面对此景，他的记忆瞬间打开。这种气味和这种灰色的天空，伴随着他的整个童年和少年。他再次回到那个深埋于心的世界里。

"哥哥，火车来了，咱俩快躲起来吧！"小女孩儿拉紧他的手，聆听着沿铁轨传来的轻轻振动。

小女孩儿是他的邻居。他们同年同月同日出生在一个产院。他只比她大几个小时，父母给他们定了娃娃亲。他们同在一个幼儿园，同上一所小学。在家里，他们是兄妹；在学校，他们是同桌。只要在白天，他们就形影不离。放学后，他们沿着铁道线一起回家，他俩各挎着一个帆布书包，背着一个小筐子，边走边拾着路边散落的煤块。

看见矿井深处火车头冒出的白色蒸汽，听到由远及近被压缩的长鸣声，他们从铁轨中间跨到外沿的枕木上。他捡起一枚铁钉放到钢轨上，拉着女孩儿迅速躲到枕木之外的土堆下。火车头带着十几辆煤车隆隆驶过，车厢里掉落的煤渣溅落到他们身上。火车远去后，他俩爬起来回到枕木旁，他到铁轨上捡起已经压成小刀的铁钉，递给女孩儿。

"哥哥，你长大了想去哪里？"女孩儿总在两人默默无言的时候问出这句话，已经成千上万遍了，几乎在每个清晨，每个午后，或者每个星星闪烁的傍晚。

"我想坐上火车去很远很远的地方，到书上说有树有水的地方，一定会带上你的！"

"嗯！咱们拉钩吧，"他们一起唱道，"拉钩上吊，一百年不许变……"然后一起笑着。

"我想让妈妈给我做个卖雪糕的箱子，去卖雪糕！"女孩儿偶尔在夏天痴痴地冒出这句傻话，然后傻笑说，"这样咱们就可以吃雪糕了。"严冬里，女孩儿也会说，"我想让妈妈做个小火炉，把路上捡来的煤渣放到里面，这样咱们一路上就不冷了！"

然而，每当夕阳落山后，天边映出五彩的祥云时，女孩儿总会忧郁地说："天堂一定很美吧，咱俩的爸爸都去了天堂，咱们什么时候能去看他们啊？我想他们了，咱们一起去吧！"

每到此时，他就紧紧握住女孩儿的手。他们的爸爸是一个矿队里的，在一次矿难中一起去世了，埋在一个地方。他们跟着母亲一起上坟，一起祭祀，一起磕头。母亲们艰难地维持着生计，他俩在业余时间里，一起沿铁轨捡着煤渣，一起帮着家里干活儿，一起去矿务局领父亲的矿难补助。他们已经变成相互依赖的亲人。共同的相伴中，他为她打过很多架。头被打出血，衣服被撕破，脸上瘀青，但只要看到她不受委屈，他就觉得一切都值。每个傍晚，他们沿着铁路线慢慢走着，一起捡着煤渣，一起看着天空，一起寻找那颗西天里即将出现的长庚星，因为当看到它闪耀时，他们就该回家了。

他们在家里一起写作业。空闲时间里，他们爬到房屋后面的土山上，在一大块平坦的石头上，看那淡灰色的朦胧星空。他们争辩哪一颗星最亮，哪一颗流星最长，更多的谈论，是对未来共同的遐想。

命运捉弄了他们。初中毕业后他的母亲改嫁到江城，从此他们就失散了，再也没有见过。当他再次回来时，已是一片残垣断壁的荒野。他到处打听，留守的老人说她们去了南方，再无踪迹。多次寻找无果后，他彻底放弃了希望。

他只记得，她叫颜依月，唯一的初中毕业照上留有她稚嫩的笑容。

就这样，那片土地，成了他内心最沉重的记忆。自从少年的他离开那片矿区，每次看到落日后的星空，尤其那颗长庚星在闪耀时，他的眼眶就积满泪水。

当这片塌陷区如此熟悉地再次显现时，那些与童年少年相融的世界，一下子涌到眼前。

进入山城，辰青云联系到5G管理员，进入中心机房。与灵隐山谷5G支线的查询一样，他连接电脑设好检测方式，约定第二天中午对截取的数据进行分析。

"这里最大的5G用户是哪家企业？"他问管理员。

"最大的是煤业公司，其次是电厂和煤化公司。现在国家倡导大数据，企业生产中各类监测控制、调度指令、节能指标等数据，都需要通过5G网络与上级集团连接。你调查的干扰源若出现在这些企业中，他们不会配合的。他们宁可换掉通信设备也不会让外人查自己的毛病。若干扰源出现在民企，他们比较听话，可以检查的。我建议你从民网开始调查。"管理员将范围缩到很小。

"这座城市发生过断网吗？民众投诉过干扰问题吗？"

"没有，只听你们传达过。你来之前没有人关注，我觉得这项检查没有必要。另外，没人投诉的事，就是没事！"管理员态度消极。

"没有人投诉，只能说明网络富余，但这种干扰会给 5G 设备带来损坏，让通信网络承受压力，影响寿命。"辰青云委婉地批评。

他离开机房，在最近的街区找了家宾馆，住了下来。他计划去 50 公里外的出生地，到父亲坟前祭拜。5 年没去那里了，他已经把对父亲的祭祀，搬到网上。他在祭祀网站上构建了与真实环境一模一样的墓碑场景，网站上可以购买各类电子祭品，还能像日记一样写祭语。只要想起父亲，他就会登录到网站去祭拜，与父亲说点儿悄悄话。每到此时，他更会想起颜依月，他将她父亲的祭祀也搬到了网上，就等着她的到来，一起说点儿悄悄话。

窗外，噼噼啪啪的泥点子落到窗口，粘满玻璃。这地区本来少雨，煤矿及燃煤电厂的污染使空气越来越脏，灰尘和各种污染物混合在天空中，形成脏雨。在室外雨水汇集的地方，明显有腐蚀的痕迹，路上的车辆都披上一层泥衣。市政府已经认识到问题的严重性，开始大规模地改造环境，但短时间内还无法改变现状。他叹了口气，这天气没法出行，而且这两天开车也太累了，下次再去吧。他慵懒地躺在床上。

翌日中午，他和管理员来到机房，发现干扰源出现在清晨 5 点 30 分。诊断后确认干扰源发生在相邻编号的三个基站上。管理员按基站分布地图查找，找到后说："这三个基站位于山城的西南角，离城市北侧的矿业公司和电厂较远，这就放心了，不用查那些大企业了。"

两人开车向那个位置驶去。20 分钟后，在一家酒店的停车场停下。辰青云向四周望去，这座酒店位于城市南侧凸起的丘陵上。西南几百米外，是渐渐隆起的矮山，酒店处于半圆周矮山的中间。这里属于昆古山脉的末端，矮山之间的沟壑里布满松树；山坡上，铺满褐绿色的灌木；山底下，环绕着一条细细的溪流。东北侧，能看见城市的容貌。好美的地方！他赞美道，在城市边缘建酒店，接近自然，物泽天灵啊。酒店由两栋成直角的五层楼拼在一起，像箭头指向南方。酒店中间楼顶上，竖立着一座高高的天线塔。楼底中间是正门，上面标着"清苑酒店"。酒店的餐厅位于楼底东侧，楼尾有间酒吧。几个服务员正在楼外的小广场打扫卫生。一名保安在停车场里指挥着车辆。

"你看，酒店顶层的那座天线塔下面，绑着一个 5G 基站，那就是我们要找的主干扰源。你再看，两侧尾楼的顶层上，还各有一个，那是次干扰源。"管理员指向酒店的顶层，思索一会儿又说，"当初安装 5G 基站时，我见过这家酒店的老板娘，那可是本地区有名的大美人啊，很厉害的一个女人！据说早年开过超市、饭店。后来矿业公司领导的儿子看上了她，追了很久，那女人才答应。结婚后，他们承包了这家酒店。哦！那间酒吧也是老板娘的，晚上这里很热闹。"管理员有些眉飞色舞。

"这天线塔是做什么用的？"他指着那座天线塔，问管理员。

"这里最早是军队建立的通信楼，后被市政府占用。这座天线塔和楼板上的钢筋已经融为一体，拆除后会对楼顶产生危害，所以没有拆除。后来市政府搬迁到市中心，这里就废弃不用了，把这栋楼租给这家酒店。天线塔保留下来，也挺好看的，像个标志。"

进入酒店，管理员问前台："你们老板娘在吗？我们是 5G通信管理站的，想检查你们楼顶的 5G 基站。"

"我们老板娘生病在家休息呢，您找大堂经理吧。"前台拿起对讲机。一会儿大堂经理匆匆赶来，以为又是政府的管理部门突击检查。当知道只是检查基站，大堂经理说找前台配合就行，就匆匆走了。他俩到楼顶设备间检查后，没发现什么问题。

"你先回去吧，我在这里住两天，调查一下。若没有解决，等我上报后重新规划，把这几个基站迁移到别的地方。"

他的房间在五楼最里面。路过门廊时听见几个年轻人在说笑，年轻人的房间里传出电视的嘈杂声。他上到酒店顶层，推开破旧的铁门后，宽敞的楼顶平台展现开来。他发现在天线塔5G基站的下方平台上，放置着一个临时的小型天线锅。他顺着信号电缆查看，从楼顶一侧墙垛下的雨水口引了出去。他从墙垛伸出脑袋，看到电缆进入五楼那几个年轻人的房间里。

他到前台询问情况，知道五楼房间住着一所大学的科研团队，一名教授带着四名研究生已经入住一个月了。那几名学生跟前台请求，看楼顶的平台闲着，想利用团队带来的设备看卫星转播。前台服务员请示大堂经理后，答应了他们的请求。

"你们不怕通信局来检查吗？"他问前台。

"通信局已经批复我们可以在酒店里建一套卫星电视系统，但我们的设备还没有买来。那位教授带有一套野外的卫星设备，有许可证，就允许他们用了。"前台解释道。

利用晚餐时间，他跟那位教授聊了聊。教授是中年人，从头发和胡茬儿看却像个老头。教授非常热心，说来这里主要研究煤质分布。

"此地的煤种与其他地区有什么不同吗？"他问。

教授兴奋起来。估计很长时间没人与他交流学术了，学生们也问腻了。碰到一个对技术好奇的人，立刻充满兴致，教授说："省外的煤矿产地很多，那些产地的煤种都比较单一，比如褐煤分布在东北，烟煤分布在西北，高硫煤分布在西南。这里的煤种非常特别，有世界上非常稀缺的无烟煤，各类煤质都有分布，而且矿脉连在一起。我们想研究是什么原因促成的。"教授侃侃而谈。

他又问道："目前有一种观点，说石油和煤炭不是动植物经过几亿年堆积形成的，而是由无机物生成，是地幔沿地壳上升过程中化学反应的衍生物。您认可这种观点吗？"

"这个没法回答，传统理论是有机物形成，但我们看见的每一块煤炭，剥离后得到的任何一小块，化验成分都基本相同。我收藏了几百个不同矿区的煤样，发现这些样品无论用显微镜看，还是宏观看，质地都很均匀，完全没有森林中因不同植物、不同动物、不同昆虫或不同灰尘等造成的不均问题。"教授眉飞色舞地讲解。之后带他到房间，浏览架子上摆满的各类小玻璃瓶，每个瓶里都有一块黑色的煤块，有的发亮，有的发暗，有的分层，有的结晶。教授对每个瓶子都像宝贝似的介绍着。

"看来您还是倾向于无机物是煤炭的主要成因。"辰青云说。

"那不是，也可能地质运行将这些有机物沉入地幔中，然后高温高压后，彻底均匀地分解成无机物，无机物再次上升后，形成煤炭，这样两种理论就统一了。"教授说。

他转移到正题，问："前台说你们带了一套卫星接收系统，主要用于什么？我是搞通信的，很感兴趣。"

"哦！那是一套精准的三维定位系统，早期勘测专家在这里已经绘制出详细的地层数据，我们在此基础上进行采样和定位，分析不同品质煤炭在地层中的构造。为了野外探测携带了这套系统，功能很全，学生们也能用它看卫星电视。"教授笑着说。

"我想看一下接收器，可以吗？"辰青云问。

教授带他到学生房间。看到接收器传送的电视节目有些雪花，他问学生："画面一直不清晰吗？"

"这就很不错了，有时更模糊，有时会出现粗细不一的条纹，像烤煳的二维码。"一名学生回答。

"调整天线了吗？那些条纹都在什么时间出现？"他眼睛一亮。

"调过了，这是最好的效果，没注意条纹出现的时间。"学生说。

"能不能帮个忙，我想测试这里的通信干扰。明早 6 点至 8 点，我想到你们房间，打开电视查看。这期间不会干扰你们睡觉和工作，记录完就走。这个检查很重要，事后请大家吃饭！"他请求道。根据这些天出现的干扰源规律，他大致算出明天的出现时间。

"好的，没问题。"学生答道。

翌日早晨，他准时在 6 点敲门进入学生的房间，打开电视后调小音量。学生们还在睡觉。这两天里，教授和学生们都在酒店，大部分时间在休息，没有要去野外探测的计划。

7 点左右，他看见干扰源产生一波翻滚的条纹和雪花，重叠在节目里。15 分钟后，条纹和雪花消失，屏幕恢复到干扰前的状态。

他清楚了。干扰源不是 5G 基站引发的，而是由天地间的信道产生，很可能是由一颗不明的通信卫星引发。这颗卫星以 25.5 小时的周期经过这里的天空。云禅寺上的亭阁与这里很近，这两个地点的地质环境可能更容易汇集这颗卫星的信号，从而对 5G 基站产生干扰。那么，这是颗什么卫星呢？

他想起大学同寝室的老六，寝室中排行最小，南方人，古怪精灵。老六毕业后去西南的一家通信设计院工作，后来当地建了一座大型的射电望远镜，成立研究院，他去了那里，现在是某技术部门的首席工程师。能否让他帮忙查一下这颗卫星呢？

他联系上老六，唠叨一些旧事后，转入正题："老六，我发现一串卫星信号，每 25.5 小时经过这地区的天空，能帮我查下这种信号来源吗？"他简单描述了干扰情况。

"我看能不能挤出时间，帮你查下吧。等一等，你说卫星多少小时绕一圈？"老六可能没听清楚，问道。

"25.5 小时。"辰青云确认地说。

"开玩笑呢！哪有这种周期的卫星？从地球上看月亮，绕一圈才是 24.8 小时，难道你的卫星与月亮轨道相近？再说我们研究脉冲星，你知道的，相当于宇宙时钟，你要是在哪个星系里发现干扰源，我保证定位准确，求之不得。你是不是哪里算错了！"

他知道这家伙搪塞自己，有时真话和假话分不清楚。

"我不懂天体轨道，反正这种干扰源就是这个规律，这个信号我也才发现，万一像你说的，是某个星系新产生的呢。帮不帮吧？是不是想让我骂你。"他下了最后通牒。

"好吧！我查一下。把你那里的坐标发给我，有消息会通知你。"老六无奈地同意。

几小时后，老六打来电话，抱屈地说："老同学啊，我查遍所有在天的卫星数据，查遍半年来所有的星际信号，在你那个坐标区域，根本没有什么干扰，真没法解释你的问题。你还是好好查查自己吧，真无能为力了！"老六认真地解释，怕被他纠缠下去。

他有点儿发蒙，不是卫星产生，不是星空产生，那是怎么产生的？

晚餐遇到教授，他问："这片山脉在地质上还有特殊的构造吗？"

"你是说煤种的构造？"教授问。

"不单是煤种，比如重金属、稀土等。"他不知道问什么。

"据说这里有石墨，有铁矿，有钨矿，但含量太少，不值得开采，还是煤的品种最多……"

辰青云的好奇心被淹没了。

第5章 公关与相识

辰青云出差结束，回到江城，感觉又被压紧，像心里填满铅块。

江城与漠城隔着昆古山脉，与山城同处山脉的东侧，一个在南，一个在北。三座城市围成正三角形。江城是省会，是经济和文化中心。山城是工业能源中心。漠城是牧业和旅游城市。

回到江城，完全是另一个世界。西侧的远山上，涂抹着几条淡淡的雪线，雪线下是灰色的山脊，山脊下是青色的山岩和绿色的松林。山底，墨绿的森林铺展开来，延伸到这座城市。江城的海拔比漠城低500米，东侧来的暖湿气流被西侧的大山阻隔后，截留下来，滋润着这座繁华的城市。城市中间，一条河流由南向北穿过，河两岸栽满了垂柳。每到冬季，河水带起的水雾将两岸柳树染成白色，将整个城市凝成仙境。主要街道的两旁，种植着高大的杨树。每到初夏，杨絮就如鹅绒般飘舞到各个角落，如飞雪飘落，成为城市的心病。近年来市政部门开始治理，在很多杨树上插满大吊瓶，从路上看，就像排队等待治疗的病人。

省通信研究院坐落在南部河岸的一角。辰青云从窗口望去，河流上游刚经历汛期，不知何处涌来的洪水，夹带着碎木枝叶，在河中窜动，将清水染成土黄色。按照院里要求，每次出差回来，都要写一篇分析报告，交一份安全记录，发一段事件动态，送一则宣传报道。最后，递一张计划偏离表，将所有的报销凭证，上传到财务平台，审核后才能填表报送。处理完这些事情，大半天过去了。他泡好一杯浓茶，拿起已修改多次的一份方案，准备最后完善。一会儿就要开会对这个项目进行讨论。

会议准时在下班前一小时开始。管科研的院长主持，各部门主任及博士工作站成员参加。

院长首先发言："各位同事，长话短说，关于'5G网络工业大数据平台构建'是国家的重点示范项目，我院承担这个项目的通信和云端建设工作。大家知道，未来工业大数据将进入各类大学、科研院所和云数据库，供各类线上专家和工程师进行远程诊断、分析和控制，这必将给国家工业带来重大的进步……"院长每次会议总以"长话短说"开始，却以"长话长说"结束。

近一个小时讲话后，大家看看表，下班时间过了，但谁也不敢说话。辰青云一直疑惑，白天总会有空当，却总在下班前开会；周一到周五肯定会有一天没事，却总被告知周六加班。这可能是领导的艺术吧，也可能会议真的太多，只能这样！

院长精神饱满，要求每个到会人员发言，并进行点评。每到此时，大家的压力都很大，说错话或者描述不清，甚至用太多的专业术语，都会被要求重说。院长的理念是发言必须让普通人能够听懂，任何表达深奥或者模糊不清，都是蒙混过关的表现。而且会议前还要上交讲话材料，中间若有不清晰的地方，也会被针对性地严厉批评。那些听话的人会被略过，那些要小聪明且总有质疑的人会被毫不留情地批评。

他属于沉默和低调的人，轻易不表达自己的意见，甚至有时还要表现愚笨和认真听话的样子。他觉得那是对自己最好的讽刺和幽默。

院长说："涉及平台建设的重要性，必须找一家在数据研究上有雄厚实力，在硬件和 UI 界面领域有丰厚业绩的公司，与之合作能让我们少走很多弯路。"院长环视一周，多数人正低头记着笔记，唯独辰青云没有动笔。"辰主任，你辛苦下，负责制定招标公告，筛选这类公司并进行技术谈判，核定预算及工作计划。"院长对他说。

辰青云吓了一跳，这不是他的职责范围，难道院长有别的想法？看看院长，他想张嘴说点儿什么，但没想好措辞。

"你手头上分摊的技术方案让博士工作站干吧，"院长转向博士们，"你们也该深入点儿实际工作，不要天天云里雾里地钻到理论中，这个项目的技术工作很重要，辰主任的技术方案很详细了，你们把方案接过来转到应用上，但本职研究也必须做好！"院长不容置疑。博士们面面相觑，没敢申述。

几天后，辰青云将招标信息发布。他想，这些公司研究招标信息，制定投标方案，咨询技术规范，至少几天吧。他忙活了这些天，该乘机休息两天了。没想到第二天上午，一家公司的市场部经理就走了进来。这位经理体形较胖，扎着领带的白衬衫紧紧套着粗壮的脖子，发亮的后脑勺汗迹斑斑。经理拿出名片和资料，恭敬地递给他。

"辰主任，我是网诚公司的市场部经理，看到您单位的招标信息，我们公司完全具备这个项目的技术要求，技术方案都在这个资料里，您有时间看看，咱们协商一下投标方案。"经理似乎胸有成竹。

辰青云愣了一下，网诚公司，不就是那个生态传感器厂家吗？他们有资质和业绩吗？他看了眼这位经理，没有说话，将他递上来的资料翻了一遍。

经理凑上来，悄悄说："我们公司总经理跟你们院长关系不错，还请您帮忙！"

辰青云冷冷地说："还是让你们技术人员来谈吧，若技术不行，投了标也没用。只有符合我们条件的公司，才可能中标。不要打我的主意了，请回吧！"他打开门。

这位经理无趣地走后，他开始查阅网诚公司的工商信息，没有什么财务和信用问题。他打开对方公司网站的管理和业绩信息，主业是游戏开发和云端租赁，仅沾点儿边，没有类似大数据的业绩。他心想，这家神秘的公司居然就在眼前，技术到底如何？他猜想下次的来访者，应该会有周岩和骆雪梅。

翌日早会后，门卫打电话说一家公司的技术团队，大概三个人正在外面等您接待。他想，肯定是这家公司，然后跟自己部门的副主任说，你先带几名同事去会议室，跟他们谈谈方案，自己有点儿事一会儿过去。他主要想冷淡一下对方，这家公司的大数据开发能力，是否符合条件，实在值得怀疑。另外，也因为上次黑客交锋失败的事，让他耿耿于怀。

他在办公室电脑里打开视频系统。他跟副主任说过，开会时将实时监控传给他。

视频里相互介绍后，会议桌对面的女性就是骆雪梅，是对方技术负责人。周岩没在里面。坐在旁边的两位男士为她准备着资料，应该是助手。初次见到骆雪梅，辰青云还是惊诧了，想着似乎在哪里见过。她的头发拢在脑后，扎成冲天辫，宽亮的脑门中心画有一个淡淡的月牙，淡妆的脸庞白皙而娇嫩，穿一身职业西服。他盯着她，似乎不喜欢那种矫揉造作的腔调，她说话的样子像商店里的导购员，挥动的手势虽然有力和充满自信，但表达的内容却空洞和苍白。她有一种能把普通夸成高尚，也能把高尚贬为低级的语言能力，而且主导着发言，仿佛那是她的办公室。

他走进会议室。副主任介绍后，他坐在骆雪梅的对面，礼貌地笑了笑，点点头对她说："请您接着讲。"

辰青云拿起资料，翻看起来，似乎对她的讲解不感兴趣。很快，她的神采没了，那种自信而有力的手势变成慌乱，脸庞不再白皙，也没有了矫揉造作的语调。很快，她放弃了发言主导权。

他抬起头，看到对面三人盯着他，等他讲话，然后他慢慢地说："我看了你们的资料，也听了你们的讲解，说实话，这些方案就是从网上摘抄来的，没有一点儿你们自己的东西。你们云端是怎么构建的，构建中都有哪些问题，怎么解决的？你们数据库有什么特点，创新在哪里，数据安全的细节描述又在哪里？你们做了一堆漂亮的界面，还有各类图表、曲线、饼图和组合的控件功能，还有区域链模型、卷积模型等软件构建技术，这有什么用？就像一个不会弹琴的女孩儿子，穿得再漂亮，还是不会弹，坐在弹琴凳上只会作秀。还请你们回去，认真把你们的技术特点写出来，好让我们信服！不要把这些从网上抄来的资料给我看，再给你们一次机会，这两天重新改好后再过来讨论吧！"他站起来，毫不客气地把他们送出会议室。

回到办公室，重新评估资料后，他认为这家公司在大数据应用方面一般，并不适合投标。硬件条件还可以，要么怎么能设计出生态传感器呢！难道是偷来的技术，或者隐藏起来不敢公开。这些资料里，根本没有提到硬件。看来这家公司不符合条件，虽然生态传感器让他感兴趣，但不能用到这里。对方应该有自知之明，不会再来了。

手机铃声响起。他看看屏幕，居然是骆雪梅。他吓了一跳，什么时候把这个号码存到手机了？拒接后，想起是漠城畜牧站员工给他的，存入后就忘了。他思考着，若电话再打进来，到底接不接。

铃声再次响起，他接起电话。

"您好，辰主任，我是刚才开会的骆雪梅。不好意思打扰您，真的诚恳向您道歉，技术不充分，是我们的过失，态度也不认真，资料没准备好就让您看，但我保证一定加班加点改正错误，一定认真准备……有件事情还请您答应啦！"她的语气开始娇柔发嗲，"我们在外面想请您吃个中午饭，我们正饿肚子呢，也回不了公司，请您赏个光嘛，离你们单位不远……"

他立刻打断，说："我们单位有食堂，你们还是回去加紧准备材料吧，谢谢了！"他准备挂断电话。

"您先等一等，别挂电话！"她的语气开始着急，不再娇柔发嗲，而是诚恳地乞求，"您不知道这个项目对我多重要，要是搞砸了连工作都没了。我刚接手公司的技术管理，对里面的技术架构还不清楚，正在梳理中，下面也没人帮我，短时间内可能整理不出来。真的请您谅解。"她好像带着哭腔，"您要是有时间，到我们公司实地考察一下，您慧眼能看出我们公司的技术能力，或者指出问题所在。我们一定按您的要求，整改也行，攻关也行。实在不行，我也好给老板说明理由，不至于让我丢掉工作吧！"

辰青云的心软下来。从来没有女孩儿用这种语气跟他说话。生活中，遇见优秀女孩儿时，他总感到自卑和腼腆，躲避她们挑剔的眼神。但在工作中，还没有哪个女孩儿能超越他的技术层次，所以，面对她们时充满自信。此时他分不清自己的感受，是工作状态，还是生活状态？但心就是软了下来。他回复道："好吧，我考虑一下，再确定吧！"又一想，也挺好，正好探察这家神秘的公司。

下班前十分钟，院长让他到院长办公室去一趟。

院长先了解项目的技术进展，然后说："这是国家开展的一项重要示范工程，其他省都盯着咱们呢，你一定把好技术关，资质和业绩不够的公司一定不能用。"

"院长，有一家叫网诚的公司来咨询，它的资质和业绩不够好，想来协商。一般情况下，有能力的公司会直接投标，不会来咨询协商的。我想劝退这家公司，您没意见吧！"他想探一下院长的态度，看看他是否与这家公司有关联。

院长盯了他一眼，沉默片刻后，语气没有之前那么强硬了，说："这家公司老板跟市里某位领导关系不错，这位领导特意给我打过电话，以前也帮过我们不少忙。如果资质和业绩都贴边，可以让他们参与投标，除非你给我一个特别充分的理由，让我解释给这位领导，至于谁最后中标，还是看他们的实力吧，但必须在技术上把关！"

辰青云心想，要不是说劝退，院长肯定不提这层关系，肯定还要对他施加额外的压力，以后的招标过程中还要折磨他，这就是先将一军，好掌控整个棋局。

次日上午，骆雪梅打来电话，说期盼他的光临。他回复下午来接。

下午2点，骆雪梅来单位接他。豪华的商务面包车里有四个按摩椅座，旁边卡座上摆满了各种名牌香烟和饮料。她坐在对面的椅座上对他甜甜地笑着："能请到您真高兴，我们技术部和开发部的人员在公司里待命，准时给您演示技术。您有什么问题尽管提，我们全力展现。我们公司位于河岸的上游……"她又开始滔滔不绝地讲解，生怕他寂寞。他只看到她脑后束起的冲天辫，左右晃动。

网诚公司位于市中心昆仑大厦的顶层。昆仑大厦是市标建筑，沿河岸而建。楼顶高耸的塔尖刺入云霄，在楼顶平台边缘，布满了5G基站，像掀起裙边的花伞。这些基站中很多是辰青云他们规划的。上面还有几座锅形天线，其中最矮的一座天线，并没有和其他天线一样指向天空，而是水平地指向南侧的某个位置。

第一次见到周岩，更让辰青云惊奇，瘦瘦的身材配上稚嫩的脸庞，一件不合身的西服挂在肩膀上，黑框近视镜片后面，有一双白多黑少的眼睛，单纯稚气，完全是一个刚毕业大学生的模样。周岩坐在一台演示的电脑旁，木讷地盯着屏幕。辰青云疑惑地看骆雪梅，她忙介绍道："这是我们开发部的周岩，别看他年轻，是我们这里的技术大牛，主要负责游戏管理和云端维护。您想了解的技术他会给您操作，就是不擅长说话和写作，所以给您看的资料里描述不够，您尽管问他细节，操作交流最好！"她向周岩努努嘴，周岩忙站起来向他点头。

辰青云示意他坐下，然后平淡地说："那就把你们数据库软件的系统功能重新运行一遍，另外，我想知道在极限条件下的通信能力，即最大流量下的最强防护能力，把代表你们公司的最强功能操作出来。"他心想，上次体验了网络盾墙，没有黑进去，这次可要正大光明地看个透，掏出你们公司的秘密！

他坐在周岩的旁边。几名公司的技术人员站在另一旁，他们都很年轻，拘谨而诚恳。周岩演示的时候，他们听得非常认真，生怕漏下每个细节。从流露的眼神看，他们日常与周岩沟通很少，或者真像骆雪梅所说，周岩内向孤僻，不善言辞。他注意到周岩的左手小拇指缺了半节，打字母 Q 时左胳膊会稍微抬起，但完全不影响盲打速度。他凝视着屏幕上的每一道操作，仿佛随周岩一起进入了那个幽灵般的黑色世界。骆雪梅站在后面，紧盯着他的表情，不再多话。

他突然在一行数据库名单的列表下面，看到骆驼的英文单词"Camel"。他问："能看一下这个 Camel 数据库的内容吗？"

那是一串带有黄色警示标签的名字。周岩扭过头看骆雪梅，她弯腰凑近屏幕，看清楚后解释说："这些带有黄色标签的数据库由晶创公司建立，在远程操控，只是存储在这里的云端，没有授权密码，看不到里面的内容。我一会儿单独跟您说晶创公司的情况，您先看后面的内容吧。"她弯腰时紧贴他的肩膀，他感觉压来一股柔软和清香。

从周岩演示的内容看，数据库的各种功能基本完整，可以满足这个项目的要求。他又与技术人员交流，感觉这支队伍非常年轻，干劲足，只是缺乏业绩和经验，培训后可以胜任这个项目。他问了几个层次较深的问题，周岩的回答让他耳目一新，不同视角的理解方式，让他内心非常赞叹。他也发现，周岩只愿沉浸到自己的思维里，不太关注来源，只描述专业人士才能明白的内容。

交流结束，骆雪梅带他参观公司。他发现走廊里有一个类似电话亭的房间，上面写着"精神充电室"。房间里有一张按摩椅，上面挂着一副头盔。他好奇地问："这是什么？"

"这是老板从国外带来的仪器，是一种让大脑快速休息的设备。老板带回两台，一台放到晶创公司，一台放到这里，说能让员工快速充电休息，但实际的功效很差，后来知道，它只是国外的测试样机。"

"我能参观吗？"他立刻产生了好奇，想到生态传感器。

"当然可以！"她打开门。

他进去把头盔翻看一遍，后面有一个网络接口，他问："这个还能连接网络？"

"是的，与晶创公司直连。"

"直连，不通过互联网？"

"是的，我们楼上有一座锅形天线，与晶创公司直接无线连接。您刚才看到的带有黄标的数据库就是这种远程连接。老板说这样安全，能保证我们的商业秘密不泄露。"

参观完公司的机房和各类通信设备，她请他到自己的办公室。他进去后环顾一周，感觉房间是特意布置的，窗明几净，一尘不染。几幅沙漠风景的大幅图片挂在墙上，像一间居家的客厅。他扫过书柜，从一侧玻璃角探去，看到一些文件乱七八糟地堆在里面。她关上门，挨近他坐在沙发上。

"辰哥，您要咖啡、茶还是矿泉水？"她热情地问。

"还是叫我辰老师吧。来瓶矿泉水。"他受不了女人称他哥。

"我先说一下晶创公司的情况，刚才在外面不方便。我们公司是老板从晶创公司剥离出来的，去年才成立。晶创公司负责产品的设计和外委加工，以我们的名义销售和推广，相当于我们的母公司。但在性质上，我们公司又是完全独立的。老板以游戏起家，后来随着客户的数据量增大，开始做数据库项目，后来发展到云端租赁。游戏的后台维护也都剥离过来，周岩在管理这些游戏。至于老板为什么这样剥离，我也不了解细节，可能为商业安全吧。"她变化着手势，像个舞蹈演员，在他面前展示。

"晶创公司是母公司？这个项目的投标，你们老板知道吗？"

"知道，招标信息就是他提供的，说我们该独立了，不能再靠母公司养活了。"

"老板说过帮你们投标吗？"

"没说，他让我们独立去做这件事，包括技术、商务及人情往来。市场部经理去过他那里，可能交流过此事。"

"老板不在你们公司吗？"他想着老板还没现身。

"老板在晶创公司办公，不在这里。通常会打电话或开视频会议。"

"哦！是这样。"

她盯着他，犹豫片刻后诚恳地说："我看到你第一眼，就觉得你人品好，所以不想隐瞒什么，只想让你相信我，给我们一次机会。不管这个项目成不成，都想交个朋友。"

"你不是说项目不成，工作就没了吗？"他调侃。

"哦！不是，是我们公司没有工作了，老板还不至于开掉我！"她的脸红起来，"您谅解一下我吧，跟您那么说也是……"

"不用解释，我理解！"他见她诚恳的样子，心又软下来。

"晚上我想单独请您吃饭，这次赏个光吧！"她盯着他的眼睛。

"不行！"他的眼睛转向窗口。

"怕什么，你不也是单身吗？难道还有人管你？"她目不转睛地看他，好像已在他脸上找到柔软的位置，可以拿捏一下。

他瞬间脸红起来。还没有女孩儿这样直接问他，逼迫他到墙角，让他投降！

"你们能不能中标，我也不知道。还是按计划，准备好资料，明天到我们单位协商吧。我该走了，谢谢招待！"他想让表情恢复正常，但还是不自然。

骆雪梅送他到大楼门口。他摆摆手，逃难似的躲进高大杨树斑驳的光影之中。

第6章　探查内幕

辰青云看看表，还早。他跨过街道，漫步在柳枝摇曳的河岸，向家的方向走去。他觉得自己陷入了一个软绵绵的深坑里。他想起让骆驼暴躁的生态传感器，想起晶创公司控制的秘密数据库，想起那台从国外获取的精神充电器，想起网诚公司楼上与晶创公司直连的锅形天线。还有，为拿到项目可能找到他软肋的女孩儿气息！

他越想越害怕。若看错了，或者被利用了，就可能让一个充满危险的公司掌控这条工业大数据通道。那么，万一有什么不可告人的秘密，这条工业数据通道就会变成巨大的毒蛇，将挂在上面的企业吞噬撕裂。还有，那些生态传感器正布置在大漠深处军事管辖区的边缘，若发生不轨监测行为，将给国家带来危险。

乌云袭来，慢慢密布了天空。这种天气出现在江城的夏季非常反常。远处黑云里一道闪电照耀半个天空，突然，一串灵感穿透他的大脑，浮出一个想法。

回到家里他开始准备。晚上11点，开车向昆仑大厦驶去。在离大厦最近的南侧街道他停了下来，通过量角仪找到与大厦顶层网诚公司窗口成45度角的最近位置，移动车身，将车驶到那个位置，使他抬头正好看到这家公司。然后计算空中高点的GPS坐标，确定此高点处在一条直线上，这条直线就是楼顶这家公司的锅形天线与河上游另一座高楼上晶创公司锅形天线之

闪耀的长庚星

间的连线。

昆仑大厦楼顶的锅形天线，是参观网诚公司通信设备时了解的。通过骆雪梅介绍，他知道那是网诚公司与晶创公司之间的独立通信信道。在卫星实景地图上，他通过查看天线的角度并计算后，确认与河上游某座高楼顶层的天线锅唯一对应。这条独立信道，就是穿透辰青云大脑的那串灵感。

晚上 12 点，他抬头查看网诚公司的所有窗口，灯光已经灭掉半个小时了。他确定窗里面没有任何人的踪迹后，开始行动。此时，天空中黑压压的乌云已经将所有的星光遮蔽，远处街道上微弱的路灯，被近处的高楼遮挡。车的上空是一片黑色，不会有任何人和摄像头看到他和车的行踪。

他打开车顶天窗，架上远程高功率 Wi-Fi 收发天线，对准网诚公司的窗口。他拿出一台没有任何个人信息的笔记本电脑，连上天线，搜索这家公司的 Wi-Fi 信道。不一会儿，信号出现，与参观这家公司时的信道名字相同。

他打开无人机设定系统，将已计算好的 GPS 位置、飞行高度及频率搜索范围设置到无人机中，自动导航打开后，将无人机放飞出去。他开始计时，五分钟后，在远程控制电脑上显示无人机已进入预定位置。他打开频谱搜索按钮，当一帧通信信号出现并确认后，他锁死这个频率，远程打开无人机上的数据截取系统。

那台空白电脑里，立刻进入 Wi-Fi 的破解程序，两分钟后密码攻破自动连接。他在上线的同时，迅速打开攻击软件，百万颗网络炸弹倾泻而出。有了上次攻击失败的教训，这次他特意优化了上次的攻击路线，充分补足了上次攻击不足缺乏的弹药。

下午参观网诚公司时，在周岩的演示操作中，他基本摸

052

清了隐藏在他们云端深处的数据库路径。但是他的目标并不在这些隐秘的数据库上，这些防火墙太强大，他进不去。他真正要做的，是明修栈道，暗度陈仓。在防火墙演示中，他发现一个秘密：当云端重要的数据库被攻击时，防火墙会自动开启备份系统，将网诚公司的邮箱、财务和各类重要文档向晶创公司通过天线锅直连方式备份。平常是每月备份一次，但遇到攻击状态时会紧急开启临时传输。他等待的，就是要截获这些备份数据。

他拿起望远镜观察对方的窗口。十五分钟后灯光亮起。他吓了一跳，周岩这么快就回到公司了，反应速度真够快的。他盯着无人机传来的信息，紧张等待。

他盯着电脑上 Wi-Fi 的监测窗口，对方很快开始反攻。电脑上所有端口和漏洞的线程开始报警，他紧张地刷看各种监测记录。终于，截取的数据涌进来，他的心脏开始狂跳。但周岩并没有断开与他的 Wi-Fi 连接，看来周岩也想知道谁在攻击，正在查找连接 Wi-Fi 的电脑信息。他笑了笑，这台电脑是从二手店淘来的，他都不知道它的产地、购买信息，至于 MAC 地址，哈哈，傻子都能作假。他大胆地开启明码通信窗口，向周岩喊话。

"周岩，让你转达的信息，怎么样了？骆雪梅，我的小可爱，她同意我的要求不？"

"你有种上楼啊，别龟缩在楼下。我知道你是谁，把老板项目卷走的可恶家伙，还有脸回来？这个防火墙就是为你订制的，能进来算你牛，看你又长进了多少！有本事，在游戏中咱俩对决啊，何必采用这种拙劣的伎俩！"

他惊讶周岩把自己当作了别人，回复道："我只想知道骆雪梅的情况，告诉我她的信息，就跟你对决，哈哈！"

"骆雪梅不会理你，她已经有对象了。你要是再骚扰她，我一定让你社死！把你的劣行全部发布到网上，看谁笑到最后！"

辰青云感觉不能再纠缠了，这种误会有点儿大。看到备用数据截取完毕，他断开 Wi-Fi 连接，拉回天线关闭电脑。当无人机落回车顶收回后，他关闭所有监测设备，开车回家。

回到家里已是凌晨 2 点，漆黑的夜空压着他的困倦，沉沉睡去。

梦境中，黑云散去，活佛端坐在山林一间松木围成的茅屋里，手中捻着佛珠。墙角灶台上煮着一锅酥油茶。一个男孩儿在外面草地上用斧头劈着木材，一个女孩儿在旁边指挥着落下的角度，不时评判着男孩儿的笨拙。男孩儿不说话，汗水浸湿他的衣襟。简陋的木桌上，有几碗米粥，几盘腌制的野菜，还有一筐冒着热气的青稞面馒头。女仆招呼活佛和两个孩子吃饭。活佛不时向林外看去，紧锁眉头。远山外的天际中，硝烟四起。

马的嘶鸣声由远及近，从山林的缝隙中闪来。红衣女子风驰电掣般地赶来。活佛的眉头舒展开来，快步向外走去，迎接女侠的归来。红衣女子下马后，活佛帮她卸下铠甲，小女孩儿跑上前搂住红衣女子。小男孩儿抱着活佛递给他的铠甲，默默地跟在后面。

青城外，两队人马正在厮杀。一队是几百名身穿红色僧衣的英勇游兵，一队是越聚越多的身穿黄色铠甲的精锐官兵。到处是纵火的战车、溅血的躯体、飘扬的战旗，呐喊声和践踏声冲破云霄。城内，瑟瑟发抖的藏王惊恐地躲在身穿黄色藏衣的侍卫中间。几位活佛在宫殿一侧静静聆听。后殿外高墙围起的阴暗院落里，十几名家眷女子被捆绑在地上，刽子手举起屠刀，等待着行刑的命令。

乌云散去，红色游兵风卷残云般地退去，他们禁不住凶神恶煞般的官兵攻击，向东侧群山之间败退。残兵进入山谷，山谷内涌出一大群羚羊，向山谷外狂奔，雪豹在后面矫健地追逐，一阵阵撕咬声在山野中弥漫。官兵被挡在山谷之外。风烟卷起，尘埃落定，很快，一切归于宁静。

青城后殿，行刑令下达。载着尸首的马车向城边天葬台驶去。几十只雄鹰张着黑色翅膀，在苍白的天空中徘徊！

他感觉自己飘浮到天空，俯瞰那些瞪着血红眼睛的苍鹰。月亮渐渐明亮，如升起的灯塔，照射在群山之间。他迎着月光，举起长剑，向雄鹰们砍去。忽然，一抹溅血的晨曦涌现，传来雄鹰的鸣叫。他睁开眼睛，窗帘上微光闪现，旁边的闹铃声响起。他仔细回想，已记不起梦中的情景，很快，梦境消散得干干净净。

辰青云只睡了4个小时，就早早地起床。他喝完一杯加浓的咖啡，走进工作室，浏览电脑上自动解密的数据文件。他查看时间记录，解密用了近3个小时。这些解密出来的文件，是网诚公司近30天的文档备份，都是管理性文件，如劳动纪律章程、奖金分配制度、归档合同资料、会议纪要等。他打开一些会议纪要，里面没有任何他需要的记录。他打开邮箱文件，一条一条仔细地浏览。他渐渐发现一个问题：网诚公司属于一个家族企业，财务主管是老板的表妹，人事主管是老板的堂弟，那个市场部经理居然是老板的外甥。这些私密邮件里，从相互称呼上能够明显看出。骆雪梅与老板的称呼很正常，但从老板与家族成员的内部邮件上隐秘地看出：老板让他们照顾和提携她。他直觉，她肯定不是普通的外来管理人员。对于周岩，只在骆雪梅的邮件中提起，被其他人忽略，感觉像一名孤独的战士，被家族管理层排除在外。他清楚，周岩才是公司里面的技术骨干。

　　文件太多，他搜索含有"Camel"或"骆驼"的文件，一份资金申请书显示出来。文件里面的申请理由一栏上写道："依据牧民反馈和多方验证，升级的传感器未达到使用效果，驼群没有变成温驯的受控对象，没有达到抱团的目的，走散的骆驼比之前更多，而且出现打架、暴躁及相互撕咬的现象，初步验证失败。评估后认为这批升级的脑芯片不稳定，建议改回原版本，由于对畜牧站已宣传技术升级，需要更换新壳体，费用清单如下……"

　　他又查找"精神充电仪"，一份文件里写道："样机的测试表明，国外提供的脑芯片并不成熟，部分员工测试后，无法达到愉悦状态和实现精力充沛功能，脑频率及愉悦程度因人体差异，调节范围有限。由于无法大量验证，评估后认为效果一般，不适合量产，建议暂时放弃该项目，等待脑芯片成熟后再应用测试。"

　　他想起"5G工业大数据项目"，搜索后也查到对应的一份财务说明："该项目涉及的劳务及成本费用，将来签约后在网诚公司扣除，属财务独立核算。"

　　他喝完最后一口咖啡，才觉得肚子饿了，吃完面包后，准备去上班。他心想，网诚公司的危险等级可以降下来了。

　　下午约定的会议时间到了。对方一行人中，除了上次的三人外，周岩穿着不太合身的西服跟在骆雪梅的后面。落座之前，他走向他们，她迎上来，他却只对她点点头，径直走向她的身后，握住周岩的手笑着说："小周，欢迎你来！"周岩有点儿惊讶，骆雪梅更感局促。

　　会议桌上摆着两盆马兰花，一壶沏满白刺果的茶水和几个茶杯，摆到对方桌前。这是他让下属准备的。他看到骆雪梅的眼睛发亮。

　　会议很顺利。他没有太多批评，只是提出很多修改建议。她也少了滔滔不绝的话语，他感到奇怪。会议休息期间，他手机的微信响起，一看，是她来添加好友。他看到她边喝茶水边玩手机，向他伸出 V 形的指头。加完好友后，蹦出一行字："会议结束后，是不是也请我到你办公室坐一会儿，相互尊重，公平对待吧！"

　　"不行！"信息发送后，他没有抬头，知道她会看过来。

　　"好！我一会儿到你办公室去敲门，一直敲下去！"信息回来。

　　他抬起头，看到她拿着茶杯，向他晃圈。他回复："来可以，你得满足三个条件：一是不许送礼，二是门必须敞开，三是有人陪你来，否则我不回办公室！"

　　他再次抬起头，见她盯着手机，片刻，她凑到周岩和同事耳边，悄悄说了几句话。

　　"同意！"微信回复过来。

　　会议结束，修改后的投标资料及技术文件基本符合招标条件。他说："你们的投标文件至少能通过初审了，但投标评审后是否中标，没有把握，请你们做好心理准备。"

　　会后，他带着骆雪梅和周岩来到办公室，本想跟周岩多聊聊，可是对方客套几句后，先告辞走了。他愣愣地看着骆雪梅，觉得屋里少一人后更加拥挤，迈不开步子了。楼道里大部分员工已经下班了，走廊里没有人，虽然敞着门，却让他更尴尬。

　　"你这里环境真好啊，窗外就是杨柳河岸！这办公室里条理分明，井然有序，比我的办公室干净多了！"她环顾四周，赞叹着。

　　"哪有你的办公室干净啊，坐你的沙发，都怕压出褶子。你那里才是真正的干净，窗明几净，一尘不染。我这里差多了，你看，还没坐就出了一堆褶子！"他指向沙发，"请坐吧，我这里没有咖啡和茶，只有矿泉水，喝不喝？"

估计她想明白了怎么回事，不自然地说："矿泉水吧。你们会议室里有白刺果茶，是单位的招待茶吧，这里没有吗？你不喜欢喝？"

"没有，茶是单独为你准备的，想喝我让人端过来，我不喝！"

"为我准备的？没人知道这种茶啊，马兰花也是为我准备的吗？"她惊奇地看他。

他只是笑笑，没有说明。他知道白刺果茶是漠城的特产，只有本地人才会喜欢。马兰花是漠城的市花。他之所以用这个茶招待她，只想从内心感谢她上次对自己的热情招待。虽然有一种想亲近的感觉，但理智告诉他，这只是工作。或者，这很可能是她的一种手段，只为达到投标和中标的目的。

他坐在办公桌后面，离沙发上的她很远，问："你非要到我这儿来，有什么事啊？"

"上次领你到我们公司参观了一圈，你不打算也领我参观一下你们单位吗？比如通信实验室，宽带测试室，辰老师？"她特意把"辰老师"这个词拉长了。

"他们都下班了，国企和你们私企不一样，下午三点之后，接孩子的、照顾父母的、路远的、逛市场的都先走了。像我这种中层，没有家的，只能守到下班……还可能等待开会……你真要参观？你怎么知道这些实验室？"他忽然想起，她不应该知道这些部门。

"我路过楼道时看到这些标牌，就记住了。当然要参观，这机会多难得！"她坚持着。

他打了几个部门的电话，不是没人接，就是说没时间，或者推到明天。

"不参观也行，我换个要求吧！"她说。

"你说吧。哎！不对啊，我是甲方你是乙方，你怎么能向甲方提要求？"他缓过神笑道。

"甲方和乙方不能平等吗？你甲方就高尚了？不想让我提要求吗？"她质问。

"好吧，别抓小辫子，你提吧！"她挑理的能力很强，他辩不过。

"我也想到你们国企，把我调过来吧！"她严肃地说。

辰青云睁大眼睛，看到她没开玩笑，摆摆手，表情复杂。仿佛一下子吃太多，噎住了。憋了很长时间后，他终于吐出话："我们院的一把手都没这个权力，上级单位才可能有，你有通天的能力吗？我可没有这么大能量！"

"我不管，既然提要求，当然越高越好了！"她终于憋不住笑起来。

"我们只招应届的研究生和博士生。他们通过国家总院的笔试筛选后，面试合格，才有可能分配到这里，调动工作是很难的，除非你是省级、国家级或国外引进的专家，才可能有机会。但这些高端人才进来后，国企也会把他们的才能慢慢磨蚀掉，最后变成混日子的人。"他认真地解释。

"你们单位是不是天天讲廉政，天天说廉洁自律？"

"是啊，当然了，不然开那么多会议做什么。今天下午还得感谢你，让我逃过两个会！"

"哦！我说嘛，不愿意请我吃饭，原来是不敢啊！"她撇撇嘴，表示嘲笑。

辰青云盯着她，不知道说什么。

第 7 章　洪水的表白

6 月末，投标评审结束，网诚公司中标。辰青云的内心又恢复到往常的工作和生活之中，认识骆雪梅，只感觉是擦肩而过的一缕花香，芬芳过后是空气本来的清新。他的脑中已散尽她直率开朗的形象，只有瘦弱的周岩，还在记忆里频频闪现。

这是一个下午，辰青云望着窗外湍急的河水，感到异样。河道中泛出一层黄色的泥沙，汹涌地冲向岸堤。乌云下，溅起一排排浑浊的浪花。岸边的垂柳，发颤式地抖动，但窗外的风却很平静。

他的手机传来一声鸣叫，骆雪梅发来微信："我们中标了，谢谢您！我知道您是评审组的专家，没有您主导，我们也中不了标。感谢您对我们的支持。晚上有个小聚，只是几位要好的同事，大家期盼着您来。我们已经是朋友，恳请您光临。地点很远，不用担心违纪，期待！"

辰青云在屋里踱着步，她手势飞舞的形象再次涌现。他想接触她，但理性还是压制着。可能长年搞技术，理性思维占据着大脑，在别人眼中他就是块木头疙瘩。他知道，没人能理解他的世界。人情世故对他来说，像市场里骂街的混子，离得越远越好。他只想在这市场里寻找喜欢的菜品，搭配菜看，或者瞅瞅唠叨的大妈，看看吆喝的小贩，独立昂然地穿过拥挤的人流。

"抱歉！最近单位忙，去不了。祝贺中标，合作愉快！"他发完后甚至期待她的挽留，却没有任何回复。

接近下班时间，院里突然召开紧急会议，传达市委通报的一起重大灾害事件。昆古山脉北部于今天上午 9 点发生 3.2 级地震，导致山城煤业公司某矿井塌陷，3 人死亡，12 人被困井下失联。矿井电力设备及通信设施被破坏。市里成立紧急救援指挥部前往现场，疏导现场人员，制定营救方案。同时国家和省能源局也派出调查组前往指挥和取证。通信研究院总部责令省院前往搭建临时通信设施，配合指挥部进行通信排查，修复损坏的 5G 基站，尽快恢复矿业公司塌陷矿井的通信设施。同时，省能源局根据此次事件再次强调"5G 工业大数据项目"的重要性，要求省通信研究院加快开发进度。

会议决定设备部主任先带领部分员工立刻前往现场，并与山城本地通信部门联系，做好相互配合工作。从江城到山城的动车需要 1 小时 20 分。汽车需要 3 个小时，中间山路较多。辰青云被要求根据设备部在现场的反馈情况，确定前往时间。

翌日早晨，设备部回信，可以前往配合修复，并与矿业公司商定工业大数据项目的前期计划。他立刻给骆雪梅打电话，说项目需要提前开展，请她带人两天内到达山城，进行前期调研工作。也让她转告市场部，尽快取得中标通知书并与院里签订合同。

不一会儿，她打电话问什么时候走，坐几点的动车。他说午饭后出发，自己开车，不坐动车。她问为什么不坐动车，他说带有仪器。

他在车上装好仪器，让同伴坐下午的动车，晚上在山城会合。

午饭前，骆雪梅又打来电话，带着请求的口吻说："辰老师，我们这里要携带一台非常贵重的服务器，往车站搬运不方便，托运也不安全，你正好开车，能不能帮忙带到山城，感谢，感谢！"

"不行，后备箱没有地方。"他想到后备箱堆满设备，直接拒绝。

"你几个人去啊？"

"一个人！"

"那后座不就空着嘛，放座位上就行。你先到我公司来接货！"她不容置疑地说。

他只能答应，心想这个女人真会占便宜，充分利用关系做事，不愧是管理高手！

午饭后，他喝了一杯咖啡，带上两罐红牛，上路了。按照导航，他把车开到昆仑大厦的楼下，发信息给她，让把东西送下来。

十分钟后，她背着双肩包走过来，打开后门将背包扔进去。他愣愣地看着扔进来的背包，这哪是服务器啊？骆雪梅将副驾驶门打开，坐了进来，系好安全带。

"服务器呢，你这是干吗？"他疑惑地看她。

"我就是服务器啊，50 公斤，比较贵重。有 CPU，有内存，还有大容量硬盘，"她指指后面的背包，又指指自己的脸，"这张脸就是显示器！"然后冲他扮个鬼脸，挤出点儿笑容就不说话了，盯向前方。

"近三个小时呢，大部分是山路，坐着不难受吗？你不晕车吗？"

"不晕！我身体好着呢，喜欢山路，喜欢看风景，喜欢坐车！"她依然盯向前方，不理睬他惊奇的眼神。很明显，她变得很无赖。

江城到山城，有一条沿着昆古山脉边缘蜿蜒的公路，两旁是稀疏的树林和广袤的原野，远处刀切似的山涧旁，是围起铁网的陡峭山坡。他开着车，在夏日的清风里，在山谷的流水中，在雪线的蓝天下，向着北边渐矮的群山奔去。

他几次转过脸，看到她戴着耳机，盯着外面的风景，不时向窗外拍照。还捂着嘴悄声打着电话，不时笑出声来，又忽然忘乎所以地大呼小叫。她把自己当主人，好像雇了一辆车。

终于安静下来，他忍不住问："会开车吗？"

"不会，"她摘掉耳机，转过脸看他，"你想让我替你开车，别想！如果你真累了，咱们可以休息一会儿，这风景多好啊，只要今晚到达就行，时间还早，安全第一。"

他只是觉得孤男寡女在一起，很是尴尬，聊天可以缓解气氛，于是说："不是那个意思！你们中标后，选谁做负责人啊？"他觉得这句话有点儿多余。

"这次中标是不是我们老板找过你们院长，或找过你？"她开始面对他。

"没有，院长曾提过，但还是让我决定，我没见过你们老板！"

"那为什么让我们中标？我一直认为只是陪衬，不会中标！"

"你对自己没有信心？"

"主要是你对我们没有信心，但为什么又有信心了？"她盯着他。

他笑了笑，没有回答。他实在不知道怎么回答。

"你是不是有什么想法，说来听听？"她看到他微红的脸，又说，"怕什么，这山林里没有老虎，能把你吃掉啊，吃也得先吃我啊！"她有点儿咄咄逼人。

"你们公司的周岩很有才华，我挺喜欢，根据他的实力，才选你们！"他想把问题转移出去。他的确看重周岩，觉得投缘。

"你是同性恋？"她幽幽地问。

"不是啊，你真能想象出来！"

"哦，原来不喜欢男生！你女朋友在哪儿工作？都29岁了，让我见识一下嫂子的芳容呗！"

"没有！"他自嘲道，疑惑地问，"你怎么知道我的年龄、电话，还有单身状态？"他想起第一次接她电话的情景，之前并没有联系过。

"哈哈，这是一名管理人员的基本素质。"她扬扬得意，接着问，"为什么没找对象啊？你的条件很好的，太挑剔了吧！"

"哈哈，我有毛病，没人敢要！"

"什么毛病？"

"清高，没时间！"

"嗯！差不多是，说说要找的条件，我给你介绍一个行不？"

"不需要，谢谢！你男朋友在哪儿上班？你多大了？"他觉得对等问也是尊重。

"你觉得我有多大？"

"二十五六岁吧！"他想起她说去年才进入公司，加上研究生学历，算下来应该是这个年龄。从面容看，也差不多。

"呵呵！你觉得我应该有男朋友吗？"

"当然！你还能把自己剩下吗？"他笑起来，"我可听说你的男朋友很厉害！不仅是游戏高手，还是网络高手。"他把从周岩那里得来的信息加工说出。

"你听谁说的？"她的脸色骤变，"是不是那个可恶的疯子，你怎么认识他？"

"谁是疯子？我谁也不认识啊，只是猜测出来的，理工生嘛，有这特长！"他感觉说漏了嘴，想圆回去。

"我见到他就恶心，我一处对象，他就到处瞎说，搅黄我们。不过他被开除了，我也被搅成了剩女！说实话，我也不捂着，比你小一岁。我和周岩都是从晶创公司剥离出来的。"她缓过神后，奇怪地瞅着他，"你很神秘啊，知道的事挺多嘛！"

"我只是智商高点儿，情商太差，若说错了，千万别介意！"他赶紧笑笑，不敢再说话。

两个人开始沉默，凝视着前方。

窗外乌云开始聚集，浑浊的雨点开始有节奏地敲打玻璃，沿山的公路上出现一些细微的裂痕。他指着路面说："看那些裂痕，应该是昨天地震引起的。再看那条路面，有一些碎小的石头，可能是山上滚下来的！"他忽然警觉道，"你查下天气，这期间有没有暴雨？"

她赶紧拿出手机。天气预报显示小到中雨。窗外，雨点越来越大，噼噼啪啪猛烈地拍打着玻璃。

他的全身开始紧张，瞪着惶恐的眼睛说："我们赶快走，离开这段山坡，到前面平缓的丘陵就好了。这里太危险，你查查地图，这段山路有多少公里？"

"有什么危险？"她被他的紧张吓着了，打开手机地图琢磨一会儿，说，"大概50公里。"见他不说话，又重复问，"有什么危险？"

"可能会遇上泥石流？"他还是忍不住，说出他的担心。

"泥石流？本地区没听说过啊，都是南方才出现，你不要吓人！"

"如果没发生地震，这样的暴雨不会引发泥石流，但你没看到吗？地面上有很多泥沙和碎裂的石头！"

"那我们怎么办？"她的声音有些发抖。

地面的碎石越来越多，车越走越慢。他一边小心地绕过碎石，一边察看左侧的山坡。对那些陡峭的路段，尽快通过。忽然前方公路上出现一处孔桥，上游汇流下来的水已蔓延到孔桥上，只能看到孔桥下方翻滚的水花，无法判断孔桥是否被冲垮。他迅速地停下车。

雨越下越大，已看不清楚后面和前面的路况。在他犹豫是否通过时，孔桥上的一段路皮，掀起来滑落到孔桥下游，孔桥上出现一个两米长的豁口。

"公路断了，必须返回！"他说完，果断地掉转车头迅速往回开。

回去的路上，每看到山坡，每看到一处陡峭山岩，两人的心就揪在一起，心脏的鼓声和疯狂的雨点声融在一起。窗玻璃上的霜雾越来越多，他打开车里冷风，并不见效。他将窗玻璃摇下一半，一股山野的寒风袭来，两个人瑟瑟发抖。

在一处陡峭的山岩路口，刚转过弯，前方路面出现几块轮胎大的滚石。他向上面的山岩望去，在裸露的岩石缝隙中，拳头大的石头正在掉落，砸向前方的公路。

他又急速地掉转车头，在身后沉闷的山石滚动中，扭动着车身离开。前面和后面，夹杂树枝的泥沙和碎石在公路上弹跳，不时撞到轮胎，发出隆隆的声响，敲击着他们脆弱的神经。

又回到刚才的孔桥处，虽然远离了陡峭山岩，但危险依旧。

"完了，我们被困在这里了！"他满脸都是冷汗，看着更恐惧的她，想了想，还是冷静点儿好。他深深地吸口气，又吐出来，缓缓地对她说："你带了几件衣服？"

"衣服，干什么用？"她极度惊恐，见他冷静下来才放缓神色，但已经六神无主，他的任何说法，她都得相信。习惯于指手画脚，没经历过此类危险的女孩儿，在他面前，已柔弱得像只绵羊，早没有了咄咄逼人的神气。

"这里常年阴冷，晚上会降到 5 摄氏度以下，你这身裙子不行，会冻坏的，把你所有的衣服穿上，越厚越好！"

"可我另外一件裙子也这样薄，还有内衣，都穿上吗？"她发现说得露骨，又说，"不行啊，包里大部分是化妆品，没带保暖的衣物啊！"她呆呆地看着他。

他看看表，下午 5 点。要不是躲避公路上各处滚落的石块，现在应该到山城了。他看着越来越暗的天空，望着上游山岩上维持固定的钢丝网格，胆战心惊。他仔细核算着，若洪水冲垮山基，将这些钢丝拉断，里面的山石能滚出多远，能给他的车带来多少危险。他瞅瞅孔桥下游的河道地形，车在紧急状态下能向下游开出多远？能否找到一个缓坡，越过浅水到对面河岸，然后沿着河边回到对面公路上。他心中祷告，一定让他们过关啊。但他清楚，她在旁边，必须冷静再冷静！

"没事，我后备箱有条毯子！"他挤出一丝笑容。

"车上暖风打开不就行了？"她瞪大眼睛。

"打开暖风，等你睡着后，可能再也醒不过来了！睡眠时一定关闭发动机，微开窗户，这样肯定会冷的！"见她呆傻的表情，又笑笑，"没事的，放心，考虑周全就会没问题……你在车上等着，我到河下游看看，有没有出路！"他跨到后座，从里面打开后备箱，找出毛毯和雨衣，将毛毯递给她，自己套上雨衣，准备下车。

她一把抓住他的手臂："别下去好不好，我害怕！"见他笑着安慰，她又大声喊，"一定注意安全！"然后眼巴巴地看着他走下车去。

半小时后，他跑回来，脱掉沾着泥的雨衣，裹起来塞到后备箱里，对她说："下面 200 米处有一段缓坡，水面较宽，雨停后水流就会减小，车差不多能通过。"

"这么大坡度的山道，车能下去吗？不会翻吗？"

"不会，这是四驱车，底盘高，慢点儿驾驶就可以。虽然有危险，但比困在这里强！"

"这雨什么时候能停啊？"

"不会很长时间，这地区本来少雨，一会儿就能停！"他冲她笑笑，其实心里没底。他看看天空，越来越暗，乌云依然浓密，雨根本没有停止的意思。

"如果雨不停，会有什么结果？"她死死盯着他，想从他的表情里，挖掘出更多信息，但他只有苦笑和沉默。她再次问："你直接说，我想知道最坏的结果！"

他张开嘴又闭上，见她依然惊恐的表情，若不说，她会一直盯着自己，就说："雨若不停……我们不是被山石压死，就是被洪水淹死！"见她瞳孔放大，赶紧安慰，"不会的，一定能顺利出去，放心吧！"

天空越来越暗。他盯着油位表，停下发动机，两侧窗玻璃留出一指宽的缝隙，拉开车顶遮板，露出天窗。车顶溅起的雨滴，被车内的灯光照耀，折射出一片光带。黑暗日渐浓烈，将所有的颜色吞噬，沉入深渊。他说："去后座休息吧，能穿的都穿上，那里暖和点儿，你睡一觉吧，我看着外面。"

车内很快冷下来。他又重启发动机，车里温度正常后，又关闭。这样循环几次，他就不再操作了。她问他为什么停止，他说没油就更麻烦了，要保留去山城的油量。然后转过身，看到她裹在毯子里发抖，说："睡着了就不会冷，你是心理反应，这种低冷的温度还没事，你仔细裹好毯子。"见她的眼睛依然呆滞，就又安慰她，不要想太多。

"你没带衣服吗？后备箱里还有保暖的衣物吗？"她问。

"我不冷，不用担心！"见她不再说话，他关上灯光，看向窗外。

天空彻底黑下来，窗外的雨点渐渐稀疏。他紧锁的眉头开始舒展，肯定不会有事了，坚持到东方发白，就可以驶出这片困境之地。车内的温度越来越低，他咬紧牙关坚持着，心想，顶多明天感冒一场，还不至于冻坏。

"你也到后面吧，我害怕！"她根本没有睡觉，瞪大眼睛喃喃地说。

辰青云听到她发颤的声音，转过身，看到一双柔弱的眼睛。他跨到后座上，靠窗口坐下，没有挨近她。

骆雪梅移向他，将毯子的一端披在他身上，围过来后，两只手顺势抱住他，同时攥住毯子的两角。他的身体颤动一下，却被她搂得更紧。她轻声说："你的身体真暖和，像个大火炉。"她的腿也顺势跨过来，坐在他的腿上，头枕在肩膀上，脸颊紧紧贴着他。他们能听到对方心脏怦怦的跳动声，还有不均匀的呼吸声。不知过了多久，她轻轻言语。

"你喜欢我吗？"她问。

"喜欢！"

"为什么总拒绝我！"

"不知道！"

"什么时候开始喜欢我的？"

"不知道！"

"你说喜欢，是心里喜欢还是肉体喜欢！"

"不知道！"他回答。

"你喜欢我吗？"沉默片刻后，他开始反问。

"喜欢！"

"什么时候开始喜欢我的？"

"看到你的第一眼！"

"为什么不说？"

"等待你说！"

"那……你是心里喜欢还是肉体喜欢！"

"心里喜欢！"她回答。

"你想吻我吗？"沉默良久，她轻轻地问。

"不知道！"

"好吧，给你！"她把嘴唇移过来，紧紧吻住他。

雨在凌晨就停了，天窗外星光灿烂。他们裹在毛毯里相互拥抱着，在后座上沉沉睡去。

东方微亮。他关紧车窗，启动车子，慢慢驶下公路。车在下游已经裸露出来的河床上碾过，上到对面的公路上，向山城驶去。

第 8 章　重逢与迷茫

雨后的空气格外清新。星辰隐退，晨光初现。公路上没有任何车辆，他们如自由的小鸟，欢快地奔驰在渐渐发白的山野上。

车里的温度恢复正常。骆雪梅脱掉多余的衣服，拿出镜子修饰面容。头发没有束起，柔软地遮住两颊。睡眠不足让她有些倦意。

前面峰回路转，一座农家饭庄出现在公路的右侧。他拐进大院里停好车说："休息会儿，吃点儿早饭。"看到她还在照镜子，他笑了笑。

饭庄非常安静，昨夜的雨水将地面洗得干干净净。长廊里面的房间摆着几张桌子，一对夫妇和一个小男孩儿正在角落的桌上吃饭，见他们进来，惊诧了一下。点完菜，聊了几句天气。男人进入厨房，女人开始收拾桌子。小男孩儿跑过来稚嫩地说："哥哥好，阿姨好！"

他笑起来，拍拍男孩儿的肩膀："好孩子，真懂事！"

她奇怪地看着男孩儿，摸摸男孩儿的脑袋："我有那么老吗？"

他笑出声来："你这样当然像阿姨了，去洗手间好好梳理吧！"然后弯腰对男孩儿说，"带美女姐姐去洗手间！"

她再次出来，又变回青春靓丽的女孩儿，昨夜的一切仿佛消失殆尽。

"昨晚睡着后，是不是欺负我了，你蠢蠢欲动，是不是想乘人之危？"她盯着他，手不自然地梳理散落的头发。

"你睡得那么死，紧紧压着我，胳膊现在还麻着呢。反正我也睡着了，醒后你还压着我，谁知道你做了什么，别诬赖我！"他想起她缠在自己身上的样子，就是太冷，不然真可能蠢蠢欲动。

她的脸红起来，"我昨晚说过什么吗？"见他只是笑笑，又问，"你当真吗？"

"不知道！"他还是那句话。

"你怎么什么都不知道啊，你肯定做了什么，也说了什么，你要负责的！"

"负责什么？"他问。

"你说呢？"她低下头，掩饰自己涨红的脸。

"好吧，如果纪检部门找我约谈，说：'是你怎么和乙方搞到一块儿了？肯定有廉政问题，必须严肃整改，调查属实后免去职务，听候发落！'"他笑着说。

"什么意思？"她怔怔地看他。

"等这个项目完事后，你说负责什么我就负责什么。我怕到时你先反悔，根本不承认昨晚的事，何来负责呢？我这人缺点多，我妈骂我不食人间烟火，相亲的女孩儿说我不解人间风情，说不定你骂得更惨！昨夜我倒是想乘人之危，可是你穿得那么厚，不给我机会啊！"他头一次整晚亲密地接触女孩儿身体，信心大增，觉得跨过了对女孩儿的胆怯，变成真正的男人。或许变坏了，变得可以调侃女孩儿了。

"你敢！我记住你说的话，不许反悔。我嘛，要看你的表现！"

吃完早餐，又回到公路上。山城燃煤电厂高耸的烟囱，从北侧低矮的丘陵间冒了出来。绕过一侧山谷，一片灰褐色的丘陵从两边涌现。几座丘陵之后，一面光秃秃的土坡上，一群穿着矿工制服的人正拿着铁锹下葬骨灰。一位年轻母亲领着一对幼小的子女，披着白布，跪在一边号啕大哭。

辰青云注视着他们，瞬间，眼角溢满泪水。她奇怪地瞅着他，递过来纸巾。他想，这次去山城一定找时间给父亲上坟。

进入山城，直接驶向清苑酒店。进入停车场，看到顶层高大的天线塔，他的那份疑惑再次翻涌出来。他是奔着这份疑惑来的，这期间，他研究了很多理论，依然无解，这次出差，想再次探查干扰源。

进入酒店，他对前台说："订两个房间，最好在五楼中间位置。"他俩拿出身份证，办理入住，又询问其他员工的入住情况，才知道昨天下午的动车也因天气原因停运，正等待通知，估计今天能恢复。

他对骆雪梅说："受了一晚惊吓，肯定累了，你回房间好好休息吧。我去给父亲上个坟，路上还要拜访亲戚，可能很晚回来。一楼有餐厅，午饭和晚饭自己解决吧。先来的同事已在指挥部修复好通信设施，救援比较顺利，正回来休息，不打扰他们了。我们也先休息，其他人来后，告诉他们明天开始工作。"

"我也想跟你去。"她才知道他父亲的事。

"别跟着我啦，到我爸那里告状吗？好好休息吧！"他瞪她。

辰青云走出酒店，向北侧的老城区驶去。上次来山城没祭拜父亲，这次的矿难又深深地触动了他。他想，必须去看一眼。他依然清楚地记着五年前来此的路线。穿过塌陷区后，却发现那条公路已模糊不清，两侧路基被黄土淹没，中间变成坑坑洼洼的石子路。他小心地驾驶着。两个小时后，看见熟悉的场景。

　　他穿过儿时玩耍的土坡，穿过上学时那条已荒废的铁道，穿过破碎的房屋和街道，穿过长满蒿草的学校，穿过只剩下残垣断壁的市场，穿过死寂般空旷的荒野，在一面透着凉风落满黄土的山坡上，找到父亲的坟茔，石碑上的字迹已被风磨掉。他从车上拿来铁锹，将坟前的土石重新平整，又重新垒好石圈，摆好供品。打火机点着纸钱的瞬间，一股旋风骤起，将燃着火星的纸钱舞向空中。他望着弥漫在风中的烟尘，心里喊道，老爹啊，对不起，这么久才来看您，儿子想您了，天堂里一定安好！此时，抑不住的泪水沾满脸颊。他拿出一捆香肠和几个苹果放到碑前，用土块压好，跪拜之后，站起身来。

　　相邻的坟茔前，叔叔的石碑也破烂不堪地斜立着，看来家人也多年没来探视了。叔叔的女儿，那个伴随他童年和少年的小女孩儿，心中永远依恋的抹不去的，从来没有模糊过的，睡梦里相拥相泣的，期盼重逢的，颜依月，在记忆中闪现。她流落在何方啊？他拿起铁锹，扶正石碑，将叔叔坟前的土石重新平整，也重新垒好石圈，点着纸钱，也摆好相同的香肠和苹果。心里念道，你们在天堂里搭伴，一路走好，友谊天长地久！虽然不是清明，替您的家人们给您跪拜了。他在石碑下面的石头上刻下字迹：想你们！

　　他要去的亲戚家是留在这里的最后一批居民，由于年岁较大，誓死不离开这里。上次来，就是到他们那里打探消息，而如今见到的住房已彻底荒废，销声匿迹。他本想着再次探询颜依月的消息，看来，愿望再次落空，也许是永远。

　　他寻找到自己曾经的家，在残垣断壁上静静地坐着。他要等到傍晚，遥望天空，看那颗即将闪现的长庚星。天色渐暗，土灰色的夕阳从西山坡落下。终于，他看到了长庚星，在泪光中闪耀。虽然是夏天，但呼啸的冷风刺入全身。他回到车里，沿着来时的路返回。到酒店时，夜已深沉。

　　他想起没吃晚饭，路过前台买了包方便面，打壶热水回到房间。

　　进房门前，骆雪梅从隔壁房间探出头来，看他满面灰尘的样子，惊诧地问："才回来？还没吃饭，你掉土里啦，没事吧？"然后跟他一起进入房间，看着他吃完后，又说，"你的衣服脏了吧，我给你洗洗。"

　　"不用，其他员工到了吗？"他看到她睡眼惺忪，"晚饭吃啥了，酒店的饭菜怎么样，合你口味吗？"见她点点头，看看表，快 12 点了，又说，"你不回去睡觉在这里做什么，想监视我？让我做个好梦吧，赶紧回去，外面有监控，不然，我真有什么激动表现，你别后悔啊！"他把她撵了出去。

　　翌日上午，辰青云带领下属与矿业公司就 5G 接入系统进行方案讨论，计划由本地通信公司与矿业公司共同施工，他们进行指导。骆雪梅带领下属，去矿业信息中心进行调研。

　　下午，辰青云挂着申领的代表证，参加矿井塌陷事故的分析会。他发现省地质勘测队也在参会，会议结束后上前与队长交流。

　　"您在会议上说，在地震引发的煤层断裂带中发现了钨矿，还有重金属，以前勘测过吗？还有别的矿藏吗？分布多吗？"他问。

　　队长从矿井采集的样品袋中拿出一块黑色的东西。他发现与煤的外观非常相似，重量很沉，像一块铅。队长说："从金相上看，这东西是黑钨矿，里面的铁和锰含量较高，还附着放射性的重金属钍。这种特殊的矿藏在这类煤层中发现，实属罕见。周边的山区也有分布。因为黑钨矿有弱磁性，通过磁力仪就能勘测。我们探测了山城周边的山区，可能大面积分布着，它们非常坚硬，又很薄，勘测也就几米厚，像散落的花瓣嵌在地层里。在城市的西南地带，分布更广，但不集中，没法规模性开采。发生地震后，这些很薄的矿层像刀片一样切割底部已掏空的煤层，导致大量塌陷。我们会尽快勘测它们的分布，给日后煤矿的采掘工作提供地质参考。"

"你们在山城西南地区的勘测图能给我一份吗？我们省通信研究院也想分析一下，因为本地区发现一些不明原因的通信干扰，可能是这类矿藏的反射作用。"他恳请道。

队长给了他一份复印件。他接着问："后续还继续勘测吗？若有新的发现也告诉我们一声，太感谢了！"留下联系方式后，他回到酒店。

晚饭后，太阳还没有落山。他站在酒店楼顶的那座大型天线下，抚摩着锈迹斑斑的铁架。西南的天空中，笼罩着一层淡灰色的清雾。慵懒的太阳在山边瞪着血红的眼睛，吐出无数根红线，从半包围的西南矮山中散射过来，将天边的云彩映得通红。

不知什么时候，骆雪梅站到了旁边。她穿着新换的连衣长裙，在夕阳下光彩夺目。他发现这条裙子就是在暴雨夜里套在外面的那件，那晚太黑没看出漂亮，今天突然展现，才知道如此的清秀飘逸。他上下打量称赞道："仙女下凡了，还挺漂亮！你怎么知道我在这里？"

"吃饭也不理我，才看到仙女？"她板着脸侧过头，看向天空。

"大家一起吃饭，还是远离你好，省得被议论。再说，我这人毛病太多，表现不会太好，省得提心吊胆，让自己难受。"他觉得只是喜欢她，还谈不上心动，也不愿像呵护公主似的围着她转。

"你不表现，怎么能知道。我给你机会，你却躲着我，什么提心吊胆，就是想逃避你的负责。我傻乎乎地在车上答应你，被你套进去了，我才是被动者。我想对你好点儿，你却对我为所欲为！"她的眼眶有些湿润，委屈地说。

"你现在后悔还来得及。说实话，咱们认识的时间太短，我这人传统，被母亲逼着相过很多次亲，但都没有好结果。这次就当相亲了。我的毛病的确很多，没有充分了解对方之前，不想投入太多感情，我怕陷进去爬不出来。再说，甲乙方的关系也是事实，我不想违背院里的制度。我真的挺喜欢你，但不代表就能维持下去。那晚车里的事情，我是这样认为的。我说喜欢你，可你没答应！"说完，他有点儿后悔。

两个人开始沉默，谁也不说话。她身后的黑影越来越长。太阳落到西山后面，整个天空突然变暗。他打破沉默，问她："你相信这个世界有鬼神吗？"

"不相信！非要让我相信的话，首先你就是一个鬼，孤魂野鬼！"她不再板着脸，笑起来。

"如果天地间真有灵魂，在这片时空里看你，你会怎么想？"他认真地问。他也在想，要不要将这里的干扰源告诉她。

"如果有灵魂因我而生，我一定追随，永生相伴，我不想孤单！"她忽然大声对天空喊。

"这个地方有一些不明的干扰源。"他指向曾挂有 5G 基站的塔架位置，"这个干扰源不是自然产生的，它存在于这片天空里，像灵魂一样。我研究过很多理论，都没有搞明白。从省地质勘测队拿来的地图看，在对面环绕的山区里含有钨铁和放射性金属，可能这种矿藏将天空中的某些信号反射，在这里聚焦，形成干扰。所以，我来这里不光为煤矿塌陷的事，还想对干扰源进行研究。"他想她能感兴趣。

她听后，茫然惊诧地看着他，嘴张得很大，害怕地说："别吓唬我，你在开玩笑吧，这么瘆人！我不信，天地间哪有鬼神，你在瞎编，或者想忽悠我。"见他比较认真，丝毫没有玩笑的意思，就说，"你肯定研究错了，被什么东西误导，咱们赶紧回去吧！"

四天后的下午，出差任务结束，辰青云请大家吃饭。几天的交流，他的下属和她的员工已经混得很熟，喝酒开玩笑，好不热闹。他对大家说，这次工作完成得很顺利，合作非常好，祝项目后续成功，明早大伙可以回家了。

晚餐快结束的时候，服务员又端来两个菜。大家齐刷刷地向服务员身后看，他也看过去，后面是一位绝代美女，他看呆了。发现她正盯着自己，四目相对，他感觉是一种久远的熟悉。他愣了一下，没想起是谁，立刻避开她的眼神。

"这是我们老板娘，今天刚休假回来，给大家多上两个菜，祝大家愉快。"服务员微笑着，将菜放到已经堆满盘子的空隙间。

他赶紧表示感谢。同伴们却起哄："老板娘姐姐，陪我们一起吃饭呗！"骆雪梅盯着起哄的同伴，严肃地说："你们礼貌点儿！"同伴们相互看看，觉得的确有失风雅，不敢再说话，但还是盯着老板娘看。

老板娘叫服务员拿来椅子和餐具，在辰青云和骆雪梅的中间挤出空位。同伴们殷勤地张罗，气氛热闹起来，他坐立不安地看着。

老板娘一点儿不客气，坐下后跟大家聊起来，拿起酒杯祝福大家。同伴们更加活跃。晚餐结束后老板娘说，这桌免单，希望大家常来。

辰青云赶忙说："不行，老板娘，您不能这样，头次见面就让您这样照顾，我们不能接受啊！"他堆着笑尴尬地看她。

老板娘对他说："咱们头一次见面吗？真忘了我是谁吗？老同学，别来无恙啊！"然后对他的同伴调侃，"他叫辰青云，没错吧，居然忘了我是他的同学，到现在也没想起来，我让他好好想想，去那间包房想想吧！"她指着旁边的用餐包房，对服务员说，"把那间包房收拾出来，拿点儿茶水过去。"她看了眼骆雪梅，径直向包房走去。

同伴们开起玩笑，说辰主任撞上桃花运了，对老板娘别客气啊！

他板起脸对同伴说："别瞎说，正经点儿！赶紧回去休息！"他看见骆雪梅怏怏地盯着他，满脸的疑惑。

辰青云进入包房，老板娘关上门，盯着他："真不认识我了？"看他木讷思索的样子，就拿出一张照片给他，那是一张初中毕业照，上面有他熟悉的头像，"我是颜依月啊！"

他的记忆瞬间翻回到童年和少年。颜依月这个名字，从胸腔的最底层，汹涌地跳跃出来。他刚刚将父亲碑前的黄土封好，压缩的情感就再次爆发出来，溅出尘封的记忆。他想起，一起下葬父亲骨灰哭天喊地的依月，一起放学回家牵手相伴的依月，一起仰望星空充满梦想的依月，一起相依相伴苦涩年华的依月……他的眼圈顿时湿润起来，她也抽泣起来，两人相拥，泪眼婆娑。他们坐下来开始回忆童年和少年的各种场景，那是他们共同的世界。

"我找了你这么多年，以为永远见不到你了！你去哪儿了？怎么不来找我？"他抹去眼泪，接着又说，"离开你们十年后，大学毕业时我来找过你们，可是家乡已变成废墟，就连与山城相邻的老城区都变成了废墟。我去留在当地的老邻居家里打听，他们说你们去了南方。后来线索就断了。研究生毕业后，五年前我回过老家。几天前，又回过，也没有打探到你们，只能去上上坟，一晃十五年未见了！"

"你们离开后，我也到处打听你的消息，只知道你母亲改嫁到很远的城市。后来我在当地念完高中，没考上大学就工作了，其间也一直打听你家的情况，但从来都是杳无音信。我们去南方投靠亲戚，后来又回到山城，定居下来。我在饭店当过服务员，超市当过店员，开过超市，在南方时倒过货，后来开过饭店，开过小煤窑，后来又承包这家酒店，直到现在。"颜依月娓娓道来。

"那你今天是怎么找到我的？"他问。

"你是不是几天前去父亲那里上坟了？我一个朋友的老公在这次矿难中去世了，我帮她办理后事。矿难触动了我，想起已经多年没看父亲了，但那里的路况很差，一直没去。今天早上就坚持去了，在父亲和你父亲碑前发现那些供品和新修整的土地，还有你写字的那块石头，想你肯定刚来过。我打电话到各个宾馆和酒店，居然没想到，你的名字就出现在我的酒店里。我还是不放心怕认错，赶回家里，把这张毕业照拿来，正好赶上你吃饭，就发现肯定是你。"

越谈越兴奋，越谈越相融。她让服务员拿来酒，两个人开始喝起来。不知喝到什么时候，醉了，他好像头一次喝这么多，错开了人生也错开了命运，他异常难受！她却没事，喝多少都不醉。她变了，不再是他牵手的柔弱小女孩儿，不再是梦中难舍的依恋。她的谈吐里，更多是世俗的风雅，是纸醉金迷的生存之道，里面有豪气，有厚黑，有伎俩，有无趣和无聊的人生。他蒙眬记得自己醉倒了，她和服务员搀扶着他。他还模糊记着，骆雪梅从隔壁的房间里出来，和她们一起进入他的房间。他觉得自己，悲戚孤寂。

扶他到床上后，颜依月让服务员拿来一盆水，放到床下。

她拍着他的背，又让服务员拿来一杯水，灌入他的嘴里，然后拍打他的后背，想把胃里的东西清吐出来。颜依月给他擦脸，脱鞋，脱外衣，见骆雪梅在旁边也关心着，就没有脱里面的衣服，只用被子盖好。颜依月问骆雪梅："你是他的女朋友？"

"是，哦！也不是……他从来不喝酒，我们请他也从来不去。他说最讨厌喝酒，谁知道能跟你喝这么多，您真是他的同学吗？"骆雪梅不知道怎么说，也不知道怎么面对，在颜依月面前，她觉得自己什么都不是，颜依月的美貌和洞若观火的气势，让她深受打击。

"是的，他是我的初中同学。"颜依月看了她一眼，没说什么。从服务员那里拿来水，再次扶起他，又将水灌进他的嘴里，轻拍他的背。骆雪梅也上来端起盆子。他吐了两次后，缓过神来，看到她俩都在旁边，就说："你们都回去吧，我没事。"看她们不走就起来撵。她们走后，他死死地睡去。

一夜无梦，当第二天上午温暖的光线从敞开的窗帘上照射进来时，他的头依然发胀。他看看表，8 点 30 分，真睡过头了，怎么能喝这么多呢，他自责道！看到桌子上一份精美的早餐摆在那里，他纳闷酒店没有这项业务啊，肯定是颜依月送来的，只有她能进来，没有吵醒他。他呆呆地望着窗外，好像昨晚发生的事，只是一场梦。

他收拾好背包，洗漱完毕，下到前台结账，看到骆雪梅穿着来时的长裙，坐在对面的沙发里，视他为空气。头发还是冲天辫，在脑后高高支起。她的脸色淡漠，没有一点儿活力，行李扔在旁边。

他问前台："你们老板娘在吗？"前台说："老板娘回家了，让我们给您拿一箱本地产的红酒，走时会放到您车上。"他又问："去江城的公路修好了吗？能通车吗？"前台说没问题。

　　他走出酒店，回过身来，一层一层地向酒店看去，最后定格在那座天线塔上。骆雪梅径直走到车前，打开车门将背包扔进去，坐在副驾驶座上，然后从车格里拿出矿泉水，冷冷地抿着，低头看起手机。

　　车行驶在灰褐色的丘陵间，两边慢慢融入绿色，最后进入山间和林区。阳光变得柔弱温暖。峰回路转，又来到曾困住他们的孔桥前。孔桥上面已经铺好路基，孔桥下的河水，早变成溪流。他停下车。

　　"不高兴了，谁惹你了？"他从一路上沉沉的记忆中恢复过来。

　　"还能有谁？"她终于将气恼发泄出来，对他喊道。

　　"我，怎么惹你了？"他疑惑地看她。

　　"你那位女同学，昨晚又是给你倒水，擦脸，捶背，脱鞋，对你照顾得真周到啊，就差没给你脱内衣了！晚上喝那么多，还和一个女生单独喝，你跟我怎么就不喝呢？说不行，没时间，跟她为什么就行呢？我昨晚下餐厅想看看你吧，你们居然关着门！我在你办公室时，为什么就要敞开门？你是不是见一个爱一个？她比我长得漂亮，比我温柔，比我有能力，你当然得赶紧攀附上去，是不是？"她发泄着不满，准备还要继续下去，被他打断。

　　"大小姐，别吃醋了，人家已经结婚三年，孩子都快有了！她老公就是矿业公司的小领导，与大领导们混得很熟。你的项目有她帮助，还能不成吗？我也在帮你啊。你喊什么，值得你喊吗？在我心里，你比她漂亮百倍！"他气恼地说，不是对她，而是对颜依月。他这么多年来的期盼，全部落空。他更希望从没有见过颜依月。

　　骆雪梅立刻不说话了。

第9章 游戏人生

7月末的一个早晨，网诚公司，周岩蜷缩在自己的办公室里，查询后半夜的访客记录。他将客户登录分出三级：黑客及网络攻击类定义为最高级，此类信息出现后会自动发送到手机，其他定义为二、三级，防火墙会自动处理，他在事后浏览。

他主要管理炼狱游戏的客户数据库，如每位角色的虚拟身份、水平等级、账号记录、拥有的武器类别及数量，以及客户持有的币值，等等。另外，还有云端租赁的一些网站空间，这些空间主要与炼狱游戏相关，比如广告、策略、中介及配套产品的服务等。还有一些非游戏类的云端空间，比如企业和私人网站，与省通信研究院合作的5G工业大数据项目，就是此类空间的拓展开发。

周岩是炼狱游戏的后台管理员，这是一款非常流行的角色游戏。他是这个游戏世界的维护者，类似一个享有最高权力的警察，一个能同时扮演多种角色的监察员，一个维护玩家合法权利的管理者。对于初级玩家，他会扮演一个大佬呵护他们，成为朋友，引起好奇，吊起胃口，激发出他们的斗志；对于中级玩家，他会扮演志同道合的伙伴，一起攻城略地、巧取豪夺，一起向权力者发起进攻；对于高级玩家，他则是一个狠毒的猎手，将这些玩家反复蹂躏，残忍鞭打，让他们一个一个血溅当场，痛苦绝望，从而让他们花更多的金钱去配置更高的道具。他每天都与几十个角色周旋、沟通，用直白的语言、简洁的方式、犀利的手段，引领着这个游戏世界的江湖。他觉得这里就是几千年的人类历史缩影，不管是暴君还是平民，潜意识里都藏着一个卑劣的人性，需要文化滋养，需要道德抚平。他感觉那些残暴的游戏角色，灵魂都非常脆弱。他的灵魂就是最脆弱的。

游戏世界中，他得到极大的自尊，所有角色都尊重他。他扮演的各类监察角色，因为拥有无限的权力，别人看到他背后的能量环时，都会讨好他。然而在生活中，他是一名十足的弱者，没人把他当作人物，连大厦的保安都可以侮辱他。任何外人看到他瘦弱的身躯和单纯的表情，都觉得可以随意欺负和挑逗。只有骆雪梅欣赏他，把他当作真正的朋友。

他害怕群体生活，只愿意活在自己的世界里。他从来不知道真实的世界中，因为这款游戏，有多少儿童陷入歧途，有多少家庭妻离子散，有多少青年金钱散去、悔恨终生。他从来没有醒悟过。而他自己，就是其中最大的受害者！他从来不敢面对那段少年的记忆，只要碰触，就会被深深地刺痛，只有隔绝社会，才会把自己这种扭曲的人格彻底隐藏起来。

初中时，周岩常常逃课去网吧玩游戏。父母根本管不住他，越管负面作用越大。他开始叛逆，与父母交流越来越少。一次沉迷游戏中，父母管他，他冲动甚至以自杀威胁。14岁时，父亲在一次去网吧找他的路上，遇车祸离世了。母亲受不了打击，当着他的面，拿起刀横在自己脖上，说要么我死，你流浪街头一辈子，要么放弃游戏，好好学习对得起死去的父亲。他跪在母亲面前，突然用刀将左手的半节小拇指切掉，然后也横刀在自己脖上，说一起去死，妈妈抱着他痛哭。他发誓一定好好学习。通过艰苦的努力，终于考入名牌大学，专业为计算机数据应用。毕业后，他发现数据库与游戏息息相关，压抑多年的兴趣终于爆发出来，他义无反顾地进入这个行业。

本科毕业后，考虑到母亲的艰难，他开始找工作。他和另外两位研究生骆雪梅和冯冰，一起进入晶创公司。周岩话少只干活儿。冯冰话多喜欢投机取巧，擅长人情交往，但内心里根本瞧不起周岩，常常偷懒将周岩的功劳安到自己身上。冯冰知道周岩不在意这方面，就把他当作自己的劳动力，必要时，用人情恩惠笼络。

冯冰疯狂地追求骆雪梅，公司所有人都知道。骆雪梅没有答应，考虑到同事关系，说做个好朋友吧。但暗地里冯冰从来没有放弃过。他和她毕业于同所大学，同届研究生，只是专业不同。他是计算机软件专业，她是计算机管理专业，在校时她是学生会干部，组织能力强，交际广，长得漂亮有众多的追求者，他只能望洋兴叹。但到了一个公司后，他觉得机会来了。

越来越深入地发掘信息后，冯冰发现了悲痛的真相：骆雪梅真正喜欢的是公司老板柳元，那个可以当她父亲的人。他继续深挖，发现在大学期间，柳元就开始关心她，暗地里帮助她的学科考试、先进选拔、学生会入围，并让她在毕业时得到保研资格，研究生期间，也同样暗中相助，各项成绩优秀，顺利毕业。冯冰调查后发现，她的很多成绩都有水分。他又打探柳元的背景。曾是某位知名教授的儿子，在冯冰看来，就是一个不务正业的混子，依靠父亲勉强毕业，后来留校当老师，风流成性，名声极坏，据说把几名女生的肚子都搞大了。后来傍上个富婆，结婚后辞去老师工作，创立晶创公司，利用各种人情关系开展业务，很少有正规的市场运作。柳元现年五十六岁，人脉极广，但冯冰感觉他凶狠贪婪，势利小人，完全蒙蔽了骆雪梅的双眼。

冯冰将柳元的人品及劣行委婉地告诉过骆雪梅，没想到被她大骂，说他是恶毒中伤、品行极坏的小人。她对冯冰说，宁可喜欢柳元担负骂名，也不会喜欢他，让他趁早放弃念头。冯冰开始沉默，想让周岩帮助，但周岩站在她那边，并不关心这事。冯冰与周岩一起进行着公司防火墙的开发和维护，他们逐渐有了黑客的能力。冯冰开始偷取公司的一些商业秘密，对外贩卖，对骆雪梅还是痴心不改，对与她接触的所有男性，进行恶意造谣，使她的形象大损。后来贩卖商业秘密的事情败露，被老板开除。

周岩觉得骆雪梅是信赖的大姐姐，将冯冰的事偷偷告诉了她，才使贩卖的事情很快败露。后来周岩随她一起被老板剥离到网诚公司。

网诚公司成立后，骆雪梅负责技术部，主要做数据构建、算法管理及云端租赁业务。周岩负责开发部，软件维护，实际是虚职。老板让骆雪梅管理全部技术，包括周岩的开发部。

这天早晨，蜷缩在办公室的周岩听见骆雪梅打开房门，立刻兴奋起来。在她出差的这些天，他觉得灵魂被外面楼顶的乌鸦叼走了。他总看向窗外，想着用什么方式让乌鸦把灵魂叼回来。见她回来，他眼中挥之不掉的乌鸦立刻飞走了，一切恢复正常。

他溜进她的办公室，悄声问："姐姐回来啦，项目顺利吗？"

看到是他，她说："正要找你，"看到员工们陆续进来，又说，"中午吃饭时跟你说吧，先忙工作，今天处理的事情比较多。"紧接着，她召集技术人员开会，对 5G 工业大数据项目进行讨论，布置任务。

中午公司的餐厅里，他打好饭坐在固定位置。骆雪梅赶来，匆匆吃完饭后，带他进入自己的办公室，把门关上。

"姐姐，需要我做什么？"他见到她，才变得自然，僵化拘谨的身躯才放松下来。在其他同事面前，他不敢多说话，怕被取笑。

"冯冰最近联系过你吗？"她问。

"没有啊，哦！在网上接触过，他攻击咱们的服务器，有过两次，用明码说过话。"周岩感觉只有冯冰才会攻击他们，这个坏蛋已经两年没有消息了。她痛恨他，恨不得永远删除他，现在怎么又关心起他呢。周岩惊诧地看她。

"他联系过你，说什么了？"骆雪梅瞪大眼睛，有些慌乱。

"他说要约你，打探你的消息，被我拒绝。我说你有男朋友，不要再来骚扰，我还狠狠地骂了他！"

"他在哪儿发的信息？"她急忙问，脸孔绷紧。

"好像在楼下某个位置，利用远程 Wi-Fi 天线攻击咱们。"

"这个可恶的混蛋，他们肯定认识！"她自言自语，脸色变得苍白。

"他们认识，你说的是谁？"周岩疑惑地看她，心想，难道有人欺负姐姐。

"辰青云，那个省通信研究院的主管。他单独联系过你吗？"

"没有啊，怎么了，他欺负你，哼，看我不揍扁他！"他瞪大眼睛，挥舞拳头，觉得要是在游戏里，一定狠狠痛击此人。

"你别一根筋。对于辰青云，感觉怎么样，说实话？"她问。

"学者风度，儒雅气质，技术雄厚，深藏不露，是个高手，挺好啊！"他挠挠头。

"我说人品！"她心有不甘，咄咄逼人。

"人品？我哪儿知道，我也没接触过。"他有些委屈，"上次来交流时，他人很和善啊，没看出哪儿差，怎么了，他真欺负你了？我替你骂他去！"他有些激动，看到她摇头，又疑惑地问，"你们合作出了问题，发生什么了？"

　　"我就你一个好朋友，什么话都跟你说，我的事你也知道。当初喜欢老板，被老板拒绝。后来，在相处的几个备胎中，我想好好选一选，没想到冯冰这个混蛋，都给我搅黄了，把我与老板的事添油加醋地宣传出去，结果都被吓跑了，到现在，我也没有好好地处一个对象！"沉思一会儿，她又说，"看到辰青云，好不容易抓住一个门当户对的，但这家伙一点儿不上心，还认定我有男朋友，说是个游戏和网络高手，肯定说的是冯冰。他怎么认识？如果真认识，知道情况后，真有口难辩啊，最后又得黄了！"她眉头紧锁。

　　"姐姐，都是别人追你，怎么喜欢上了辰青云？让他得逞！"他问。

　　"我天天被母亲骂，都28岁了，还有什么资格要求别人？要是刚毕业，二十三四岁，我得让他天天求着我，好好折磨他。唉！已经不值钱了。"

　　"姐姐，你是没有自信，哪里老啊？在我心目中，你永远是女神！"

　　"别贫嘴！小孩子知道什么，我就是被你们这群男生忽悠成剩女的！"她用手点着他的脑瓜儿，又说，"过两天陪我一起去约辰青云，你好好从男生角度看看，给个意见。另外，在网络上，他留过什么痕迹，出过什么事件，有过什么情史，统统给我找出来。29岁居然说没正经谈过对象，我才不信呢！你要用你的黑客能力，给我仔细查查他的底细，最好能抓住一些把柄，我要狠狠地收拾他！"她攥紧拳头，吓得周岩捂住脑袋。

　　接下来两周，骆雪梅、辰青云和周岩三人连续聚了几次。他们玩密室追踪、剧本杀，他们唱歌跳舞、野餐游乐。最高兴的是周岩，本来孤僻，现在变得不再拘谨。辰青云也乐在其中，很久没有这样舒展了，他甚至怀疑，以前是否钻进了技术的囚笼，才被打开。骆雪梅是组织者，强行把他们的话语权揽过来，安排所有的活动项目。

"姐姐，你让我做电灯泡，做坏人，挖掘他的信息，对他进行品行测试，我实在干不了！"聚了几次后，周岩对她诉苦，"姐姐，求你了，你们还是单独约会吧。辰青云多好啊，你们相处，我一百个赞成，没有发现他哪里不好啊。再说，真发现了，你还要质疑我呢！"

"呵呵！聚会上就你俩在聊，跟我没一点儿关系。我就是个伺候人的，又是端茶又是倒水，忙前忙后地张罗，还得听你们无聊的技术。我是沾了你的光，没有你，我才是多余的，你敢不去？你找到他的把柄了吗？这家伙不上心，要想办法收拾他！"她发泄着不满。

"你应该看到一个好消息，辰青云肯定不知道冯冰和晶创公司的事，你不用担心了！"周岩调侃道，"姐姐，在公司里，你总是一副严厉的表情，哪个员工不怕你？好像都是你的敌人。辰青云又不是你的员工，收拾人家干啥，他冤枉啊！"

"呀！跟他见过几次面，你就被收买了，不认我这个姐姐了？要是敢不听我的话，看我不打死你！"她拿起旁边的书，拍他的脑袋，看到他褶皱的西服，又说，"你这衣服几个星期没洗了？去脱掉，再把你其他脏衣服都拿来，晚上给你洗了！"

"姐姐，什么时候变温柔了！自从和辰青云聚会后，你就变得体贴贤淑起来，你是给他看的吧，我和他都缺少父爱，你想填充点儿？再说，这也不是你平常的风格，看来恋爱真能改变人，我也要谈恋爱！"周岩觉得自己不孤单了。

"别瞎说。我在网上看到一些文章，说你们这类单亲家庭的男生，给点儿阳光就会灿烂，我想测试一下，你就做只小白鼠吧！"

周岩想明白了，自己就是他们的纽带。骆雪梅不想离辰青云太远，也不想太近，她要保持矜持，夺回主动权。其实，周岩受益最多，明白了很多事情。辰青云说他上学时也内向和瘦弱，也总被欺负，家庭也很困难，也生活在自卑中，摔过很多跟头，也才明白：只有自身强大才能应对困难。勇于面对，消除自卑，才能让梦想一个个实现。周岩突然发现，这个世界并不可怕，人们都很和善，没有人特意嘲笑他，也没有人专门攻击他。他的眼睛开始焕发神采。

"姐姐，辰青云真是良师益友，让人开阔眼界。你快抓住，别让他飞了。"

"呵呵，我就要让他飞一段时间，先不理他。你妈妈怎么样，有时间去看看吧，别让她挂念。"她转移话题。

"妈妈找的叔叔不好，我不想见这个继父。"他低下头。

"你回母亲家，继父还能把你的肉撕下来，把你的舌头揪出去？辰青云不也对你说过：不能活在别人的世界里。在游戏中你跟各类角色玩得很好，因为你自信能赢过他们。社会也是这样，把他们当作游戏角色，你就越来越自信。当然，也需要技巧，我建议你回家时，拎点儿叔叔喜欢的东西，比如好酒和好烟，他肯定喜欢！另外，你已经独立了，让他知道你不会依赖他们。再说，去看你妈是你孝顺。"

周岩的烦心事，总能被骆雪梅发现和疏导。每次听完，他就腰杆挺直，不那么害怕了。还有辰青云的劝慰和关心，更让他增添勇气面对生活。小时候，体会不到爸爸和妈妈的规劝，现在，他感受到了，懂得母亲的辛苦，体会母亲的关爱，感觉到家的温暖。

"好吧，我试试。"他想起两年前，母亲确定结婚时才告诉他。那时，他在晶创公司上班，已经独立了。为了全身心投入游戏的测试工作,他在离公司很近的地方租了个公寓,房间很小,但对于他足够了。后来到网诚公司,也就近租了个小公寓。从此,他活在自己的空间里,没有人干扰他的世界。母亲让他回家,他总找理由躲避。

他全身心地投入游戏的测试和管理中。游戏发布后,老板没想到这款游戏如此火爆,给公司带来了丰厚的利润。老板没有吝啬,给他高额的工资。周岩对钱没有想法,每次把工资都汇给妈妈。后来妈妈坚决不要,让他自己攒着。也是那个时期,妈妈说要结婚了,叔叔是名船务管理局的公务员。结婚那天,叔叔把他的房间重新收拾,东西打包放到阁楼,变成叔叔的工作室。他觉得叔叔侵占了自己的空间,妈妈却说,咱家房间本来不大,你不常回来,先给叔叔用吧。他觉得叔叔瞧不起他,不尊重他,把他当成家庭之外的陌生人。

两年来,他很少回家,妈妈总过来看他,带好吃的,带换洗衣服,带生活洗漱用品,把脏衣服抱回去清洗。后来,在骆雪梅的批评下,他开始自己洗衣服,自己买生活用品。

当他惴惴不安地走进家门,将烟酒放到桌子上时,妈妈高兴地跑过来,搂住儿子,擦着眼泪。妈妈和叔叔一起下厨房,摆了一桌丰盛的酒菜。叔叔跟他像朋友一样聊天,不时大笑着一起碰杯。妈妈给他夹菜,数落着叔叔别让孩子喝太多。后来,他们聊起了游戏,他给叔叔讲了一些游戏中的攻略,叔叔的眼里,充满好奇和羡慕。他此时才发现自己真的了不起。当叔叔说想安装游戏时,他更兴奋,觉得叔叔成了他的粉丝。可是,妈妈坚决不同意,跟叔叔吵了起来,他反过来替叔叔说话。妈妈更生气,要撵他回去。最后,叔叔执意让他留下,亲自到工作间铺好被褥。他觉得那晚上最快乐。

回到公司,骆雪梅看到他愁眉苦脸,问:"回家不顺利吗?

耷拉个脑袋，叔叔惹你生气了？"

周岩把回家的情况说了一遍，话语里埋怨起妈妈。

"哈哈，开始掉转枪口了！你想一想，你妈从小因你玩游戏生过多少气，你亲爸因为你玩游戏离世了，对你妈打击多大啊！这么多年，你妈对游戏得多么恐惧，虽然现在是你的职业，你妈认命了，但你让叔叔去玩游戏，你妈能不害怕吗？好不容易稳定下来，你又掀起她的伤疤。虽然你叔叔是大人，能控制自己，但你妈受不了。你没有从她的角度去想问题，只想着自己。你叔叔不会懂得这种恐惧，因为他没有体验过。"

"那我怎么办？"他不安起来。

"跟妈妈道个歉，不再提游戏的事。你叔叔若问，就转移话题，聊别的事。比如他喜欢的摄影，你可以与他交流游戏里的场景设计和背景选择，不提游戏二字就行。"见他发憨地傻笑，她瞪起眼睛，"我告诉你，最近不许和辰青云聚会，他若问起，就说我忙，但你还要盯紧他的行踪。那个冯冰，在网上有任何踪迹，第一时间告诉我。"

第 10 章　情愿与情离

辰青云从山城回来，继续研究干扰源问题。几周来，除了上班和聚会，晚上 11 点之前，周六和周日全天，他都全身心地投入干扰源的数据研究中。他有一个癖好，桌面上不规整就没法专心下去，尤其被问题卡住的时候。这次回来，面对更多的问题，他更加烦乱，整理桌面成了主要工作。最后，他身心疲惫。

骆雪梅带他和周岩聚会几次后，他突然发现生活如此快乐。与周岩的技术交流，让他心情愉悦；与她的温情对视，让他心花怒放。尤其她的悉心照顾、温柔体贴，让他忘却了所有的技术乐趣。他心想，钻研技术真可能变成傻子。于是，骆雪梅的频频侵入，将他曾经的依恋和痛苦埋入心底，他终于跳出旋涡，准备享受新生。

已经一周没有骆雪梅的信息。上周聚过两次，这周不聚了？他打开微信。

"这周没安排吗？什么时候再聚？"没有回答，他又发个问号。

"周岩忙，没有时间。"半小时后，收到她的回信。

"你有时间吗？"他秒回，但没有收到回信。他想她可能真忙，没时间回复他。

"你想约的是周岩，对我不感兴趣，我们也没有可聊的话题，不难为你了！"半小时后，终于收到回信。

"没有啊，跟你有话聊啊！"他想起每次聚会，的确和周岩聊得多，她大部分时间在聆听，在一旁温柔地伺候，张罗着每个细节，抢着买单。他觉得自己太幸福了。想到这儿，他赶紧加上一句，"抱歉，是我不对，还是想约你，给我一次补过的机会吧！"

"你不怕被纪检部门约谈吗？我们是甲乙方，见面不好。以前的事都过去了，我不想单独聊。"半小时后得到回复。

"请你谅解，真的很想约你，找个离单位远的地方吧。"他感觉自己被吊起来，随意鞭打。

"好吧，时间和地点你定！"下班前，他才收到回复。

晚上6点，河边一条私人游船上，老船工慢慢摇动船桨，向清冷的上游划去。封闭的船舱里，茶水的清香弥漫开来。骆雪梅垂散长发，清秀的面孔白皙滑嫩。他才发现，她真的很漂亮。细长的手指托起茶杯时，优雅自如，半敞开的上衣里面，露出白色的内衣边缘，乳沟半隐半现。他搜索记忆，从没见过她如此性感的样子。她将上衣合拢起来，冷淡地看他，仿佛知道他心中的色意。

"聚会多次了，今天才单独约你，是我太忙了，真的抱歉！"他盯着淡漠的她，又轻声说，"上次去山城那个暴雨的晚上，是我怠慢你了，这几次聚会，我觉得你真好！"

"你这人一身毛病，没有一点儿生活情趣。现在想一想，还真得感谢你，让我冷静地思考。这几次聚会后，我想，还是不打扰你最好！"她依旧冷淡。

"什么意思？"他心慌起来，难道她态度有变，自己一厢情愿？

"相处这段时间，让我看清了你。你就是想骗骗我们女孩子，不想投入太多，只想逗逗我们，证明你有手段。其实，你有心理问题，有病态的同性恋倾向。你跟周岩如此投缘，情感真挚，对我却没有想法，这是明显的病态症状。而且，你最大的毛病就是自以为是。你说自己清高，其实是忽悠。你是不是觉得女孩儿都应该喜欢你？什么'我太忙了'，就是找借口，就是自以为是！还有，既然你曾说过喜欢我，每天发个微信，问候一下，还需要时间吗？还怕别人看见吗？你不光自以为是，还自私自利！"她冰冷地说。

"没有啊！"他开始惊慌。

"我现在后悔那天晚上对你说的话，我要全部收回。我没向你表白过什么，至于你说喜欢我，现在答复你，我不同意！"她把整个事情翻转过来。

他脸色苍白，怎么也没想到，真的把她放进心里时，却被无情地拒绝。哪有这么容易啊！这些天来，好不容易把颜依月从大脑中挤出去，把她塞进来，越塞越满，越勒越紧，不能自拔了。现在，居然被她全部抽离，变成一片空白。他感觉被狠狠抽了一记耳光，满脸伤痕。

"不是啊！我没有骗你，我是真心喜欢你！"他伤感起来，觉得自己真错了，然后喃喃地问，"还有补救的机会吗？"

"你说呢？"

"不知道！"

"你只会说不知道，我就生气你的'不知道'，什么都不知道，还补救什么！"她转开脸，将视线投向窗外的河面。

"那就是没有希望了？"他心乱如麻，开始崩溃。

"好了，我问你几个问题，如实回答。"她转过脸面对他。

"好吧！"他感觉她在拒绝之前，要快刀斩乱麻，省得留下后遗症。

"你什么时候开始真心喜欢我的？"

"从山城回来之后！"

"为什么喜欢我？"

"不知道！"

"还说不知道！"

"噢！就是喜欢你，喜欢你的温柔和你的直率，看到你心动！"

"你是心里喜欢还是肉体喜欢？"

"嗯……全都喜欢！"

"就是说，你心里真切地、诚恳地，想让我做你的女朋友？"

"是的！"他盯着她，觉得又有了希望。

"想做多长时间？"

"一辈子！"他直接说出，没想那么多。他觉得先挽回她的心再说。

"好吧，看到你这种诚恳的态度，让我想一想。我才明白你相亲的那些对象，为啥没有好结果了，都是你这些臭毛病导致的。我可以先忍一忍……暂时做你的女朋友，就算重新给你一次机会吧，反正我也单着！"她从冷脸转变为笑脸。

他蒙了，从拒绝到接受，她转变太快。

"我有那么多臭毛病吗？同性恋，自以为是，自私自利，没人跟我说起啊，你是不是瞎编的？"他奇怪地盯着她。

"后悔了，想撤回你的承诺？承认口是心非了，承认虚情假意了？我可告诉你，一旦承诺了，就不许再欺负我！说吧，是否收回你的承诺？"她的笑脸又变成冷脸，孤注一掷，如果他回答是，她会立刻离开，断绝所有关系。

"没有，没有！"他盯着她，总觉得哪里不对。什么时候欺负她了，难道被她套路？行了，认栽吧，谁让自己没有时间研究这个女人呢！

见到她又变成笑脸，他犹豫后逗她说："这小船里只有咱俩，船夫不会轻易进来。你看这舱壁上挂着一幅画：春江花月夜，是不是跟外面的风景很配。这种天时、地利、人和，很有风情啊，你没有想法吗？既然做我的女朋友，不管暂时的还是假装的，我都想验证一下。而且，是不是同性恋，是否对女人感兴趣，我更想知道。呵呵，你看，这船舱里有一捆竹席，可以铺出一张床。嗯，船夫想得真周到！"他瞄了一眼她的身体。

"你想干什么？"她用手拢紧上衣，瞪着他，脸却红到脖子根，"我可不是随便的人，你不是很传统吗？原来也色胆包天！你要干什么，我可要大喊了！"她吓唬他。

"那个暴雨的夜晚，你怎么不喊呢？我要弥补当时的过错，若那时生米煮成熟饭，还能让你今天这样冷漠绝情！"他坏笑道。

"你敢！我真的很传统，我妈给我画下了红线，说只要越线，就断绝母女关系！你说吧，想让我见不到母亲，你就来！"

"至少和那晚一样吧！"他将竹席上的线绳拉开，顺势展开。他脱鞋坐到上面。

"那夜你到底干啥了？趁我睡着的时候，说！"她脸红地瞪着他。

"你上来就知道了，快上来，坐在这里舒服，跟你开玩笑呢，上来呀！"他笑了。

她脱鞋上来，他顺势抱住她，倒在竹席上，将她的嘴紧紧堵上。吻够了，问她："你老妈真这么说？"

"当然了，老妈把我骂大，老爸把我宠大，两个极端！因为我的事，他们总吵架。我知道老妈对我好，总管着我，但我受不了，还逼我相亲。对了，春节回我家吧，让你看看我妈有多凶！"她柔顺地贴着他，痴痴地笑着。

"我要是有个爸该多好，我妈也是把我骂大的，但没有人宠过我，唉！谁让我是个男孩儿呢。对啊，你不是说我同性恋吗？我要验证一下。"他把手伸进她的内衣，她扭捏地躲避着，笑着，船晃动起来。外面船夫的声音传进来："船走了！船走了！"他们慌忙静下来，对视着偷笑。

两个人回到餐桌。他走到舱外。船夫悠闲地停止摇橹，坐在船头，抽着烟，旁边架着一个炭火炉，在流光的河面上闪烁。他将一把肉串放到红通通的炭火架上，边跟船夫说话，边翻动着肉串，见肉串烤好，拿起放到盘子上，回到船舱。她已整理好凌乱的衣服，重新涂好口红，优雅地梳理长发，恢复到来时的秀丽。窗外的夜色已深，河水溅起凉意，吹来轻风，船轻轻地摇动着。

"光顾着谈情说爱，忘记正事了，看来恋爱不是一件好事！"他把肉串放到她的盘子上，看到她盯着自己，又说，"山城矿业公司来电话，说 5G 大数据接口已经就位，让我们过去测试。这两天准备一下，我们各带几人过去先开展工作。"

"这么快？不是说至少两个月才能完成嘛，看来你们国企的效率也挺高嘛！"

"是有人帮助你，是颜依月让她老公促成这件事的。她说期待着咱们过去，她和老公要好好地招待咱俩。"

"咱俩？我跟她又不认识，你的同学，招待你就好了，你上次不也没带我嘛。"

"你这人又拿上次喝酒说事，还说你情商高，是人家帮你啊！颜依月特意说了，一定带你女朋友来，那个漂亮的项目负责人！"

"女朋友？她怎么知道我是你女朋友，之前我可没答应你！"

"呵呵，谁知道你对她说过什么，人家认为你就是，我也没法说明。不过今天之后，你就是我正大光明的女朋友，可以官宣了！”

“你忘了纪检约谈的事了？项目还没完成，我可不想这么招摇，也是帮你！”

“怎么又反过来了，刚才还骂我假借纪检约谈，现在又变成你的挡箭牌！宴请只有他们两口子和咱俩共四人，没有外人，人家没必要透露你的信息，怕什么，哦！上次你吃醋挺严重啊。我奇怪你怎么能吃醋呢，估计你是见不得我旁边有更漂亮的女人！”

“你说什么？不是说我比她漂亮百倍吗？你才是反过来的。你又要为所欲为，你欺负我！我就是不去，我不是你女朋友，我不想见她！”她气恼地要哭。

“好，好！是我的错，别生气了，我的大小姐！”他赶紧哄她，心想女人之间真复杂！

两天后，他们和同事一行六人坐动车前往山城。

骆雪梅不让辰青云开车，说开车太累，害怕再次山崩地裂，成为孤魂野鬼。他却说，那些孤魂都是梦中的女神，冥冥中保护他。动车一行人里，他俩拉开距离，伪装得客客气气。

到山城的晚上，颜依月和老公范达请他俩吃饭。

范达坐在中间，俨然一副领导的样子，硕大的脑袋上盖着一层短短的头发，坚硬得像刺猬。脸皮细腻柔软，仿佛用牛奶洗过，侧面看像一个精致的女人，粗眉下长着一双豪气的眼睛，显出精明强干。两位男士坐在一起，两位女士紧挨着各自的男人，相隔对视。

范达从带来的箱子里取出红酒，让服务员给每位倒满，说这酒是本地的特产。近年扶贫改造，在山城周边的山村荒野，大面积种植葡萄。这种葡萄品质卓越，酿出的酒连续几年获得国际金奖。这酒是限量版，上千元一瓶。他说只给尊贵的客人享用，请大家放量豪饮。

颜依月身穿红色长裙，像一位新娘，脸庞红润，光彩夺目。她举起酒杯，说辰青云是她的初中同学，上学时虽没有交流，但同学之情天长地久。当她用复杂的眼神看他时，他清楚，她想隐藏他们之间的一切。他暗中生气，童年和少年的 16 年陪伴，就这样变成没有交流的同学之情，被蒙混过去了？

范达说，依月的同学就是他的同学，你们的事就是他的事。说这些事都不算事，你们有好项目尽管找他，凡是在矿业公司范围内的，他都保证没有问题。然后滔滔不绝主导着大家聊天。范达是矿业公司前总经理的儿子，曾以矿业公司下属集体企业为名，承包当地一座小煤窑。国家出台关停政策后，他利用关系又开始承包矿业公司的煤炭运输业务，短短几年的打拼，已是当地的隐形富豪。后来混进矿业公司的中层。外人看，他是国企的干部；内部人看，就是运输包工头。他比颜依月大 5 岁，性格豪爽，吹嘘着自己的创业史，夸耀着遇到难事时的精明手段，以及和一些大人物的紧密关系，等等。

颜依月亲密地给老公夹菜、倒酒，贤妻形象，让辰青云深感不爽。她的亲昵照顾，倒是让范达笑得极不自然。骆雪梅看在眼里，只要颜依月给老公夹菜，她就给辰青云夹菜，也一样亲昵的表现。仿佛这两个女人在比赛，看谁更温柔，更体贴。辰青云应酬着范达的夸夸其谈，不时关注她们的比赛进度。最终，颜依月败下阵来，停止对老公的亲昵，过来拉着骆雪梅的手，坐到两位男人的对面，开始独立交流。餐桌被明显地分隔开。不一会儿，辰青云就发现这对女人变成了亲昵的姐妹，像闺密？像同性恋？甚至远远超越。他开始紧张，怕她俩无话不说，怕与颜依月的秘密，被骆雪梅知道。他不时看向她们，可是她们却完全甩开男人，好像这间房里，只有她们在私密交流。

谈到上次矿难事件，范达说出一些神秘事情，令他大为惊讶，从对两位女人的关注，跳转出来。

范达说他当小煤窑矿主时，曾经有工人上井后出现失忆情况。同伴问失忆工人井下的状况时，工人说跟喝醉酒一样，又说仿佛做噩梦，被人超度着，有神灵拽着他们的魂魄往天上飞。他们以为自己死了，但醒来后身体没有受损，而且事件发生时，工人的对讲机和携带的小收音机里，发出大量的噪声，持续时间不长，也就十几分钟。范达又说，这次矿难事件，据井下被营救出的工人说，矿难发生时，不知哪儿传来嘈杂的音频声，好像放大百倍的风扇噪声，铺天盖地罩住他们，有人晕倒。塌陷发生后，这几名晕倒的人没有被及时救出来，才死亡的。根据救出工友的叙述，范达说跟以前小煤窑的失忆情景相似。

他的好奇心提起来，问范达，这些失忆事件总在矿井中出现吗？

范达说，这次矿难后，塌陷的矿井被完全封闭，矿工们很忌讳这件事，谈论的人很少，说怕被井里的鬼神盯上。也有人说，这次矿难，是这种杂音与地震发生共振造成的。私下里，他们采取了防范措施，在井下作业时，只要有这种苗头，比如对讲机和收音机里出现大量噪声，或有人出现幻觉，就快速撤离升井。后来大家习惯了，但对下井工人的神志变化非常在意。

辰青云对提到的鬼神感兴趣，范达又说，以前煤窑中出现此类事件时，当地人就说这是矿井里的灵魂在聊天，乘机挤进工人的大脑，才出现这种现象。说昆古山脉在几千年的历史中一直打仗，西侧的游牧民族和东侧的农耕民族一直在冲突，山脉上有纵横交错的长城，是早期战争的前沿阵地。历史学家统计说，这里是地球上因战争死亡累积最多的山脉。矿业公司领导找过一些专家讨论，后来被上级部门约谈，说他们封建迷信！
当然，专家们对此也是嗤之以鼻的。

　　吃完饭，颜依月挽着老公走出餐厅。她对辰青云和骆雪梅
说，自己流产后身体刚恢复，正准备休养和再次怀孕，最近不
常来酒店，有什么事情直接跟大堂经理说吧，她已交代过此事。
然后，颜依月挥挥手，亲昵地挽着老公走了。

　　他和骆雪梅的房间紧挨着，不管白天工作还是晚上娱乐，
同事们相处得非常开心。他偷偷问她，与颜依月交流什么了，
那么亲密？她白了他一眼，女人的事你也关心！

　　几天后工作结束，计划次日上午返回江城。

　　这几天，他的睡眠不好，一直想着那些神秘事件。明早就
要返回江城，他的内心空落落的，好像丢掉了什么。整个夜晚，
他睡不着。凌晨，窗外刚刚发白，他就起床，准备出去散散心。
他走出房间上到楼顶，站在那座巨大的天线塔下。地平线上清
冷的微光，正辉映在西南半包围的群山上，映出死寂般的孤独。
他呆望着天空，那片还未隐去的星辰，神秘地闪烁着。

　　身后一个身影袭来，他吓了一跳，回过头看，颜依月正素
颜苍白地站在后面，一身白色的长裙，在清冷的风中舞动，与
微白的天际融为一体。他惊讶地问："你怎么上来了，不是回家
休养了吗？这么早，你怎么知道我在这里？"他想起上次在这
里，那个夕阳的傍晚，骆雪梅也是这么悄无声息地上来。但此
时，是未醒的清晨。

　　"睡不着，这里就是家！我的房间在酒店二楼。房间里有监
控，看到你上来，我就上来了。"颜依月走近，忧郁地看他。然
后，他们一起抬起头，遥望苍白的天空。

　　"这几天你一直在酒店里？我怎么没看见你！"

　　"我不想打扰你们！"她的声音，立刻被晨风吹散。

他不再说话。自从见过她，他感觉两人越来越陌生，正背向远离。他们之间根本不在一个时空里，一个在南天，一个在北天，相隔万里茫茫不见！童年和少年的记忆，随着天际的隔离，已经消散在尘埃之中。他不想再次回忆他们共享的时光。

"骆雪梅是个好女孩儿！你们什么时候结婚？"她打破了沉默。

"我们刚开始处，还没有打算！"然后又是沉默。他觉得除此之外，再没有可聊的话题，初见面时的回忆都已聊完，他不想再聊回去。

当星辰彻底隐去时，第一缕纤细的光线从深空的云层中反射出来，虽然太阳还隐藏在地平线之下，他觉得该打破沉默了，问她："你相信这个世界上有鬼神吗？"

"相信。我相信，天地间的鬼神会再给我一次机会，让我重生！"

"如果天地间真有灵魂和鬼神，在这片时空看你，你会怎么想？"

"我会祈求他们，还给我失去的灵魂伴侣，让我永远相随！"她轻轻地抽泣起来。

等她停止抽泣，他缓缓地说："这座天线塔的周围，有一些神秘的信号源。这些信号源可能是未知天体产生的，它们就存在于这片天空中，像鬼神，更像灵魂。那些矿井中出现的失忆事件，肯定与此有关。我推测，这里可能是一个很好的测试地点，条件成熟后，我想在这里安装测试设备，进行独立研究。"

太阳从地平线上一跃而起，她苍白的脸映在朝阳之中。

第 11 章　生死玩家

8 月中旬，网诚公司的月度会议上，老板和市场部经理前来参会，要求所有员工参加。他们带来一份项目策划书。周岩心想，老板很少来这里参会，平常都是视频，看来又有新的项目需要开发。

老板开始讲话，首先肯定了骆雪梅的工作，说与省通信研究院的合作开拓了市场，说 5G 工业大数据项目是未来重要的应用领域，是公司重要的转型方向。老板严肃地扫了一眼她和周岩，强调说，你俩是公司的骨干，必须相互配合，把从晶创公司剥离过来的业务做好，要转变思维，要研究和适应新市场，要让网诚公司健康成长。当然，也要掌控好市场风险，绝不能留下任何隐患。老板又严厉地扫视大家，说你们一定要服从骆雪梅管理。

市场部经理将策划书内容投到屏幕，说这是公司慎重考虑的一项广告策划，要求大家讨论，并提出合理化建议。

策划书标题为"沙漠越野对抗赛的招募和技术支撑"。周岩发现，这是为漠城每年举办的沙漠越野赛进行参赛策划，主要是招募赛车手，筹备广告。赛事"沙漠全地形越野车对抗大奖赛"，时间为 10 月中旬。骆雪梅问，公司业务与对抗比赛有什么关系？

老板解释，晶创公司将开发一款以赛车游戏为主题的产品，这项活动就是对此产品进行广告宣传和应用推广。和以前赛车游戏不同，这款游戏配备一套特制的视觉头盔，游戏将与头盔一起发售。我方赞助的赛车手，将全程戴这套头盔参与比赛。第一是招募队员，由晶创公司实施；第二是根据漠城实际赛事的沙漠地形，绘制出游戏场景来配合比赛，由网诚公司负责。游戏场景完成后，在晶创公司进行最后的测试预演。最后老板强调：参与人员必须保密，要签署涉密合约，泄密后会直接开除并承担巨额赔款。

会后，老板进入骆雪梅的办公室。关上门后立刻堆满笑容，完全变成另一个人，之前面对众人时的威严，对待她的严肃，全部消散，俨然一条变色龙，由冷色变成暖色。仿佛坚硬的冻肉，从冰箱添入餐锅后，立刻变得柔嫩。

"雪梅啊，公司的管理还有困难吗？顺手了吗？有事跟我说，一定给你摆平。"老板宠爱地看着她，看到墙上的沙漠风景画，又说，"哪天我给你找几幅名画，挂上才气派！"然后又说，"若有不听话的员工，或者谁欺负你，跟我说，我收拾他！"老板坐在沙发上，跷起二郎腿，俨然在自己家里。

"老板，有件事情还要问你，必须说实话！"她坐在沙发的一角，盯着老板，见他点头，说，"你从大学就开始帮助我，对我好，为什么？我想知道实情，最好换一种解释，你以前编的理由太牵强，我听腻了。你到底喜欢我什么，既然喜欢，为什么曾经不接受我？"这种问题，她已经问过多遍，每次得到的回复，都让她更糊涂。但这次不同，她要从对老板的情感中解脱出来，因为辰青云已经占据了她的世界。

"雪梅啊，我不是说过嘛，你长得像我母亲，我有强烈的恋母情结。另外，你与我的初恋很像，当然就喜欢你了。我没有女儿，儿子不争气，当初见到你就立刻当女儿看待了。若还不相信，就把我当变态老头，好了吧！"老板还是重复以前的解释，看到她依旧怀疑的表情，又说，"我跟你不是一代人，有家室，是从长辈的角度关心你。你千万不能有别的想法啊，赶紧找个对象吧，也不小了。我本来想给你介绍个男友，但我的观念和你们差太多，还得你自己找，赶紧找吧，我都替你发愁了！今天来，也是顺便催你。但不能忘了约定，千万不能把这层关系跟你的家人和朋友说，对你影响不好！"

"既然这样说，就当你是长辈。你是老板，你最好把我当下属看，该说该训，正常管理。你不要管我的生活和对象问题，这与你没关系！"她还是不满这种解释，可能被宠爱惯了，她也不客气。

老板从骆雪梅办公室出来，立刻恢复了严厉的表情，扫视遇见他的员工，推门进入周岩的办公室。周岩恭恭敬敬地站起来，等待训话。老板拍了拍他的肩膀，表扬了他最近的工作，尤其在游戏管理中，对稳定玩家起到很好的作用，计划嘉奖他。然后说："今天商议的越野赛项目，场景构建和赛道模拟，还得你来完成。这次比赛，不仅要保证我们赞助的赛车手参与进去，还要争取进入前三名。我给你一份近年来这些重量级参赛对手的名单，对于主办方及管理机构的内部资料，以及对手的资料，你都要想办法搜集到，不管采用什么办法，是明的还是暗的，一定搞到，这是新游戏能否打入市场的关键。"

"老板，您是想通过黑客获取，要是被发现怎么办？会违法的，我担心被抓住后，影响我们的声誉。"他耷拉着脑袋，小声说，害怕看老板猎鹰一样的眼睛。

"有什么害怕的，又不是没做过！这么多年，哪项事情没照顾你？我给你遮风挡雨，怕什么！我知道你不愿与外人交流，在后台与网络打交道不正发挥你的特长吗？你的待遇是公司里最好的，不要想那么多，有问题也是公司的事，好吧，就这样！"

老板不容置疑。出门之前，又补充一句："你可以动用游戏业务里各类客户的云端空间！"

他知道老板的想法，宁可牺牲客户的利益，也要把涉及比赛的对手资料搞到手。每次老板来，布置给他的工作都具有挑战性，他压力山大。以前不越线，这次明显过线了，而且，还要以侵害客户利益来进行不正当的活动。他想找骆雪梅商量，但他知道，她也在尽量摆脱与老板的亲近关系。他的心情烦乱起来。

他开始制定商业资料的获取路线，没多久，发现困难重重，无法坚持下去。他无奈地打开游戏后台，进入游戏世界，也许这里能发泄烦躁的情绪吧。他找到最热闹的一个场景，扮演一名最弱的中级玩家，将他头顶上的能量环削减到最小。他知道这样不会被别人注意，若有人攻击，会快速地提高能量等级。他看到角色们正在交流。

"哥们儿，来这里玩是图个高兴，不是来骂街的，能不能文明些，打不过就努力升级，别以为谁都欠你！"

"××的，我就想发泄，你们这群狗屎，仗着有钱能买到高端装备，就为所欲为！欺负我们靠拼命积累来的可怜装备，××的，你有本事把真名报出来，看我××的不把你揍扁！"他看到这位刚战败的玩家，拖着打烂的盔甲，正悻悻地骂着离开。

"我说句话吧，以前战斗没几十个回合下不了阵，那叫过瘾，装备再高也要先平等对阵。现在可好，不出两招儿就亮出秘籍或高端武器，让人连逃跑的机会都没有，总想演义一剑封喉的残暴，格斗技巧越来越少，策略越来越低级，来这里的人都变得冷酷和狠毒！管理员在哪里？是不是该改变风气了！"其中一个玩家说。

"我也说两句,除了上面玩家说的,还有更多无聊的事情。除了残暴、粗俗,就是越来越多的广告,正打斗过瘾呢,突然弹出窗口,介绍更厉害的武器,价格如何优惠,等等。还有,战斗正占上风的时候,对方却突然甩出几张色情画面,你稍有分心,就被乘机拿下。大家说,哪有这么干的,上面那位老兄不骂街才怪呢!"

"管理员才不会管这些烂事,这里越混乱,越残酷,他就越高兴,才能吸引客流呢!粗俗、色情等节目,会让更多的人来凑热闹,来寻事骂街。有人就愿意看怼人,直播没看够,跑这里继续怼。水至清则无鱼,人至察则无徒,管理员就要这种效果!兄弟们,就当这是黑社会,适者生存嘛,说不定还能锻炼你们的处世能力,哈哈!"

"各位高手,求你们帮个忙,我是一名家长,孩子正上中学,已经玩这个游戏上瘾了,成绩越来越差。我刚注册进来,水平不高啊,求求某位高手,花钱也行,只要看到××孩子进入,就帮我打残他,让他没有斗志。或者哪位大侠跟管理员说一声,把他锁起来,让他玩得无趣,只要丧失兴趣就行!"一位新人求着大家。没有人理他。

周岩想起老板的告诫。不要相信任何角色,乞求很可能是一种策略,让他们自己平衡,不能干涉太多,只要将外人引入游戏就行!

他看到那位战败的玩家又登录进来,身上挂满新买的装备,满口脏话,怒气冲天,直向前赢家杀去。他正心烦,可怜起那位家长,冲动之下,想教训这位玩家,便说:"这位兄弟,这里不是撒野的地方,请端正心态,战败就要认输!"

"你××的是什么东西,一个小小蠕虫也敢跟老子叫阵,我××的先把你收拾了。"

　　这位玩家向他冲来。前赢家也上来助阵，发现来势凶猛，悄悄退却了。但战事已起，杀红眼的双方已经疯狂。周岩的气血涌上来，将所有的不满和压力发泄出来，忘却了身份。他用最狠的策略，最残酷的手段，将这位中级玩家蹂躏着。他还不甘心，大战几百个回合后，将这位中级玩家的道具全部绞杀。后来他才知道，玩家这身新买的道具，价值几十万元。道具的价格都是由市场部和财务部掌控着，他从来不问这些道具的市场价格。

　　恶果就这样产生了。第二天早晨，刚开始上班，一家直播的自媒体就在现场推送出一组照片，该照片信息立刻在各类媒体上快速地转载传播着。标题是"一位年轻爸爸沉迷游戏跳楼身亡"，里面附一张从男子口袋中拿出的白纸，上面写道："老婆，对不起！我将卡里的钱全买游戏道具了，本以为赢后能赎回来，可是全都打没了，对不起！我实在受不了这种折磨，我走了……"图片里，一位男子穿着西服，仰面倒在地上。从图片看，地址就在不远的一座高楼下。评论区立刻翻了天，各种对游戏的谩骂，对死者的惋惜，各类褒贬的评论，像汹涌袭来的沙尘暴，将城市的各个角落，淹没在阴暗之中。

　　看到视频，周岩的大脑一片空白。缓过神后反复琢磨，怀疑死者是那位被他打败的玩家。他立刻吓坏了，浑身颤抖，脸色如死人般的灰白。他尽量掩饰住慌乱，跑过去把事情告诉骆雪梅，简单说了经过。她也吓坏了，立刻换上衣服，和他快步下楼，跑出大楼，打车向事发地点奔去。两个人蜷缩在后座上，心脏怦怦跳着。

　　事发地点，一副担架正抬上救护车。旁边是一位号啕大哭的女子，身后一位老太太抹着眼泪，领着一个几岁的孩子。孩子愣愣地看着女人。他听到旁边的年轻人在交谈。

"是什么游戏公司，你知道吗？"

"说是炼狱游戏，那位痛哭的女子骂他们害死了丈夫，要告他们！"

"她能告赢吗？这又不怪游戏公司。"

"但游戏公司为了挣钱也太不讲道德了，游戏管理者为什么不去阻止？这是在赌命，以后真不能玩这类游戏了！"

救护车离去，警察拍照并勘查现场。人流散去，骆雪梅拉着他往回走，安慰说："不要害怕，没事的，不要害怕，你没有责任！"他像背着千斤的石头，回到楼下，又像脖子被绳子吊着，拽上电梯。到了公司里，两个人瘫坐在沙发上。她喃喃地说："那人穿着西服像个白领，肯定不是你游戏中那位低素质的玩家，肯定搞错了，与我们没关！"

电话响了，周岩惊站起来。是老板，劈头训他："你个混蛋，你是傻子，还是疯子？赶快去游戏后台，把那人的装备清单列出来，去跟财务核对，我马上过来。"

他慌乱地跑出去，骆雪梅紧随其后，财务经理也急忙过来。该玩家的所有装备清单打印出来后，财务经理立刻拿到财务室。老板进来径直走向周岩的办公室。员工们已经知道发生的事件，聚在一起悄声议论。骆雪梅被老板撵出来，只留下周岩。她看见员工们聚在外面，驱散他们后，用耳朵贴住紧闭的房门，里面传来老板的骂声。

"谁叫你把那位玩家的道具卸杀掉的？我没告诫过你吗？一点儿不长记性，不管游戏玩家怎么挑衅，不管跟谁挑战，都要给他们留出至少一半的装备，尤其对花钱买道具的中高级会员，必须保证他们不失筹码。你无论站在维护、管理还是猎手的角度上，都要这么做。你疯了，忘记自己是谁了！我昨天刚从这里出去，你就惹出这么大的乱子。你真是个混蛋，赶紧收拾东西，给我滚蛋！"

骆雪梅撞门进来，对老板喊道："你要是把他开了，也把我开了！我也有责任，没管理好！他是有错误，但不全怪他啊，谁知道玩家心智这么低，又不是故意为难他，我们也想好好地维护这个游戏啊！"

老板看着她和低着头的周岩站在一起，想张嘴骂他们，还是忍住了，鼓着眼睛狠狠瞪着周岩："好，好！看在她的面子上，这次放过你。再有下次，立刻滚蛋。还有，再不按要求做事，看我怎么把你废了！"

"那这事怎么办呢？"骆雪梅的声调降下来。

"我正在帮你们擦屁股！出事后第一时间，财务给了我这位玩家的费用清单，我才知道他一次性买了几十万元的装备，昨天下午就全部挥霍了。我一想就是你干的好事。玩家之间再怎么争斗，后台也会自动限制，只有你才能解除！我已经让财务把所有装备费用都退回去了。而且，把游戏后台中你扮演的角色对话重新修改，把不利于你的对话都删掉了。我会与那个女人联系，追加补偿款看能不能解决问题。若打官司，她赢不了的，关键是对其他游戏玩家的影响。通过这事，你一定给我长长记性，不要再去乱搞，把这游戏的人气给我恢复过来！"老板平缓下来，盯着他俩，"死个人没什么，只要不死更多的人就行。行了，别害怕了，玩家注册时有免责条款，不会出事的，周岩，你先回家躲几天。警察到这里调查，我会让市场部经理应对，你还太嫩，会露馅的。但是在家里，你也要在游戏里监控好玩家，出现差评，及时处理，把影响降到最低。等事情过去，再回来上班吧！"

周岩点点头，泪流满面，不是因为老板救他流泪，而是想起了那位号啕大哭的母亲和幼小的孩子。他更想起自己的母亲，曾经不也如此吗？他想起去世的爸爸，与这种场景何其相似。他恨自己太愚蠢，太无知，该骂，狠狠地骂！

老板走了，他趴在桌子上抽泣。骆雪梅站在身后，扶着他的肩膀。窗外，两只乌鸦"哇，哇"叫着，展开翅膀，向远处的楼房飞去。

傍晚，周岩沿着河岸的石板路，抱着一箱资料，慢慢向母亲家走去。滴血的夕阳已从昆古山脉的边缘落下，余晖还在闪烁。夏季结束了，凉风袭来，河边的垂柳摇曳在暗影之中。

第 12 章　迷情迷雾

干扰源现象，像一本天书，让辰青云无所适从，而山城矿井出现的幻觉现象，更跨出他的专业，让他无从下手。随着更深入的探索，这些现象就像北极圈里海面上浮动的冰山，看似松散，但水面之下庞大的冰体，才是托起这些表象的关键。这些冰体呈现出来的巨大氛围，可能被大脑某些神秘的器官感知，才出现此类幻觉。脑间通信，又成为他的研究对象。他调查过，清苑酒店里从来没有记录过员工和客人的幻觉事件，他觉得不可思议，认为干扰源和幻觉之间肯定相连。

辰青云知道周岩的事情后，感觉骆雪梅忧郁成慵懒的猫，每天下班后都要黏着自己。在某个剧院里，某个餐厅里，在河边的某条随意漂浮的船舱里，都无精打采地依偎着。某个晚上，她突然问："我要是辞职，你能养我吗？"

"当然养了，只要你不抓我小辫子，不说我，给我做好吃的，安慰体贴我，没问题啊！"他没想太多就说出来。

"你当我是保姆，使唤丫头？天天伺候你，受你的气？干啥都要看你脸色，等享受够够腻歪了，再一脚把我踢出去，连狗都不如，你咋想的？"她瞪着他。

"没有，没有，怎么总往歪处想啊！"他赶忙解释。

"你就是这么想的。我要是经济不独立，没有自己的事业，最后就得被你欺负死。我可不想下贱，靠着你这虚假的胸怀！"她推开他。

"你心里难受，只是遇到一个坎儿，过去就好了。下次把周岩约出来，好好聊聊，把阴影尽快消除，否则，我得天天受你的气！"

"开始烦我了，不愿单独约我了，没话可聊了？"她生起气来。

"不是不是。周岩是咱俩的好朋友，他内向孤僻，正好帮他回归社会嘛！发生这种事，也帮他解脱一下。再说，有他在，我才能享受你的体贴啊，省得天天小心翼翼的，捧在手心，怕摔坏了。你现在就像一只刺猬，谁敢说你！"他撇撇嘴，表示不满。

"我看你只是嘴上功夫，说什么心里喜欢，纯属骗人！男人都是下半身想问题，我要是靠你养活，得受多少气。另外，非得我对你体贴吗？你应该体贴我才对，现在是恋爱期间，我得享受恋爱成果，省得结婚后被你欺负！"看到他不满，她又说，"好了，答应你，下次把周岩约出来。但在他面前，体贴你多少，单独约会中必须加倍奉还。什么送花了，小礼物了，甜言蜜语了，多想着点儿，不要总琢磨你的干扰源！我就是干扰源，你把我捧起来才行！"她终于有了笑容。

辰青云再次见到周岩，发现他焕然一新。以前凌乱的头发裁剪干净，简洁齐整，胡子刮得干干净净，穿着衬衣和西服，完全脱胎换骨。周岩说要重新面对生活，在游戏管理中要重新修改规则，要告诫那些玩家防范风险，和平竞争，公平战斗。要制定攻略规范，相互安抚留情。她上下打量他，说你要改过自新了，不跌跟头真不会成长。

他和她听着周岩在母亲家的经历。

在母亲家休整的时间里，自杀事件让周岩睡不着觉。他听从骆雪梅的建议，淡化这件心事。他花时间与叔叔聊天，聊摄影。虽然对叔叔拍摄的照片不感兴趣，但强迫自己聆听叔叔的各种拍摄技巧，他不时从游戏场景的设计经验中给予建议。叔叔下班后，两个人就探讨这些照片，摆弄相机，有时兴奋地一起出外拍摄。母亲买菜做饭，心里乐开了花。但他流露的忧郁，还是让母亲心疼。母亲想着法儿给他做好吃的，哄他开心。渐渐地，他不再少言寡语，话多了起来，有时争论，叔叔也让着他，让他心情顺畅。很快，他就走出了阴影。

但一件事情，周岩说不知道做得是否正确。

叔叔的女儿贝茹玉，一直由前妻抚养，叔叔每月给她生活费，再开学就是大三了。这个暑假，她回来看父亲，一家四口热热闹闹地聚餐。贝茹玉小他三岁，清纯秀气的脸庞让他第一次接触时，就被深深吸引。尤其当她描述学校里新潮的观念、从未听过的网络用语、各种社团活动、表白墙里的男女情事，以及学生间各类怪异的吐槽时，他睁大了眼睛。他在学校时只知道学习，从来不参加社团活动，也从来不和寝室外的同学交往，就是在寝室里，也独来独往，对于大学生活，他几乎是隐形的。当他用羡慕、憧憬甚至崇拜的眼神看她时，立刻喜欢上了她。然而，他不知道如何应对她的问题和观点，仿佛被世界遗弃的孤儿，望着遥不可及的繁华一样。他替她换餐具，递餐巾，勤快地给她倒水，拿水果。她的任何一个行动，他都想替她做。然而，她只把他当一个陌生人，嘴里只是客气地说着谢谢，眼睛却对着父亲和继母，不在他身上留下任何多余的眼神。

贝茹玉对叔叔说，她竟选上了学生会干部，说社团活动越来越多，各种就餐都是 AA 制，她不想让别人看不起，还要衣服得体。有男生买礼物给她，请她吃饭，还有同学间的各种情谊，都需要费用，她尽量节省，还是入不敷出。

叔叔看看老伴儿，又盯向她，说每月给你的生活费不够了？

　　她说当然了。她想出去打工，可不能耽误学习和学生会的工作，实在挤不出时间啊。再说，打工那点儿钱，也太少了！而且，有些男生很差劲，总想吃女生豆腐，总想伸出咸猪手，为了防范他们，还要和女生们一起维护权利，共同让这帮坏蛋"社死"，这些都会浪费她的时间和金钱。她越说越委屈，眼睛有点儿红。

　　叔叔问她每月想要多少，又说，自己工资不高，除了每月给你生活费外，也没剩多少，老伴儿的工资也不多，你还是节省点儿吧。

　　她盯着父亲和继母，说现在每月三千，你们多加一千就行！

　　叔叔摊开手，想说什么，但没有说出来。气氛很尴尬。

　　母亲与叔叔结婚后，再也没要过他的钱。这几年，他积攒了不少钱，但不知道这些钱能做什么，也没有考虑过将来。他的世界里，只有游戏和虚拟的厮杀，面对现实，还没准备好。玩家的自杀事件后，母亲的悉心照顾，叔叔的热心交流，闲时的独立思考，以及贝茹玉的出现，让他准备走出自卑，向往真实的生活。

　　他对贝茹玉说，他有钱，希望帮她。

　　叔叔却坚决反对。

　　她转过身盯着他，附和父亲，说不要他的钱。

　　他感觉她瞧不起自己，自卑起来，脸涨红了。空气凝滞，刚才欢快的气氛一扫而光。

　　母亲打破沉闷，对贝茹玉说，周岩的钱放在银行里也用不上，你就用吧，虽然不是你亲哥，他把你当亲妹妹看待，你爸爸也会同意的。母亲示意叔叔同意。

　　叔叔看到母亲和周岩坚持，女儿也可怜地看他，就心软下来，说，你哥可以借钱给你，但将来毕业工作了，必须还他！

周岩接过话，说不用还，他自愿的。

贝茹玉瞅瞅爸爸又看看阿姨，最后盯向周岩，如雨后天晴般灿烂地笑起来，说她将来一定会还的，她可不想欠他什么，而且多一个哥哥也好啊。她对他一下子亲热起来。

叔叔又说，你哥虽然本科毕业，但智商绝对一流，能在那么大的网络公司做开发总监，你们同龄人谁也做不到，所以要向他好好学习。当然，你哥也有人际交往的缺陷，在为人方面你要多帮你哥。

贝茹玉说没问题，他帮我学习，我帮他解决美好人生！

辰青云听完叙述，对周岩说："这肯定是件好事，你的资助不仅解决了她的难处，又给你们将来增添了和谐相处的条件。看得出，你很喜欢她，说不定将来能把她变成女朋友。这种投入是必需的，就是将来没有缘分，也能加深你们一家人的感情！"他又凑到周岩的耳边，背着骆雪梅，悄悄说，"我教你一些追女孩儿的方法，首先，你得时时关注她的朋友圈，多点赞，时不时给她买点儿花和小礼品，每个节假日，给她买点儿化妆品，经常祝福，一定要用哥哥的身份做这些事情，尽显哥哥的关心。日久见人心，女孩儿肯定喜欢你，再加上父母的撮合，将来肯定会嫁给你，所以不能着急。"

骆雪梅瞪着他俩，虽然没听到，但知道是男孩儿如何追女孩儿的小伎俩。她质疑道："我也在学生会干过，哪有那么大花费？女孩儿虚荣起来，多少钱都不够。你是在纵容她，让她越来越虚荣，最后害了她。投入越多，对自己的伤害越大。让她未来喜欢你，可能吗？从叙述看，你跟她不是一路人，很可能到最后，空欢喜一场，不仅钱打了水漂，还让她贪得无厌！不像公司里老板和员工的关系，付出和酬劳对等！"说到这里，她掠过一丝慌乱，用手捋捋头发，盯着辰青云，问："你也想学他，要资助一个漂亮的女学生吗？"

"哪儿跟哪儿啊，又来找我的毛病，咱们在说周岩的事！"他瞪她。

"你俩说得都对，先听姐夫的，再听姐姐的！"周岩扮个鬼脸。

她岔开话题，说："谈到老板，周岩，老板逼你去黑对抗赛的网站，让你通过非法方式获取对手资料，是否太过分了？还要进入前三名！我们从来没有赞助过此类比赛，老板是不是疯了，能策划成功吗？"

辰青云看着他俩，有些疑惑。

"老板说要保密，这事能对姐夫说吗？"周岩问。

"没事，他不是外人，或许能提些建议。"她把老板要参与越野对抗赛的策划项目说给辰青云。

"你们老板是准备卖游戏，还是卖头盔？"辰青云问。

"当然是卖游戏了，头盔只是辅助设备！"她觉得他根本不懂游戏，问了个傻问题。

"那晶创公司把精力都放到脑芯片应用上，到底想做什么？"

她和周岩大惊失色。缓过神来，她问："你怎么知道这个东西的？"见他只是笑笑。她开始惊奇，好像才认识他，悄悄说："脑芯片是老板最核心的机密，只有晶创公司的核心圈才知道，我们在晶创公司时听说过。老板说任何时候，绝不允许透露这个词。至于脑芯片里所含的技术，谁在负责，我俩更不清楚，圈里人对此讳莫如深！"

"你们在晶创公司待过那么久，居然不了解这个脑芯片，也不知道谁在负责？"他本想不提此事，但觉得迟早要说，已经熟悉了他俩，索性说出来。

"先说你是怎么知道的？"她用怀疑的眼光看他。

"你俩就不要隐瞒了。估计你俩也不知情。我是搞软硬件设计的，你们只做软件，当然不清楚硬件了。你们有台从国外引进的精神充电样机，还有在漠城畜牧站，我看到生态传感器后就知道你们老板在研究这个技术，由于涉及脑控制，不符合政策和伦理，所以秘密进行。这套游戏头盔里肯定有这个芯片，是前两者的升级版，头盔的价值远远高于你们老板所说的新赛车游戏！"看着目瞪口呆的他俩，他笑笑接着说，"这种脑芯片是国外一家有政府背景的神秘公司花了近十年才研发出来的，从没有对外销售过，一直在测试、测试，你们老板与这家公司肯定有关联，晶创公司可能就是国内的代理商或在国内的测试机构。有一位叫庞杰的外国华裔，在晶创公司负责此项目。由于一些不可控的因素，老板才把你们剥离出来，成立网诚公司。当然，我的推测可能有误，但脑芯片的升级电路，肯定藏在这个游戏头盔里！"

"你知道老板的秘密？"她呆望着他，觉得有些事情快要暴露了。

"老板还有秘密吗？"他笑着问。

"秘密都被你挖出来了，不能再有了。你太厉害了！通过硬件就能看出我们老板的秘密，我要跟你学习，你才是行业的顶尖高手，佩服，佩服！以后我就做你的马前卒，你说做什么，我就做什么！"周岩从惊愕中缓过神来，看到骆雪梅发呆，连忙称赞起辰青云。

"对我们老板，你还发现了什么？"她问。

"我没见过你们老板，怎么知道？不过，从对周岩的要求和对自杀事件的处理来看，他只关注技术，只想获取最大利益，是典型的奸商，利益交换后，不会关注客户的死活。"看到她的眼神迷离，他接着说，"只是个人观点，毕竟是你们老板，我有点儿自以为是了，见谅！"思索片刻，又肯定地说，"我劝告你们，老板的人品不太好！"

"他人品挺好啊，你只看到表面。我和姐姐都挺喜欢老板的，你认识老板后，就知道了！"周岩看了眼骆雪梅。

"真的吗？作为好朋友，还是劝你们提防点儿他，别被算计了！"

"对这次越野赛的策划，提点儿建议吧！"看到她在沉默，周岩忙问。

"如果有可能，你参与越野赛的工作后，替我收集些游戏头盔的资料。我只对脑芯片感兴趣，没有任何商业目的，只是好奇。"他看了一眼沉默的骆雪梅，"如果你们相信我，在条件允许的情况下，把晶创公司的游戏头盔功能说明、设计图纸，或者相关调试资料，替我搜集出来。通过研究这些电路，我会慢慢清楚晶创公司的底细，探究这种技术的负面作用，也替你们把关。对于越野赛项目，我会通过我们单位内部的 5G 网络，从正规渠道找出参赛的内部资料和对手情况，这些资料容易找到，包给我了。你就安心地做越野赛场景构建和测试吧，我也想知道你们老板的实力到底有多大！"

"姐夫，我听你的！"周岩拍拍胸脯。

聚会结束，送骆雪梅回去，他问："身体不舒服？谁惹你生气啦？"

"没有，就是感觉你越来越神秘，我有点儿害怕，能陪我到公寓坐一会儿吗？"她的表情阴郁。

进入公寓，他看到床头周围乱堆着书，一些衣服斜挂在敞开的衣柜里，几件内衣叠在衣柜的一角。地面还算干净，书桌上摆满毛绒挂件，便携电脑挤在中间。

"每次送你，都不让进公寓，原来怕我笑话啊！"他调侃道。

她抱住他，伤感地问："你真的爱我吗？没有骗我吧？不许伤害我！"

他把她抱到床上，看着那双忧郁的眼睛，笑着说："又犯傻了！好了，休息一会儿吧，我替你收拾下房间，看到乱就没有心情！"

"看到我也没有心情吗？"

"收拾好了就有心情了！"不到半个小时，他将房间收拾整齐。

"晚上别走了，我害怕！"她可怜兮兮地盯着他。

"有什么害怕的，你平常不也这样吗？我才害怕呢，怕见不到丈母娘，你好好休息吧。明早我还要开会呢，这里离单位太远。再说，你状态不好，我不想乘人之危，做个好梦，晚安！"他也想留下，但感觉有些突然，哪里不对劲。他需要安静下来，好好地想想未来。

夜已经很深了。他回到家里，洗漱后关灯躺下。整个黑夜，辗转反侧。终于在凌晨，沉沉地睡去。

山谷之上，松林之间，山岩之下，在岩画的背景中，男孩儿已经长成青年。每一个清晨，每一个傍晚，红衣女侠和男孩儿在这里挥舞练剑。女侠刚柔并济，风姿飒爽；男孩儿剑指苍天，雄浑凌厉。两个人的刀锋划过岩壁，火星四溅，山鸟惊飞。女孩儿默默地站在旁边，婀娜翩跹，忧郁的青丝随山风舞动。山岩亭阁里，活佛端坐在藤椅上，手中捻着佛珠，面色凝重苍白。

阳光散射的溪流边，女孩儿抱住男孩儿，伤感地抽泣。星光碎影的山岩上，男孩儿搂着女孩儿，仰望星空。她劝他放弃仇恨，听从活佛父亲的教诲，随她和母亲远离战乱。男孩儿却立下誓言，一定为母亲和家族报仇，等攻城归来后，再与女孩儿远离硝烟，天长地久。

星光跳跃到青城，男孩儿带领几百名红衣战士，乘着黑夜杀进宫殿。顿时刀光剑影，硝烟四起。大殿里，藏王和几位大臣垂死挣扎，被男孩儿一剑杀死。男孩儿将他们的头颅摆到案台上，祭祀苍天。忽然，大殿外面拥来成千的官兵，呐喊厮杀。红衣战士们拼死搏杀，血流成河。战士们一批批倒下去，又一批批顶上去。外面的官兵越来越多，男孩儿被最后几名战士护着，从偏殿中逃离。青城的街巷里，到处是追杀的官兵和猎鹰。连续几天，满城戒严，权力派们继续厮杀，到处是官兵，到处是硝烟，到处是楼阁倒塌，到处是断墙残垣。最后，在大殿前的横杆上，吊满尸首。漫天的黑鹰从天葬台飞来，盘旋在低空中。它们厉声尖叫着，等待主人的赏赐。

辰青云惊醒。窗外猛烈的秋风撞开窗户。他起来关上，呆望着外面渐白的天空。

第 13 章　沙漠越野赛

10 月初，周岩随晶创公司筹建的团队，进驻漠城西北 60 公里处的沙漠腹地。每年这个时候，这里都举办全国性的沙漠越野比赛，云集着全国顶尖的赛车手和竞技团队。

这片沙漠腹地，被围成大型的文化公园，演变为全国重要的旅游和竞技场地。比赛前夕，全国各地的旅游大军和自驾团队向这里汇集。你会看到成千上万的怪异车辆从各个地区涌来，有巨大轮胎的山地车，有改成魔幻状的越野车，有各型房车及拖挂厢车。每辆车上，都插着 3 米高的桅杆，桅杆顶端绑着鲜艳的红旗，在风中拉成弧形，飘扬抖动，延绵排列。每到这个时候，在曾经看不到人烟的沙漠公路上，堵起长长的队伍。普通轿车会乖乖地跟着前车，慢慢移动。那些山地车和大型越野车，会直接下到旁边的沙漠中，开辟新的道路，在沙地里抛起弧形的黄尘，在沙丘上溅出炫舞的沙流，伴随着隆隆轰鸣，扬长而去。天空，各种表演的轻型飞机，在蓝天间拉出长长的白线，上下翻飞，时而平行组队，时而天女散花。它们刺入云霄，挥霍着尖厉的声波，躁动着每个游人的耳膜。

晶创团队驻扎在几辆大型的房车里，房车中摆满屏幕。两辆赛车停在房车的一侧。房车后面，是一排大型帐篷，供人员休息睡眠。

晶创团队招募的竞技赛车手是去年参加比赛未获得名次的一对年轻选手，身体素质好，只是经验不足。团队通过从周岩处获取的对手方案，对赛车手们进行强化培训，目标非常明确，进入前三名。团队的负责人叫庞杰，是老板高薪从海外挖来的华裔人才，技术水平极高。此人在国外耕耘多年，有着雄厚的实践能力，在 AI 算法和硬件设计上有着顶尖的开发能力。他就是骆驼生态传感器、精神充电器样机、比赛用游戏头盔的设计者，也承担着与老板协定中不为人知的最新技术。团队包含周岩共 6 人，在庞杰领导下承担着各自的技术领域。

首次筹备会上，庞杰对大家说："这次比赛我们已经筹备了两个月，虽然这里条件艰苦，但大家一定按照计划执行。从比赛队伍的报名来看，各队实力都很强，但咱们有独门技术，不仅要验证，还要应用这项技术实现我们的比赛目标，进入前三名。这是公司开发赛车游戏卖点中最关键的一环。当你用不知名的赛车手，取得一流的成绩时，各路玩家自然会对你的游戏感兴趣，请大家一定努力，拜托！"成员鼓掌后，庞杰接着说，"周岩也加入咱们的团队，进行实际赛道的修正工作。大家要共同团结，为实现目标，奋斗加油！"

会后，庞杰找到周岩，单独对他说："从老板那里知道你不愿与别人打交道，只愿意沉浸在游戏管理中，但为了项目成功，你得学会与团队成员相处。另外，团队的所有技术必须严格保密，你一定遵守规则，不允许接触和浏览团队里的监控电脑，也不允许与团队成员讨论非本职外的任何技术问题。"

周岩低头答应，心想那个封闭的小男孩儿已经不存在了。他的任务是承担赛道场景的三维构建。来之前，他已经和网诚公司员工根据卫星地图构建了赛道的三维场景，对各赛道的动力分布进行演算。到实际场地后，沙丘的移动导致赛道发生较大变化。一周来，他实地勘测，重新修正数据，终于将完整的场景数据在截止日前交给了庞杰。他内向、单纯、不愿与生人交流的性格，以及表现的自闭症状，让晶创团队放松了对他的防范，各类专有的技术名词逐渐进入他的大脑。

他捋清了晶创团队的赛事过程。首先在赛车上加装具有人工智能的动力自动分配装置。根据路况、坡度、转向，以及周岩构建的赛道场景，按 GPS 定位识别后，自动强化分配，即将自动驾驶的技术应用到赛车中。头盔中加装了虚拟的 AR 屏幕，实时显示赛道各点的路况、动力、速率，以及避让前后赛车时的最优参数。

他猜测，其中最重要的技术，就是讳莫如深的脑芯片功能，他们称之为"背景音乐"，解释为慢节奏的音乐背景烘托，只为舒缓大脑的紧张情绪。他知道，那只是对脑芯片功能的技术掩盖。他以漠不关心的态度偷听和琢磨团队成员间的对话，他知道在头盔后脑部位的内衬里，嵌入了一个由脑芯片控制的感受线圈。它能推送各种"背景音乐"，线圈均匀地分成八个单元，每个单元都能发射不同频段的音乐。他分析后，认为是一种与脑波相近的微波。这些微波束在脑中胼胝体处汇总聚焦，向大脑的纵深辐射出去。胼胝体是人脑中最大的联合纤维体，位于两个半脑中间地带，像一根集总的光纤电缆。脑中反射回来的电磁波，再由这八个独立单元收集回来，通过头盔反馈到监控屏幕上。他只知道有很多类型的"音乐"，比如 A 音乐让人冷静理智，B 音乐让人兴奋热烈。每个"音乐"都能从 0 调到最大100。他们谈论最多的就是 A、B 音乐，其他音乐不在这次监测范围内。他路过监控屏幕时，从偶尔闪过的频段仪器中模糊地看到，脑波频段为 900MHz 到 960MHz。他留心收集对话，整天只是低头工作，低调地做着自己分内的事。他在寻找机会，想通过无线或非接触方式，连接到他们的电脑中，将这些与"音乐"相关的功能数据偷取出来。他逐渐清楚，"音乐"间错综复杂的设定关系，就是辰青云一直关注并想了解的核心技术。

对赛车手的培训，主要内容为：以游戏方式，强化对赛道三维场景的动力操作，以及应用头盔对场景参数进行修正。另外，强化赛车手的应变技巧、理智分析及快速判断能力，这是培训重点。比如模拟在轰鸣的噪声中，如何快速解答数学问题；在转弯的赛道上，如何高效地进行逻辑判断。他估计，在比赛中会强化"A音乐"的冷静理智，去准确判断竞赛中出现的任何突发事件。当然，赛车手们对头盔里的"背景音乐"一无所知。

所有技术和培训工作完成后，进入比赛环节。预赛当天，国内共有24支赛车团队参加，分成两组，各12支。预赛每组进行3次，成绩累加，最后取每组中的前6名进入决赛。决赛也进行3次，成绩累加后决定胜负排序。赛道长度60公里。共9场比赛，历时3天。

大部分车队在赛前都保持低调，只有晶创团队，在沙漠公园各个角落竖起的大屏幕上，在大量自媒体的直播视频中，在各类新闻头条和访谈节目里，大张旗鼓地投放着广告，在广告里，展示游戏场景中的特技表演，宣传头盔的舒适和奇妙功能，到处是铺天盖地的广告语。"戴上头盔，将激发你的能量、挖掘你的智慧；拥有头盔，将创造你的激情、怀抱你的幸福！"各类画面里，充斥着晶创公司的标志。

广告中对头盔的夸张性炫耀，仿佛此次越野车赛，只是一场游戏的竞技过程。由于国家禁止在公众媒体中发布游戏广告，晶创团队花钱说服了沙漠公园的组织者，让比赛竞技与游戏场景模糊，只突出头盔这种装备。估计外行人不会将头盔与游戏联系起来，只有游戏玩家们知道。晶创团队还雇用了大量的宣传员，给成千上万的游人派发了头盔的宣传册，好像戴上这种头盔，就能激发大脑潜质，享受由此带来的各种成功。

晶创的赛车分到 B 组。第一轮比赛，成绩第八名，吓坏了庞杰，赶紧组织赛后分析会。赛车手说头盔里屏幕上的参数太多，常与自己的判断产生偏差，操作不协调，容易出错。庞杰总结说："下次比赛取消头盔里的参数协控，只在车的动力分配上自动跟踪，智能处理，不再给赛手提示。"分析会后，周岩听到设置的"A 音乐"在 50 之上，反馈值在 50 之下。他估计环境还是干扰着赛车手，不能冷静理智地开车。

第二轮比赛，成绩第三名。熬过前期跌宕起伏的赛事后，大家紧张的情绪终于舒展，一块石头落地。赛后分析会上，赛车手说车载的自动助力效果很好，但有时跟不上车的操控特性，尤其在平缓坡段上，后车阻碍时加不上力，急上坡时，前面有车时功率又太强，不好控制。庞杰总结后，除强化车载动力外，又将赛车手的主观判断简化，融入动力的自动操控中。会后，庞杰要求团队加点儿"B 音乐"。

第三轮比赛，达到了理想的效果，成绩第二名，以 B 组第三名的成绩进入决赛。

决赛开始前，面对国内一流的赛车手的状态，大家的心又紧张起来。通过预赛的总结，大家感觉三维赛道场景的模拟修正，限制了自主的操控方式，虽然人工智能下的自动控制更快捷更高效，但妨碍了赛车手灵活的主观能动性。在"背景音乐"应用上，不仅要有冷静理智，还应有兴奋和自信的深度激励，才会更大地发挥潜能。很快，根据预赛的车载数据，大家又重新对头盔和车载操控进行修正。

然而，决赛中的前两次比赛，都没有进入前三。第一轮第六，第二轮第四。每次赛后都进行总结，重新调整参数，但已达到极限。大家开始灰心，认为进入前三无望。

最后一次比赛，天公不作美。沙漠的北面，突然卷起沙尘暴，向赛场涌来。顿时，天地间一片灰暗。各类彩旗和垃圾漫天飞舞，整个天空弥漫着沙尘和塑料袋。人们围起纱巾，戴上口罩，钻进车里和帐篷中。所有比赛车队都等待着组织方下达暂停比赛的通知。但组织方却喊话，这种天气才能体现竞技精神，按正常时间执行比赛。

结果，如此恶劣的天气下，晶创团队的赛车在第三轮比赛中，居然跑在最前面，成绩第一。其他车队不服气，公开质疑，要求重新比赛。组织方将晶创赛车的 GPS 定位数据上传后仔细对比，没有发现越界等违反比赛规则的行为。当组织方宣布晶创团队的赛车获得决赛总成绩第三名的时候，大家沸腾了，相拥出去和赛车手合影庆祝。

周岩发现这是一个绝好的机会。他乘机进入空荡荡的监控房车里，将早已准备好的 U 盘插入监控电脑，利用熟悉的路径，侵入账号得到管理权限，将所有涉及"背景音乐"的功能及调试资料拷贝出来。当他拔出 U 盘走出监控房车时，虽然低着头，但余光发现，庞杰正远远地向这里跑来。他的心忐忑不安，再晚一步，就会暴露。

晶创公司成功的商业运作，让这款赛车游戏和头盔火爆大江南北。不同以往，这款游戏除了必备的方向盘装备外，还配套智慧头盔，就是那个与赛车手头盔一模一样的新奇装备。为此，晶创公司设立了独立的销售网络，借获奖之名大肆宣传。智慧头盔成了街头巷尾的新潮穿戴装备，正如广告宣传所说："戴上智慧头盔，你将拥有智慧，创造激情，享受人生！"

晶创公司赚足了金钱，然而问题很快暴露。

赛车游戏、智慧头盔及配套装备的订单直线上升。他们要求配套的上游企业拼命生产，即使这样，也无法满足市场的购买需求。一个月后，大众对智慧头盔和赛车游戏的兴趣开始减退，销售量快速下滑。最主要的问题是头盔的效果与广告相差甚远。另外，头盔里的"背景音乐"对很多敏感体质的人产生不良反应，引发各类严重的身体问题。有些人引起严重的头疼、抽搐。有几位年轻人连续熬夜，受到头盔无休止的游戏刺激，出现休克，其中有两人死亡；还有很多年轻人在网吧进行联网比赛，使用头盔强化兴奋，导致大脑亢奋过度，住进医院。有些高中生为了提高学习效率，也按照广告戴上头盔，结果学习能力不升反降，并伴随失眠等副作用。家长发现后赶紧停用，并在网上痛骂这款智慧头盔，说它毒害学生，根本达不到广告效果。问题越来越多。晶创公司全力扑火，花钱找各类公关洗白，然而，随着更多不良事件的涌现，也如突然的沙尘暴一样，快速爆发在公众面前。

辰青云从周岩手里拿到脑芯片资料。研究后发现，这种脑芯片不仅有 A、B 背景音乐，还有另外 C、D、E、F 四种激励类型。在牧区骆驼生态传感器截取来的数据包中，找到了所有这六种类型。回想起骆驼的各种表现，他终于明白，这些脑芯片中隐含着骆驼暴力和负面情绪的背景类型。他初步认定，A 类冷静和理智的控制能力，会大幅提高骆驼的智商，但 B 功能的过度使用，以及后面四种类型的叠加，导致骆驼性情大变。晶创团队通过对驼群发送不同种类及级别的控制信号，进行测试，然后通过骆雪梅等人在畜牧站的数据库中进行调查，来判断这些背景功能的强弱。对于网诚公司的"精神充电仪"样机，老板只是让大家安心工作，心情愉快，样机电路里，主要是 A、B 两种信号激发。他发现，F 信号是促使深度睡眠的功能类型，有骆驼在白天睡觉的验证案例，但晶创公司没有继续开发此功能。辰青云要来几个智慧头盔，开始研究。

　　随着研究的逐渐明朗，辰青云密切关注智慧头盔的应用情况。直到后来媒体中大量出现这款头盔引发的负面问题，他才清楚，所谓的脑芯片功能，根本不成熟，急于推广后，对社会产生危害。老板和庞杰，可能轻信了国外那家神秘公司的宣传，同时也急于获取最大化的资本收益，没有花足够的时间去测试和研发，只考虑短期效益，才出现如此严重的后果。

　　辰青云关注着这场盛宴。他曾想将秘密公开，但想到骆雪梅和周岩，想到网诚公司并没有参与太多，公布后会带来连锁的恶果。而且，问题并不简单，若公开信息，所有与此相关的秘密，国外有政府背景的公司，国内代理及测试机构，所有关联的技术人员，都可能被舆论翻出来讨论。其实在他心里，认为若深入研究下去，将有着重大的科研价值，会真正造福人类，只是走偏了，太急于求成。

　　辰青云注意到，民间大量的投诉引起了官方注意，警察开始调查。

　　智慧头盔的设计、销售及维护，由晶创公司独立执行。网诚公司只负责赛车游戏的后台管理。警察到骆雪梅和周岩那里，问了几个简单问题：是否参与头盔设计，是否参与销售，是否协助宣传，等等。

　　晶创公司那边，警察对老板和晶创公司的每个员工都进行了详细调查。警察通过质检部门的检测，最初给出的结论是：头盔设计缺陷，视觉显示缺陷，虚假宣传。后来老板通过人情打点，又重新定性：头盔里的电路被汗液浸入后发生漏电，刺激大脑导致。将缺陷内容和虚假宣传内容删除。晶创公司根据此结果，向公众道歉，召回部分智慧头盔，或进行退款，对造成严重后果的人身伤害事件进行民事赔偿。到 12 月中旬，通过游戏和智慧头盔赚取的利润，被退款和赔偿抵消，不仅没有产生收益，还将晶创公司投资方的本金亏损殆尽。

12 月底，辰青云了解到晶创公司的内部消息：老板和庞杰翻脸，据说在老板办公室里两人激烈争吵，后来庞杰辞职。据市场部经理说，庞杰是公司投资方，不仅没有得到回报，还损失了本金。老板的投资也打了水漂，损失严重，由于庞杰的设计缺陷是造成项目亏损的主要原因，老板要求庞杰补偿。庞杰不同意，最后协商晶创公司破产，庞杰拿走所有与脑芯片相关的专利和技术资料，剩余的资产归老板。

他又听骆雪梅说，老板到网诚公司开过两次会，主要讨论晶创公司的承接问题。结果是：与网诚公司关联的资产全部转移过来，比如云端数据库、游戏平台等，其他资产全部拍卖。老板说网诚公司现在能挣钱的项目只有炼狱游戏、赛车游戏、云端租赁，还有骆雪梅拓展的 5G 工业大数据等项目。让大家齐心协力，共渡难关。对于退回的智慧头盔等装备，都封存在库房里。晶创公司遗留的几名技术人员也剥离到网诚公司。最后，晶创公司注销。

第 14 章　飘然中断裂

新年元旦，第一场雪飘落下来。翌日清晨，雪停了，白色铺满整个城市。贯穿城市的河水，泛起白色的霜雾，凝结到岸边的柳树上，形成雾凇，两侧河岸，冰雪封冻。清澈的光线从这些白色中折射出来，投向洁净的蓝天。空气更加干燥，寒风扫过，浸入衣襟。

周岩年前就忙碌起来。赛车游戏的后台管理归他之后，不仅要熟悉游戏的规则，还要亲自尝试各种角色和各类车型的特点，熟悉各场比赛。赛车游戏与之前打打杀杀的炼狱游戏不同，操作技巧繁多，他始终成不了顶级玩家。他已经接受之前炼狱游戏的教训，好好做一名管理者，让游戏里的各种角色和团队公平对决，不再招募年轻的学生，不去激发和破坏中高级玩家的信心。他耐心诚恳地对待游戏中的每一个角色。在炼狱游戏里，也是如此。

他们三个人保持着聚会。在周岩看来，骆雪梅越来越依赖辰青云，像年糕一样粘住他。周岩想起迎新年的夜晚，在河岸的灯火烟花中，骆雪梅出奇地漂亮，长发柔顺下来，遮住宽宽的额头，眉毛、眼角及嘴唇被细细地勾勒着，更显妩媚动人。当新年钟声响起时，当河面上的烟花灿烂升起时，当着他的面，她与辰青云拥抱亲吻，他都难为情。他已经习惯了当电灯泡，习惯了在工作和生活中，适应反差越来越大的骆雪梅。他总想起贝茹玉。

新年上班的第一天，骆雪梅办公桌上由外卖送来一束鲜花。花束外层是马兰花、百合花和向日葵，花束中间插入 99 朵盛开的红色玫瑰。员工们都在悄悄猜测，谁这么浪漫，追求着风采动人的主管！

周岩溜进办公室，看到她桌子上的鲜花，悄悄说："姐夫这么浪漫！已经离不开你了？姐姐也越来越漂亮，员工们私底下都说你好呢，说你比以前和善多了！姐夫也变了，以前刚接触时话不多，现在却像个话痨，搞得我也唠唠叨叨，总觉得跟他交流不透。唉！但要说多了，又被姐姐抓小辫子，收拾我们。"

"你们要小聪明，还不让人说了？要不收拾你们，得膨胀成啥样？你跟着辰青云，胆子越来越大，凡事向着他，都不听我话了。让你盯着他，不是让你们联手。我问你，他对我和老板的事到底知道多少？"她关上门后问他。

"姐夫只关注技术层面的事，对其他八卦不关心。老板的事，晶创公司和冯冰的事，他没有兴趣的。姐姐，你放心吧，姐夫也是个书呆子！"

"嗯！你俩倒是有点儿像。你偷来的那些脑芯片资料，他研究出啥了？从来不说细节上的事，只跟你说。我问他时总说对牛弹琴，是不是对我隐藏什么，或者就是欠收拾？"

"姐，你又多心了。给你送花，对你殷勤，这么好的姐夫哪儿去找！脑芯片上的技术，我也不懂。他问我要了几个头盔，说要重新研究和改装。你没看到说起头盔，他就变得沉思，还总问我越野赛里的各个细节。"

周岩明显感觉，她患得患失，越来越敏感辰青云的言行。

新年上班的第二天，老板来到公司，见到员工们，一脸笑容，完全没有了之前的威严。他走进骆雪梅办公室，关上门。

老板坐到沙发上，笑容转为愁容。他想握住她的手，被她躲开了。她问："老板今天来，有何指示？"看到老板明显苍老的样子，又关心道，"怎么了，您身体不舒服？"

"你是知道的，我把你当女儿看。晶创公司倒闭后，我本想重新管理网诚公司，但考虑很久后，决定完全放手给你们！"看到她满脸惊讶，张嘴要说话时，老板制止住她。"我知道你要问什么，听我说完。你伯母，就是我夫人，在国外一直经营她父母的家族企业，现在衰败得厉害。以前我不想介入她家的事，但她现在力不从心，让我接手她的工作。我想通了，准备去接她家的烂摊子，也是想换一个新环境，重新开始。你知道，晶创公司给我的打击太大，我不想在这里继续下去了。国家政策改变太快，已经不适应我的经营理念，我落伍了，公司还得依赖年轻人，按市场规律做事才可能运营下去。今天来，就是想告诉你这件事。过几天，我就移居国外了。但我真的放不下你！"老板的眼角湿润，接着说，"雪梅啊，只要你将来不恨我就行！来之前，我已经和公司的各股东协商好了，重新分配股权。你持有公司 21% 的股份，市场部经理持有 12%，财务和人事部经理各持有 8%，我占 51%，但我放弃管理权。这个规定会在股东新章程里明确说明，即由第二和第三大股东全权管理。"

"啊？给我这么多股份？我只是一名技术管理者，不是公司股东啊，为什么这样做？"她惊呆了，血液仿佛凝固了。

"听我说，雪梅，你是公司最重要的技术管理者。你有非凡的潜质，我早就发现你的管理天赋，只是你还不知道。这个公司需要你，没有你，这个公司运作不下去啊！听我说，公司的业务你最精通，没有你公司真的不行。其他股东都是这么认为的，你千万要收下这些股份，也是为了公司未来，你就帮帮我吧，求你了！"老板像一位病危的老人，乞求她。

她惊奇地看着老板，喃喃地问："其他股东真的同意，你是不是在算计我？"

"没有，股东都同意，而且以后工作中都会全力支持你。还有最重要的一条，你若放弃股权，放弃管理权，这个公司就解散了，员工就会失业，我在公司章程上加上了这条，目的就是让股东们支持你！别多想了，支撑起公司吧，他们需要你！还有周岩等技术过硬的员工，只有你能领导。还有你的那个男朋友，我听说了，是国企的一名技术中层，门当户对，真替你高兴。他一定能帮你在技术上把关，保证公司成长。所以公司真的需要你！"老板恨不得将她的优点都说出来。

骆雪梅怔怔地盯着老板，心想，他的人品哪里差了？这样关爱自己的人世界上没有第二个！外人的说法，都是对自己的嫉妒和偏见。老板真的喜欢自己，真把自己当女儿看了。她感到一阵温暖，鼻子一酸，落下泪来。她点点头。

"以后就得靠你自己了，有事多给我发微信，我在国外会想你的，会时刻关注你。来，让我抱抱吧，这么多年了，真的好想抱抱你！"

老板拥抱住她，然后拍拍她的肩膀："真想做你的父亲，别怪我就行，永远爱你！"

老板出来，走进周岩的办公室。

当他被老板友善地拍拍肩膀后，惊住了。老板从没有这样热情过，态度和蔼可亲，语气委婉谦和，不再威严和强势。老板说以前严厉是为了他更好地成长，千万不要往心里去，要他听骆雪梅的安排，要配合她的管理，要安心工作，要把游戏后台管好，把云端管好，把公司的技术重任肩负起来。

老板召集全体员工开会，对员工们多年的支持表示感谢，对以前严格的管理方式感到自责，希望大家理解。然后转向骆雪梅，说她是公司的支撑，主导签订了 5G 工业大数据项目，负责租赁了多项云端服务，拓展多种游戏功能的范围，说这些都是公司未来的主要业务，要大家配合好她的工作，还顺便表扬了周岩。然后三名股东市场部经理、人事部经理和财务部经理分别表态，将全力支持她的工作，并且保证给大家一个舒心的工作环境，共同奋斗，让网诚公司走向辉煌！员工们也相继表态，支持她的管理工作。

老板走后，股份改制文件及新章程很快传达下来。大家了解改制内容后，纷纷向骆雪梅祝贺。员工们私下议论，为什么单给她这么多股份，她到底与老总有什么关系，周岩听着员工的闲话，没有理会。他不想探究老板的秘密，只感觉自己要耕耘一片真正的天空了。

"姐姐，祝贺你成为我们的领袖。可以大干一场了，用我们的想法，开拓新市场，追赶新潮流，扩展新的游戏天空，畅游云端，真是太好了！"周岩兴奋地说。

"我真的重要吗？像老板说得那样？"骆雪梅盯着他，疑虑重重。

"当然了，你是我们的主心骨，没有你，就没有公司的业务，就不能运转下去，这是你应得的，是大家公认的。老板对你真好！"

她开始飘飘然，觉得自己真的很厉害，真的很重要。这么多年的努力，没有白费。她的梦想这么快就实现了，太兴奋了！她要第一时间告诉辰青云，让他也高兴高兴。她让他晚上来接，订一家最好的餐馆。

晚上，两个人走进对岸一家商业大厦顶层的饭店，选好包房。她指点江山，点着各色菜肴，手舞足蹈。她一会儿调调灯光，一会儿拉拉窗帘，一会儿放放音乐，反正太高兴了，根本静不下来。辰青云看着她兴奋的样子，调侃道："你先跳支舞吧，为了这些好吃的，助助兴！"

她终于安静下来，将公司股份改制和新章程拿出来放到他面前。她本想着倒满酒，干杯前告诉他，但等不及了，她要让他兴奋，让他上来好好地拥抱自己，让他祝贺她，赞美她！可是没想到，当他看完后，却收起笑容。一场风暴来了。

"老板为什么给你这么多股份？"

"因为我是公司的顶梁柱，核心的管理人物嘛，没有我公司运转不下去。老板就得给我这么多股份，我应得的，你怎么了，嫉妒了？"

"公司缺了你照样运行，地球离开你也照样转动。市场部经理比你差吗？你真懂管理和技术吗？没有你技术就死了，非得有你才活下去吗？要知道，现在最不缺的就是管理人员。你就是顶梁柱、核心人物，真的做到非你不可，也不会让你持有21% 的股份。那是投资方的事，不是你技术管理的事。今天说一说吧，你到底跟老板家族有什么关联，为什么得到这样的关照，我很早就想问这个问题，今天正好，大小姐，请说一下吧！"他冷淡地看着她，觉得该澄清问题了。

"你不相信我，不相信我的能力，这与老板家族有什么关系？我哪儿知道老板家族都是谁，你瞎牵扯些什么？"她冲他喊起来。

"我相信你的能力，但不相信你的身份！在网诚公司这么久，你对公司的管理层一点儿都不清楚吗？沾沾自喜，自以为是，说自己是顶尖的管理人，连公司的主要成员都不知道，怎么管好公司？你在自欺欺人。我告诉你，市场部经理是老板的外甥，财务部经理是老板的表妹，人事部经理是老板的堂弟。看看吧，他们都是家族成员，有股份是正常的，那么，你是家族什么人？我就想知道这事，为什么瞒着我？"

"听谁说的，你怎么知道，胡说什么？"她的眼珠子快要掉下来。

"别管我从哪里知道的，你们老板就这么轻易地说服那些股东？让他们把自己原来的股份让出来给你？每人出让 7%，合成 21% 给你？他们傻啊，让利给你？还有，老板放弃管理权，那不就成了你的公司了吗？还说什么若你退出，就解散公司？我真想不通，不是家族成员，怎么能这么容易达成协议？今天正好借此，我就想问一下，你与他们家族到底有什么关系，这也要隐瞒吗？是我没有资格，还是不屑于说？"他可能觉得自己有点儿过分，态度缓和下来，"至少我是你男朋友吧，这也隐瞒？"他盯着她。

她愣了片刻，冲他喊道："没有，我与他们没有任何关系！"

"你确定，再仔细想一想，你真的确定？"他的脸色开始变得严峻。

"当然确定，怎么能与他们有关，八辈子都没关系，你少来扯事！"

"好！那咱俩就好好说一说，我本来不相信这事，看来今天就得相信了，你和老板到底是什么关系？从大学起，老板就关注你，帮助你，毕业让你保研，研究生又让你各项成绩优秀，毕业后直接把你引入公司。你敢说与他没关系？我不是傻子，本以为这些都是捕风捉影的事，是别人的谣言，现在看来是真的。你说吧，我很想知道。"他的脸色铁青起来。

"你怎么知道的，你认识冯冰那个混蛋！你还相信他？"

"又出来一个人物，冯冰是谁？你有多少个男朋友？是不是在学校，屁股后面一大堆，是不是上面搂着老板，旁边拉着冯冰，后面还放着各路备胎？"

"你胡说，你欺负我！你不相信我，你混蛋！"她扭曲着脸，眼泪掉下来。

"我就问你，大学时老板是否认识你，你是否喜欢过他，你们到底什么关系？"

"是！我们早就认识，我曾经喜欢过他，但都过去了。现在没有关系，就是上下级，他只把我当女儿看，别的没有什么啊！"她哭起来。

"哈哈，你承认他是你的干爹了，或者说，他一直在包养你，对不对，至少在学校期间包养过你！难道这么明显的事情，你都要掩耳盗铃吗？我是理工生，会推理，会判断，我不是傻子！你不要再骗我了，要不是这股份的事，我真不去想，真的会相信你。但你怎么能让我相信呢？"辰青云也掉下眼泪，那股隐藏的悲伤终于爆发出来。

"没有啊！我是清白的！谁说我被包养了，谁胡说的？"她抽泣起来。

"现在网络这么发达，什么事查不出来。你那么多同学里，我总有一个认识吧。你别管是谁，他肯定在学校里认识你，他说在学校期间看到你和老板见面。至于包养的事，他说同学们都知道，说有个学生与你一起进入老板的公司，知道内情。说不仅有包养的事，还有更不雅的事。这些就不说了，我本来不相信，但今天，你怎么解释，如果我不信，这 21% 的股份又是怎么来的？你说啊！"他变得咄咄逼人，他觉得自己太天真，太轻信别人，一直被人玩弄着，像个小丑。

"我没有，我是清白的！好，好！你终于露出丑恶嘴脸了，你一直在暗中监视我，在偷偷打探我。你到处寻找我的过去和经历，你就是一个变态、恶魔，说什么喜欢我、爱我，就是想玩弄我的感情，拿我的过去寻开心。你根本没有感情，就是一个冷血动物！你一直在欺负我，侮辱我。呜呜……我永远不想再见到你！滚，滚……"她冲他怒吼，然后趴在桌上大哭起来。

"哈哈！你真会编理由，我才是你玩弄的对象。要不是这件事出现，让我看清楚，还得被你玩多久？是你骗了我的感情，把我忽悠来忽悠去。你一会儿强势，一会儿柔弱，一会儿装高兴，一会儿装悲伤，把我这个傻子肆意玩弄，你有什么可哭的，心里满足了，高兴了，装得真像，你不让我滚我也会滚。这桌美味的佳肴你就慢慢品尝吧，没有人再想被你骗下去！"他说完，拿起衣服甩门出去。外面的服务员看呆了。出门之后，他擦掉眼泪，立刻后悔了。第一次对女人这么凶狠，这么冲动，是不是真有隐情？不能，他狠下心来，没什么可后悔的。他拿出手机，给周岩打过去。

"周岩，我是辰青云，抱歉！骆雪梅在对岸商业大厦楼顶的饭店里。我们的关系完了。你赶紧去饭店接她回去，别出意外。我暂时不见她了，有什么事，单独联系我吧，抱歉！我也没想到会是这种结局。以后再聊，赶紧去接她吧！"

第15章　初尝幻境

云禅寺后院南侧，坐落着一排禅房。禅房尽头，沿山脊踩过几百片山阶后，登上山顶亭阁。亭阁旁边，矗立着五色的经幡，像飘落的伞花，孤傲在群山之间。

谷若兰静静地坐在禅房里，品读一本诗集。沿门口长廊下行百米，是大雄宝殿。宝殿周围，几十座佛塔错落有致地竖立着。这些佛塔上面，安放着流光溢彩的辉煌金鼎。最高的金鼎下边，坐落着一间殿堂，它是大雄宝殿的偏殿，里面供奉着一尊活佛的金箔肉身。这位活佛是这座寺庙的创建者，是这本诗集的作者，是她崇拜的诗人：央措活佛。沉闷的时候，她就到偏殿里，像位老朋友，盘坐在垫子上与央措心灵交流。每当从幽静的殿里出来，寺院上空，清雾缭绕，松鸟盘旋。

每隔几天，她就会坐寺庙最早的通行车，到这间租下的禅房看书和休息。早餐和午餐，跟僧人们一起吃。她熟悉这里的每位僧人，每座佛塔，每座佛殿。在山顶亭阁祈愿柱的石架上，每一条系上的红绸，红绸上每一段寄语，她都清楚。甚至当天有几名香客登上山顶，她都记着。傍晚前，她会坐最后一趟通行车回到漠城家里。

一年来，她越来越喜欢这里。午后，不管是春夏秋冬，她都带块佛毯沿山阶登上山顶，进入亭阁，在亭阁的木屋里静静打坐。当沉沉的冥想开启之后，她感觉慢慢地飘浮起来，在无际的缠绕着灰白色的星辰间随风荡漾。她等待……期待……星河的流逝。偶遇的某天，偶遇的某个时刻，她会突然看到一朵五色光影，弥漫过来包裹住她，然后，星辰散开，天空中一团灰白的天体由远及近，飘浮在视觉中心。连接她与天体的，是一架窄小的只容下身躯的天梯。她觉得这架天梯是由一层薄薄的、研磨平整的石板铺成的，像一个从天体悬挂下来的长卷条幅。天梯的周边，无际虚空里，会出现各种带有历史痕迹的图像。有熟悉的山间岩画、人脸图符，有牛羊马群、沙海驼群，有山峦河流、森林草原，有无数只海鱼、陆地动物，有厮杀的战场、残墙的古城……太阳和月亮会变幻成她懂的符号，在灰白的天际里环绕。

冥想中奇妙的幻境是可遇不可求的。这一年来，也就出现过几次。这种期望伴随着兴奋，让她在亭阁里的打坐和冥想长久地坚持下去。

她记得只有一次，在冥想幻境里，出现一个至今还记忆鲜明的场景。场景中，她发现旁边的虚空里，出现几架一样的天梯。这些天梯上，是一些不曾见过的脸庞。她凝视某张脸时，这张脸孔就会面向她，然后，被这张脸吸进去。之后，她好像能模糊地体验这张脸里的人生片段，同时涌现出一些感悟的心灵。她恍然明白，人生原来如此。然而这段美妙的境界，瞬间就消逝了。她清醒时，却发现刚才经历了沉沉睡眠，而眼前熟悉的真实世界，却让她觉得异常陌生。

她期待着再次在幻境里看到别人的脸孔，然而，没有再次，只有各种图符在天际里沉浮，天梯若隐若现，天梯模模糊糊。遗憾的是，就是在有天梯的幻境里，她也没有登上半步，在她抬起脚想登上的时候，总有一阵凉风吹来，惊醒她的大脑，结束幻境。而大部分冥想中，没有这种幻境，只有自己在灰白的虚空里飘浮，等待……没有任何光影到来，直到一丝闪念惊醒她，回到现实。

她尝试在不同的地点，禅房、家里、山谷林间，进行打坐冥想，想再次得到这种美妙的幻境。然而，没有一次成功。最后她确认，只有寺庙后院山顶的亭阁里，才能实现她灵魂的幻境旅行。

谷若兰五十五岁，刚刚退休，身体健朗，虽然眼角增添了皱纹，但遮挡不住天生丽质的容颜。她有一种天赋，随着年龄的增长，过去的回忆却清晰起来。老伴儿的每次习惯性错误，她都能追溯到最初的那个情景。当她描述出来数落老伴儿时，老伴儿都会摇头，说不记得了。最后，只能承认错误，不然等待老伴儿的，是一个个接续追溯的情景。当然，老伴儿也会哈哈大笑，原来自己还有这样的错误经历。

然而，她最痛苦的经历，总在某个夜里翻滚出来，缠绕和折磨她。只有自己沉浸在读书中，沉浸在写作中，沉浸在冥想的领悟里，才不感到伤痛，才觉得可以回归正常。

高中期间，她靠着努力学习和记忆上的天赋，在高考中毫不费力地考上著名的某师范大学，主修历史和文学。她的身后，总有一批男生追随，然而她没有看中任何一个。研究生时，她的导师是国内著名的国学大师。她崇拜导师，为导师写作、出书、研究和巡讲，提供着她非凡的资料收集和编写能力。她成为导师家的常客。导师的儿子，同在本大学管理专业的柳元，英俊风流，又借助老爸的影响，交际甚广，各种朋友来来往往，整天沉迷于游戏和吃喝之中。在她即将毕业前，他开始疯狂地追求她。导师也为儿子说情，很快她就陷落了。相处仅三个月后，毕业前，她发现自己怀孕了，问他们怎么办。他们向她保证：毕业后一定履行婚约，但这个时候不能生，必须先打掉孩子，而且让她回老家打掉，说这样不影响家族的名誉。导师完全站在儿子一边，劝她回老家处理。她感觉被玩弄，被轻视，在整个身心的煎熬过程中，他们没有给她任何帮助。她陷入巨大的痛苦中。

回到家乡漠城，她准备打掉孩子。然而回家一个月后，同学就告诉她，柳元傍上一位他老爸认识的富豪的女儿，很快就要结婚。同学还告诉她，一位跟她同样怀孕的女孩儿，去学校状告他们父子，但被学校压下了，而且，又陆续传出其他多名女孩儿被玩弄后抛弃的事情。

这个信息犹如晴天霹雳，让她极度气愤，痛苦不堪。她觉得只有一死才能摆脱这种耻辱和痛苦。一个清晨，她含泪看了眼还在睡梦中的父母，出门向西侧的沙漠走去。她知道在沙漠深处有一泓湖水，那儿应该是她的归宿。中午，当她筋疲力尽站在湖岸边上时，面对一泓清澈的湖水，她咬着牙，向清冷的湖心走去。然而，行走的劳累和虚弱，在没有陷入湖心之前，她就晕倒在湖边的浅滩里，昏迷过去。

她感觉灵魂飞升起来，向着遥远的山谷飞去。黑云翻滚而来，她看见山谷入口，聚满数千身穿黄色铠甲的官兵，手持弯弓和利剑，向两侧的山林快速围捕。一群手臂上绑着红绳的僧兵，护着一位身穿袈裟的尊者，像一群被狩猎的野兽，向深山中退缩。一位身穿红色战袍手握长剑的女侠，临危不惧地带领僧兵，与最前面攻上来的官兵奋勇鏖战。几波官兵被击退后，女侠拉住女儿，紧紧拥抱，祈求尊者与女孩儿从另侧山崖逃离，尊者不肯。女侠给女儿背上一袋书籍，相拥哭泣后，挥泪告别。女儿向另一侧的山林深处跑去。

女侠带领僧兵们拼死战斗。山岩震颤，花丛抖动，山鸟乱飞，野兽惊散。整个山林弥漫着浓烟和杀气。最终，女侠和僧兵们寡不敌众。女侠战死在山岩之中，僧兵们全部被杀。山谷另一侧的山崖底部，女孩儿缒下绳子，几经曲折，终于逃脱了崖上汹涌的追杀，骑着母亲预留的白马，呼啸而去，冷风卷起青丝，狂奔在茫茫的荒原之中。官兵们将尊者抓进用于困兽的牢笼，返回藏城。战死的女侠和僧兵们，被官兵送上天葬台。瞬间，几十只黑鹰将尸首撕扯殆尽。

她感觉自己被撕碎着，吞噬到山野。带着一幅长长的史卷，随着黑鹰，卷动在历史的轮回之中。

她醒来时，看见一缕温热的阳光从湖面折射过来。她的身上裹着一条毛毯，一位身穿迷彩军装的男子正紧张地盯着她。旁边是一辆沙漠山地车。

她微弱地问："你是谁？"

他托起她的肩膀，给她裹紧毛毯，说："你肯定忘记我了，高中时我们同届。"

"你怎么知道我在这里？"

"你上月回家之后，天天在外面散步，我就认出了你。我离你家不远，刚从军队转业回来，还没有安排工作，这期间就天天在沙漠边上玩着赛车，也一直留意你的行踪。"

"为什么没跟我打招呼？"

"我怕你不理我，高中时你就从来不愿接触我们这些男生。"

"你在跟踪我？"

"没有，只是天天留心你。今天早上没看到你，听早起的同伴说，你住沙漠深处去了，亏得今天没有风，能查到你的脚印，就一路赶过来。你走这么远，万一陷入流沙中就麻烦了。我也是好奇，怕你有事，就一路远远地跟着你。看到你往湖心走，就知道出问题了，赶紧跑过来把你拖上岸。"

躺在军人的臂膀里，看着他宽大的脸庞，不曾有的安全和温暖涌入她的身躯。她大哭起来，将所有的屈辱和痛苦倾泻出来。旁边的湖水，依然清澈见底，天边的白云自如伸展，只有沙丘边峰上的流线，随着淡淡的清风，一波一波塌陷下来。

哭够了，她盯着他，问："你高中时喜欢过我？"

"是的，高中时就暗恋过你！"

"我肚里有个孩子，想打掉他，你能帮助我吗？"

"当然，义不容辞！但是……为什么要打掉呢？可以生下来啊！"

她惊恐地看他："那怎么行？我没有结婚，这孩子没有名分的。"

沉默一会儿后，军人脸红道："我可以做孩子的父亲！"

两个月后，他们闪电结婚。七个月后，这个孩子出生，就是骆雪梅。两年后，他们又有了自己的孩子，骆雪梅的弟弟。谷若兰在图书馆上班，一直工作到退休。工作期间，编辑了本地区的历史年鉴，出版过几本行业认可的史评书籍，还有正在编写的一本藏域历史和一本诗集评论。老伴儿在漠城的运输管理局工作，管理着全区的运输安全。

她和老伴儿从小宠着姐弟俩。骆雪梅心眼儿多，天资聪明，小时候总欺负弟弟。但弟弟天天像跟屁虫似的黏在后面。无论学习还是上各种兴趣班，都是姐姐强。上初中后，姐姐开始护着弟弟，对父母和学校编造各种理由，帮弟弟躲过各种淘气导致的惩罚。谷若兰开始对女儿严厉管束，但都是嘴硬心软，她和老伴儿变成了严母慈父。从高中到大学，女儿的逆反心理越来越强，跟母亲总因为一些小事相互对峙，最后还得老伴儿拉架劝和。母亲给她定了一条铁律，大学之后可以谈恋爱，但结婚前绝不允许和男朋友发生关系，一旦知道就断绝母女关系。骆雪梅说母亲传统封建，自己对此不屑一顾，但心里还是被这条红线压着。

骆雪梅从来不知道自己的身世，高考考入著名的南华大学计算机管理专业。这个专业在高考志愿选择时遭到母亲强烈反对，可她偏偏就喜欢，母亲扭不过她，只得同意。她上大学后，常常寒暑假也不回家，说学校社团活动多。谷若兰鞭长莫及，但总强调那条红线，她与母亲的交流渐少。整个大学和研究生期间，母亲掌控不了她的行为，只能在生活费上限制她。但老伴儿不一样，非常关心和疼爱女儿，偷偷给她零花钱，借交通运输权力总给她送一些好吃的。只要见面，父亲就像个小孩子似的围着她转，带她去沙漠中观看赛车，带她到处疯玩，几乎把所有的父爱都给了她。然而面对她的弟弟，父亲却严厉得多。

弟弟跟姐姐完全不是一种性格，和他爸一样喜欢探险。常常逃课，也不愿学习，天天跟一帮同学在沙漠中玩车。姐弟关系非常好，每当弟弟犯错误，父亲拿起板子凶狠地打他时，姐姐就会替他说情，在父亲面前撒娇。母亲也会跟着一起求情，父亲就会心软。但只要姐姐和母亲不在，弟弟总被狠狠地教训。有时回家后，弟弟指着自己的伤疤让姐姐看，姐姐就会与父亲理论，父亲只会看着她笑。弟弟高二后开始奋力学习，成绩突飞猛进，不负众望，考入一所重点军校。

骆雪梅研究生毕业后在江城应聘到一家 IT 公司。母亲不清楚她在公司的具体情况。她通常只在春节回家，每次回来后还是跟父亲好，跟母亲总隔着一层纱，还总怼母亲。但她也理解母亲的好，只是变成了习惯。父亲总在她们中间协调解围。她开玩笑说不看着老爸的面子，才不会回来。母亲也不生气，天天忙着做饭，收拾屋子，种花，然后上班。现在退休了，也不闲着，忙着写文章。老伴儿还没有退休，天天下班买菜，有时在外面跟老朋友聊过了头，晚回家后，就被谷若兰吼。年轻的时候，谷若兰和老伴儿各忙各的事。现在她退休了，话却多了，唠唠叨叨的，但老伴儿只是笑，觉得被数落也是一种幸福。女儿看不过，总替父亲说话。

退休后，谷若兰对云禅寺里圆寂的诗人央措产生了兴趣，研究后发现价值极大。那些留在民间的诗集里，沉淀着那段历史中错综复杂的政治关系。她开始研究藏传文化，突然像发现宝藏一样，被深深地吸引进去。她开始接触云禅寺里的僧人，在佛堂里打坐，尤其在寺庙山顶的亭阁里，冥想时出现过幻境，而且是多次相同的场景。她的心境完全变了，尤其藏传文化中轮回的事情，如谜一般牵扯着她。她做老伴儿的工作，找出空余时间，来到云禅寺租下一间禅房，开始她的书籍编写和冥想活动。

骆雪梅知道母亲每隔几天去云禅寺编书和打坐的事，虽说为了研究藏传文化，但总把父亲一人放在家里，就不能理解。她在电话里跟母亲发脾气，父亲却不在乎，还安慰她，说要理解母亲的学术研究和精神寄托，说她这一辈子太苦，做自己高兴的事吧！骆雪梅去年春季利用出差机会回家，被母亲劝说去寺庙看看。她在旁边的宾馆住过两天，想体验母亲说的静谧之美，然而，完全没有体验出来。

母亲开始操心女儿的婚姻，每次电话必问，骂她不替老人着想。甚至以骆雪梅的名义，在云禅寺亭阁石柱的祈福石架上，系上一条红绸，用央措诗人的诗句作为寄语，保佑女儿情感顺畅，及早成家。

去年秋季，她知道女儿处对象了，天天笑容满面。电话里说到春节假期一定带回来，女儿答应了。她还告诫女儿，好好相处，不要耍小聪明，不要像小时候欺负弟弟那样欺负人家。

新年元旦，女儿打来电话，说今年春节早，计划提早两天回家。还神秘地说，给你们带来一个大惊喜，和男朋友一起回家，说一定做点儿好吃的。她和老伴儿开始购置年货，天天商量着怎么好好招待这位客人。两个人天天乐在其中。

春节假期到了，她起早催老伴儿去江城把女儿接回来。中午，漫长的等待后，终于听到楼下汽车的嘀嘀声。她兴高采烈地下楼到小区院里，看见老伴儿将行李从后备箱里拉出来，低垂着脑袋。她看到女儿背着双肩包，无精打采地从车上下来，瞅着后面，直到老伴儿将车锁好。她怔怔地拉住老伴儿，悄悄问："你没接她男朋友？"老伴儿赶紧拉她的手，示意别问了，回家再说。

进入房间放好行李。女儿憔悴的脸向她勉强笑笑，就回到自己的屋里把门关上。她忙问老伴儿怎么回事？老伴儿说对象黄了，一路上就是这样，哭丧着脸，不说话，总掉眼泪。他也不敢问原因啊，你过去劝一劝吧，别哭坏了身体。

她进入房间，看着女儿躺在床上发呆。坐到床边摸着她的脑袋，轻轻问："怎么回事？跟妈妈说说吧，跟男朋友闹别扭了，还是对象黄了，惹你这么伤心？"

女儿瞬间失控，搂住母亲号啕大哭。她拍着女儿安慰道："闺女，没关系，好男孩儿有的是。咱再找更好的，哪有一次就处成的，黄了也正常，不值得伤心。要过新年了，过去的事就忘掉吧，咱们重新开始！"等女儿平静后，她又问，"什么原因黄的，什么时间的事？"

"刚黄不到 10 天，"女儿又抽泣起来，"他就是一个大渣男，他欺负我，侮辱我，欺骗我的感情，他就是一个变态狂！"

"你们处了多长时间？"

"正是因为处了很长时间，都快半年了，他才在最后时间向我摊牌，耍弄我。就是想让我痛苦！他就是个伪君子，变态，混蛋！"女儿恨不得撕碎那张脸。

"好，好，别哭了！"母亲赶紧安抚，平静后又问，"他强迫和你发生关系了？"

女儿愣了一下，然后气愤地说："就是，他强迫我。我不让他得逞，他就欺负我，侮辱我，骗我的感情，呜呜……"她狠劲地哭起来，好像母亲给她画的红线，才是伤心的理由。

"宝贝闺女，咱不哭了，这就是个渣男。以前不这样啊，都是你欺负男生，看来闺女真遇上坏人了。没让他得逞就好，咱不值得为他生气。好了，别去想了，回家来好好过个年。你想吃啥好的，妈给你做。闺女，咱不哭了！"

第16章 母亲的愤怒

除夕，谷若兰全家人都到齐了。晚上，将包好的饺子放到窗台上，等待新春钟声响起时开锅煮饺子。楼外放完鞭炮和烟花后，所有灯光全部亮起，全家人准备好年夜饭，围着餐桌，边看晚会边热闹地聊天。

"爸爸最偏向姐姐了，开车从省城那么远的地方接姐姐回来。我从机场到家这么短的路，都让我坐大巴！妈妈，你给评评理。姐姐，你都上班好几年了，每到春节，就骗我没挣到钱，不给我红包，今年得把这几年的红包一起补给我，还要加一笔精神补偿费！还有爸爸，你总偏向姐姐，红包也得补偿给我。妈妈呢，是天底下最好的妈妈，对我这么好，不用说也会给我个大红包！还有，你们是不是该给我这个学生涨点儿生活费了，今年快毕业了，各种交际越来越多，父母大人，真不够花啊！"儿子不知道是委屈，还是兴奋，变换着表情喋喋不休。

"哎，还是妈最偏向你，我上学的时候，妈就给我那么一点点生活费，我想化个妆买个口红都没有。妈把我当男孩儿子看，到现在别人都不认可我这个女孩儿。妈动不动就数落我，骂我，你不知道有多惨。还是爸爸好，偷偷给我零花钱，才让我不太丢人！都说女儿富养，我怎么没体会到，不行，妈也得给我补偿个大红包！"女儿不满地笑道。

老伴儿笑了，说道："那是你妈对你们的教育政策。对待闺女，你妈唱黑脸，我唱红脸，那零花钱，都是你妈让我给你的，那个年代我哪有私房钱啊？跟你弟弟比，给你的生活费是最多的。当时你总和你妈闹脾气，怼你妈，你妈表面上对你厉害，背后怎么心疼你，你哪里会知道！还有你，"老伴儿转向儿子，"我当然要唱黑脸了，每次打你狠了，你妈都伤心落泪，在背后怎么骂我，你哪里知道。要不是对你用这种教育方式，你能成才吗？我不狠打你，你能考上这么好的军校吗？姐姐比你聪明，不用太学习就能得到好成绩，当然要偏向你姐姐了！最后，还得感谢你们的妈，要是随我，你俩就当一辈子工人吧，来，向你妈敬酒！"

"老爸，我就是从你那里遗传了太多的基因，才这么笨，在学校里拼命学习，也赶不上别人。我知道姐姐聪明，而且姐姐这么漂亮，跟妈妈年轻时一样，在学校里，像姐姐这样颜值的女孩儿，一个都不搭理我，我多郁闷啊，你们还不对我偏向点儿？哎！老爸，我就纳闷了，你也不是帅哥，当年是怎么追上我妈的？"儿子贫嘴道。

"对啊！老妈，老爸，你们从高中就开始谈恋爱，没影响学习吗？老爸没考上大学就是被老妈影响的，老妈却没受影响考上重点大学，肯定老妈没搭理老爸，让爸难受，没好好学习，才没考上大学。我到了大学，老妈天天叮嘱，就怕我被哪个坏蛋欺负。每次回家，还要严刑拷打，非得给她个保证。哦！你们高中就开始处对象，却不让我在大学里处，老妈，你得说说这个问题。"女儿更贫嘴说道。

老伴儿笑道："你妈年轻时走到哪儿，后面都跟着一个连，我是排到最后的那个后勤兼联络兵，负责给全连的人提供子弹和准备饭菜。你妈一看到我，首先就问，又是谁让你来的，他学习比我好吗？是不是太丑，不敢见人？比不上，下次就别送了。这饭先留下吧，正好班里缺饭呢。你妈是学习委员，对学习不好的，正眼都不瞧，对学习好的，说人家是书呆子。我为什么没考上大学，就是像闺女说的，追你妈太辛苦耽误了学习。后来你妈可怜我，才答应嫁给我，来！老伴儿，我也敬你一杯酒！"

"我说呢，老妈天天骂你，唠唠叨叨的，你从来也不烦，而且还享受被骂的乐趣！"女儿瞪着老爸。

"你爸就会开玩笑，是我求着你爸娶我的。"谷若兰瞅了一眼老伴儿。

"不可能！"女儿说。

"绝对不可能！"儿子补充道。

谷若兰能看出来，女儿心情好多了。儿子回来后缠上了姐姐，姐弟俩一年没见面，亲热打闹瞎聊着，让女儿暂时忘了伤痛。她问儿子："你在学校的钱真不够吗？需要补多少？"

"你每月只给我一千元，最后这一年怎么也得加一百吧！"儿子没敢看老爸，知道要挨训。老妈疼他，但可能也会委婉地拒绝。他嬉笑着等老妈的答复。

"不用向妈要了，最后这一年，我全给你，不够了我还有！"骆雪梅说道。

"姐，我开玩笑呢，你不给自己攒嫁妆了？"看到老妈瞪他，知道不能要，又说，"我艰苦点儿就能扛过去，但姐姐不行啊，不能让姐夫以后骂我啊！"他还想贫嘴，被老爸在桌底下狠踢了一脚。他奇怪地瞅瞅大家，发现气氛不对。

"攒嫁妆有什么用？钱又有什么用，我一辈子都不想结婚！一会儿，我就把学费全给你转过去，就当新年的大红包！你要是不收，我掐死你！"姐姐发狠地对弟弟说。

谷若兰赶忙岔开话题："初三，云禅寺要举办祈愿法会，很多贫困家的小孩子去受礼，就是接收捐赠的礼物，还有祈愿朝拜活动，闺女，跟我去转转吧！"

"闺女，跟你妈初三转完后，初四沙漠里有场新年骆驼比赛。我们去骑骆驼，还有赛车表演，开赛车也行，可刺激呢，我们一起去玩！"父亲也赶忙说。

"太好了，姐跟我们去赛车吧，好久没玩了！"弟弟附和道。

"我就想待在家里，哪里也不去。"骆雪梅看到大家期待的表情，对母亲说，"我才不去寺院呢，宁可去玩赛车。再说，这么冷的天，去寺院做什么。受礼与你有什么关系？该不是让我去给他们捐赠吧！山谷里风大，你在家里就不能好好待着，好好陪陪我们！家里这么暖和，非要跑那么远的寺院去祈愿？为什么就愿意受苦呢，在家里写文章也挺好啊，有几个大作家是跑进深山老林里写作的？何况你这腿脚越来越差，还去爬山，万一摔坏了，谁那么远去照顾你？妈，你不想自己，还不想想老爸？"女儿生气地怼着母亲。

"就是，妈，要去也得老爸陪你，以后别去了！"儿子也劝道。

"你俩就别提这事了，我虽然不放心，也跟你妈反复交流过，还是支持她。你妈说，没有氛围就没有灵感，没有苦难就没有信心，不坚持就不能理解快乐。不抛弃享受，就不会体验愉悦和真正的创作。不让你妈受苦，你妈就让我受苦，而且她会更难受。上山的路线我仔细看过了，她这个年龄还不会有事。一旦有问题，僧人们都认识她，我也很快赶到，别难为你妈了。"老伴儿瞅瞅沉默的谷若兰，对她说："孩子也是担心你，别生气！"老伴儿又对女儿说："跟你妈出去转转吧，看看雪山蓝天，什么都会好的！你去年跟妈妈去了趟寺院，回来后你妈高兴了一周，说闺女终于能体验她的乐趣了！你妈也是为你去的，给你祈愿。你要不让你妈去，她就会六神无主，丢了魂似的，骂

我就更凶了。所以，让你妈自己决定吧，去寺院说不定有好事
降临呢！"

"我不去！"女儿固执起来。

"好了，不说这事了！大过年的，闺女高兴就行！"谷若兰
笑了。

"老爸，我等不及了，咱们明天就开山地车去沙漠兜风吧！
我太想去了，咱们全家一起去！"儿子提议。

"你们去吧，我在家里陪闺女，我晕车会扫你们兴的。"谷
若兰说。

"妈、姐，你们就一起去吧，带好药，不会晕车的。慢点儿
开，累了就休息，没事的。"儿子劝道。

她看着老伴儿，说道："咱们去月亮湖吧！"

"不行，换个地方。"老伴儿看了一眼她，立刻拒绝。

"那地方多美啊，为啥不去，老爸从来不带我去！我曾经跟
同学去过，那里太美了！我都想留夜看星星，可是怕老爸打我，
就没敢过夜，开山地车去那里最好！"儿子兴奋起来。

"我怎么不知道这个地方，你们谁也没跟我提过，还有这么
美的地方，好，我也要去看看。"女儿的脸色终于多云转晴。

"去吧，这么多年，我也想再看看！"她轻轻地说。

年夜饭后，儿子跟老伴儿在沙发的一角边看电视边谈论着
赛车和军营里的趣事。女儿坐在母亲旁边，忧郁地看着新年晚
会。她观察着女儿的表情，发现她越来越多愁善感，以前可没
这样过，是什么样的渣男把闺女折磨成这样？

新年零点的钟声响起，饺子滚入热气的锅中。女儿搂着母
亲，含满眼泪。

大年初一，月亮湖岸边，沙海形成的波纹细细涌动在寒冷
的清风里，延伸到结冰的湖底，清澈透明。沙丘边峰的沙流随

冷风塌陷着，舞动着，将谷若兰已消逝的时空，卷积回来。女儿和儿子在湖边奔跑，在水天一色中畅想蓝天的美丽，拥抱那一汪明净！她已是满脸泪痕，依偎在老伴儿的臂膀里，遥望湖心。

"是不是该告诉闺女了？她已经能承受人生了！"老伴儿轻轻问。

"我也想这个问题，等等看吧！"

大年初三，谷若兰早早地来到云禅寺。她主要想去看看那些贫困的小孩儿，去和那些没有家常年驻留在寺里的僧人聊聊天，给他们带一些年糕点心。另外，她也想到大雄宝殿里向佛祖朝拜，去偏殿看看央措，也祈愿闺女的生活重新开始，渡过情感难关。

寺院里，正在举办祈愿法会，游人很少。面向大殿的山阶上，一张巨大的卷轴佛像垂放下来。远远看去，仿佛众多的佛塔金鼎上，扛起一面红色的旗帜。

法会和孩子的受礼活动结束后，她跟僧人们吃完午饭，独自缓慢地登上亭阁。山顶上没人，亭阁的木屋里，冷风从四周的缝隙里钻进来。她裹紧羽绒服，将门和窗口使劲关严，摊开草席垫子，打坐冥想。沉闷的虚空里只有灰白的世界，没有任何光影。冥想结束后她静静地坐在那里，享受只属于自己的一片安宁。窗处，几片雪花落下来，她感到惊讶，入冬以来根本没下过雪，却让她偶遇了这片雪花。她走出亭阁，看着山下的人流已经退去，想着闺女还在家里，准备下山回去。

一位年轻人从山阶健步登了上来，背着一个双肩包，瘦高的身躯洋溢着温暖的气息，从飘扬的清雪中向亭阁走来。小伙子走近亭阁，看到她孤零零地站在门口，愣了一下后赶忙上前打招呼："阿姨，您好！这么冷的天还上来？"

"哦！不冷，习惯了。好熟悉的小伙子，你是上山求佛的？"她笑着问，觉得在哪里见过，她仔细回想着。

"阿姨，我是来安装仪器的！"小伙子指指亭阁上曾悬挂基站的位置，看到地面上已铺满一层薄薄的雪粒时，他关心道，"阿姨，这山上路滑，您要是不着急，等我上楼安装完仪器，扶您下山。我很快的，不会耽误您下山的时间。"

"小伙子，我想起来了，你是不是曾经到过这里，我给你讲过狩猎场的故事，还有那位八仙过海的吕洞宾，那位供奉的活佛肉身。"她凭借着过人的记忆天赋，将过去遇见时的场景清晰地描述出来。

小伙子愣愣地看她半天，终于模糊地想起来，忙说："阿姨您记性真好，您到里面的木屋坐一会儿，我很快下来。您一定等我！我还想请教您一些问题呢！"小伙子将她扶到木屋里，从包中拿出一台通信设备和一个工具箱，爬上楼顶。20分钟后下到木屋。

"小伙子，今天是大年初三，大家都放假休息，你还来上班，真辛苦啊！"

"噢！年过得没有意思，出来工作也是乐趣。我是搞技术的，以技术为乐，阿姨您过年也上来，肯定也是图个清净，上次您说这里是个好地方，人杰地灵，这个观点我记忆深刻，您说说，这里还有什么好东西？"

"这里是祈愿台，可灵验呢？你来这里祈过愿吗？"

"祈过愿，在那边石柱上也挂着我的寄语，可是对我不灵验啊！"小伙子笑笑。

"那你想从哪个方面了解呢，我只对这里的历史和文化熟悉，别的方面不行。"

"这里有些奇怪的信号，就像刚才外面的蒙蒙清雪，忽然笼罩住天空，又忽然地消散。像一张若隐若现的天幕，快速地涌现又快速地掉落。我比喻得不恰当，您不用理解太深。"

"我知道你的意思了。我总在这间木屋里打坐冥想，有时在冥想里会出现一些幻境，幻境中有类似天幕的情景，不知道这是不是你要问的东西！"

"真的吗？您在冥想中出现过幻境？您还记得是什么时候出现过？"小伙子惊讶地张开嘴，兴奋从脸上溢出。

"我想一想，一般都在午后开始冥想。有几次的日期还能记得……"小伙子拿出纸笔，记录着她的叙述。

"太好了！今天的收获真多，见到您真高兴！"小伙子很兴奋。

"我又想起来了，上次问过你，你说是江城人，29岁，还是单身，对吧！我的记忆可好呢。"接着又关爱地说，"小伙子，这次能不能把你的电话和名字给我，我到大殿里给你求求经，你不是说这里不灵验吗？大殿里肯定灵验！"她心想，这么好的小伙子，介绍给闺女正好，但不能说相亲的事，现在的年轻人都不感兴趣，所以得套出来。

"阿姨记性真好！您以后在冥想中再发现幻境，一定把发生的时间记好，给我打个电话。是我在求您呢。至于到大殿里求经，就不需要了，谢谢阿姨了！"小伙子将自己的名片拿出来，递给谷若兰，然后搀扶着她下山。

到山下后，她拉着他邀请说："小伙子，谢谢你，到我家吃口饭吧，下午再回江城也赶趟儿，我家里有好吃的。"

"谢谢阿姨，不用了，我得赶紧回去，再见！"小伙子挥挥手，健步离去。

回到家里，看到女儿慵懒地蜷缩在沙发里，无神地看着电视。她问："就你一个人在家里傻待着，你爸和你弟呢，他们玩赛车没回来吗？"

"没有，我怕晕车，哪儿也不想去！"女儿没有抬头。

放下背包，她换好衣服坐到闺女的旁边，悄悄说："我今天在寺院里遇到一个好帅的小伙子，他也是江城的，跟你年龄相仿，人可善良呢，是搞技术的，我一看就相中了，这个小伙子肯定适合你！"

"妈，你说什么呢，看上小鲜肉了？我可不需要。您就省省吧，我可不想相亲。你要再说，我就告诉老爸，说你在寺院喜欢上一个小鲜肉，看我爸怎么收拾你。"女儿白了母亲一眼，继续看她的电视。

"闺女，听妈妈说完，回到江城，见见这个小伙子，不同意就散嘛，又不受影响。妈妈的眼光好着呢，机会永远是自己争取的！"

"我不听，别来烦我好不好，再好的小伙子也不要，我现在最烦他们！"

谷若兰拿出名片："这小伙子是省通信研究院的，还是一个技术主管，条件真好啊！"

骆雪梅跳起来，抢过名片，看完后怒目圆睁，盯着母亲，然后呆若木鸡地站立着。

"什么时候认识他的，早就认识？联系他做什么，你去寺院就是找他？这个大骗子，还通过你来跟踪我，要我的信息，想着法儿来欺负我，嘲笑我？"女儿喊道，好像被人灌进迷药，头晕目眩。

"我怎么能认识他，是偶然遇到的。他去安装仪器，说要检测什么信号。你们认识？"她惊奇地看着闺女。

"他就是那个骗我的大渣男、大变态、大混蛋，居然跑到这里打探我，还嫌骂我不够吗？还要上门骂我，可恶，变态，混蛋!"女儿一边说着,一边将名片狠劲地撕碎,又狠劲地踩到脚底。哭闹一阵后,靠到沙发上怔怔地看着母亲,好像精神分裂症患者,刚发完疯。

谷若兰从惊讶到气愤,从气愤到平淡,最后从平淡变成微笑。她搂住闺女,轻轻地说:"跟妈说说分手的原因吧,我怎么感觉是你在欺负人家。这么多年来,我一直没有好好了解过你的情感,说不定有很大问题。没事的,你的问题,妈都能给你解决,会给你点儿小建议,走出这片旋涡。好吗?说出来吧。"

"妈,你怎么还向着他呢。我毕业后在一家公司奋斗了3年,老板对我好,把公司股份的21%给了我。他知道后就骂我与老板有不正当关系,说老板在大学里包养我。他还知道我大学里的一些事,骂我滥情,欺负我,侮辱我。都相处快半年了,他好像早知道这些事,开始不说,也明知道我对他越来越好,等我的感情陷进去之后,他就狠心地一点儿不留情面地抛弃我!妈,你说他是不是个混蛋!"

"你在大学里就认识老板,为什么不告诉我?你喜欢老板?"她皱紧眉头。

"妈,我没敢告诉你。上大学起,老板就认识我,帮过我很多事情,包括学习、课程、保研,毕业后就被他聘入公司。但我真的与他没有关系啊,我曾经是喜欢过,可人家从来只把我当晚辈看,一点儿也没有男女关系。可他就是不信,就说我被包养!还诬陷我与很多男孩儿滥情……呜呜……"女儿又伤心起来。

"老板叫什么?"她瞪起眼睛。

"柳元。"

谷若兰倏地站起来,狠狠地给了女儿一个嘴巴子,怒容满面。然后找到笤帚,举起来面对女儿,喊道:"我今天不打死你,就不是你妈！"然后冲过来。

女儿捂着通红的脸颊，惊恐地看着母亲。看她气势汹汹地扑来，吓得嗷嗷大叫，抱头在屋里乱窜，躲避笤帚的抽打。谷若兰开始哭泣，女儿开始大哭，整个屋里乱成一片，号啕一片。老伴儿开门进来，看到她们也吓傻了。女儿像看见了救命稻草，赶紧抱住父亲，躲在身后大哭着说："爸爸救我，妈妈打我。"呜呜……

父亲将两个哭泣的女人拉到沙发上，呆呆地看着她们："你们母女怎么了？大打出手！"

女儿委屈地看着父亲，还在抽泣。把刚才的事情说了一遍，把老板的名字也说了出来。

老伴儿看向谷若兰："这事你做得不对，闺女什么都不知道，你冲她发这么大火干吗？既然已经这样了，还是把事情说出来吧。孩子长大了，让她自己去面对吧！"看到她点点头，老伴儿拉着女儿到她的房间，将事情原原本本地说出来。

女儿不哭了，惊呆了，盯着父亲。父亲说："去跟你妈妈和好吧！"回到客厅，女儿抱住母亲，两个人痛哭起来。

哭够了，两个人平静下来。女儿说："妈，我要跟那个混蛋柳元摊牌，我要告诉他，永远不会原谅他，不要他的臭股份，我要立刻辞职，从此断绝所有关系，好不好？"

"好！"母亲点点头。

"可是柳元在章程里明确规定：若我辞职，公司会自动解散，所有员工都会失业的！"

"柳元早就料到你母亲会知道此事，怕你辞职，所以把你和公司绑在一起，就是为了防止与他断绝关系。其实是不可能的，他只是怕失去你，并不真的想解散公司！"父亲说道。

"可是柳元已经移居国外，说可能终身不回来！"女儿说。

"那也不行，微信告诉他，坚决辞职，脱离关系！"母亲毫不犹豫地说。

骆雪梅打开微信，编辑写道："我妈诅咒你，我也恨你。现在告诉你，我要辞职，请收回你的股份，我不想再见到你。"她把内容给母亲看了一遍，母亲点点头。父亲思索片刻，对女儿说："你可想好了，你和你妈不一样。"女儿没有犹豫，坚决地把微信发送出去。三个人开始沉默，都呆呆地坐在沙发上。因为他们知道，女儿失业了！

晚饭后，骆雪梅收到柳元的回信。

雪梅，我知道对你妈犯下不可饶恕的罪过。但对你没有，我是爱你的，请给我一个亲生父亲的权利吧！公司已经是你的，我早就通过委托进行了公证。你要辞职，只能由自己批准，我已经没有批准的权利。另外，就是你不辞职，若不去努力经营，辛勤耕耘，公司也会倒闭的，也同样与我没有关系。我只是给你一个平台。

以下是给你母亲看的，请转交。

我知道对不起您，我罪孽深重！难道就不给我一点儿的补偿机会吗？我从来没有给过你们什么，难道非要用我的自责惩罚我一辈子吗？从最初见到女儿，我就一直被深深地刺痛着，她让我洗心革面。每次见她，你知道我有多难受！我内心真的不敢面对你们。年少时的罪孽，会变成老天对我的慢慢惩罚，我心甘情愿地接受。真心请你们原谅！我已经移居国外，我知道总有一天会被你知道，我就是害怕才离开你们的。我也真的太累了，雪梅有能力管好这个公司，我相信她，但她最应该相信自己。我已经没有能力再帮助她了，以后全靠她自己。

再次请您原谅！一个曾给您带来巨大伤痛的罪人。

第 17 章　迷失的情感

　　辰青云父母家在江城的郊区，他每月回去探望一次。母亲比继父小 12 岁，两个人关系和睦。上学期间，母亲工资很低，他依靠继父的支撑才读完大学和研究生。他时常记得母亲给他生活费时的千叮咛万嘱咐，直到工作后才体会父母的艰难。他感谢继父，回家探望时总会与继父聊些生活的事，但血缘关系是横在两人之间的屏障。事业、情感以及工作，从不在聊的范围。母亲没法了解他的生活，只是给他更多的关爱。他沉湎于自己的世界，任何情感都要压抑起来。因为从小到大，除了颜依月外没有可倾诉的对象，离开她后，所有的情感都埋进心里。工作后，他才理解情感是什么，人际关系是什么，在跌跌撞撞中，他的情商才恢复到正常水平。

　　春节前夕，他回到母亲家里，和继父用一天的时间置办年货，又用一天时间将屋里屋外的卫生打扫干净。他添置了一些新潮的家电，在父母的抵触中，耐心引导使用。父母虽然唠唠叨叨，但习惯后就适应了。继父开始向街坊炫耀这些家电。

　　母亲身体还好，退休五年了。不管怎样，他是母亲最疼爱的人。她时常对继父生气和唠叨，但两个人磨合相融，感情甚好。他曾想让他们去江城自己家，但根本行不通。母亲说，你要是有孩子，可以去照顾，此外不要打扰他们。此次回去，母亲听到他新处的对象黄了，生起气来，要他快点儿找一个，下次带回来。他只在嘴上答应。除夕，继父的两个孩子回到家里，都比他年长。他高中后在学校寄宿，与他们相处的时间少，只有寒暑假见过几次面。年夜饭上只是简单地聊天，没有一丝热闹的气氛。

大年初二，他回到江城。他的家是单位的集资房，是赶上的最后一批国企福利。他害怕春节，害怕热闹，尤其与骆雪梅的感情破裂，让他沉闷痛苦，只有完全封闭在家里，钻研他的技术，才能安静下来。他把所有的精力凝聚到研究之中，针对干扰源问题，之前在5G基站截获的那批数据还远远不够。云禅寺亭阁和山城清苑酒店上的5G基站已被迁移，他想在原位置重新安装一套监测仪器，捕集干扰数据送入云端，方便远程监控。干扰源肯定来自天体，对这个天体的定位，没有庞大的数据是不行的。他准备利用春节假期将仪器安装完成。

第二次行驶在那条荒漠无际的公路上，他感觉被一束阴霾的情感缠绕。

初三清晨，他驾车向漠城驶去。本想着去漠城中心机房看一眼，顺便吃点儿饭，再去云禅寺。但想起骆雪梅正在漠城的父母家过年，就胆怯了，偶遇上会很尴尬，不想被奚落。他感觉脖子上有条勒紧的绳子，死死地拽着他。他想尽快割掉绳子，把积累半年的情感全部扔掉，扔向这片荒凉的大漠。他沿着漠城外环，直奔云禅寺。

这条孤寂的公路上，没有陪伴。他想起曾在云禅寺亭阁上向山谷呐喊，想起亭阁旁边石架上的红绸寄语，想起初识和热恋，想起期待和欺骗，想起她的怒骂场景。也许这些，都是笑话。也许，那条红绸上让他记忆深刻的名字，只是飘浮的记号，像干扰源一样，干扰了原本平静的生活。他苦涩地笑笑，面对窗外的戈壁和荒漠，随风去吧！

他登上云禅寺后院山顶的亭阁，安装仪器的时候，意外从一名阿姨口中得知在亭阁里冥想会产生幻境，他感觉这种幻境可能与干扰源有关。他再度兴奋起来，这很可能是一个新的突破口。但很快，就认定是一种巧合，技术不该是虚幻的。

午后，他离开寺庙向山城驶去。他已与颜依月联系，请她安排一名春节留守的员工，配合安装。他不想打扰她的生活和春节休假，只是说顺路，停留半小时左右，晚上之前还要赶回江城，让她不要看他。

傍晚前，他走进熟悉的清苑酒店，迎接他的只有颜依月。整个接待大厅空空荡荡，没有客人，前台也没有服务员。颜依月从沙发中起身，穿着与前台一样的工作服，清雅淡妆，头发盘在后面，用黑色的丝网拢成扁平的椭圆形。她的眼神欢快，轻柔的脸庞荡漾着妩媚的微笑。他有些脸红，因为空荡清亮的大厅里，只有他们两人。

"老公没来陪你？"他扫了一眼大厅。

"他跟几位领导去山里的温泉庄园打麻将去了，我不愿意去！"

"你们酒店的员工呢，没有客人吗？"

"四楼还有几位客人，员工们都让回家过年了，我来替他们值班。还有一位看门的大爷在房间里看电视，有新客人会通知我。"她挺立的身姿，像标准的接待礼仪。

他感觉自己只是一名住店的客人，正听从服务员的安排和介绍。电梯上到二楼，整个走廊冷冷清清，没有任何客人。走廊深处，她打开一间宽敞明亮的套间。他进来后，发现完全是居家的装饰，客厅对面的墙上，几块监控屏幕将酒店的各个楼道看得清清楚楚。

"你们还有这样的房间？"

"这是我自己的房间，怎么样？第一次让你进来，有没有家的感觉！"她由微笑变成甜笑。

他跟她单独进入像家的房间里，觉得很不自在，说："我先上楼把仪器安装上，大概半小时，不用招待我，完事后就回江城！"

"明天装也不迟，现在是春节假期，不差这一天的，跟我还客气吗？今天陪你好好过个年，或者说，陪我好好过个年！"她从冰箱里拿出准备好的饭菜，放到微波炉加热后端到餐桌上，打开两瓶红酒，倒满杯子。他看着她忙活，不知道是否应该帮忙。

"咱俩……单独？酒店里别人看见不好吧！"他有些局促。

"没人知道的，整个二楼就咱俩，你脸红了？哈哈，就当聊聊天。上次你一堆同事，不敢打扰你，今天终于没人打扰咱俩了。哦！怎么没跟骆雪梅一起过年？工作就把女朋友忘了，我还猜想你和她一起来，她还挺好的！"

"分手了，就在半月前！"他苦笑。

"噢……我说嘛，节假日还工作。怎么分手的，跟我说说？"她盯着他笑。

"别难为我了，这事过去了。"他觉得说出来肯定被笑话。

"好吧，没有忌讳，咱俩可以聊聊了！"她坐在对面，自斟自饮，很快，眼睛开始迷离，她敞开心扉，"就说说咱俩吧，重逢时没说的话，上次你和骆雪梅一起时没法说的话，今天统统说出来。咱俩 16 岁前，从来没有分开过，共同经历童年、少年。我们早已超越兄妹之亲，还定有娃娃亲，对吧！你说，我心里能脱开你吗？要是当初没失散，至于是今天的结局吗？我已经错过了，所以见到你，心里就难受。我知道，你想避开我，不仅因为我的婚姻，更因为不愿与我这个世俗的女人相处。的确，我们走向不同的圈子，但我们的心也要这么分开吗？"她的眼泪掉下来，盯着他，"我不管你现在怎么想，躲避我也好，淡忘我也好，今天机会难得，我要把积压在内心的痛苦都说出来，你可怜我也行，笑话我也行，沉默也行，我必须说出来！因为，我只能向你倾诉。之后，就是永远不再见面，我也不后悔了！"

他的眼泪也涌出来，里面有她的，也有骆雪梅的，是该好好倾诉了，仿佛回到少年，那个大小事情都相互倾诉的时空。他将杯里的酒饮尽。她握住他的手："我可不想再看到你醉倒，把我说的话，连同这酒一起吐出去。重逢时你喝得太多，我说的那么多话，都被你吐出去了，然后就忘了我说过什么，之后对我置之不理。上次那个清晨，在楼顶上，我也想跟你说这些，你却匆匆告辞。你是真不给我机会，还是真要把我忘掉？"

两个人擦掉眼泪，相互对视。他觉得在她面前，什么都控制不住："我没有，怎么能忘掉，我是在躲避自己！其实见到你后，我才释然了，压抑这么多年的情感，终于了结。我不用再想着你流落何方，不用再操心你的安危，不用再回忆你的笑容，你的世界更安好。我不想给你添乱，是老天让我们了结的。"他涌出眼泪，自嘲道，"我有什么办法，老天已注定了这种结局！"

"谁说老天注定了？上次你喝多了没听到的，我重新给你说。自从你离开，我到处打听，说你母亲嫁到很远的地方。没有你的信息，没有可以依赖的人，我感到特别无助。高中毕业没考上大学，母亲身体不好，还有年幼的弟弟，我就开始给饭馆打工。矿务局给我和弟弟的抚恤金，也不够家庭的开支。母亲在家里的小园子种点儿菜，爸爸的旧友们常来资助我们，才勉强度日。那个时刻我就想，我要挣钱！"

她的脸哭花了，接着说："在饭馆打工的时候，才知道自己长得漂亮，被很多人夸赞，也被一些混混调戏。为了挣钱，只能笑脸周旋，但被欺负的次数越来越多，终于忍无可忍，宁可一死也不想软弱。我变得天不怕地不怕，在兜里揣着刀子，一次回家路上与这帮家伙拼了命，我扎伤他们的腿。他们的裤子被染红时，都吓住了，从此混混们不敢拦我了。之后一段时间，饭馆老板的儿子对我甜言蜜语，花钱给我，骗我的身体。后来才发现自己太傻太单纯。我找到他家，要求补偿，说宁可名声扫地也要告下去。我拿着刀子站在他们家里时，他们反了，我顺利地拿到钱。我开始自信，相信只要足够狠，凡事都能解决。"

她擦干泪，继续说："我开始到处卖货，后来弟弟考上大学走了。正好南方一个亲戚没人照顾，老两口儿的儿女出国了，让我们过去帮忙。妈妈带着我投奔去了。我发现南方有太多的挣钱机会，就倒货回来批发，后来觉得太辛苦，那点儿钱挣得太少，脸蛋要比这值钱得多。我就靠这张脸，在南方大城市里骗取男人们的金钱。我开始堕落，变得麻木不仁，只认钱。唉！这个不说了。当亲戚去世后，我们又回到山城，真正定居下来。"

他惊讶地问："你老公知道你过去的事吗？"

"这种事情，谁也不知道。我把过去粉饰成一张白纸，只对你才说。我回来之后开起饭店，老公认识了我。最初他的品质还不坏，家里有权有势，我就答应了他，三年前结婚。后来，我们开办了一家小煤窑，现在想起来都后怕，出点儿事故就会倾家荡产。也是转型早，及时脱手了。老公承包了矿业公司的运输业务，我承包了这家酒店。三年来，在老公面前，我隐藏了所有不光彩的过去！我一直在伪装，也习惯了伪装，习惯和形形色色的人做利益交换。上次带老公和你们一起吃饭，看不出来吗？就包括今天在大厅里接待你，也是这样伪装着，因为除了监控，还有躲在背后窥探你的社会！我就这么伪装着，内心越来越无聊，精神越来越空虚。当再次发现你时，才感觉自己失了了最美的时光，又重新有了期望。我不想这么伪装和空虚下去，可是你就这么躲着我！"她开始抽泣。

他不知所措，递上纸巾问："你跟老公过得怎样？"

"没有怎样不怎样，就是搭伴过日子，时间久了，就那么回事！"

"你不是想要孩子吗？"

"我已经流产两次了，医生说可能变成习惯性流产，让我好好休养。我当然想要孩子！老公天天和一帮狐朋狗友及大大小小的领导吃喝嫖赌，应付各种乱七八糟的事，我只能睁一只眼闭一只眼。老公对我不关心，只能自己关心自己。好了，不说他了。还要躲我吗？说说你吧，我想听！"她恢复了笑容。

他也笑了，说："我这些年一直在上学，上学，搞设计，搞开发，跟社会基本脱节。对技术越来越痴迷，水平倒是越来越高，升到目前的技术中层。但情感还是一张白纸，总被女人欺负。被我妈骂：说是块木头疙瘩，不体谅老人，白读了那么多书。被相处过的女孩儿数落：不懂照顾女人，应该娶电脑当老婆。好不容易开窍了，跟骆雪梅相处，感觉还好，有半年了，结果也被骂，说我是渣男，骗她的感情！"然后，他把与骆雪梅的事情说了说。

"你俩挺有意思。但感觉她不像你说的那样滥情、被包养，凭经验看她不是社会人，还很单纯，是个好女孩儿。你们可能有些误会，她骂你越狠，说明越在乎你！当然了，既然分手了，也是老天安排的，随缘吧。既然你已经单身，就关心一下我吧！"她温情地看他。

"你不回自己家了？"

"不回去，这就是我的家！"

"那怎么行，下面有看门老头，知道不好。"他脸红道。

"老头不会关注的，怕什么，脸红了，你逃不掉了！"

　　她站起来拉起手拥着他，向卧室里走去。两个人开始激情地互吻，相拥倒下。然后她开始脱衣服，他却不知道怎么配合，瞪着布满血丝的眼睛看光嫩的肌肤。她开始脱他的衣服，他则像个小孩儿似的任凭她摆弄，酒精刺激着他的大脑，激情汹涌而来，他呆看着诱人的胴体，没有进入之前，就喷涌而出。他张着大大的嘴巴，胸膛急促起伏着，心脏激烈地跳着。

　　"你是第一次？"她抬起头，疑惑地看他。

　　他的脸憋得通红，觉得自己一点儿都没用，喃喃地说："抱歉，没有这方面的经验，把持不住自己。但我想……若真跟你做了，以后怎么见你和你的老公，我是不是真要变成渣男了，我们还能做兄妹吗？"

　　"傻孩子，别想那么多，要不要接着做？"她紧紧贴住他，热液牢牢地粘住两人的肚皮。

　　"嗯！想做。你不清洁一下吗？"他轻声问。

　　"我等你养精蓄锐，滋养我的身体！"她搂得更紧。

　　"哦！怀孕怎么办，不采取点儿防护措施？"

　　"不！我就想怀孕，怀上你的孩子，我今天一定要怀上！"

　　他慌乱起来，挣脱出来怔怔地盯着她："那怎么行？"

　　"怎么不行？我的孩子我做主！"她盯着他的窘态，笑道，"我已经流产两次了，老公的不行，你的应该行，我要尝试一下！"看到他更加惊恐，说道："逗你玩呢，还当真了！"又把他搂过来，重新贴紧。

　　"不行，我还是害怕！"他又挣脱出来。

　　"好啦！就当把你这么多年欠我的，一次性补给我！"看到他依然惊恐的表情，她冷静下来，轻轻地叹息，"对你不公平，你的第一次应该给真正喜欢你的纯洁女孩儿，我已经腐烂了，习惯自私，不配得到你，能抓回你的心就足够了！其实，骆雪梅真不错，跟她交流时我就清楚。你们经历波折很正常，好像刚刚进入角色，第一次磨合。看得出，你忘不掉她。不管怎样，你思考一下。我可以离婚，也是你的选择。但我的婚姻会影响你的声誉和工作，毕竟圈子不同，会给你带来麻烦，影响一生。我控制不住自己，想得到你，但社会把我们固定死了。以后，你要是想起我，就来这里，至于将来，让老天去定吧！"

"不行，我要得到你，现在就要！"

…………

折腾几次后，他沉沉地睡去。

他又回到那个模糊的梦境中，他看到阴云缠绕在天际，久久不能散去。历经白色恐怖，青城人人自危。曾经对藏王虎视眈眈的黑暗力量，借助藏王之死，发起残酷的内战。拥权者渐渐张开狰狞的面目，开始宰割着这座城市。权力争夺之后，青城又回到平静，活佛被囚禁在偏殿旁边的藏经密室里。只在法会和讲经中出现，左右伴随着看管的武士。他成为新权力的傀儡，成为平息各教派之间战乱的傀儡。

阴云终于散尽，一缕阳光从严密的楼宇窗阁间透照下来。活佛一心念经，整天沉寂在藏经阁里，从不牵扯政治活动，从不见任何外人，只是读经参悟和打坐沉思。终于，权力者松开禁锢，监管人员放松警惕，仆人们可以进出藏经阁，帮助他整理经书。

夜晚来临，天空安静得像一潭死水，长庚星在西天里忧伤地闪耀。男孩儿终于找到机会，装扮成仆人见到活佛。父子相拥哭泣，整个夜晚，两个人在漆黑的时空里轻轻畅谈，梳理过去、聆听佛祖、参悟信仰，述说人间的悲欢离合。晨光将至，父亲从经书中拿出偷藏的文稿和几十年收藏的民间诗集，交给孩子。男孩儿背负着思念与嘱托，含泪离去，悄然出城后，直奔荒原和草地，寻找他的女孩儿。

男孩儿骑着红色骏马，追逐晚霞，点亮星辰，游历在草原深处，驰骋在群山之间。与狼群相隔，与荒漠相视，与羚羊相望。渴了，手捧一口露水；累了，踏卧一片山岩；饿了，射食一只羚羊；空虚了，痴想着远山的呼唤；沉睡了，怀抱着女孩儿的容颜。

睡梦中，女孩儿的容颜飘起，变成月光，从窗口斜射下来，将屋里照得发白。他正在疑惑月光为何如此轻盈，颜依月从窗口飘了进来，他呆呆地望着那双忧郁的眼睛。她没穿一丝衣服，头发泛着松散的光泽，轻轻散落下来，柔软滑嫩的胴体游进来，贴满他，吻住他。他一惊，一股热流从下身涌出。

睁开眼睛，他看见她盯着他，从他的下身抽出手来，满手的黏液。

"你没睡？"他羞愧地看她。

"没睡着，一直看着你，发现你的下身异动，这不，这样！"她笑起来。

清晨，辰青云上楼安装完仪器，跟颜依月一起吃早餐。他说："我想起一件事，上次说的干扰源问题，可能会在冥想中体现。你在酒店那座天线塔下面的房间里，有机会尝试一下。我给你一张干扰源出现的时间表。若感兴趣先练习冥想，然后逐步测试。我回去研制几个能快速冥想的头盔，让大脑深度感知这里的信号，说不定一个崭新的世界等着我们呢！"

"当然好了，省得天天无聊。一会儿就去收拾，但你必须来指导！"

临走前，她再次抱住他，吻他，不愿松手，然后轻轻说："如果，你不嫌弃我的过去和现在；如果，你与骆雪梅再无机会；如果，你心中还有我，告诉我，你知道我会怎么做！"

他向她挥手告别。天边已洒满阳光，淡灰色的天空里，飞鸟鸣叫。她的身影，渐渐虚化。他从来没有像今天这样，在女孩儿面前，拥有情感的自信！

第 18 章　归来的爱情

　　回到江城，回到现实，冷静后，辰青云开始迷茫。那份既亲切又陌生的情感，真要以破坏颜依月的婚姻，变现到眼前吗？理性和感性纠缠着他。他觉得，她只是想呵护曾经的依恋，真到婚姻这一步，所有隔着玻璃的情感，将支离破碎。

　　初八上班之前，为躲避这种迷茫，他又深入干扰源与冥想的关联研究中。翻阅大量相关的脑文献资料后，他发现，晶创公司脑芯片中的 F 音调频段，非常接近冥想时的脑波频段，波动氛围更纯净，让大脑快速催眠，更深地触及潜意识，挖掘出更多的未知功能。他准备将智慧头盔重新改造，引入和强化 F 音调功能，调整幅值和频率。但如何去验证，谁来验证，冥想的案例又在那里？他卡壳了，研究中断。他忽然想起，听同学说，西南那座大型的射电研究所里曾捕集过类似的频谱信号，可能与某些天体的干扰源掺和在一起，但同学说，数据只能在射电研究所内部查询。

　　上班之后，他提出申请，去西南那座大型的射电研究所进行测试和调研，主要测试 5G 的大气层反射及空间干扰，这个项目，是去年遗留的科研课题。院长批准后，他将手头的工作交给副主任。其实，他想去查询干扰源频谱信号，休整大脑，转移研究方向引入新的灵感。更主要的是想重新梳理这期间的繁杂情感，从迷茫中解脱出来。初十，收拾好行李，他独自登上飞往西南边省的航班。

大学同学，寝室老六见到他的第一句话："逃难来了？你的神秘项目，该不会挖个大坑，把我拐进去吧！"

他笑着回答："只要给我一间办公室，有地方住就行。最关键的是能查询你们历年星际采集的背景信号。当然，我带来了自己的软件工具，给我安排好测试时间和地点，办好通行证，其他就与你无关了。安排好后，就当我不存在，我想安静一段时间！"

"这里非常艰苦，考虑射电天线的干扰，没用手机信号，只在宿舍里安装有有线网络，你就将就活吧。我在这里每天工作五个小时，然后坐班车回市里，没有时间陪你。这里周边都是原始森林。你把自己囚禁起来，是否有别的目的？"老六鬼精般地调笑。

"猜对了！我就想做个苦行僧，来体验大自然的孤独！"

元宵节夜晚，回到宿舍，接入有线网络，周岩的一条微信进来："辰哥，绝密：老板就是骆雪梅的亲生父亲，母亲正逼她辞职呢！"

他脑袋一晕，傻坐在床上，盯着天花板，半天没转过弯。居然有这种事情？那她现在的父亲是谁，怎么就突然变成了私生女？他想起颜依月的话：可能是一场误会，她真能看得出？看来她涉世很深，看得太透。不过也好，不用纠结颜依月了，跳回骆雪梅是理所当然的。但她能原谅他吗？试试看吧，这女人捉摸不透。他打开鲜花订单：明天早上，13朵黄玫瑰配一束百合加4枝满天星，8点送到……

打开微信，把她从黑名单中解放出来。他发现自己也被同等对待，估计手机号码也被黑了。他突然惊叫：是不是太着急，中了她和周岩的鬼圈套！他急忙取消鲜花订单。心想，不行，再看看，一定要稳住，等事实清楚了再行动。过了一会儿，他又想，若真的骗自己，事情败露后她不更难堪吗？现在就当是真的，厚点儿脸皮吧，骂就骂吧，谁让自己是个男人。他又急忙恢复了订单。然后无奈地想，这事就这样了，好坏听天由命！他对情感又失去了自信。

第二天晚上，他早早回到宿舍，连接上网络。周岩的信息又来了："骆雪梅把你的花都扔了，骂你渣男呢。用不用亲自上门，给她道个歉！"

他立刻生气了，难道一点儿都不接受道歉？凭什么全怪他。他回复周岩："告诉她，我正在西南边省的深山里出差，没有信号，短期内回不去。送花就是道歉，让她省省精力，不要纠缠不清！"

他又想起颜依月的话："骂你越狠，说明越在乎你。"心想，我要看看你能骂我多狠。连续四天，他一直加班到深夜，回宿舍就睡觉。白天跟单位通过内线联系，其他时间，与世隔绝。

第四天，他也受不住了。晚上回到宿舍接入网络，打开手机。骆雪梅早已将他从黑名单中拽出来，连续发了三天的信息。每天都是："渣男，希望你被深山的野兽咬死，这样就不用挨骂了。"信息后面，跟着 10 个打嘴巴的动画图标。

他回复道："你准备打多少个嘴巴，才咬死我？"

"呀！真以为你被咬死了，正准备去收尸呢。渣男，我要解心头之恨，抽你 100 个嘴巴子，再接受你的道歉！"

"不行，想得美！"

她开始输入打嘴巴的图标，每次 10 个，输入 7 次凑满 100 个。最后写道："渣男，什么时候滚回来？"

"你真把我的花扔了？"

"是你把我扔了，大混蛋！"

"你的离职怎么处理了？"

"我妈说了，要么辞职，要么带回一个男朋友！"

"你可以租个男朋友回去啊！"

"我妈指定就是你。什么时候把我妈骗到手了，你个变态！"

"你妈？怎么能认识我，真会编！"

"呵呵，你跟我妈说：'阿姨，我扶您下山吧，有雪，别摔倒！'你以为是我原谅你的？要不是我妈，才不会饶过你。你最好被野兽咬死，我好交差。"

他惊诧了，居然有这么巧的事情，那个在亭阁偶遇的阿姨就是她妈！他呆想了一会儿，回复道："这么巧吗？好吧，看在你妈的面子上，先租给你用。"

"租完就扔掉，我才不稀罕！"

"你真把我的花扔了？"他问。

"你说呢？一点儿都没诚意，连朵玫瑰花都没有，否则能骂你渣男吗？你送我一大堆满天星是什么意思？你真要让我天天看星星啊！"

"啊！不对呀，我送你 13 朵黄玫瑰配一束百合和 4 枝满天星啊。可能快递员掉包给女朋友了吧？我有订单，不能错啊！"

"哦！我说嘛。给我订单，投诉他们！"

"省省吧！快递员也不容易，你想毁了人家？我再给你订一束吧。"

"好。你在深山野林里，一点儿也不想我吗？"

"不想，怕你打嘴巴子！"

"呵呵，先不打了，欠着。到底什么时候回来？"

"处理完这里的工作，两天后回去。"

回到江城已是下午，骆雪梅到机场接他。两个人回到他的住所，顺路买了一些青菜。他进厨房忙前忙后，准备晚餐。她说为了惩罚他，只监督不干活儿。她开始参观他的家，两室一厅，书房里摆满各式各样的仪器，有芯片焊接平台，有波形测试仪和频谱分析仪等硬件测试工具，窗外还有一扇隐蔽的卫星天线，通过墙上空调孔引入一台仪器后端。工作台前面的墙上，装备了4块可以拉上拉下的27英寸液晶大屏。各类仪器琳琅满目，搭配整齐，条理清晰。书架上，主要是计算机书籍：各种编程语言、单片机控制、总线技术、通信设计、人工智能、脑科学等。她还看到各类名著，历史评论，藏传佛教，心理学，等等。虽然两周没回家，但能看出来，平常也是如此整齐。

她走进卧室，同样条理分明，窗明几净。她走进厨房，虽然看他在忙，但洗菜、水盆、锅具、调料、碗碟等，忙中不乱，她根本插不上手。她想，若进去帮忙，厨房里所有的东西都会瞬间乱起来。

厅里没有电视，明快简洁，只有一张餐桌和两把椅子。餐桌的一角，一束马兰花辉映在明亮的灯光下。她好奇地看着鲜花，用手一摸，原来是假的。他摆好菜肴，从厨房里找出酒杯。从门口的柜里取出两瓶红酒，那是颜依月送他的，启开后放到餐桌上。

"我的家怎么样，比你的公寓干净吧。以后到我家，不许乱碰我的东西，你也得改改乱放东西的臭毛病！"他笑着说。

她撇撇嘴，踢他一脚。

"尝尝我做的菜，合不合你的口味！"

"嗯，不错，手艺哪儿学的？"

"自学成才，我的学习能力可是最强的！"

"呵呵，别自吹了！但我很好奇……你为什么手艺好，又这么干净，谁调教的？难道，这屋里有过女主人？"

"哈哈，你说呢。很荣幸，你是第一位女士，我妈都没来过。我平常不喝酒，也不知道这酒好不好，你能品出这红酒里的甘酸吗？"

"不能。但我能瞅出你书房里的酸腐，看来你真要和电脑成家了！这里没有我的容身之处，还是离开你好。不过常喝点儿酒，也不至于太乏味！"

"书房就是我的酒，喝了也不乏味了！"

"呵呵！我把你锁到书房里，一辈子别出来，乏味死你！"

"真阴险，等我痴呆了，你再锁吧。反正我也忘记你是谁了？"

"谁知道到时候，谁锁谁呢？"

"哈哈，正确，互锁吧！来，喝一杯！祝高傲的公主回家！"他端起酒杯。

"你这次出差干什么去了，就为躲开我，清静自己？"

"单位有个科研项目需要结题，去收集些数据。当然，顺路查查干扰源。"

"查到了吗？"

"没有，倒是查到你有两个爸爸，我只有半个，你比我腐败啊！说说细节吧，该不会是家族秘密吧！"

"滚，少来什么家族秘密！"她骂他，然后把母亲的事说了一遍，又问，"你说该怎么做，真的离职吗？"

"你离职对谁都没有好处。这事为什么不早跟你妈说，瞒她那么久，你妈当然生你气了。好好疼疼你妈就行了。再说，按你们的公司章程，有股份也暂时不会分红，若公司亏损，股东还得承担损失，所以你亲爹想逼着你努力工作。你只把它当一个事业平台看吧！若你真恨你的亲爹，就让公司亏损，看最后难受的是谁？当然，你肯定不想放弃这个机会，这事你还得自已定，或者跟你妈去商量。不过你离职也好，就不用租我做男朋友了，省得你妈难为你，哈哈！"

"我是不想离职，但你必须帮我担起这家公司，我一个人肯定不行！"

"呵呵！当初不是说，你是公司的顶梁柱，没你不行嘛，怎么又没了自信！"

"少来揭我的短，你要是不答应，我就离职，跟我妈站在一起，咱俩就彻底散伙！"

"好！我才不相信你要离职，你也就骗骗我吧！"

"骗你！我想起一个问题，你到底什么时候认识我的？我妈说你很早在云禅寺的山顶上，就知道我的名字，居然骗我说在招标会上才认识，你才骗我呢！"

"哈哈，你那么招风！在祈愿台上给自己挂相亲标语，怕嫁不出去啊，还有脸说。我可没脸说那时认识你。春节上去时，要不是看到你妈，我肯定到祈愿台把你的那个卖身广告撕掉，看你还招摇！"

"哼！要不是那个广告，你也不会在招标会上想到我，也不会成全我的项目，也不会把我哄到这里。还是我妈英明，早早地把你罩住，看来那个祈愿台真是灵验！你不也在旁边挂了一条吗？虽然没署名，但我妈一眼就看出是你挂的！你是完了，逃不出我妈法眼了，哈哈！"

"看来，你是非要做这个房间的女主人了？"

"那当然！你都是我的，把脸伸过来，你还欠我100个嘴巴子！"

"好啊，到床上去打！"

她笑着，被他推揉着，倒在卧室的床上。他压下去，强吻住她，不让她笑。几分钟后，随着呼吸轻缓下来，他开始脱她的衣服。她的肩膀开始抖动，当他们都褪去衣服，相互尝试着、探索着，像发现奥秘一样兴奋。他感觉她的胴体更真实，更昂扬，更充满青春活力。拥抱她的身体，更光明正大。他头一次主动地进攻着，将自信的情感洋溢在她少女般的扭捏和甜美之中。他们紧张地互锁着，咬合着，激情着，缠绕在一起，将所有夜晚的星光，统统吃掉。

"你真的是第一次，看你疼得都掉眼泪了？"他问。

"嗯！你也是吗？"

"当然！哈哈，但我不疼。你已经越线了，准备断绝母女关系吧！"

"呵呵，拿下你，就是我妈的命令！"她轻快地笑着。

"上次在你公寓里，是不是就想对我越线？"

"当然！那晚要是留下你，我们就不会吵架分手了，你害我伤心了一个月！"

"为什么？"

"老天就能验证我们的第一次，我所有的过去就会清白地呈现出来，你污蔑我的滥情就会烟消云散。那晚你为什么没有自信呢？你个大傻瓜！给你都不要，母亲怎么能决定我呢？真是不解人间风情！"

"哈哈，其实在那晚之前我就知道你的一些事。我处于犹豫之中，我可不敢通过这种方式验证你！"

折腾了半个晚上，他们沉入梦乡，嘴角挂着一丝舒心的笑意。

清晨，他最早醒来。盯着她的睫毛、脖颈、柔软光滑的身体，用手轻轻地抚摩。

她醒了，立刻坐起来："呀！上班要迟到了。"看到自己裸露的身体，慌忙用手挡住。盯着辰青云，好像刚从另一个世界归来。

他笑了："今天是周日，不上班的，忘了？"把她搂回到臂膀里。

两个人静静地躺着。他抚着她的头发，凝视窗帘，看慢慢升起的光影。当阳光铺满窗帘，他凑近她耳朵，轻轻说："明天我们去登记吧！"

"啊？不行，这么快。我还没想过这事！"

"你不害怕出现矛盾，再次吵架，再次分手吗？你真要成剩女了！"

"可我还有工作，还有朋友，还有没完成的事情啊。这么突然成家，我还没有好好享受恋爱的感觉！"

"你要是不去登记，我可会变心的，谁也预料不到以后。哈哈！"

"呵呵，你想变心？对我没有信心，还是对自己没有信心？"

"我要是变心了，还能找个更年轻漂亮的，你就没人要了！"

"哼，我这大美女，肯定能找个更好的，比你还帅，信不信？"说完，她也笑了。

"听我的，放一周假。你在公司太累，说明你还没找到有效的管理方式，一个好主管应该清闲才对。下周办我们自己的事情，公司没事的，我帮你！"

"一周，这么长时间，你要做什么？"她睁大眼睛。

"周一上午去登记，下午从你公寓搬过来。周二回你父母家，宴请娘家亲戚；周四，回我父母家，宴请婆家亲戚。周五回来，下周一正常上班。"

她目瞪口呆，问："你只想登记，宴请亲朋，不办婚礼？"

"没有啊，等你准备好日期，咱们在江城办婚礼，什么时候都不迟啊，其实就是一个形式！"

"不行，我的婚礼不能简单，不能这样低调，我要大办一场！"

"好吧，听你的，但一周内可办不了婚礼。那你来安排，如何？"

"嗯，你说的也有道理。行，先登记完再说。"她看着阳光洒满整个窗帘，又懒懒地说，"宅在家里真好，我要这样躺一天！"

"不行，想美事呢。你不想在咱家挂个大照片，在办公室摆张小照片吗？就这么定了，现在去拍婚纱照。起床，行动！"

第三次行驶在这条荒漠无际的公路上，辰青云被一束轻柔的阳光环绕。

登记结婚后，小两口儿前往漠城，按计划拜见岳父和岳母，宴请娘家亲戚。他看向窗外，在荒漠和戈壁的阴暗面，沉积着整个冬季未融的冰雪，等待春季阳光的回归。此时，雪峰与丘陵间狭长的冰雪相互辉映，仿佛天庭散落的哈达，献给这片荒原。他搜索着远山脚下的驼群，在丘陵间河床的上游，丝丝隐现。西侧无际的沙漠依然延伸着，模糊的视界里，勾勒出天际无声的幻境。

谷若兰和老伴儿早早迎在门口。辰青云赶忙上前问候："阿姨，您好！伯父，您好！"

骆雪梅瞪他一眼："还不想改口？"

"噢！爸爸、妈妈，你们好。妈妈真是一位神仙，傲骨侠风，谢谢您收纳我这个徒儿，山顶上曾有得罪，还望教诲！当时见到您，就感觉熟悉，原来你们娘儿俩是一个模具刻出来的，但您比女儿更具神韵！"

谷若兰笑得合不拢嘴，骆雪梅在旁边讥讽道："这么快就供奉起丈母娘了！"

进到屋里，岳母拉着他坐到沙发上，仔细端详，问这问那，像捡来一块宝玉，爱不释手。她转身对老伴儿说，你站着干什么，赶紧端茶倒水，准备饭菜，我先和小辰聊一聊。他们从藏历史到藏文化，聊到云禅寺和央措写的诗集，都对诗集产生共鸣。当辰青云知道岳母正在研究藏传佛教中轮回现象时，尤其听到后来按他提供的时间节点，真的再次看到冥想幻境时，他的兴致被激发出来。他详细询问幻境的细节。

骆雪梅问老爸："妈说的冥想幻境，是什么，我怎么不知道？"

岳父说："你妈只有见到惺惺相惜、志同道合的人，才会这么细致地讲解。我知道这事后，说你妈是白日做梦，你妈就再也没跟我提过。你平常总抱怨她去寺庙，她也肯定懒得理你。你妈是遇到知己了！"

辰青云拿出便携电脑，从云端调出在云禅寺亭阁上搜集的干扰数据，对比冥想幻境和数据之间的关系。他仔细听取和记录岳母在幻境中的时间场景。岳母说："咱们去书房好好地研究，客厅里不方便。"当骆雪梅也跟着进入时，岳母把她撵了出去："帮你爸择菜收拾屋子，去厨房干活儿去，不要在这里瞎掺和瞎评论，赶紧去，不许进来！"

骆雪梅赌气回到沙发上，她爸却笑起来。

第 19 章　体验幻境

幸福都是短暂的，生活却很漫长。蜜月刚过，辰青云和骆雪梅就开始喋喋不休地吵架。

唯技术为乐的他逐渐回归到专注的研究之中。像婚前那样，他需要安静的环境，需要连续沉浸的思考。而她的融入，彻底打破了这种习惯。蜜月再浪漫，生活再激情，终有归于平淡的时候。他感觉大脑越来越窄，像原本充满水的海绵，正被攥紧，技术的乐趣就是海绵中的水，被收紧挤出。他要重新捡起技术。

有时下班，没时间接她，她就说不关心自己的死活，碰见坏人怎么办。有时，没有工夫陪她逛街购物，她就说不会体贴人，说别人成双成对，自己变成了孤老婆子。请客吃饭，他不愿去陪衬，她说不维系她的圈子，在酒桌上让自己形单影只。她的办公桌上，鲜花越来越少，她说没有浪漫，没有关怀。这些积怨，终于在某天的晚上，爆发出来。

这天，他下班后钻进书房，研究太投入，忘了做饭，见她回家后才赶紧忙活晚餐。可能思路没打开，炒菜没上心，口味有些差，吃饭时少言寡语，饭后又立刻回到书房里继续研究。收拾及洗碗都是她的事。这天她心情不好，见他没话还离开，就怒气冲冲地进入书房，指着他说了起来。

"单位还没工作够，非要拿回家里吗？你就不能多陪陪我，多说说话。多说话会噎死你啊？电脑才是你的老婆，书房才是你的家，要我做什么，真瞎眼嫁给你。把我当空气吗？把我当黄脸婆吗？开始不关心我啦，开始见我心烦啦，开始成为你的包袱啦，你还是个男人吗？对媳妇一点儿都没有责任感！结婚才一个多月，就不愿理我了，你到底认不认我这个媳妇？"她连珠炮般地喊道。

"别烦我好不好，总在思考问题时，被你打断！真的没时间陪你。单位里各种会议、各种材料已经填满了我，根本没有做研究的时间。再说，有些研究是不能拿到单位的！回到家里，好不容易有了自己独立的时间和空间，你还要挤占，你就不能为我想想，体谅一下？总把自己当小姑娘，你已经是家庭妇女了，角色换换好不好？你公司忙，烦心事多，我也一样啊！"他也生起气来。

"呵！我这么快就成家庭妇女、老妈子了？这么快就不值钱了，这么快就变得下贱啦，要准备看你的脸色啦！你现在就不想陪我，就挤不出时间，就开始烦我，再过一段时间，是不是还要骂我、打我才行？"她哭起来。

他觉得自己太直白，伤着她了，赶忙起身想搂她，道个歉！却被她狠狠地推开，被椅子绊倒在地上。他爬起来有些生气，推她到书房外，说："大小姐，赶紧履行义务，把碗刷了，干起活儿来就好了，不要瞎想，劳动才最光荣！"

他关上房门，回到书桌前，听到厨房里噼噼啪啪的洗碗声，声响大了几倍，与摔碎碗碟没有两样。他的思考无法继续，更加烦乱起来。终于，听到收拾完毕的声音，卧室门咣当一声后，寂静下来。

夜很深了，他放下手头的工作。想起她在卧室里没有动静，悄悄走进卧室，看到她已经睡去。他轻轻关上门，回到书房，收拾好书籍和旁边凌乱的仪器，将正在改造的头盔收放起来。回到厨房，将她没有归拢整齐的餐具重新摆放，洗漱完毕，悄悄来到卧室。

　　昏暗的床灯下，他看见她没有洗漱，眼泪已经把脸面整花了。他赶紧到洗手间拧好温热毛巾，到床头给她擦脸。她醒了，推开他并狠劲地捶他，打累了，才去洗漱。回到床上又要哭，被他强搂着，强吻着，她的身体柔软下来。他说，过两天把书房重新整理一下，给你一席之地。要管好公司，不学习能行吗？你难道不想把公司发展壮大吗？

　　周末，他将书房里的书柜移到客厅里，空出地方定制了一张写字桌给她用。她搬来的大部分物品除了挤进卧室外，占满客厅里的各个角落。他盯着不是很协调的摆设，说该换个大房子了。她说，没问题，再奋斗两年，我们就能实现。

　　每天下班后，做饭和刷碗分工明确。然后在书房里，背对背，开始各自的工作。她说，又回到了大学时代。他说，又回到科研团队初创时男女搭伴、干活儿不累的环境。他们之间，磨合各自的性格和习惯，吵架成为常态。两个人开始斗智斗勇，有时吵架后在书房里谁也不理谁，直到睡觉前才和解；有时会长些，但第二天下班后，会和好如初。周末或节假日，他们宅在家里，她出去购物或跟朋友外出的时间越来越少，他边工作边聊天也可以一心二用。相互包容，相互磨合，暂时成为他们的生活。

　　他从云端监测搜集来的干扰数据，以及从岳母那里获得的冥想场景，两者结合起来一起研究。他发现正如以前猜测的那样，这些干扰源里隐藏着与晶创公司脑芯片 F 音调相近的频段数据。干扰源就像大海的波浪，而脑芯片的频段就像大海中的一叶扁舟，随大海的波浪一起涌动。当两者重叠共振的时候，大脑的某些功能被打开，新的视界就可能产生了。他将头盔改造，佩戴起来尽量简洁舒服。他取名为冥想头盔。

　　冥想头盔中重新设计了控制部分。根据不同人的大脑差异，自动调整 F 基调的范围，使大脑产生最适合自己的冥想激励，并保证在冥想期间稳定运行。冥想结束后，断开激励模式，将大脑恢复到清醒状态，让大脑立刻醒来。

　　他将云端从云禅寺监测来的干扰源模拟到房间里，自己戴上冥想头盔，开始测试。他告诉她，测试时间不能超过半个小时，若发现异常立刻切断电源并叫醒他。根据发现的问题，逐渐完善各项功能。

　　一次测试中，头盔的激励频率设置太强，没有及时中断，让他睡死过去。他梦见自己躺在虚空里，身体完全不受控，只看见灰白视界中流动的各类符号。他知道自己在梦境里，想极力醒来，就是醒不了。他觉得要完蛋了，越来越虚弱，仿佛鬼在压床。他吓坏了，但根本喊不出。最后，他一阵疼痛，猛然惊醒。看见她举着手掌，正打自己的嘴巴。见他醒来，她赶忙抱住他，说："吓死了，以为你没命了，你说打嘴巴最有效，我就狠劲打啊，终于把你打醒了。"

　　他摸着疼痛的脸颊，愣愣地看着她："你打了多少下，这么疼啊？"

　　她抚摩他红肿的脸："不知道，大概 100 下吧！"

　　"啊！你还没报够仇吗？这么狠！"

　　"呵！就最后几次比较狠。你这个头盔太危险了，要是让我妈在亭阁里戴上它，这么睡死过去，会出大事的！这个头盔不要再搞了，行不行？求你了，万一出事怎么办啊？你刚才真吓着我了！"

　　他发现，头盔还处于激励中，没有中断电源。他盯着她："你刚才为什么不中断头盔的信号，或者切断电源，再不济，把脑后面的头盔托架摘下来也行啊，你想害死我！再大的仇恨也不能谋害亲夫啊，还借此打这么多嘴巴子，你说，有什么阴谋？"

"我就想害死你，就想打你嘴巴子！你眼歪口斜，吓也吓死了，谁还能想到脑后面有个头盔托架！你最好现在就死！"她举起手掌，准备再打。

他笑了，抓住她的手臂："做什么事能不能冷静点儿，就知道打别人嘴巴子，真粗鲁！遇事时，能不能先动动脑子，一定先把电源拔了！咱家要是出什么事，本来断掉开关就能解决，你却立刻变傻，第一个被吓死，长长脑子吧，我的大小姐！"

"你的设计有问题，还怪上我了！反正，你必须保证，要设计多层保护，超限后必须自动中断，还要设定好唤醒功能，任何时候，都能快速清醒过来！"

"好，这个听你的。但你也要配合测试，我也想打你嘴巴子！"

"你敢？我可不想测试，我害怕。"

"哈哈！你要是不帮我，咱俩分工换过来，你做饭，收拾屋子，清理厕所。我只收拾厨房，行不行？"

经过一个月的测试，改造基本完成。云端获取的干扰源数据投射到房间后，只能验证头盔的使用效果，无法体验真实的冥想境界。她在冥想中，只感觉是一场混乱的梦境，清醒后很快忘记。而辰青云的冥想中，是一片灰白的虚空，能看见星辰流动，醒来后记忆清晰。他分析道："每人的冥想能力不同，有些人的大脑开窍，而有些人根本不具有这种能力。"他心想，岳母肯定能行。但颜依月能行吗？清苑酒店可是最好的冥想地点。

他计划跟岳母去云禅寺亭阁进行现场测试，问她："你妈最近身体怎么样？"

"你还有脸问？妈知道冥想规律后，本来以前是隔几天去，现在可好，为了赶白天的节点，起早贪黑，有时连续几天都上山。妈的身体虽然勉强支撑，但不能总爬上爬下吧。亭阁里还冷，你要是把妈折腾病了，看我不把你端死！"

"我也跟妈说过，不用总上去，妈不听啊，我有什么办法。冥想头盔研制完成了，按照干扰源的时间规律，我想下周去你妈那里测试。陪我去吧，哪有女婿和丈母娘私自上山的，你也不害怕！"

"呵呵，有你去，我妈才不想我呢。你的地位比我高，就代表我去吧！公司里还有事，离不开。但警告你，不许让我妈受苦！"

五月初，淡绿色的新草在山谷间疯狂长出，小黄花漫天遍野吐出花骨朵儿，等待某一个清晨，向世间突然绽放。山谷的清风，携带着雪山流淌的湿润，浸入每一个心灵。温暖的阳光，倾泻到亭阁里。辰青云带着两套冥想头盔，扶着岳母进入亭阁，等待时间的到来。

岳母戴上头盔，端坐在垫子上开始打坐。头盔帮她快速进入冥想，大脑像座开启的天线，全力感知天地间即将袭来的时空信号。他也戴着头盔，闭上眼睛，跟岳母一样的方式打坐。他们一起聆听天地间的感受，将自己化作翱翔天空的一只雄鹰，舒展全身，感受如风的自由。然后，滑翔……滑翔，仔细聆听，风中的细语，仔细辨认，风中的光芒。

渐渐地，他感觉飞入云端。几抹暗红的光束穿透云层，在天地间映衬出一幅灰白的大幕。随着大幕落下，一团灰白色的圆形天体向他的视界里飘来。天体里面，隐隐约约闪烁着各类繁杂的颜色，如海市蜃楼般模糊，但很快，被灰白色的云雾淹没。他感觉那里面可能是一座巨大的城市。天体在他的上方缓慢地移动，当进入视界中心后，一条长长的如磨砂玻璃般透明的丝带，从天体中间狭长的开口处向下滑落，极快地伸展着，丝带坠入云底，消逝在灰色的云层之下。他发现自己被系在丝带上，位于云层的起点。更近了，丝带变成一架天梯，如丝绸一样随风舞动。

天体中灰白色的雾气渐渐散开，周围虚空的视界里，缓慢展示着各类符号和风景，在虚空的背景里，星辰在穿行。他突然发现：最近的虚空里也闪出一条丝带，滑落下来，变成柔软的天梯，岳母站立在那里，位置较高，看不到她的脸，服饰也不一样，但肯定是她。这是一种心灵感应。他感觉视界中所有的图像都是心灵的映射。

很快，雾气散尽，虚空更清晰地展现出来。透明的视界里，几条丝带又闪现出来，远远地在虚空中飘动。他发现这些丝带在云层下端断裂，尾部系着人形，像秋千似的慢慢向高处荡去，最后收敛到天体之中。他想着，若自己下面的天梯断裂，是否也像那些人形一样，被拉入天体。

忽然，虚空中滑进几只巨大的飞鸟，它们由淡变暗。离你越近，颜色越深。人形见到飞鸟后立刻缩成粗糙的球形，球面上布满颜色不同的龟甲状裂块，裂块有粗有细，高矮不齐，大小不均。飞鸟抓住球面，用尖尖的嘴巴撕咬着上面的裂块。虚空又闪出几只飞鸟，滑过身边，没有理睬他，只是瞪着奇怪的黑沉沉的眼睛。

他向天体的入口看去，发现一位人形若隐若现地端坐在那里，向他们凝望。他猛然感觉，那就是供奉在云禅寺的央措诗人。他大惊失色。然而，只是瞬间的幻境后，灰白色的浓雾袭来，长长的丝带、巨大的飞鸟、流动的星辰、滑动的符号，以及悬挂在视界中的天体，快速地消退了。凉风袭来，他猛然惊醒，又回到现实之中。

他张大嘴巴，呆呆地回想着。岳母和他一样，木讷地看着窗外。

"幻境是真实的，太真实了！这是最清晰的一次幻境，我看到你和我一样，站在一架长长的天梯上。上方是灰白的天体，圆形轮廓里涌动着雾气。我还看见别的行人，他们的天梯断裂了。我们的天梯还延伸着，没有断开，紧紧相邻着。你和别人完全不同，洁白的服饰，光影相伴，你的脸虽然模糊，但肯定是你。我看到一些巨大的飞鸟撕咬那些断裂天梯的行人，但飞鸟对我们视而不见。我看见央措在天体入口盯着我们，这太奇妙了，央措诗人也在里面？太让人兴奋了！原来这一切都是存在的。这是我第二次体验这种场景，这次的细节更多。之前冥想时没有央措，没有大鸟，这次最清晰，最透彻。我以前总认为大脑出了问题，但今天才确认，是真实的啊！"岳母缓过神来，眼睛透着光亮。

"妈，我也看到您了，幻境如梦境一样，但比梦更清晰。我头一次体验这种感觉，太奇妙了，太兴奋了！"他也如岳母一样，透着激昂的神采。

他们连续测试了两天，两个人在冥想中的境界大致相同，但感知的形状存在差异。他看到的是磨砂玻璃般的丝带天梯，她看到的是石板铺出的山路天梯；他看到的背景是灰白色，她看到的是乳白色；虚空中的符号和星辰，色调形式也不一样，但流向相同。央措诗人的穿着形状，也不相同。他觉得那是他们不同的大脑特质造成的。

回到家里，他们逐项分析。

"妈，您在幻境中能贴向旁边行人的脸，看到他们的心灵片段，我却不行，这是什么原因呢，这些片段里有什么特殊的东西吗？"

"这些片段里的画面都是形状和轮廓，是一种感觉，比如相见或分离。画面还有各类奇怪的符号，看到这些符号，就会有一种或者悲伤，或者喜悦，或者恐惧，或者勇敢的感受，很肤浅，像局外人的感受，很奇妙，能让人流连忘返！你看不到可能是资历不够，我虽然在之前经历过一次幻境，但在亭阁冥想的时间长，可能有了资历。"

"妈，您认为幻境里这些行人是什么人呢？他们从哪里来？"

"我也疑惑，从贴来的心灵片段看，大部分是情感描述，偶尔会出现一些逻辑和推理，如迷宫一样，但感觉很理性。里面没有时间和地点的描述，无法判断来自何处。我估计他们就是这期间这区域里死去的人类。他们的灵魂在这个时刻汇集升天，被我们看到了。藏传文化中有很多这样的描述，他们最后进入天体，不再返回。我们进不去，因为还活着，下面的天梯一直牵着我们，没有断开。"

"那位诗人央措呢，为什么停留在天体入口？"他问。

"我感觉他可能是这地区的管理者，或者有什么特殊权限。也许，他只监管我们这些通过冥想游离出来的灵魂。亭阁的南侧崖壁上，为什么有岩画存在？远古的人类可能早已发现这个秘密，从而在岩石上凿刻出岩画，你不觉得这些岩画中的很多符号，在冥想幻境中似曾相识吗？近代几百年的历史中，肯定也有人发现了这个秘密。央措诗人肯定知道，所以他创建这座寺庙，并在山顶上建起这座亭阁。可能因为肉身还在寺庙里，灵魂还被牵扯着，或者，他想引导我们做些什么！"

第三天，他们在亭阁里没戴头盔进行了测试。发现只有一片虚空，以及虚空中流动的模糊符号和淡淡的星辰。

"妈，看来这头盔在冥想幻境中起了关键作用。我想过，这件事情若传出去，会引来无数人的好奇。有些人会质疑，有些人会争先恐后地来验证。但没有冥想头盔，他们什么也看不到。这件事情还在探索中。妈，您知道就行了，对外一定保密。您留下这个头盔，按照 25.5 小时间隔，保证在白天出现时再计划冥想。每次上山时注意安全，若因冥想出现昏睡和不醒的情况，您一个人处理不了，一定让爸陪着您。我回去继续分析和完善，继续深入研究。您在冥想中若发现新的情况，及时跟我说。"回江城前，辰青云对岳母和岳父嘱咐道。

第 20 章　冥想依恋

5 月，山城清苑酒店西南的山峦里，布满春绿。几片点缀着粉红的树丛，从山顶延伸到山底，仿佛藏族姑娘扎满的小辫，盘绕下来。那是山谷间盛开的桃花，从松树的缝隙中探出枝条，向着阳光的山顶，索要温暖。

颜依月觉得必须去一趟省城的大医院，检查一下身体。

自她与老公结婚那天起，就想要个孩子，最好是双胞胎。她听说生双胞胎需要偏方，就托人在南方打听。但吃了偏方后根本不起作用，还出现功能性紊乱。婆媳在一起时，总谈论孩子的养育方式，但总因观念不同产生分歧。她告诫老公，不许抽烟喝酒，不许吃补药和辛辣食物。头一年里没要孩子，老公事业忙应酬多，离不开喝酒，没有充分休养，怕生出的孩子有缺陷。她也忙，刚接手酒店业务，需要精力和时间去打理。第二年，她才开始制订计划，但半年内一直未怀孕。两个人到市医院检查，医生说双方都有问题，一个精子弱，一个功能性紊乱，需要双方细心调养才行。老公的应酬及饮食受到严格限制，她也全力调养。半年后终于受孕，但怀孕四个月后无症状流产。休养了半年后，又开始制订新的计划。直到一年后，也就是去年，再次受孕。她向对待宝贝似的呵护自己的身体，然而五个月后，又是无症状流产。医生说男方的精子弱，在女方的子宫受孕后功能差，出现这种习惯性流产。她与老公的矛盾渐渐增多，婆婆向着儿子，把流产的问题全甩给颜依月。老公也恢复以前的应酬，说再这么禁食禁酒下去，会要他的命，说自古以来生孩子哪有提前限制的，要听天由命！

　　颜依月潜意识里，对自己婚前在南方的混乱生活感到不安。那时，因为母亲孱弱的身体和弟弟的学费，因为家庭的各种开支，她成为家里的主心骨。母亲多年的慢性病，在父亲死后没有趁着年轻改嫁。她从高中毕业后就深刻体会到钱的重要，拼命打工赚钱。随母亲去南方的几年生活中，体验着艰辛。她接触过各类男人，从被骗到骗人，从单纯到虚伪，虽然在南方大都市的灯红酒绿中赚足了钱，但也品到了极度的空虚、麻木和无奈。为了家，她忍受着心灵的孤独，也许正是南方这几年混乱的生活，才摧毁了她生育孩子的能力，她深感自责！

　　她想起近一年来，老公的心从她身上慢慢移走，只留下仅仅的一点儿家庭责任。以前，老公在外面应酬，总带她去奉迎各类领导，为交际，也为显示娇妻的漂亮。但现在很少带她去应酬了，她也不愿去。从各种行为和表现上看，她清楚地知道，他在和别的女人鬼混。她装作不知道，也不想去知道。心想，婚前自己隐藏至深的南方滥情，该扯平了！她只想要个孩子，让内心的孤独，化解开来。

　　她尽量不去婆家，免得听唠叨。很多的时间，回去陪母亲。从南方回来后，她承包过超市和饭店，自己太忙，就给母亲雇了保姆。弟弟大学毕业后去了南方，不再需要她的支撑。如今，除了自己家和母亲那里，更多时间里，她在酒店照顾生意，单独将二楼最里间的套房装修成自己的家。她把大量的精力放在酒店管理上，但还是驱不走内心的孤独。有时，她仔细观察接待大厅里那些来来往往的客人，分析这些男人和女人背后的秘密。有时实在无聊，就去一楼的酒吧消磨整个晚上，跟某些假装优雅的男人调调情。她从来没有醉过，也从来没有遇见让她心动的男人，或者说，她已对男人们厌倦了。

自与辰青云重逢的那刻起，她的心彻底乱了。被久久压抑的，被厚厚积攒的，童年和少年的依恋和情感，一下子汇成江河，从她的胸中奔涌出来。看到他单纯清亮的眼睛，嗅到他书生的才气，触到他腼腆的羞涩，她的情感防线瞬间崩塌了！尤其阳光帅气的神情中，透着几丝忧郁，让她的心从深渊中狂奔出来。看到旁边的骆雪梅对他充满关爱时，她就恨不得上前撕碎那张面孔。强忍着心痛，冷静下来后，她清楚，自己彻底失去了他。他们分属不同的世界，根本没有相融的机会，她也不配重拾自己从未奢想过的恋情。

她犹豫是否躲开他，回到见他之前的世界。她也知道，他同样地躲着自己。她心乱如麻，辗转难眠。那个清晨，她跟着他上到楼顶，想痛痛快快地拥抱他。可是，他没有给她机会。她心想，也好，就此忘了他吧！

春节第二天，她接到他的电话，说初三路过山城，要在酒店楼顶安装一台监测仪器，请酒店的值班人员配合。放下电话，她那颗压抑的心脏终于忍不住又狂跳起来。她甚至想，只要没有骆雪梅陪伴，一定要诱惑住他，拿下他，说不定跟他还能得到个孩子。当她知道他已和骆雪梅分手，更觉得志在必得。然而，当她发现他还是第一次，像个无知的小男孩儿，当她感到他的内心里，还保留着对骆雪梅的感情，她的心又乱了。冷静下来后，她退缩了，她不想让自己不洁的身体去玷污他的纯洁。纠结之中，她也毫无保留地将肌肤之情全部呈现给他，只为留一份补缺遗憾的美好记忆。当然，她更想让他永远记住自己，不再丢失掉。

3 月初，她得到信息，他与骆雪梅结婚了。她呆傻了一个晚上，既感到痛苦，又觉得欣慰。痛苦的是他最终没有选择自己。

欣慰的是他终于结婚了，若再次见面，可以公平对决了。她甚至想，他生孩子后离婚，她会欣然接受他和孩子。幻想之后，她又觉得这种想法太离谱，人家关系好好的怎么能离婚，自己太恶毒了。转念又想，为填补自己的空虚和难受，还是自私点儿吧，若有办法拆散他们，也好！最后又苦笑一下，这不是她能决定的。

她发送："祝新婚快乐！早生贵子，最好是双胞胎，一个让我养！"

他回复："感谢妹妹支持！今年清明不能给父亲上坟了，请代我给二老烧纸。"

5月中旬，她来到江城，去医院检查身体之前，联系上他。知道他刚从漠城回来，准备和骆雪梅在家里宴请她。她犹豫是否要去，后来一想，应该看看他们婚后的关系到底怎样，曾想拆散他们的恶毒计划能否实施。想到这里，她接受了他们的邀请。

"来了还客气，拿这么多礼物！"骆雪梅看到她从车里卸下几箱礼物和特产，客气地说。辰青云将东西搬进房间。

"你们自从恋爱后，我就盼望着你们结婚。今天终于有机会来到江城，就赶紧来祝贺。虽然晚了两个月，但你们登记后还没办婚礼吧，我就提前赴宴了，不要介意啊！"

她看到辰青云在厨房里忙活饭菜，骆雪梅并没有帮忙，就对他大声说："老同学，用不用我去厨房帮你，我的手艺是很好的！"

"不用，你跟雪梅好好聊天吧，上次你们私聊得那么好，我可不想听你们女人间的秘密！"他大声地回复。

她感觉到，他肯定支起耳朵，听她们聊天。

"姐姐身体怎么了，要来医院检查？哦！叫姐姐对吧，你肯定比我大。"骆雪梅问。

"我来省城的大医院做妇科检查，我们那儿的医院小，没查出问题，想到这里仔细检查。我已经流产两次了，这次育胎前，想看看到底什么原因，再流产就麻烦了。妹妹，你可得早要孩子，越晚要越容易出问题，赶紧生一个自己的宝贝，享受天伦之乐，有个孩子多好，你们父母肯定盼望着呢。"参观完房间，她又说，"你们的婚房布置得不错啊，这小日子过得真红火。这房间里各类家具、装备、书籍，有条有理，整洁干净，妹妹打理得真好啊，真是贤妻良母。青云遇上你，太幸福了。你们年轻人，哦！忘了我也跟你们同龄，应该说你们新潮一代，都这么愿意裸婚吗？妹妹，不能听他的，一定要好好地举办一场婚礼，这是女人必须有的。你们真的那么忙吗？没时间举办婚礼？"

"他单位里今年项目多，都赶到上半年了。我们公司事情也多，正在转型，我还不熟悉业务，各类项目比较乱。我也想好好地举办一场婚礼，就是找不出大把时间。唉！我也想通了，在父母家都宴请完了，江城又没有太多的亲戚朋友，热闹不起来。他也不着急，就是个形式，办完后又欠一大堆人情。不说我们的事了，你有什么妇科病，严重吗？"

"我的子宫有点儿问题，功能性紊乱，说留不住孩子。我也不知道是我的问题，还是老公的问题，所以想来查一查，好对症下药。若不是我的问题，正好督促老公检查。刚结婚时没注意这个问题，第一次流产时没放到心上，结果第二次流产才发现问题的严重性，要是早治疗，也不会这样，是我大意了。你俩千万要注意，定期到医院检查，别像我错过了机会。我也劝劝你，这事还得赶早不赶晚，先把孩子生下来，可以让父母帮着带嘛。有孩子后，虽然累点儿，但能把你们拴得更紧，更快乐！"她忽然想起，不是要拆散他们吗？居然要他们"拴得更紧"。她心里苦笑，心想，有孩子真能拴得更紧吗？

饭菜准备好了，辰青云打开一瓶她拿来的红酒，准备给每个人倒上。她说："酒就不喝了，为了育胎，已经戒大半年了。一会儿还要开车，明天还要做检查。你们俩喝吧，给我倒点儿热水就行！"看到满桌的饭菜，又说，"老同学手艺真不错啊，这些菜让人一看就有食欲，颜色搭配也好，我得多吃点儿，谢谢你们的招待！"她的眼睛明亮起来。

"多吃点儿，一路开车辛苦，我明天陪你做检查吧。"他没多想就说。

"是我去陪，妇科门诊你去做什么？"骆雪梅瞪了他一眼，对她说，"姐姐，我明天有时间，陪你去吧！"

"不用陪，明天检查完我就回去了。等你们举办婚礼时，我再来。"

"那至少多待两天吧，既然来了，就好好地检查，检查完，我带你玩一天，大老远的，来一次不容易！"他没多想又说道。

"我也有时间，我们陪你玩吧。明天检查完找个酒店住下，后天我们去玩。"骆雪梅又瞪了他一眼，对她说，"你老公没来陪你吗？"

"老公应酬多，我也没什么大事，不用他来陪。你们千万不要留我，明天就直接回去了。你们忙你们的，千万不要管我！"

他看了眼骆雪梅，对她说："好吧，我们就不管你啦。对了，有件事情，关于你们酒店五楼天线塔下面冥想的事情，冥想头盔已经研制出来，我也刚在漠城云禅寺亭阁上测试完成，效果还不错，你带回一套头盔，有时间尝试一下。你们酒店的那个位置可能起作用，就算帮我验证一下吧。"他又看了眼骆雪梅，接着说，"这次漠城的冥想测试，出现很多意想不到的幻境，不知你那里能发生什么。当然，没有清楚之前，若发现奇怪的事情，先保密，不能对别人说。你一定按冥想的时间规律去测试，冥想时最好找个助手。冥想头盔里有单独的说明书，若有疑问或出现新的问题，及时回复，我电话里可以指导。"

"不用你指导，这种尝试没问题。老同学提出要求，肯定会帮忙的！你在家里好好照顾雪梅，她要是身体出问题，你没关心好，我这个老同学可饶不了你！"她转向骆雪梅，"妹妹，你得看好他，不能让他不着家。你公司的事，也一定让他多参与，男人的想法有时比女人更全面，不能让他闲着！"说完，她心里又懊恼起来，刚想着要离间他们，却又变成了促和，自己真是个混蛋！

离开辰青云家，天空下起雨来。她从后视镜里望着模糊的他，压抑很久的孤独感再次爆发出来。她才发现，来这里就是拿刀插入自己的身体，剔除胸中最柔软的心肌，让悲痛的眼泪尽情流出。她的手抖动着，所有的路灯，所有的夜景，都拉成细细的长丝，如五彩的流星，坠落到孤寂的星空里。

第二天早晨，她按照预约号早早地进入妇科检查，做各种化验，中午回到宾馆等待。当天诊断完是不可能的，说今天回去也是托词。既然来了就要仔细检查，好像这次来，能将所有的污浊和虚伪从心灵中剔除。她要恢复成一个干干净净的人。

下午，医生见到她，首先问家属来没来，她心头一紧，忙说："没有，我能承受。"医生指着化验单说："根据化验结果，诊断为早期宫颈癌，你必须尽快手术！"她脑袋轰的一声，瘫晕在椅子上。她强忍往恐惧问："我还能要孩子吗？"医生说："不是你要不要孩子的事，是你要不要命的问题，亏得发现及时，属于早期，还来得及手术。做个宫颈锥切就可以，不用子宫全切，若后期调养得好，不会复发，也很快恢复正常。若是复发……就不好说了……可能只有10年的生命！你赶紧办理住院手续吧，明早安排手术，你也尽快叫家属过来签字。"

　　她向办理住院手续的窗口走去，好像那是一条崎岖的山路，两边是悬崖，随时会掉下去。她头一次哆哆嗦嗦地拿出手机，哭音似的给老公打电话，将情况简单说明，叫他快速过来。她想起辰青云，若他在身边，该多好！她盯着他的号码，最后还是忍住，没有打过去。

　　下午她就住进医院，开始手术前的各项检查。整个下午，她苍老了很多，素颜在床上。她摸着自己的脸，虽然光洁娟秀，但感觉已经变成了丑陋的老太婆。她想着，绝不能让辰青云看到自己哭丧的容颜，绝不能再去打扰他的生活。她要让那条依恋的牵绳，彻底中断。她捂住脸，痛哭起来，抽泣中，沉沉地睡去。

　　梦境中，她感觉泪水变成晶莹的玉鸟，托起她，飞向天际。残阳落下，西天的长庚星开始闪耀。群山脚下，毡房布满山野，牛羊散落在广袤的草地上。女孩儿疲惫地栽倒进毡房，老祖母倒满酥油茶，抹去眼泪，拿出青衣粗布，伴着油灯缝补。女孩儿从此隐姓埋名，白天放牧，晚上织补。心爱的人都已逝去，她的心已死寂。在每一个星夜里，她会仰天抽泣；每个清晨，她会从噩梦中惊醒，然后就是无尽的忧伤。有时，她骑着马，踏过河流，踩过荒原，追逐着山鹰；有时她站在山崖上，想纵身一跳；有时面对狼群，她想冲进去舍命搏杀。然而冥冥之中，她总感觉有一丝温暖在天边照射着她。于是，每次遇到游历的僧人，她便打听消息，幻想着苍天的惠顾。

　　春夏秋冬，她随着部落转场在几百公里的山野间。她知道义父被囚禁的信息后，又重新燃起希望。她想去藏城，但到处都贴着抓捕他们教派的告示。族人不让她冒险，她只能苦苦地等待。每个黄昏来临，从闪耀的长庚星，到繁星涌现，她都在

深深地惦念。就这样等待了一年又一年。在每个黑暗的夜里，
她都会做梦，梦见繁星中，映出一片依恋，她觉得星辰之上，
交织的时空里，男孩儿静静地看他，将思念化作流星，牵引住她。
消息再次传来，义父被流放到千里之外的西北荒漠。男孩儿据
说已被藏王杀戮，成为天葬台的魂魄。

　　她仰天痛哭，醉倒在晚霞沉淀的梦魇里。风声骤起，长庚
星再次明亮地闪烁，她梦见义父归来，将她扶起，向天际飘去。
她向下遥望，是无际的群山，流逝着血色霞光。她看到猎鹰在
遥远的天边向她飞舞，映红的眼睛里溢满哀怜。她知道，男孩
儿就在那里。

　　傍晚，她感觉一股温暖在发间流动，一只手轻轻地抚摩她
散开的长发。她睁开眼睛，辰青云坐在旁边。床头上，摆放着
一束康乃馨和满天星。空荡荡的病房里，就他们两人。她抱住
他，再次抽泣起来。

　　"你怎么知道我在医院，谁跟你说的，我老公吗？"她盯着他。

　　"谁也没跟我说，是送你的冥想头盔告诉我的，那上面有北
斗 GPS 通信导航。你本来应该下午回去，可是下班前发现头盔
的坐标还在医院，觉得你可能有事，就赶过来看你。问过医生
了，知道你的病情。没事的，做完手术就好了。这些天我来陪
你，一定没事的，好好休养，等待手术。"他安慰道。

　　"骆雪梅知道吗？"

　　"不知道，你想让她知道吗？"他盯着她。

　　"哦！你自己定吧。"她低下头。

　　"你老公什么时候来？"

　　"明早往这儿赶，上午能到吧！"

　　"那到明天手术时，我们一起护理你，还是我离开？"

　　"无所谓，有你在，他就不重要了！"

"好吧,我知道了。还是他来之前我走吧,手术有你老公在,我也放心了。手术后的这些天,我会来陪你。若你老公在,我就不打扰,若不在,就陪你聊聊天……我也想对你说很多事,和骆雪梅结婚真的很抱歉,没有选择你,我知道你心里难受,其实,我也想和你在一起,我们有那么多共同的故事,我不想把这些故事中断。可是我……"他的眼角湿润起来。

"别说了,我知道……过去的事过去了!"她轻声抽泣,"一会儿你还是回家吧,别让雪梅担心!"

他收拢起表情,嘘了一声,示意她安静,拿起电话。

"媳妇啊,我晚上有个饭局,不能回去了,你自己订个餐吧。我不知道什么时候回去,不用管我了。"他电话里对骆雪梅说。

"什么,你不回来了?你从来也不参加什么饭局啊,单位不是有廉政规定吗?你敢违反?再说,这类饭局,你总能找理由不参加啊。我让你陪着参加个饭局,从来不去,嫌占用你的大好时光,今天怎么了,什么人物比我还金贵,能请动你去吃饭?我告诉你,坚决不同意,赶紧回来给我做饭!我也要让你知道,不陪我参加饭局的后果,快点儿滚回来!"那边不客气地怼着他。

"是不是又想吵架了,几天没吵你心里又痒痒了!你参加过那么多饭局,我都没说你,我只参加一次你就这样对我,是不是不公平!"他也生气地怼她。

"好了,这次将就你!不许喝酒,早点儿回来!"对方的口气软下来。

颜依月听完对话,笑了起来:"这么快就学会骗媳妇了,我还以为你单纯呢,原来也是个渣男,跟我这个渣女没有区别!"

第二天,手术完成后,颜依月躺在病床上,平静地看着老公,说："很抱歉，我们之间不会有孩子了，这是我的问题，不怪你！"

"这事也怨我，结婚后立即要孩子就没这事了……你真想要孩子，可以抱养一个，你卵巢没问题，可以做试管婴儿。总之，手术后好好调养，你会好起来的，不用担心！"老公关心道。

她知道老公只是虚假地安慰。这一年中相互间的感情越来越淡漠，他骨子里的想法，她清清楚楚，只是她在极力地伪装自己。还有婆婆的那些刺耳言语，她明明白白。现在，她不需要伪装了，不想再假装温柔和贤惠。她平淡地说："我们离婚吧，对你，对你的父母，都是最好的选择！"

"不行，你不要这么想，先把手术做完再说，好好调养身体！"老公抬起手制止她，一点儿没感到诧异。

白天，老公照顾她的时间很短，其他时间里，找江城的同学和朋友喝酒。她的床头摆满了老公朋友们送来的鲜花和水果。她总在想，这些鲜花是辰青云送来的，他们就在一个城市，离得这么近，她能时刻感受他的气息。他也好像心有灵犀，每天中午都过来看她，在病床前给她削些水果，聊聊天，也没碰见她的老公。她知道，他们儿时一起失去父爱，情感的脆弱，是他们最大的缺陷，他们相互依赖惯了。

一周后，颜依月回到山城，搬到母亲家里调养。只有母亲能让她感觉抚慰和安心。然而，辰青云总会在某个深夜的梦境中，将她唤醒。她抱住他，哽咽地哭泣！

她想起冥想的事。春节后按照他的请求，将天线塔楼板下方的储藏间装饰成一间冥想室，只有她能进出。最初没有冥想头盔的时候，她尝试过几次，视界中只有一片乳白色的天空，以及天空中流动的灰色符号和淡淡的青云，还有闪烁着微光的星辰。她喜欢这种气氛，这片让她安静的世界。她需要这种心灵的体验。

当她戴上他送给她的冥想头盔时，彻底惊呆了，一个从没有经历过的冥想幻境完全占据了她的心灵，她觉得自己真正重生了。冥想中，幻境渐渐袭来，最初，是天空倾泻的一层薄薄雨幕，斜射下来的阳光，透过巨大的棱镜，在两侧雨幕间折射出七彩的光带。光带慢慢滑动，将巨大的雨幕分割开来。视野中，一只热气球形状的天体慢慢移入，一条窄窄的由无数颗光滑石子铺筑成的天梯从天体中垂落下来，直伸向无尽的底端。她站在上面，旁边乳白色的天空中卷动着各类符号，有星辰、日月，有山峦、雪景，有花海、书卷，他们向着缥缈的天空卷动。她看到旁边闪出几架断尾的天梯，上面立着的人形如绿色的玛瑙，向天体浮动，一些奇怪的灰色大鸟飞来，争夺着那些人形龟裂的外壳。巨大的天体入口，端坐着一位僧人。她立刻感知，那就是辰青云说的央措诗人。她的心灵豁然开朗，所有的孤独立刻化解。她觉得又一片世界向她敞开心扉。当七彩的光带变得耀眼射下来时，她猛然惊醒。冥想结束，回到现实，她看到窗外的光线跳跃着，向她扑来。

惊喜之后，她想起刚承租这家酒店时，这里就是一间客房。原酒店经理曾说，这间客房里半夜闹过鬼，客人总吵闹换房，说这间屋里阴气太重。后来大家认为是由于楼顶天线塔刮风时的噪声导致，就将这间客房单独隔出来，变成储物室，此后就没了这类闹鬼事件。她恍然大悟，立刻叫酒店维护人员将此屋重新配置，中间放一张冥想的躺椅，旁边安一张书桌，布置好台灯、时钟、电脑。安好窗帘，修复卫生间，摆一张单人床。

多次冥想后，她觉得又回到纯情的少年时代，那个让她充满幻想和愿望的年代，那个能重新点燃梦想的起航点。冥想中，她动用所有的灵感和思想，融入进去。她探究思索：如何能进入那座牵引她灵魂和新生的天体之中？

第 21 章　悟空头盔

　　冥想幻境的出现，让辰青云的研究混乱不堪。这里涉及的学科太多，不是这个时代能解决的。最初，他认为人的思维和意识都是孤立的，若没有视觉、听觉、嗅觉和触觉等，人之间根本无法交流。但冥想幻境的出现，让他感觉个体大脑之间可能存在一个相互通信的意识场，而神秘天体，正是这种意识场的铺设者。所谓灵魂，只是意识在场中的波形储存，比如手电筒打开后再关闭，其间的光波就储存在时空中，一直传送下去，直到衰减殆尽，如水中跳出的鱼，涟漪交织。

　　6 月初，正是初夏树叶茂盛的季节，理应心情舒畅。周五晚饭后，他却极不情愿地被骆雪梅拉下楼，去远处河岸边的广场散步。他的脑袋里装满各种问题、推理和线索，总是在解开一个问题后又拽出一堆问题。他心不在焉地跟在她身后。广场上热闹非凡，有各种群众演出。合唱、独唱、跳舞、跳绳、扭秧歌、拉小提琴、自媒体直播等，聚集着不同的人群。他们走走停停，不时驻足观看。热闹的场景对于他，左眼进去，右眼出去；喧闹的声音则从右耳进去，左耳出去。

　　"你开始研究相对论，量子物理，还有藏传佛教，能明白吗？"

　　"不明白！"

　　"你的脑波通信场找到理论依据了吗？"

　　"没有！"

"看来你像个无头苍蝇，到处乱撞。要是理不清头绪，就先放手！我们公司的业务停滞不前，国家对游戏产业严控，不转型不行了，挣钱越来越难。云端租赁也在减少，新开拓的几个项目也没有做成，几笔投资像打水漂似的只听见个响，就沉入水底。我想把你开发的冥想头盔包装一下，进行销售。这次吸取上次赛车游戏的经验，肯定会大赚的。你这个脑袋得充分利用。你先中断研究，策划把冥想头盔转成商品。公司养活一大帮人呢，你必须帮我！"

"不行！"他直接拒绝，还想着自己的技术问题。

"你到底听我说话吗，就拒绝？"她站住，气恼地看他。

"你说什么，想卖冥想头盔挣钱？"他看到她生气，才想起她刚才说的话，"那怎么行！这不是商品，不是你以前的游戏头盔，性质不一样，不能卖！"

"为什么？不管是游戏、梦境或幻觉，无论是真是假，人们都会感到好奇。宣传后，都想去体验。你想想这个价值有多大，咱们会飞黄腾达的！"

"人们体验后，会产生误导，真相信了灵魂存在，那他们还觉得人生有意义吗？尤其不谙世事的年轻人，生活出现压力后，很容易去自杀放弃人生，会把自杀当成儿戏，整个社会不就乱套了？多少家庭会支离破碎。国家能让你胡来吗？在没有搞清冥想幻境的实质之前，绝对不能忽悠大众！就算这种幻境和灵魂真实存在，也要先研究人类安全和道德伦理，而不是技术。为什么要保守这个秘密，原因就在这里。这项研究是为了搞清大脑的通信机理，为人类提供充分的防范和保护措施，不是为了挣钱，你不要想这事了！"

"你又犯自以为是的毛病，有那么可怕吗？人活在世上，最终的目标不都是用钱衡量吗？像你这样活在技术里，活在可怜的自我世界里，能有几个？你不跟人打交道，不跟社会打交道，不为生活挣钱，你的研究有何意义，活着有何意义？你真是不食人间烟火，我怎么感觉，自己嫁给了一个傻子！"她愤愤地说。

"不要用你的人生观来教训我，为什么总吵架，因为咱俩性格不同，人生观也大相径庭。我可不想出卖这类敏感技术去挣钱，对我来说，探索技术就是人生，是人生意义的体现，而不是用挣钱去体现什么价值！"

"真是个白痴，疯子，傻子！你若没有钱，怎么做研究！你在国企，有生活保障，可是我们私企呢，得靠自己奋斗，养活自己。真该让国企辞掉你，让你自己去打拼，你才会理解我的艰辛。我们世界观真的不同！为什么偏要走到一起，真是可笑的一件事！"她更加气愤。

"你后悔了？还来得及！"他调侃道。

"我就是后悔了，怎么样？我只是让你帮助我发展公司，你可好，不仅不帮，还瞎说什么挣钱无用的论调。我是不是该把公司关了，陪你去喝西北风，你就高兴了？白痴，你要是这样想，咱俩趁早散了吧！"她瞪起眼睛。

他也生起气来，看见旁边一棵大树，狠狠地踢去，树纹丝不动，他却疼得叫唤。她气得不理他，转身向家里走去。他跟在她后面，虽然生气，也受到启发，开始想这件事情。如果把冥想头盔重新改造，变成低配版，即当用户在类似亭阁的冥想地点戴上时，在节点时间里只能看到天地大幕、流动的星辰和各类符号，但没有天体、天梯和行人场景。在其他地点和其他时间，只能看到流动的星辰和虚空，这样可以借助用户寻找新的冥想地点。或者，再增加些新功能，多人同戴头盔时能看到对方，将视频对话功能放进去。这样改造后，屏蔽掉幻境中的天梯、大鸟和天体等相关场景，让头盔只起到修身养性的作用。头盔中再增添宁静和空寂的气氛，比如佛教中的悟空感觉，里面有模拟飞翔的风声，有轻微的语音暗示，让人脑空灵般平静下来，变成一种休闲类的安静思考的仪器。这样，当用户在各地旅游时，又能收集新的冥想地点。他想了想，这种低配版的头盔就取名"悟空头盔"吧。

回到家里，她还在气头上，眼睛红肿。她坐在书房里狠劲地翻书，仿佛随时能将书本砸向他的脑袋。这样僵持下去，一会儿还得吵架。他心软下来，走到她的旁边。

"滚开，别烦我！"看到他凑近，她冲他喊。

"好了，大小姐，我答应你头盔的事。但宣传和销售，必须跟我协商，好不好？"

她盯着他，不敢相信："你真转变心意了？"见他点点头，起来抱住他乱亲，"我说嘛，哪有这么不近人情的老公！"

他其实另有想法，想借"悟空头盔"的宣传来判定该技术是否成型，探查是否有人正在研究。若有，当他们看到"悟空头盔"的功能后，自然知道里面的技术，自然会与他联系，这样，他就能从众多默默的研究机构或学者中获取更多的技术支撑。

几周后，他的减配设计完成。他将云端的监测数据优化剪辑后，固化到电路中，又拿给岳母在亭阁上测试。直到岳母说天体、天梯、行人、大鸟及央措诗人的场景全都被屏蔽后，才认定减配成功。他又将听觉和视觉的参悟氛围设计进去，对整个电路的软硬件重新加密后，委托电子企业进行第一批量产。但问题出来了，库存的脑芯片只有两千多枚，是晶创公司当初生产智慧头盔时遗留下来的。目前脑芯片的进货渠道中断，被国外列为禁运品。

她说："看来，只能先做限量版了。若这批芯片用完后，后续升级和维护跟不上，会被客户骂的，影响信誉。而且产品中断后，其他公司发现此商机，会通过功能相近的产品挤压市场，最后只能把好不容易得到的蛋糕拱手送给别人。"

"你跟柳元说明情况，让他想办法从国外购进一批！"他说。

"我妈不允许联系他，我也不想联系。"

"呵呵，平常总怼你妈，今天听话了。你不是说公司挣钱最重要嘛，舍不下脸了？"

"你哪能理解我的心情……好吧！就是遍体鳞伤，也得挣钱啊，为公司着想嘛！"

她发出微信。柳元回复说，原渠道已被庞杰破坏，需要另找关系，短时间内不行，但会全力去找机会，让她等消息。

看到回信后他说："这种高技术芯片，的确很难得到。为了防范不利，先用一千个吧，剩余芯片做备份，至少保证这批售后维修不出问题，然后根据市场再定方向。"

产品出来后，销售之前，网诚公司开辟了应用网站，里面有详细的应用说明和案例分析。公司针对销售开过几次会，反复总结晶创公司曾经出现的售后问题，对市场宣传和销售环节进行了周密的部署。

备案后，网诚公司对外发布了带论坛的宣传网站，题目是"冥想！安静你的世界，心若止水，静美人生！"网站主要有以下内容：

第一部分介绍使用悟空头盔进行冥想的好处和坏处。好处：能改善睡眠，增强记忆力和提高专注度，减少焦虑和抑郁症的发生，减轻痛苦，等等。坏处：因人而异，对部分敏感人群产生危害，可能使精神病患者的病情加重。需要防范的地方是在冥想中可能被恶意的人员操纵。

　　第二部分详细介绍悟空头盔的操作说明、适用人群、冥想境界、监护方式、免责条款，以及悟空头盔销售方式、联系电话等。

　　第三部分介绍案例，叙述本公司一名测试者在不同的冥想地点，有山顶、湖泊、山川、楼顶、居家等，描述心若止水的冥想场景和境界，背景显示一些模糊的流动星辰的精美画面。

　　第四部分欢迎大众参与，个体不同，境界不同。若冥想中发现更美的境界提交后，公司将提供优惠和折扣服务，并赠送神秘大礼包。

　　第五部分欢迎国内外科研机构合作研究，推动技术进步。

　　网站发布后，辰青云每天关注论坛留言。只有少部分人跟帖，主要询问案例及使用情况。网诚公司客服人员在论坛里热心服务，耐心讲解。网站人气越来越旺，悟空头盔的销量渐渐提升，感兴趣的客户都是冲着冥想好处来的。而他想知道，谁对这项技术感兴趣。

　　一周后，论坛里陆续出现质疑的帖子。他以为是正常的批评，没想到这人带动一帮人质疑，说没有效果，导致正常人健康受损，说公司骗钱，不规范，让大家别上当。还将晶创公司曾经的智慧头盔问题搬出来。很多不明真相的用户也跟着质疑。辰青云赶紧叫客服人员认真解释，退货退款都可以，真诚解决。部分客户满意，但搅局者根本不与客服人员和解，只是一味地抹黑。此人的一句话引起他的注意，说网诚公司没有设计能力，只是一批测试品，技术不成熟。听周岩反馈，最近对网诚公司服务器的攻击明显增多，都是冲着悟空头盔的后台数据。

　　辰青云告诉网站管理员，将此人账号强制移出。通过此人的论坛地址、网络行踪及邮寄头盔的区域查询，发现是一家南方的科技公司。进入对方主页后发现是一家提高脑兴奋与潜力的疗养设备开发商，与晶创公司之前的智慧头盔类似，但改名为"脑调养提神仪"。

他通过单位内网的 5G 数据库查出该公司的后台地址和企业邮箱。根据对方地址的访问记录，发现名字叫冯冰的人在管理。他问骆雪梅和周岩，是否认识冯冰，两个人大惊失色，将冯冰的底细告诉了他。

"原来是前男友，名字好像听过，你还隐瞒了什么？"他调侃道。

"别瞎说！我们之间没什么，他就是个混蛋，总恶意中伤我！"她说。

"这事不怨姐姐，在晶创公司时，冯冰总怂恿我打探姐姐的信息，我总被他欺骗，让姐姐受气。这些脑芯片资料肯定是他盗取后与南方这家公司合作，才出现这个脑调养提神仪产品，看到咱们的产品与他类似，就来恶毒攻击。"周岩说。

"怎么对付他？"骆雪梅问。

"这里有截取的冯冰电话，你加下他的微信，像老朋友一样跟他聊聊，求他高抬贵手，顺便问问脑芯片的货源从哪儿来？"辰青云说。

"不行！跟他聊天，我感到恶心！"她瞪他。

"跟你亲爹那么大的恨，不也联系了吗？跟这个冯冰，就不能委屈一下？我不在乎的，哈哈！你还可以假装成单身少女，诱惑他最好！"他笑道。

"你还侮辱我！"她举起拳头。

"姐姐，姐夫的意思是让你试探对方，我们好制定对策！"周岩打圆场。

"周岩，我有冯冰公司的后台数据库和邮箱地址，我们找两个不同地点的云端空间做跳板，协调好攻击时间，根据雪梅的聊天程度，等冯冰被她'勾搭'上后，放松管控时，我们全力攻击他的后台。他不仁，咱们就不义！尽量获取他们公司的技术资料，让他们忌惮，关键看他们的货源情况。这样，也给我们提供了芯片购进渠道，悟空头盔的发布就安全了。攻击后一定全身而退，不能留下任何痕迹。咱俩一会儿研究攻击方案。"他对周岩说。

"原来让我实施美人计啊，你们两个狗东西！"骆雪梅瞪他俩。

方案顺利实施，不仅去除了冯冰对悟空头盔宣传网站的诋毁，还变成信息共享方，相互重新定位市场，互不介入。最重要的是，从冯冰后台截获了脑芯片的国产替代方案。冯冰公司为了这个替代方案搞了近一年的调研。辰青云觉得对不住冯冰，将一些优化的脑芯片程序发给他，帮他们提高技术水平。事情得到合理解决。

几周后，省外一名用户打来电话，说在野外休闲时发现一处冥想地点，说冥想中除了一些星辰外，还看到一些流动的符号和灰白天幕。辰青云立刻兴奋起来，因为流动的符号和天幕只能在特殊地点看到，如云禅寺亭阁。他让骆雪梅派出一名员工，去实地验证。

员工回复地点属实，在一座农村周边山上的树林里。他打开地图，标记好位置，发现与亭阁及清苑酒店，同属一条经线，但纬度不同。他将这个案例发到网站上。后面又陆续发现新的地点，在不同经线和纬线上都有。他将这些地点标记下来，准备探究其中的规律。

网诚公司的利润稳步上升，员工收入增加。各类科技公司前来洽谈合作。他对骆雪梅说："任何时候，不能把他和脑芯片说出去。"

　　然而，他在网站上等待很久，也没有一家大学或科研机构关注此项技术。他决定不再等下去，应该借助自己单位的上级部门，申请这项工作。他向国家通信研究院总部起草了一份项目申请书，将脑科学面临的问题，脑波频段对大脑的情绪影响，脑波之间通信的可能性，脑神经元与暗粒子的实验方法，干扰源引出的未知天体研究，结合悟空头盔的冥想案例等，阐述未来脑间通信的可能性，建议以通信为主，其他专业为辅，开展脑通信研究。

　　两周后，总部要求他去参加申请项目的讨论及答辩。

　　走进总部的一间小型会议室，相互介绍后，他知道参加审核的人员有四位，一位是主管院长，穿一身随意的工作服，两鬓斑白，眼睛炯炯有神；一位是总部的通信科学首席专家，五十岁左右，敞开工作服，露出格子衬衫；一位是脑心理学教授，从国家某著名大学请来的，穿一身白色西服；另外一位记录员，标准黑色西服。他坐下后，发现会议并不正式，像一个聊天室。

　　"你申请的这个项目，我们很关注，以前认为这项技术很遥远，但你提供了很好的线索。我们内部讨论过几次，今天找你来，是想私下了解具体情况，千万别在意，仅限内部，随便交流，我们不会扩散谈话内容。"院长和蔼地笑笑，喝了一口矿泉水，又说，"从你的工作经历来看，你的软硬件开发能力较强，知识储备雄厚，你是省通信院的测试部主任，我很好奇，你对脑通信为什么感兴趣？"

　　他没法隐瞒下去，将天地间干扰源的发现过程，与冥想的关联，冥想场景与干扰源数据之间的关系，对应脑波的研究，两个冥想人之间的心灵感应，国外脑芯片的应用方向等内容如实说明。他没有提冥想头盔，只是对悟空头盔进行简单的描述。

关于冥想中发现的神秘天体、灵魂及天梯的幻境内容，没有叙述，他觉得会引起歧义，他不想把这些没搞清楚的东西贸然说出来，给自己添麻烦！

记录员飞快地记录着，心理学教授仔细观察他的表情。首席专家不时地张嘴，听他的技术环节；院长在本子上记录着什么，不时喝水，边思索边盯着他的眼睛。

"谈到脑芯片，其核心技术还依靠国外，目前国内的技术不成熟，还处在萌芽阶段，虽然有国产替代方案，但成本和体积较大，研发道路漫长。消化和吸收这项国外技术，开展脑通信研究，设计出我们自己的高性能脑芯片，研发出未来最前沿的通信技术。"他说。

"干扰源在其他地点发现过吗？数据格式也相同？"首席专家问。

"外省发现过干扰源，格式接近，类型相同。"他回答。

"你对藏传佛教怎么看待，对意识了解多少？"心理学教授问。

"藏传佛教以前不了解，自从冥想中参悟的虚空场景出现后，感觉干扰源与佛教可能有关，与意识也相关。可能这些自然存在的干扰源导致佛教的真实体验，所以传承发展下来。"

心理学教授又详细问了冥想过程。首席专家对脑芯片的功能很感兴趣。院长只问了他所在省通信院的人员编制情况。然后会议结束。

两周后，他又来到总部，进行申请项目的复审。之前总部一直内部磋商，有电话联系过他，问过一些细节。此次会议上，只有主管院长和人事部门主管。

"我们有个想法想与你交流，只是内部建议，你考虑一下。"院长依然和蔼可亲。

"您说，我一定全力配合。"他有些紧张。

"我们内部讨论后，想在你们省院新增一个研究所编制，技术由我们直接管理，其他方面还由省院管理。从省院中挑选一些人员组建新研究所，你负责整体工作，与省院总工程师级别相同。我们拟订一份相关大学及科研机构的专家名单，你们根据研究方向与他们横向联系。"院长喝口水，继续说，"因为这项研究涉及很多领域，也是按照国家发展各行业科研合作的政策示范，才决定实施的，也是摸着石头过河。对于核心技术，一定自主开发，做好涉密工作。就叫'空间信息研究所'吧，你考虑一下。"

"我服从安排！"他没有任何犹豫就答应了。他根本没想到能获得如此大力的支持，而且是从总部层次来推动这件事。研究所成立后，他会更加专注地研究这些项目，而且有省院这么多的人才支撑，兴奋是不言而喻的。

回到家里，他对骆雪梅开玩笑："这项研究被国家转正，不是个人兴趣了，你也不要随便干预我的工作，想让我帮助你，必须对我好点儿，不要盛气凌人啊！"

"呵呵，想得美，别想着就此躲过，不帮我就缠死你。不过，要是真忙不过来，咱们雇个做饭和收拾屋子的保姆也行！"

两周后，省通信研究院的一栋小楼被单独划拨出来，挂上"空间信息研究所"的牌子。通过内部选拔和劝导，他把几个技术能手挖了过来。院长看到他有总部撑腰，也没办法。研究所成立了联络部、技术部和测试部。人事和财务还归省院管理。机构尽量精简，他负责整个所的技术和管理工作。

第22章　探索暗天体

研究所成立后，辰青云开展的第一项工作是在国内大面积搜索特定的冥想地点。

他根据亭阁和清苑酒店监测来的云端数据，结合悟空头盔，设计出一款便携式微型探测仪，供测试人员使用。他们从国家地质研究所寻找与亭阁和山城矿井相类似的地区，进行定向考察。此外，他结合悟空头盔用户的反馈信息，扩大搜索范围。

近两个月的野外探测和技术分析后，浮出一个重要发现。

由联络部组织的内部会议上，邀请国内著名的某天体物理学教授和某天文观察站的研究员，还有一位研究粒子的物理专家和一位研究矿脉的地质学家。

"各位专家，通过近两个月的探测，向大家汇报我们的发现和疑惑，请给予技术指导。"辰青云首先诚恳地向大家致谢，然后打开一幅标满记号的地图，指着上面的三条经线，向大家描述，"大家看，我们通过对干扰源的探测，发现在第一条经线上，有四处地点：漠城云禅寺、山城矿井、通县山林和宁城河道，这四点收集的干扰源数据相同，周期相同，平均25.5小时，每次15分钟。第二条经线上，比第一条前移10度，发现三点，时间间隔也是25.5小时，但比第一条经线早出现1.2小时。第三条经线上发现一点，也是同样规律。"他又指着地图上的纬线说，"从这八点的时间规律来看，似乎有一颗卫星围绕着地球旋转，与月球的轨道平面接近。月亮升落的周期是24.7小时，推算这颗卫星离地球更近。这到底是颗什么卫星，或者代表什么物理现象，请大家分析。"

"从数据规律看，很显然，的确有一颗卫星沿南北轴绕地球赤道旋转，若按月球相似的轨道平面计算，旋转周期应在 16 天左右，月球的周期是 27.3 天，估算此卫星离地心的距离为 25 万公里。据我了解，目前世界上发射最远的卫星应是同步卫星，离地心才 3.6 万公里，没有国家发射过这么远的卫星，这个轨道上不可能有卫星存在，也从没有观测到。"天文研究员皱着眉头说。

"我猜测，可能是一块铁陨石天体，体积小观测不到，这颗陨石有一个面向地球的抛物面，将地球上的电磁波聚集后又反射回去。陨石有滤波特性，将与干扰源相同的波段反射到地面，所以在不同地点能探测到这种相同类型的数据源。每次出现 15 分钟，是这个反射波扫过地球经线的面积正好是 15 分钟的移动距离。"天体教授说。

"我们在这八点位置上安装了数据捕集器，大量数据正上传到云端，根据不同时间获取的数据，请先帮我们计算出该卫星的体积、轨道和引力参数。不管是否观测到，先假设它存在，从理论上先模拟出来，然后再指导其他的干扰源探测。"联络部主任梁志明说。

梁志明是心理学博士，毕业后分配到人力资源部，整天与各部门打交道，比如预定会议时间，传达各类管理公告，陪领导协调检查，编写会议纪要。总之，没有一项与自己专业有关。研究所成立之前，辰青云感觉他大材小用，每次路过他的办公桌，看到屏幕旁粘满各类提醒的业务纸条。梁志明刚来时活泼开朗，两年后变得沉默寡言。新研究所成立后，他第一时间找辰青云协商加盟，院长不同意，他通过总部人事协商后，才调过来。两个人很快成为默契的搭档。

"好吧，我组织一个团队跟踪这些数据，将陨石轨道、体积及反射面积计算出来，但需要经费支撑。"天体学教授肯定那是块铁陨石。

辰青云转向地质学家："地质显示，这八处坐标点周围都有金属矿脉，但地层中金属成分及矿藏分布不清楚，你们在这些地区有勘测计划吗？有什么方法能将这些矿脉以 3D 方式测绘出来，能否研究矿脉特性或验证是否有特殊物质起干扰作用？"

"通常在地面上采取网格法逐点探测，汇总后绘制，几十平方米可以，但几十平方公里就无能为力了。绘制工作繁杂，我们人员和仪器没那么多。"地质学家说。

"我们会联系几所大学的地质专业，暑假期间，以夏令营形式组织一批学生野外实习。仪器从你们那里借，你们出几个指导老师，我们协调学校来策划这事。"梁志明提出建议。

辰青云看到粒子物理专家在本子上画着一些符号，就问："您从专业角度看，这些干扰源数据是怎么产生的，还需要做什么工作？"

"上次收到干扰源数据时我就非常感兴趣。我们在南方一座核电站旁边和某个县城地下洞口里，建有几座中微子探测基地，你们的干扰源信号与我们从中微子探测器接收的信号在某些频段上接近。我们正在内部讨论，是否选一个你们提供的地点，安装一套暗粒子探测装置。但这八点位置都在离市区较远的山区或林区，交通和供电不便。我们的仪器非常精密，没法在这些地点安装。"粒子专家回答。

"有个地点您可能不了解情况，就是山城矿业公司的一个废弃矿井。矿井旁边有一座停用的大型电源变压器，可以恢复供电，还有一条遗弃的运输道路，修整后可与山城公路网连接。

那片矿井是塌陷区，考虑安全和地质条件，需要重新加固地基。与其他地点相比，这个地点最好，可以与矿业公司协商，重新修复交通和恢复电力供给，为您提供安装条件。"辰青云抽出一份矿业公司的矿井分布图，交给粒子专家。

会议结束。梁志明写好会议纪要，专家签字后拿到评审费离开。他随辰青云来到办公室，毫无拘束地坐进沙发，点着一根烟含到嘴里。辰青云打开窗户，将烟缸放到他旁边，笑着说："别来污染我，以前你不抽烟的，什么情况？"

"你说咱们的研究专业，除通信是本行外，还要涉及天文、地理、物理、地质等专业。虽然我们的目标是研究天地间干扰源与大脑间的通信问题，但以哪个专业为主，谁也说不清。这些专家来了，好吃好喝供着，却说些不着边际的话，一点儿没有实用价值。有些专家来之前，提出到周边旅游的条件，并要求报销额外的差旅及吃喝费用，把咱们当成科研提款机了，我觉得这样下去不行！"梁志明说。

"有什么好想法，说说看。"

"总部批准这个研究所，主要为国家加强科研攻关来示范推进的。这几年，总部的科研成果在全国同级研究院中排名最后，咱们省院在总部各分院中也处于最后。总部脸面上过不去，正好提出这个项目，总部想借此改变落后形象。我管理科室这么多年，理解太深了，如何包装、如何作秀、如何宣传才是最重要的工作。你看这些年的科研项目，都以多少篇核心论文、多少个发明专利、多少个专著作为审核条件。这些论文专利中，大部分是虚的，很多都是用科研经费买来的无用的光鲜证书。结题后，这些项目大都束之高阁，再没有了实用价值。但你会看到，对这些项目的成果包装、宣传作秀，才是上级部门最看重的，因为这能给他们贴金。于是科研资金越来越多，最后都成了上级领导的成果。"

"你想怎么做？我这方面没有经验！"

"我们每个部门都要抽出几个人，只要有专家参与的技术会议，有现场的科研和测试任务，每一个发现，哪怕是很微小的一个进步，都要大力宣传，夸大过程，包装成艰苦奋斗，志在必得的工作形象。论文和专利上，让员工们以拿来主义为指导，铺开去写。对于核心期刊发表的论文和重要专利，给予高额奖励。不管写出的论文水平如何，花再多钱也值得，哪怕买虚名挂靠，只要发表就行。宣传工作和论文数量上来后，我们研究所的资金就会滚滚而来，各类研究课题才能深入下去。你想想，示范的意思就是没底，总部对研究所没底，在国企这种机制里，真正的课题研究是面临很大风险的，咱们研究的项目太超前，太深奥，涉及学科太多，不极力宣传，用不了几年，若没有重大成果，研究所就会被总部废止！"

"这事你来管，我全力支持！"

"研究所也属于国企编制，除满足国家的科研和经济需求外，还要保证民生。民生就是与私企相比要雇用大量的员工，导致人浮于事，形式主义严重，权力集中。员工们已经习惯上层的独断专行，不能发挥自身的潜力。我们应该像私企那样市场化运营，比如上面请的这些专家，直接与他们所在的大学或机构签订合同，以需求和服务为目标，以最终的技术报告为验收条件，将技术职责写进合同里，要他们担负责任，而不是花钱买一些无用的观点。"

"你说得对。引入私企的管理团队和激励制度，通过混改提高员工效率，但若不对每个人进行思想改造，不去除自私的、懒惰的、恶劣的行为和思想，不升华他们的灵魂品质，再好的制度也会被慢慢侵蚀。一定要把这些人性中阴暗的部分去掉，最好改革教育，加强社会引导，改造和净化员工的思想品质。对于人才的培训和管理，我没有这个精力。"辰青云笑了笑，又说，"这些管理上的事，你做主吧，我只想管技术！"他不擅长管理，不想被这些技术之外的事情缠身。

梁志明狠抽了两口烟，摆摆手。他觉得担子很重，挑不起来。

"我的大博士，管理是你的优势，就不要推脱了。"辰青云安慰后，看到他指尖的香烟，笑着问，"还没有回答我的问题，以前没见你抽烟啊，为什么开始抽烟了？"

"唉！管理上没思路，才抽起烟的。不要叫我博士了，其实啥也不是。当初选择心理学，觉得'高大上'，能透视人间百态。工作后却成了领导的传话筒，当时还愤愤不平，现在想，那时也干不了别的，就算能干，也会一事无成。跟你说实话，我刚刚离婚。念博士时结的婚，五年了，孩子判给女方，我倒是自由了，思想却越来越空洞，一想起孩子和自己没有前途的专业，就难受。好在来到这里，在新岗位上重新开始，能做些自己感兴趣的事！"

"就因为管理没思路才郁郁寡欢，开始抽烟？你的协调能力，大家有目共睹，你的潜力远远没发挥出来，慢慢来不着急。跟媳妇离婚，是不是别的问题，你出轨了？"

"没有！性格和生活倒不是原因，主要是她越来越看不上我，埋怨这也不行，那也不是，总吵架，我忍到头了。唉，不提这事了！"

两个人商量后，按粒子专家提议，在山城矿井建设暗粒子测试基地。他们与请来的高能粒子专家协商后，经双方上级部门审核，初步确定先实施勘测任务，验证测试价值后，再进行设计工作和资金预算。双方协商，研究所承担矿井的改造工作，搭建实验室。为落实项目，辰青云带了一名同事前往山城。

山城矿井发现干扰源，是辰青云根据颜依月老公范达提供的线索，经测试队员探测后确定的，位于矿业公司塌陷区。对于清苑酒店天线塔下的干扰源地点，他不想公开，那是与颜依月共享的一个秘密，一个神秘幻境的测试基地，一个不想被外人知道的独立研究地点。

住进清苑酒店，同事被安排在三楼，他在五楼，不远就是冥想间。他刚放好行李，颜依月就推门进来，像回到自己家，踢掉高跟鞋，换上门边的拖鞋。

见到她，他的第一句话是："风风火火的，前台看不到你，躲这里来了。医生让你休养，没听话吗？复查了吗？身体恢复怎样？变瘦了！"

"恢复还不错，你来了，就什么都好了。我瘦了吗？就当作一次减肥手术，效果不错吧。"她笑着说。

"瘦起来更漂亮，不在前台招摇，到我房间做什么，想迷倒我，我可是有媳妇的人！"他调侃道。

"呵呵，不用迷，你就会倒。这次来，是专程看我，还是工作？"她拉上窗帘，见他只笑不回答，便倒在床上，伸出双手，"来抱抱我吧，想你啦！"

他伸出手把她从床上拽起来，拍拍她的肩膀："依月，别难为我了！"

"嗯！伪装得不错，像个正人君子，看你能挺多久？"看到他脸红起来，她肆无忌惮地笑了，"哈哈，脸红了，来让我打打脸，要装得像些！"然后拍他的脸，搂住他，吻上去。

他心慌起来，推开她。他跨越不出这一步，已经把她当成了亲妹妹。他轻轻说："我结婚了，这样不好吧！我也很想见你，但真的很为难，违背道德不好。还是做兄妹吧，或者红颜知己，或者男女闺密！这样心里能接受。我有些传统，转变不过来！"

"我不管，什么道德观念，在我这里行不通。现在的社会，男女关系早乱套了。你这种想法早该扔垃圾桶了！不过，看在你伪装的面上，至少让我抱抱吧！"她的眼睛里充满不满，又娇柔得像恋爱中。

"反正我和骆雪梅结婚了，你知道的，我也经不起你诱惑，别让我为难就行。"他的语气有些懦弱，心里对比着两人，一个激进，一个温柔；一个让他小心翼翼，一个让他舒缓甜蜜；一个专注事业，一个钻营社会。而最后这点，是他骨子里无法接受的，他感觉已经被她带坏了，不能自拔。

她松开手瞪着他："知道经受不住诱惑，还逞强。真想把你从她那里抢过来。行了，知道你为难，谁让我们不在一个世界呢！"她伤心起来。

他赶紧搂住她："好妹妹，你了解我的！"

"好吧，借点儿东西行吧？"

"行啊，借什么都行，只要我有！"他笑了。

"借我个孩子！"她盯着他，"试管婴儿，让别人受孕，但要用你的精子和我的卵子，如何？"

他瞪大眼睛，惊恐起来："你上次开的玩笑，真要当真啊，这怎么能行！"

她见他吓坏的眼神，盯他很久后，说："好了，不难为你啦，反正我得休养半年，只能成全你的虚假道德了！只要你心里有我，常来看我，让我抱抱就行！"她勉强笑了。

他表情尴尬，不知道说什么，心又乱起来。

"清明节那天，我可替你完成任务了。去坟前扫墓时，我想到一个问题，若死后真有灵魂，还记得前世，就如冥想里的幻境，那父亲们在另一个世界里，看到我们相抱时，想聊些什么，也让我们遵守这些虚假道德吗？"

"他们盯着我们，肯定说，傻孩子，别抱着了，多给我们供点儿酒，醉了就不唠叨你们了！"他笑起来，又说，"你那么多酒，没送点儿吗？"

"还用说，给他们放了一箱老白干，够喝一年的！"她也笑了。

"说正事吧，这次来想跟矿业公司协商，把那处废弃的矿井重新改造，变成一座暗粒子实验室，要恢复电源和交通。改造后我们与高能物理所合作，将一些测试仪器安装到里面，先进行初级测试，看看干扰源与暗粒子间有没有关联。你可要帮我啊，那些矿业公司的领导你熟悉。另外，我准备在你这里租些房间，开展调试工作。"

"这没问题，你欠我的人情越多越好！"

"还有一件重要的事情，冥想头盔只做了三个。你一个，谷若兰一个，我留一个。你开辟的冥想房间，自己知道就行了，冥想幻境的发现太敏感，影响太大，我不想公开出去。你的身体不好，最好配一名助手，但不能让助手知道里面的奥妙。下一步，我想通过官方协调，在大医院里找些濒临死亡或癌症晚期的病人，到你这里进行精神疗养，当然只能用悟空头盔引导，让他们感觉舒心和安静，你顺便研究幻境中他们的状态，验证是否真存在脑间心灵交流。你可以在冥想室中多加两张冥想椅，供病人使用，对外称精神疗养室。我这次带来几个悟空头盔。"

"精神疗养这类业务，病人肯定有，不用去医院特意寻找，不用你宣传，我来做这件事。你把冥想头盔维护好，悟空头盔不出问题，保证冥想安全就行。冥想幻境太神奇了，说不定让我更年轻，更漂亮！对了，今晚 10 点，轮到冥想节点，陪我一起冥想吧！"

晚上冥想时，他拿出悟空头盔说："我戴这个，你在幻境中测试我是否存在。"

冥想结束后，他问："我只看到一些星辰和符号，你在幻境中看到我了吗？"

"当然！一个傻瓜站在我旁边的天梯上。"

"你能看到其他天梯上的人吗？能贴近他们的脸吗？谷若兰能看到，你能吗？"

"暂时不能，但只是时间问题，坚持下去，就能看到，里面有感觉告诉我！"

"太好了，但赶上后半夜的时间，就不要熬夜冥想了，睡眠不足会影响你的身体！"

"这个不用你管，我会安排好自己的作息！"

"好吧，太晚了，回去休息吧！"他帮她收拾完说。

"不想让我陪了，五楼又没人，你就在旁边的客房啊！"她轻柔地搂他，见他脸红推托，无奈地笑道："呵！不难为你了，好好想想孩子的事，晚安！"

第 23 章　濒死的召唤

6 月，大学毕业生开始陆续离校。周岩因为贝茹玉的事一直郁闷着，每次想起她，就觉得那是天边灿烂的云霞，变幻着形态，勾着他的遐想，但永远触摸不到。

除了每月固定日子给她支付生活费外，在临近毕业的这一学期，贝茹玉借钱的次数越来越多，数额也越来越大。每次微信里只有一句话："周哥，请借 ×× 钱，将来还你，感谢！"最初周岩不问原因，多次借钱后，他关心道："是否遇见困难了，不要被坏人欺骗，你爸问我生活费时怎么回答？"贝茹玉回复："毕业前事务较多。师妹师姐毕业聚餐、企业面试、换季新衣服及化妆品、各类校内学生活动、人情往来等都需要费用，不用担心，没人敢欺骗我，借钱的事千万不要跟父亲说。"以前他去学校找她，跟她一起吃饭，相处不错，她明显把他当男朋友看。但最后这个学期，他想去时，都被她以太忙的理由拒绝。拒绝的次数多了，他也不好意思再去。他们之间的关系像温热的白开水，放凉冷却。她朋友圈中南方的场景越来越多，好像毕业后，立刻去南方大城市工作，不再需要他的资助和情感。

不久前，周岩在父母家的旁边买下一处两居室的房子，简单装修后有了自己独立的家。这天是周六，他要到公司加半天班。早餐后，他低着脑袋沿河岸向公司走去。他看到路面上的小石子时，就会捡起来狠狠地扔进河里，溅起的水纹像额头上的皱纹，缠绕起来。他的脑袋里，总是挤满贝茹玉冷傲的身影。

他觉得她将离他而去，所收获的只是一场黄粱美梦。

他管理炼狱和赛车两款游戏，现在新增的用户和退出用户持平，玩家数量稳定下来。云端的租赁业务没有增加，防火墙系统日渐坚固。最近网络上也没有大的干扰和攻击事件，他清闲下来。悟空头盔的销售由骆雪梅管理，业务也稳定下来。几天前她跟他说，计划与教育领域的线上科技公司合作，开发一款新的角色游戏，大致内容是进入精灵构建的未来城市，获取修行能量和比赛资格后，在未来城市中挑战和参加各类精灵主办的智力对抗比赛，根据比赛结果，逐渐升级，并在比赛过程中获取积分和收益。

周岩无精打采地走进办公室，打开电脑，头却转向窗外，呆呆地看着天空。几只乌鸦从窗前嘎嘎叫着飞向远处河岸的树梢上。员工们陆续到了，骆雪梅拉着不情愿的辰青云走进会议室。他虽然为外人，但有着极强的技术头脑，也因为与她的关系，成为公司重要的技术顾问。周六上午加班成为常态，主要是上周总结和下周任务布置。会议上，她按照周岩和大家的想法，初步构思出未来精灵城市的游戏场景和角色的过程模型，拟订出技术方案，准备与线上教育科技公司洽谈。会议结束后，临近中午，三人找了一家餐馆，坐下来小聚。很快，对周岩的安慰成了主要话题。

"我当初说资助贝茹玉没有意义，她不会感谢你的。我猜想她肯定有男朋友，两个人毕业后准备去南方，才对外这样宣传。都确定了去向，你凑什么热闹，所以不能再借钱给她了，毕业时，替你叔叔支出最后一笔生活费，就完成任务了。再说，天下好女孩儿多的是，非要找她吗？这是你和家人的一厢情愿，没什么可郁闷的！"骆雪梅说。

"找机会坐下来跟她聊聊，问她毕业后有什么想法，聊后就知道是否有男朋友了。你喜欢她，却不敢面对和表白，以为对方能知道你的心意，你不沟通，怎么能知道。其实，被拒绝也很正常，你就死心了。借钱没有问题，毕竟有她爸给你担保，就是将来不还，也当帮助叔叔了。雪梅，在贝茹玉的学校，若有认识的朋友，请他们帮助了解情况，可能她遇到了经济困难不肯说，能帮还是帮，不要不近人情！"辰青云说。

"呵呵，我不近人情？你俩的想法总是太单纯，总想着怜悯女孩子。有些女孩儿要比你们想象的复杂得多，在她们眼里，你们才是傻子，真不懂你们。好吧，我查查有没有认识的朋友，提供点儿她的线索。"骆雪梅拿起电话到处打听，最后信息回来说，贝茹玉有很多南方的男性朋友，哪个是真的，不能明确。骆雪梅又问以前处过男朋友吗？对方说有过传言，但细节不详。

"她学什么专业？"她问。

"经济管理，她说这个专业北方不好找工作，南方机会多，所以想去南方。"周岩说。

"理工大学里的经济管理专业不占优势，就是到南方也难找工作。你们销售部可以招这类专业的毕业生啊。"辰青云看向她。

她没有说话，只是看着周岩。

"她不想留在这座城市，叔叔劝过，没有用，我们之间不会发展下去的！"周岩忧郁地说。

"刚毕业的学生心高气傲，碰几次壁就好了。若她实在找不到工作，也准备跟你真心相处，上学期间的情事就不要计较了，很正常。她可以到你们公司做个销售人员，刚工作可能年轻气盛，又跟你熟悉，销售部与技术部是隔开的，不会相互影响！"辰青云提出建议。

"你把贝茹玉的工作都安排好了？自以为是，改不了的臭毛病！"她嘲讽辰青云，对周岩说："来公司没问题，我只是担心她根本瞧不上咱们这家小公司！"

下午，周岩回到母亲家。叔叔问起贝茹玉，他说两周没联系了，按照目前状态，她的毕业答辩应该完成了，各企业在学校的招聘面试也应该结束了，但不知道结果。叔叔拿起电话，贝茹玉说学校忙，正联系南方工作的事，有结果会告诉他们。

一周后，当周岩心灰意冷的时候，贝茹玉突然给他打来电话，说毕业离校了，要把东西暂时搬到他的新房里。他立刻赶到学校搬家，然后一起回到母亲家。

母亲和叔叔买菜做饭，忙里忙外，全家祝贺她顺利毕业。吃饭的时候，贝茹玉坐在周岩旁边，亲密畅谈，又是感慨又是兴奋，说新女性要学会自强，要充分享受男女平等的权利。叔叔问她的面试情况，还去南方吗？她说不去了，准备在江城奋斗，还能照顾父母。说有爸爸和阿姨，还有周岩支持，凡事都会顺利。说周岩的公司答应她去做销售管理，她想先工作一段时间，再定方向。

几天后，贝茹玉到网诚公司报到。骆雪梅跟市场部经理协商，安排她从底层管理开始，先做一名销售人员。起初一个月，周岩和贝茹玉一起上班，一起下班，有时一起回父母家。大家都感觉两个人水到渠成，早晚会处成。贝茹玉住在母亲家，行李却寄放在周岩那里，也没有进一步发展关系的态度。很快，她又恢复到大学的生活方式，她和闺密、师姐和一些社会结交的朋友频繁出去，聚餐唱歌，游玩逛街。起初还带着周岩，后来发现他不合群，干脆舍弃。他也不愿去，不在一个圈子，没法交流。

贝茹玉从以前的借钱变成要钱，她认为公司支付的那点儿工资根本不够。他劝她节省点儿，以后还要过日子，她却说社会倡导消费，哪有小里小气的，又说他不关心自己的生活，好男人都舍得花钱，他无语。他俩的共同语言开始减少，他仍在各方面照顾她，完全当女朋友看。叔叔对她说，既然工作了，就该攒钱了，先把周岩资助你的生活费还清。周岩的母亲说两个人相处这么好，还计较什么。她怼爸爸，说还是阿姨好，向着她。

　　她很快和周岩住在一起。起初，他觉得女孩儿子虚荣点儿正常，但她越发膨胀起来，要昂贵的化妆品，要高档的衣服，要名包，居然把他的银行卡绑到自己微信中，连要都不说，直接消费。他承受不起这种消费观念，两个人频繁吵架。她说，我们都住在一起了，你已经占了大便宜，难道要抛弃我做渣男？还说，咱们已经有房子，不需要攒钱买新房，以后过日子现挣现花。这是个消费时代，不就是花钱吗？你看看我的闺密和师姐们，哪个不消费？个个比我强。然后就是哭闹。短暂和好后，又开始吵架，甚至吵到公司里，员工们在私下里笑话他们。骆雪梅看不下去，给两个人做工作，但没有用，甚至起了反作用。

　　周岩终于忍不住，找到骆雪梅和辰青云，将消费观念引起的吵架原因说出，征求意见。

　　骆雪梅说："你俩先冷却一段时间，我请市场部经理调她出差两周，各自好好想想。我也设法跟她聊聊。唉，她们这代人观念新潮，消费离谱，真没法劝导。不管怎样，限制高消费是对的，毕竟没有那个能力，不能纵容。若本性如此，结婚后问题更多，何不趁现在两个人观念不同，快刀斩乱麻分手算了。当然，你提出分手看她的反应，若她心里真有你，她会收敛改变的，若不改变，在一起还有什么意义，这可是一辈子的事！长得漂亮，并不代表日子过得好，一定要同甘共苦！"

　　辰青云却说："两个人天天在一起，你把他们分开，各自去冷静思考？磨合才对，感情基础最重要，吵架很正常啊，吵到极端，把感情吵没了，自然就散了。找个中间人先劝劝，找出问题的根源，相互分开不是办法。不管什么问题，不去深入研究，怎么能解决？就是分手，也要有理有据。"

骆雪梅骂辰青云迂腐，把观念和吵架当成技术研究。说周岩早听她的话不至于如此，就是受辰青云误导才这样的。让他不要瞎管，她会处理这件事。

贝茹玉出差回来，又风风火火地约闺密和那些死党，一点儿没有觉悟的意思。骆雪梅劝她的那些话，早就淹没在闺密的八卦里。周岩和她的吵架倒是少了，因为她恢复到以前的冷淡。周岩百般哄她，间接劝说，像供奉着一尊泥菩萨。她根本听不进去，也不愿听。他疲惫不堪，日渐萎靡。骆雪梅发现后对他说："不要唯唯诺诺，坚决点儿，分手算了，不要再折磨自己！"

周岩终于下定决心，没敢正面说，通过微信提出分手，遭到贝茹玉痛骂，并占领他的家。他不敢回去，只得在办公室里住。她到公司大吵大闹，骂他是渣男，占她便宜，玷污她的青春。又找骆雪梅评理，说他不尊重她的权利。又回到父亲和阿姨那里，哭闹诉苦，说他欺负她，骗她上床，玩够了要抛弃她。周岩里外不是人，伤心之后，更是下决心分手。她提出条件，必须补偿精神损失费，否则让他在网络和朋友圈中见不得人。

周岩彻底忧郁了。骆雪梅说坚决不能答应，不承担这种义务，又没结婚，让她闹去，闹不出事的，然后请市场部经理辞掉这个员工。贝茹玉占据他的房子，甚至换了房锁。她的父亲知道后，强制将她的行李和衣物搬回到前妻那里，对她说："不管你和周岩发生了什么，这是他的房子，不是你的，必须搬出去。"到此，闹剧收场。折磨周岩的情绪，终于汇入大海，归于平静。他深受打击，整天窝在办公室里，伤感孤僻。

一月后，周岩的叔叔紧急打来电话，说贝茹玉出车祸了，极度危险，正在医院抢救。她的闺密也在抢救中。她的那些朋友没有一个来帮忙和探望。叔叔和前妻正在护理，希望他过来帮忙。骆雪梅知道后说只能去探望，不能去护理。辰青云却说，先帮忙抢救过来，人都在生死线上了，不要考虑死灰复燃的事，不仅要护理，而且要帮助康复。因为此事，骆雪梅和辰青云大吵了一架。

事后，周岩知道了过程。贝茹玉被网诚公司辞掉后，应聘到一家商务公司，因为长得漂亮，被总管劝说主持产品的推销直播业务。随着流量大增，引来无数粉丝，她被一位富家公子看中，打赏砸钱无数，带给公司丰厚利润，成了"网红"。富家公子多次约她，一起吃喝玩乐，带她和她的闺密出入豪华饭店和歌厅。纸醉金迷般的生活让她们沉醉其中。一次玩得很晚，喝到凌晨。富家公子认为路上没有行人，也没有交警，就带着她俩在大道上狂飙，结果撞上路边的花坛，翻了几个跟头，被甩出十几米远。三人重伤，不省人事，抬到医院后紧急抢救。她的闺密伤势严重没有抢救过来，富家公子脱离危险后被专属的医疗团队接走。贝茹玉还在死亡边缘挣扎。

叔叔看着昏迷不醒的女儿，和前妻哭了起来。周岩也感到难受，和叔叔一起护理。

医生说检查结果并不乐观，生命随时会逝去，让他们做好心理准备。说病人此时的心理素质最重要，执着生的信念，就能挺过来，而且需要家属细心照顾和心理安慰。白天是叔叔和前妻，晚上是周岩，轮流陪护。骆雪梅和辰青云前来探望，他们期待贝茹玉脱离危险，让周岩快点儿脱离苦海。

抢救的第二天，周岩接到辰青云电话，说过来给贝茹玉进行心理安慰，说通过新升级的悟空头盔，能对她发送心理暗示，提高她的生命自信力，辅助她挺过难关。叔叔起初不同意，经周岩和辰青云做工作，才表示接受。辰青云将托架式头盔贴到她的后脑，将脑波及配套的连线接到仪器上，说仪器不会有副作用，让他们放心。

周岩相信辰青云。他虽对悟空头盔的原理不清楚，但公司对头盔的推广还不错，没有太多负面反馈，辰青云的研究所也正在应用，表明该项技术的真实性。他们早已成为亲密的朋友，很多想法和观念接近。辰青云让他关注她的脑波活动，说这是研究脑波的最好案例，醒来后要第一时间通知他。

昏迷的第四天下午，周岩接到叔叔电话，说贝茹玉醒了。

他快速来到医院，辰青云随后赶到。将置于她后脑的托架式头盔轻轻摘下，收拾好仪器，悄悄对他说，仪器起了作用，但不要对外人说，就当没有测试过，等她醒后，一定仔细询问她的梦境。辰青云走后，他看到病床上的她，眼睛轻轻眨动，面色苍白，额头上渗出细密的汗珠。终于，她睁开眼睛，呆滞地盯向天花板。死寂般的沉默后，转过脸来，看着爸爸、妈妈和周岩，枯干的眼窝开始隆起，如初春的山谷，生出细细的嫩叶，滋润开来。

"宝贝姑娘，吓死妈妈了，再不醒来，妈也不活了！"母亲抹去眼泪，"俗话说，大难不死，必有后福，闺女一定好好活着，咱们一定会好起来的！"

"闺女，醒了就好，醒了就好！想吃点儿什么，爸爸给你买。"父亲揉着红肿的眼睛。

她的眼睛转到周岩身上，停滞下来，手在抖动。

晚上，他给她喂完流食，看见她比较稳定，问道："这几天昏迷中，你梦到了什么？"

短暂的沉默后，她慢慢地叙述。

"我梦到一束光牵引着我，周围是一片黑暗，我变成一只风筝，飞啊，飞啊！然后，天边垂下一个灰白的水洞，我被吸进去，前面的光越来越亮，我看到几束光芒涌现，照耀出一片草地，宽阔而漫长。有一些天使，还有一张熟悉的面孔在旁边凝视。我浮在水里，水洞的内壁铺满玻璃，外面是无际的虚空。虚空中悬着一团巨大的水滴。我沿着水管向水滴飘去，飘啊，飘啊，前面的视野越来越窄，我被堵住了，掉落下来，又回到原先那个灰白的光道中，旁边是无际的草原。我听到那张熟悉的面孔对我说，坚强，一定要坚强，你的世界才刚刚开始，一定要活过来，父母等着你，心爱的人等着你，好好生活，健康生活，抛弃过去，重新开始人生吧！这声音好像天籁，反复环绕着，把我的心灵洗刷了一遍。我仔细聆听，寻找这些声音，找啊，找啊，然后……我就醒来了。"她眼睛中露出一丝清亮。

"声音，什么样的声音？"他疑惑地问。

"忘了……好像轻柔的雨燕，让我清醒，又好像一首美妙的音乐，让我流连忘返。我感觉……"她盯着他，"只是一种感觉，感觉做了一堆错事，被老师教诲，感觉荒废了学业，被一群无赖缠身，让我处于危险之中，我……真愚蠢！"

"那张熟悉的面孔是谁？"

"想不起来了……以前好像见过……是位漂亮姐姐，但印象越来越淡……真想不起来了，只感觉熟悉，完全忘了模样，只留下一张亲切的笑脸。"

一周后，贝茹玉康复。周岩办完手续，和叔叔一起送她到她的母亲家。临走时，她的母亲支开叔叔，单独拉住周岩，冰冷地说："我女儿日后的康复费必须你出，要不是你提出分手，她不至于遇到这次事故。"他心头一紧，低头不语，本来想松口气，突然又压上沉重的石头。回到公司，又抑郁起来。骆雪梅知道后，和辰青云一起安慰他。

"她母亲让你负责？真是一丘之貉！这对母女品质太差，恶性难改。到此为止，必须了断关系，你已经付出了太多的感情和金钱。你想想，你叔叔为什么离开她们，很清楚，就是被折磨得太惨，受够了。你要是还想着她，肯定被折磨一辈子。听我的话，护理完成，责任也完成了，千万不能再联系，做个彻底了断！"骆雪梅愤愤不平。

"你姐说得有理。先了断这事，但不能太绝情，暗中观察一段吧。她毕竟受毒太深，尤其那个可恶的闺密，不过，闺密不会影响她了。这次打击后，她应该能独立思考和判断了，会深刻反省，说不定脱胎换骨了！"辰青云若有所思。

"你真不长脑子，我说的事全忘了？真会怜香惜玉，她能脱胎换骨？你们男人只要看见漂亮女孩儿，尤其病态的女孩儿，啥都忘了，智商为零，你个书呆子！"她骂辰青云。

"看来女人比男人狠，呵呵，最毒不过妇人心！"辰青云调侃道，然后凑到周岩的耳边，悄悄说："也许是件好事，不欠她，你自由了，她的世界却锁紧了。你已经站在高处，能洞察她们，包容她们，学会了周旋，理解了情感。你将成长为真正的男人。我也一样！"

骆雪梅不知道他们在说什么，狠狠地瞪着辰青云："真该对你狠毒点儿！"然后转向周岩，笑着说："不许跟他学坏，这事结束了，我给你介绍个更好的女生。"

第 24 章　灵魂的收割

　　山城清苑酒店，颜依月将五楼的冥想室改造后，可以同时容纳三人冥想。半透明玻璃隔出紧凑的三个独立空间，每个空间放置一把半躺椅，配备头盔、脑电波及心率记录仪。最里面的空间供自己专用，配有冥想头盔。另外两个配有悟空头盔，给客人用。她对酒店员工说，这是一间为 VIP 客人准备的精神康复室，主要开展心理疏导和大脑理疗等业务，使用当前最先进的医疗仪器，只在会员内部使用，不对外宣传。她从服务员中挑了一位乖巧的年轻女孩儿，做自己助手。

　　她从 5 月末开始冥想，到现在坚持两个月了，中间偶尔中断一两次。她发现一个规律，进入冥想后，感觉时间在延长，虽然只有 15 分钟，但她的感受却差不多半个小时。她觉得生命在延长。

　　她记得冥想一个月后，终于和谷若兰一样，能体验幻境中行人的生活片段。当她凝视远处天梯上某个行人的脸，这张脸就会贴向她，传过来一些奇怪的画面，从最初简单的符号，到多层次的符号群；从最初的单图到复杂的多图，每个行人的数量都不同。不管怎样，看到这些行人脸上逐渐增多的画面，她感觉是老天对自己的奖赏。画面里的生活场景只是轮廓，她不清楚里面是何人、何地、何时，只感觉那是一种高兴、悲伤、兴奋、哭泣、愤怒和忧郁等心情，或者是一类心灵感应的情绪符号。有时，会与自己的情感共鸣，但大部分浏览中，她只是一个冷眼的旁观者。还有一个重要的现象，自己悬吊的天梯位置逐渐升高。她想着，若坚持下去，会不会在将来某天，登上天体，近距离看到央措诗人，与他交谈。

每次冥想中，她都感觉央措诗人凝视着她，虽然距离很远，但他身上的线条日渐丰满，那双看不见的眼睛里，似乎开始了与她心灵的触摸。她每次仰望他，总想用意念去问：这是哪里？您做什么？天体有什么？怎么进去？但那双藏在线条里的眼睛，只有深邃和温和的沉默，没有任何反馈。

冥想之外的时间，按照工作流程，她会给酒店员工开会，布置任务，带领员工迎接检查，巡视房间，只是将以前的固定时间变成不确定时间。餐厅和厨房是随机检查的，查漏补缺，发现问题立刻整改。工作和冥想，成为她生活的主旋律。只有工作与冥想严重冲突时，她才会交给大堂经理管理。员工们习惯了她的方式，但冥想时间的规律，只有助手清楚。

7月下旬的一个早晨，早餐刚过，轮到当天的冥想时间。按照惯例，她让助手提前收拾好房间，准备好以后，进入冥想室，戴上冥想头盔，后背靠着躺椅开始冥想。

幻境出现，时空短暂流逝后，虚空外飘来三架天梯。她突然感觉一种熟悉侵入大脑，仔细寻找，其中两架天梯上，是两张熟悉的面孔。第三架天梯上的面孔并不熟悉，和以前的行人场景相同。她发现，有两架天梯没有断开，和她一样被底部拉着。她凝视第一架天梯上的人形，脸贴过来后，感受的第一幅画是人形的视界里，一位女孩儿在一条画廊中欣赏装满男人的各类相框，每个男人脸下方标注着数字，可能是颜值和财富。第二幅画是人形被这位女孩儿推到舞台中央，台下是各种色欲横流的眼睛，女孩儿举着盛满金币的帽子，向众人招揽。第三幅画是一张惊恐孤独的脸，眼睛里充满爱意，搂着人形的左手，而人形的右手，被刚才那个女孩儿拉着，这两只手已被拉成长长的面条，明显偏向那个女孩儿。浏览到最后一幅，是在一辆翻滚的豪车上，人形好像抱着一个男人，男人却尽力地甩开，翻滚在半空中，背景是长长的灯光影线。从这张脸出来后，她又凝视另一架未断开天梯的人形，画面贴过来，发现里面全是追逐美女和抛撒金钱的画面，还有吃喝玩乐，资本炫耀等场景。翻到最后一幅，是刚才那辆豪车，在空中飞舞，旁边是两位惊恐的女孩儿。颜依月出来后，又去凝视第三架断开天梯的人形，出现的第一幅画面非常奇怪，人形面前是一幅在池塘钓鱼的场景，池塘的鱼都是各类高矮胖瘦的男人，个个精神亢奋，鱼竿拴着肉伸向池塘，吊钩在男人间摇摆。第二幅画面是一场拍卖会，场下是黑压压的男人，每位男人举着牌子，上面刻满金钱的价值。中间的每幅画里，都是对男人和金钱的评估。最后一幅画，也是在那辆豪车上飞起的画面，人形拉着前面的那个女孩儿，惊恐地看着黑色的天空。

　　虚空里，这些天梯像秋千一样摆荡。很快飞来几只大鸟。其中一只向那架已断开天梯的熟悉人形冲去，好像条件反射，人形外围立刻罩起一个球形玻璃，上面铺满浑浊的裂纹，人形躲入琥珀，外表粘着不同颜色的玛瑙盾石。这些玛瑙大小不一，可能喉咙太小，大鸟只吃小块的。一顿撕咬之后，琥珀外面只被几块大的碎片包裹，约占球面的三分之二。大鸟在球面上下左右搜寻，想狠狠地叼啄大块，敲碎它们。虚空的深处，还有几个断开的人形被撕咬着。一只大鸟盘旋很久后，向和她一样未断开天梯的三个人形冲来。她知道，自己从来不被大鸟关注，难道也在危险之中？最后，她看到大鸟冲向她熟悉的另一个人形，人形外也立刻罩起一团玻璃，上面也是布满碎块，大鸟费劲地叼啄，只吃掉几块凸起的碎物，就飞走了。她惊诧：头一次发现大鸟在叼食未断开天梯的人形。

冥想结束后，她仔细回想那两张熟悉的脸孔，她们是谁？很快，她想了起来。

两个月前，她从江城手术回来，在母亲家疗养几天后，回到酒店二楼自己的房间，边工作边休养。她让后来成为冥想助手的员工照顾她。有一天，助手匆匆进来，说接待大厅里有两位女学生，急着要见老板娘，说有事情协商，必须见面才说。前台询问过多次，她们不说缘由，一直在大厅里等着。

她告诉助手，让两位女学生到小会议室，她一会儿就到。通过会议室的监控辨认，她不认识这两位女学生，心想，酒店没有与学生触发过矛盾，她们有什么目的？

她迈着沉稳的步子，高跟鞋踏出沉闷的声音，由远及近，带着稍许的盛气凌人，走进会议室。她盯着两位打扮新潮的漂亮女孩儿，淡淡地问："我是酒店老板，你们有何事情？"

两位女生看到她进来，气场立刻矮去半截儿，稍大的一位终于鼓起勇气，拿出一张照片，指着上面的两个男人，镇静地说："老板娘，这是您老公吧，这位是您老公的朋友吧？"颜依月拿过照片看看，点点头，女生又说，"我们主要找他们，但找不到，矿业公司的大门根本不让进。我们了解到您是这个男人的爱人，经营这家酒店，所以过来找您，想跟您商量一件事情。"

"他们有什么事情？"她心想，老公肯定惹了什么乱子，人家前来说理。

"实话跟您说，我们急着返校，没有时间了，也是被逼无奈，才找到您。若找到他们，就不会让您知道这事了。既然已经来了，就把事情说出来，也做最坏打算，外面还有一位同学，若我们半天没出去，她就报警，您应该不会伤害我们！"两位女生环顾四周，没有发现别人，觉得应该安全。

　　她盯着她俩，冷漠下来，觉得两个小毛孩儿能有什么问题，冷笑道："我像一个坏人吗？说吧，这里没人伤害你们。"

　　沉默一会儿，这个女生终于说："你老公和他的朋友两周前在酒吧里认识了我们，然后灌醉我们，带到一家酒店里强奸了我们。我们醒后想报警，被你老公威胁，说认识学校的领导，若报警，不仅让我们名声扫地，还得被学校开除，说吃亏的是我们。后来协商，说再相处几天，给我们补偿，保证一年的生活费。我们想了想，就答应了。你老公和朋友先给了一半费用。我们害怕他们食言，半夜睡着后偷看他们的身份证和工作证，还用手机偷录一起睡觉的视频和照片。结果他们真的食言了，最后一天没来，消失得无影无踪。我们按照工作证查出他们在矿业公司上班，但根本找不到他们的部门。仔细打听后，才知道您是他的爱人。我们想，您为了维护老公的名誉，不至于赶走我们，所以找您协商这件事！"

　　"我们不想把事情闹大，也不想威胁您，这种事情对双方都不好，但你老公对我们侵犯在先，无礼在后，我们觉得必须赔偿精神和肉体损失，至少补偿十倍的费用，我们就想让您转告他们。"另一个女生说完后，怯怯地盯着她。

　　她冷淡的面容变成冷酷，直视着她们，僵持一会儿后，冷笑着说："若真是强奸，你们早就报警了，还来这里做什么？讨价还价吗？就是去报警，证据在哪儿？凭你们的视频和照片，里面有强迫的内容吗？你们是不是有点儿傻，没长好脑子，这种照片只能证明你们之间在做肉体交易！警察能相信强奸吗？有人能给你们撑腰吗？现在社会这种破事太多，你们那点儿自尊和肉体还真的值钱吗？去报警吧，我倒想看看结果。若不报警，我让酒店的保安送你们去，说你们勒索酒店，这里有很多烂事，你们应该知道警察怎么处理，如何？"

　　两位女生听愣了，没想到老板娘不吃这一套，还反被威胁。后面说话的女生哭腔似的对另一位女生说："我说不该来，你偏来，怎么能斗过他们，还惹上了事，只有被动挨打，哪有主动的好事。"然后胆怯地转向颜依月："老板娘，我们不索赔了，是我们不对，我们认命了，请您高抬贵手，别报警了，让我们走吧。您一定看紧您的老公，不打扰您了！"然后拽着另一位女生，想离开房间。两个人低头站起来的时候，颜依月说："你们先坐下。"两个人惊恐地看着她。

　　"你俩是在校学生，大几了？这种事情第一次经历吗？"她态度有些缓和。

　　"我俩是大四，还有一学期就毕业了，没有课，只剩论文答辩。我们没事在酒吧里玩，本来都是与同龄人相处，您老公说认识我们老师，能帮助答辩过关，最后也不知道怎么，就被骗了，我们第一次与校外的人相处！"女生说道，另一位附和。

　　"看你们是学生，就不报警了。你们也是受害者，若再遇上坏人，更危险。你们没走出校门，就敢去成人世界讨说法？就是男生，也不敢这么做，何况你们两个单薄的女生。真是无知者无畏！我也是女人，对男人干这种事也深恶痛绝，我会狠狠教训他们的。但听我一句，以后不要玩这种游戏了。这样吧，他们欠的另一半费用，我来补上，你们把手头的视频和照片给我，就这么交易吧，好自为之！"颜依月变得冰冷。

　　女生递上 U 盘。她到办公室查验完视频和照片，从抽屉里拿出钱装进信封交给女生。她们说着谢谢，离开酒店。她独自黯然地坐在办公室里，重新翻看这些图片，发现时间正是自己在江城做手术期间。她狠狠地吐出几句脏话，心想，若不知道也就算了，这么明目张胆，还去骗在校的女孩儿，恶劣至极！她改变了曾有的想法，一定尽快收集老公在外面鬼混的证据，占据主动。

想起这两个女生后，她再次回忆幻境里的情景。那个年龄稍小的胆怯女生就是幻境中那位未断开天梯的人形，而那位断开天梯被大鸟撕咬的人形正是稍大的那个女孩儿。她头一次发现有熟悉的面孔进入冥想世界。很明显，她们脸孔传来的意念画面，从豪车翻滚的状态看，这肯定是一场车祸。她拿起电话，将她的发现告诉了辰青云。

很快，辰青云发来贝茹玉的照片。她确定是这个女孩儿后，问怎么回事。他将周岩的事情说了一遍，同样问她怎么回事，她说以后再聊。

他电话里兴奋地对她说："看来江城也重叠在这条经线的暗天体视界里。根据计算，应有13分钟的重叠区，所以你也能看到江城里濒临死亡的人形。车祸后，他们浮在空中，等待天体到来后被吸纳收集。所以，在之后的冥想中，若贝茹玉还处于濒死状态，就能再看到她。你一定注意她的变化。周岩和亲属们正在病床旁全力护理，医生说需要增强心理安慰。所以，下次冥想再看到她，一定传递意念，让她坚强、自信，感化她，安慰她，让她挺过难关，给她重生的信念。我现在就去医院给她戴上悟空头盔，测试和转换脑波，说不定对意念传送有用。这是一个很好的脑通信测试。"

之后再次冥想，她发现贝茹玉还在半空的天梯上悬挂着，还有大鸟过来叼咬。贝茹玉的那位闺密，已上升到天体的入口，与通常情景不一样，这位人形更清晰，贴过来的信息更多。她看到闺密人形被大鸟啃食撕咬后，琥珀球面上只剩下三分之一的包裹裂块，光秃秃的玻璃体内，蜷缩着一条模糊的人体。她凝视这条渐渐消失进天体的人形，忽然一幅画面从人形的脸部贴来，她看到从未见过的一幅画面。一座巨大的车站，行人拥进闸机口，闸机后面，是纵横交错的管道，流向天体的各个角落，像无数条悬空的隧道，蜷缩的人形被闸口推送进去，看到一台长长的破碎设备，人形被彻底拆散、切割，化作细小的碎片，消融在出口，像麦田的收割机，剥离出麦穗，碾压成面粉。很快，这幅动态的画面就消失了，又回到无际的虚空。之后的两次冥想中，只剩下悬挂在半空的贝茹玉，另外两人不见了。

颜依月后来知道富家公子被专业医疗队护送到外省。她按照辰青云的请求在冥想中凝视天梯上的贝茹玉，在贴入脸部画面过程中，将事先准备的鼓励词语用意念传送，用心灵表达：自立、坚强、勇敢，一定要归来。她看到琥珀里的人形缓缓蠕动，大鸟叼咬外面的凸起残渣时，用黑色的眼睛盯她，好像威胁要过来啃食。她很想知道被啃食的感觉，甚至希望大鸟能好好敲敲她的脑壳。她想知道天体里那条恐怖的破碎设备，是做什么用的？

三次冥想后，辰青云打来电话，说贝茹玉醒了，说在她的大脑边上探测到了与以前干扰源类似的信号，说太让人兴奋了。

两周后，颜依月接到老公电话，说过来看她。自从手术后回到山城，两个人的关系日渐淡薄，表面上还是客客气气。在家里相遇时，就像合租房间的两个客人。除非必要，不会回去。知道贝茹玉的事情后，她将自己的东西从家里搬走，再也不想回去，只住在酒店或母亲家里。

她从酒店窗户看到他臃肿的身形，拎着一袋水果，一束鲜花。

范达走进颜依月的房间，亲密地慰问："老婆，最近实在太忙，没来看你。身体还好吧，要定期检查身体，注意休养，按医嘱吃药，千万别再复发。酒店的事让下属去管吧。"

她淡淡地笑笑，问他来这里有事吗？

范达坐在沙发上，跷起二郎腿，笑着说："老婆，有件事情可以敞开说了。当初结婚时，我爸还在位，有权有势也有钱，我名下的资产比你多，也比你有人脉，只是经营能力差些。我们婚后办起小煤窑，挣了不少钱，后来由于政策关停，你说将资产一分为二，各自投资。我承揽了矿业公司的运输业务，你投资了这家酒店。这些年来，我的运输业务一直亏钱，而你的酒店却挣钱，这些利润都应是咱们婚后的财产。离婚是你提出的，这酒店股份，是不是也分我一半啊，运输业务的亏损，就不用你补了。只要每年从酒店分红中给我一半就行。至于咱们的房子，也一分为二。"

她冷冷地看他，没有说话。

范达接着说："婚后这几年，你对我挺好，也很少吵架。但父母总骂我，说无后是最大的不孝，我也很苦啊，既然你提出离婚，我父母也知道了，就逼迫我，但我真的不想离婚啊。我爸也说了，当初投资酒店有他的功劳，也应该分点儿资产，就是打官司，我们也该得这些啊。所以离婚前，把这事协商好，我可不想走法律程序！"

"这些年你花天酒地，把从运输业务挣来的钱都败光了，这些败光的钱里，是否也有我一半？你运输公司的流水账目清清楚楚，都是你挪用公款私建假账造成的，去填补那些乱七八糟的人情窟窿，你经营不善的幌子，骗不了我，你想让我找个审计去好好查查吗？"她不客气地质问。

"我就是花出去，也是婚内消费花出去的。我知道你经营辛苦，天天吃喝在酒店里，熬着心血，但这是两码事啊，在法律上是行不通的。你必须给我分割，这里的一半都是我的！"范达开始愤怒。

"好吧，既然你这么想，咱们就说说理。你真无后吗？那个叫明明的一岁男孩儿是你的后代吧！你养了这对母子一年多，各种支出账目，不要以为我不知道！还有，就是这段时间，你还在外面鬼混，我手头至少有你与10个女人的开房记录，每个女人的名字都记录在案。还有更令人生气的事，你居然在我手术期间，去骗取女大学生的肉体，你不觉得道德沦丧吗？你的财产支出清单，你的各种包养费用，这些证据我都有，我当然要走法律程序，最后的判决你应该很清楚，净身出户！"她冷笑着。

范达跳起来，扭曲着脸，扬起手准备打她。可能被她的冷酷吓住了，收回手说："好你个狠毒的女人，别人说你狠，我一直不信，今天终于相信了，你是不是一直跟踪我，你个臭婆娘，看我不打死你！"

"你打啊，要不是你长年在外面鬼混，能逼我这样吗？我是没生孩子，但你在外面乱搞整出孩子，就行吗？你包养女人，就行吗？你转移资产，就行吗？要打死我，倒是打啊，这里可有监控，你想增添新的罪证，就狠狠地打！"她把脸伸过来。

范达顿时瘫坐到沙发上，愤怒变成呆滞，呆滞变成乞求，乞求变成哀求，他带着哭腔说："我们毕竟夫妻一场，曾经感情不错，你就原谅我吧，求求你，我现在真的没钱了，各方面都需要钱，你这么做，是把我往火坑里推啊！求你了，看在我们夫妻一场的面上……"范达从沙发爬下来，跪在地上。

"好吧，看在你所谓的夫妻面上，看在你那个小孩儿的面上，运输公司我就不要了，房子全留给你。但酒店的所有资产，你就别想了。就这么决定了，在我没有改变主意之前，你最好将离婚协议签好，省得我改变主意，让你一无所有！"

范达爬起来，赶紧说："今天就办好，今天就办完。但求求你，不要让外人知道啊！"

第 25 章　情绪扫描仪

研究所步入正轨，管理业务像一把枷锁，套在辰青云的脖子上。凡事留痕迹、重宣传、保安全、免责追责，成了主要的工作。他的精力被分散，技术研究上，感到力不从心。

他逐渐将管理工作交给梁志明。对于提出的强化宣传工作，他一点儿不感兴趣。腾出时间后，他开始研究脑波通信技术，根据贝茹玉濒临死亡时截取的脑波和干扰源数据，还有脑芯片中 A 至 F 基调的脑波调理功能，艰苦攻关后，设计出"情绪扫描仪"样机。实验室地面上，到处充斥着信号电缆和测试仪器，他穿着工作服和团队天天耗在里面。这里成了他的办公室，日常事务都交给梁志明。

梁志明的管理很有成效。他组织人员去相关大学和科研机构调研，从天体物理、神经科学、高能粒子等方面挖掘项目。他将宣传放到第一位，凡是相关的边缘技术和合作内容，都通过内部网站动态发布。很快，各级部门都知道了研究所的存在和研究领域，由于拓展出很多新的专业，专业之间相互交叉，交叉后又打破传统的研究方向，让上级领导耳目一新，各种奖励不断，资金支持也让员工们充满希望。

骆雪梅对辰青云的加班表示不满。他说："你加班就不许我加班，哪有这样的道理。"两个人都忙起来后，对家务的分摊产生分歧，小吵不断。后来两个人协商，雇了一位收拾屋子和做饭的保姆。没过几天，保姆就不干了，总挨训没法干活儿，说骆雪梅严厉，事事挑理。他嘲笑她把保姆当下属。她说看不惯被保姆欺骗。换了几个保姆后，才将就了一位。

情绪扫描仪样机进入测试阶段。辰青云向总部提出资金申请，申请文件除封皮外只有一页内容："情绪扫描仪样机完成，适用于机场、车站、公安和医疗系统。主要原理是通过定向脑波聚集反馈和人脸识别技术，对脑部和脸部产生的情绪（兴奋、平静、悲伤、恐惧、紧张、麻木）量化检测出来。目前需要实际验证，需要各类人群配合，经费清单见附件，请给予批准。"文件的右上方标注机密，下面标注单位和日期，还有他和梁志明的签名。

梁志明看到申请书，笑着说："这也太简单了吧！之前的项目，花大把的精力宣传，才得到一点儿资金，你这个样机没做技术包装，没有论文和专利支撑，没有成果宣传，虽然材料可以后写，但目前的申请机制下，能被批准吗？要不咱们包装一下，去掉机密内容，换个题目先宣传，再充实编写，至少10页吧，一页哪行啊！"

"没事，若被退回来，再按你的方案做。咱也测试一下总部对咱们的关心程度。你签完字后报给总部的分管院长！"按梁志明的说法，至少再准备两周才能提交这份申请，他却不想拖下去。

不到一周，申请批复同意，资金到位。总部领导的批示也很简单：同意测试，扩大应用，按需特批。梁志明拿到后兴奋地说："你这一页简单的申请，超过我们所有因项目宣传申请的资金总和啊！看来上级还是高效的，就是中层执行力太差，被管理部门复杂化了。对待这类好项目，上级一点儿不吝啬。"

梁志明联系很多单位后，与医院达成协议，在急诊室入口安装一台样机。他抽出一个团队开始验证和测试，对每个有明显情绪变化的病人或家属，进行访问和情绪记录。两个月后，根据反馈的问题逐渐完善，基本达到应用能力。总部非常关心，派来精干的律师，将主要核心技术申请为发明或专利进行保护。总部资金也源源不断地拨付下来，并牵头与各应用企业进行战略合作协商。

最大的问题来了，由于样机里使用的脑芯片是国外的，对国内禁用，虽然已对软件算法和外围电路进行专利保护，但躲不过脑芯片的应用许可。评估后，现有脑芯片的国产方案不成熟，不能完成替代。同时，国外脑芯片厂家发来一份律师函，警告他们，若批量生产，必须支付高额的专利费，还要缴纳对禁用品的高额罚款。由于样机没有商用，可以先不支付罚款，但只要商用，就躲不开这些天价的费用。梁志明核算，这两项费用加起来超过样机的所有研发经费。总部最后决定，坚持走国产化道路，扶持对应设计和制造厂家，提供资金，帮助其攻关技术。但由于与国外的代差较大，短时间内难以攻克。总部让他们自己想办法，一筹莫展的时候，那位律师找到他们。

"辰所长，我遇到过此类问题，只是私下建议。按照经验有三种方案：第一种，在国外找家代理商购买，代理商包装后变成组装品卖给我们，价格肯定贵些，但不承担罚款。第二种，委托国外企业加工你的产品，但对方肯定要共享技术。第三种，就是开展逆向工程，剖开对方芯片，仿制它们，但代差大，攻关难度大，是一步险棋。不知道哪种适合你们，关键看采用脑芯片后的整体技术水平，若与国外代差小，就用前两种，若代差大，只能用第三种。"律师说。

"我手上只剩三百多个老版本的脑芯片，这些芯片用在悟空头盔上，是通过之前国外代理商购到的，由于当时刚研发出来，外国政府还没有下达禁售令。现在不行了，情绪扫描仪样机上已采用最新版本的脑芯片，芯片是好不容易从国外偷偷获取的，批量采购肯定不行。由此看来，只能走第三种方案，有借鉴的案例吗？"辰青云问。

"我直接说吧，获取国外的新技术，要善于钻空子，对方越凶狠地欺负和压制你，就越要以智者的思考去周旋和隐忍，找出对方弱点，用自己的强项攻击，才能反败为胜。咱们的强项是什么，重宣传，善包装，强辨析；对方的弱项是什么，只搞技术，不辨真假。这里不探讨谁对谁错。从法律角度看，诱敌深入，只要获取有利的证据，就是合理的。中国人几千年的智慧，在斗争中成长和壮大。外国这些搞技术的人太专注，想得很少！"律师笑着说。

"你的意思是说，借助或建立一个能激怒对方的靶子，极力宣传和挑衅，勾起对方攻击你的欲望，让对方欺负或压制你，伺机寻找对方弱点，在对方不理智的情况下，获取对方攻击的证据，顺便获取关键的技术，还要让公众认为，对方在偷取你的技术！"辰青云调侃。

律师没有回答。梁志明却糊里糊涂，不知道他们在暗示什么。

律师走后，辰青云对梁志明说："你擅长的宣传机器要用上了。我们对外发布信息，尤其对国外媒体及芯片类技术杂志，说我们牵头与国内研究机构合作，根据老版本脑芯片功能，研发出一款完全超越国外技术的新型芯片，这款芯片重建了指令和结构体系，功能更强，在许多核心技术上实现弯道超车。目前产品正在测试，很多功能兼容国外相近产品。这条消息发布要适度和低调，不能太招摇，不要太卑弱，让对方感到神秘和惊奇。同时，我们专门建立一个服务器空间，里面放钓饵资料，当然必须保证服务器有强大的防火墙，让对方不能轻易攻破。

这个宣传是最重要的前奏，一定想办法让对方上钩！"

梁志明似懂非懂，辰青云笑着拍拍他的肩膀，又说："还有一件重要的事，在对外联络名单上，挑选或挖掘一批计算机网络高手，建立一个联盟，暗中提供资金。入选的成员政审合格后，签署涉密文件进入联盟。对于这些成员，不能泄露任何与脑芯片相关的内容，只标注要从对方电脑获取的文件类型，说是一项技术攻关任务。"

"还有一件事。"他想起什么，接着说，"我给你提供一个华裔名字：庞杰。他与这家芯片厂家关系紧密，可能握有一些核心资料。可以通过关系找到他，以购买或合作方式，看是否能获取一些资料。据我了解，这家伙唯利是图，见利忘义！"

钓饵方案策划完毕。辰青云不放心，让骆雪梅再次询问柳元关于购买脑芯片的事情，是否能避开专利费和禁售罚款，是否有其他代理渠道，或有更好的办法。她不情愿地答应了。

宣传信息对外发布后，辰青云密切关注服务器的海外登录流量。服务器上装载着他们虚构的新型脑芯片功能及一些虚拟应用的宣传网页。其实，在功能拓展研究上，他早已走在同行的前面，他需要的芯片技术太超前，国外还未设计出来。他将这些超前的构思研究，推导出一套新功能设计方案。他觉得关键在这里，即他的设计方案是否被对方认可，这种深层的技术内涵，是否增大对方的好奇和探索欲望。他想，根据登录流量和信息反馈，就能知道自己的设计方案是否正确。然而初期登录量很少，对方还隐藏在丛林之中，没有攻击和反馈的迹象。联盟没有得到有效的地址前，无法反攻。

辰青云和梁志明联系国产替代方案中涉及的设计院，评估和规划后提出投资需求，共同制订战略合作计划，即研究院以资金和技术入股。他们将合作方案提交总部。内部协商后，决定借此信息再次扩大宣传，对外发布新闻，主要内容是国家通信研究院与某芯片设计院达成脑芯片的国产化合作联盟，量产测试，该项技术的推广，将有助于国内脑科学日益增加的人工智能检测要求。

几周后，靶子服务器开始遭受国外未知机构的攻击，攻势越来越猛。辰青云确定对方的网址后，提供给网络联盟攻击路线和资金支持。很快，联盟内部的高手们开始陆续获取对方的资料和部分核心技术。梁志明的另一个团队与庞杰私下谈判，交易后获取了芯片的部分应用构图。辰青云将所有这些资料整理后，与设计院共同合作，制定设计方案和测试标准，绕开国外的专利陷阱，走自主的技术路线，大幅缩小了与国外的代差，为设计工作带来跨越式的提升。脑芯片的国产化看到希望，估计一年内实现量产测试。

国产化的芯片有保证后，他们的情绪扫描仪也重新设计，计划一年后实现市场布局。柳元发来信息，说国外这家芯片厂正努力游说当局，申请取消芯片的禁售令。也就是说，很快能从正常渠道获取脑芯片了。但总部认为，无论如何也要坚持和保证国产化芯片的设计。

总部的内部总结会上，针对引进和猎取国外技术进行讨论，制定了基础学科和基础专业培养的激励政策，下发给各单位，保证从根基抓起，才能保证和实现技术领先。

梁志明的协调能力得到大家认可，经辰青云推荐，成为研究所的副所长，主管技术外的所有工作，把辰青云解放出来。他们的干劲越来越足。不久，辰青云发现，习惯把工作放到第一位的梁志明开始注重打扮，约会越来越多。一次闲聊中，他开玩笑地问："开始相亲了，与年轻人争夺资源了！相亲几个了？"

"没几个，本来不愿去，架不住热心人劝说。相了几圈亲后，没想到我的条件还不错，成了香饽饽，介绍的对象也五花八门。原来业余生活也这么丰富多彩，很多乐趣是以前没体验过的。"梁志明笑说。

"你挑花眼了吧，门槛越来越高？没碰到心动的女孩儿吗？"

"只想找个女孩儿聊天，省得空虚。感觉这些女孩儿子太物质，把我当成商品在橱窗里挑选，不过被人赏识，也挺幸福！"

"你前妻呢，没找过你？看你去幼儿园接孩子，不是只让你每月探视一次啊！现在随时能去，她对你松口了？"

"提到这事就生气，以前窝囊时，前妻天天嘲笑我，她妹妹更是帮凶，背后使坏。现在我地位高了，挣钱多了，她的态度就软下来，说随时可以接孩子，甚至放手给我。有时相亲，也带着孩子，有些女孩儿还很高兴，边聊天边逗着孩子。"

"你前妻呢，又成家了吗？"辰青云饶有兴趣地问。

"好像没有，我才不关心呢。跟孩子在一起很有乐趣，其实，就想享受一下生活，以前没发现这种自由。我也想明白了，结婚不一定是好事，但有孩子一定是好事！"

"你没想和前妻复婚吗？她独自带孩子，肯定辛苦，也会到处相亲，对男人肯定有新的认识，筛选后可能发现，比你强的男人没有几个。再说，你越来越优秀，你们还有共同的孩子，她应该后悔离开你，所以愿意让你跟孩子在一起。当然也有可能，她想通过孩子了解你的状态，若你没有女友，她可能不着急，若你真有了女朋友，她的想法就会改变。孩子是你们之间的纽带，她当然要好好利用！"

"你对女人分析挺透嘛，我从没想过这事。她提出离婚，怎么会后悔？再说，离婚后我觉得自由了，心情舒畅，我才不想复婚！"

"哈哈！关键看你们的感情基础如何？主动权可在你手里啊！"辰青云笑着说。

"我肯定不给她复婚的机会，永远别想！"梁志明发狠地说，然后称赞道，"你媳妇肯定崇拜你，肯定对你好！我见过嫂子，大方得体，事业有成，待人很好啊！有这样一位成功女士陪伴，你肯定很幸福！"

"哈哈，实话跟你说，隔三岔五，我们就得吵次架，若不吵架，心里都难受。在朋友面前互相隐忍，知书达礼，回到家里立刻变脸，各不相让。她有时骂我的程度，不比你前妻差。我习惯了，天天研究自己的技术不跟她一般见识。她有时得寸进尺，吵得厉害时，我就忍不住嘲讽她，她就变本加厉地哭骂，最后还得哄她，女人真难缠。有时宁可加班也不愿回家，但还惦记她，打电话安慰，她却说我不安好心，骂得更惨。唉！亏得我天天想着技术，若没有技术填充大脑，估计早就分开了！"辰青云叹口气后又说，"要是像你这样自由就好了，只要她不强势，对我温柔些，就能知足，可她总把工作中的坏心情带回家，不懂隐忍，把我当成出气筒。唉！不提了。你前妻经历辛苦后，若复婚，肯定对你好！当然，我媳妇总骂我自以为是，说不要臆想别人，估计又犯这个错误了，仅供你参考。"

"你现在不想要孩子吗？有孩子可是一件快乐的事！"梁志明问。

"当然想了，如果有个孩子，媳妇就不会把我放到对立面。天天伺候孩子，没工夫搭理我，可能更和谐，也就不吵架了。但行不通啊，我们俩都忙，她目前坚决不要孩子，说影响事业，说还没享受完二人世界。我就嘲讽说，天天吵架就是享受二人世界吗？结果她说，宁可吵架，也不想像个保姆似的伺候你和孩子！"

　　辰青云想起颜依月，想起她的流产，想起她迫切要个孩子。因为此事，他不敢面对她，感觉违背道德，更不敢触动她内心的痛苦。他已经很久没去山城看她了，微信联系也少。她的身体怎样，冥想程度如何，与老公和好了吗？是否正在忘却自己。忘却了也好，省得总在梦里隐隐作痛，总在某个夜里让他惊醒。而更多的梦境里，他感觉被两个女人捆起来，流放到一片荒凉的大漠里，肆意飘零。

第 26 章   解开枷锁

省医院急诊室，体温监测仪和情绪扫描仪并排放到一起，监测着每个进入的病人和家属。正值疫情，严厉的防护措施，将所有的空间压紧。人们拉开距离，捂上口罩，生怕每处多余的接触和问候，将病毒引来。额头和眼睛，像一只只隐藏的标签，涌动在无序的情绪之中。

疫情防护，已深入每个人的观念中。梁志明与医院协商，将情绪扫描仪改为远程控制，撤出管理人员，升级系统，对人流各类涌动的情绪自动采集。超出范围的个体情绪，随脸型存入数据库，上传到研究所专属的云端服务器。管理人员通过远程监控，筛选各类案例，配合人脸识别，进行数据对比。对于较特殊的情绪个体，在适当时候单独采访和验证，并给予奖金支持。随着采访量的增加，根据汇总数据，辰青云对系统反复修正和完善，人脸识别的情绪特征值也纳入系统，当脸型情绪特征与大脑的情绪扫描仪测试一致时，才作为判定情绪的标准，提高了测量的精度。

梁志明是心理学博士，专业荒废多年，对这个项目很感兴趣，开始重温专业，重新学习。他提出小型化的建议，变成可携带的像手持式红外测温仪样式，监测人员可以拿着它流动监测。但在总部的技术会议上，受到众多专家的反对，说这种技术一旦普及，变成大众化的产品后，将对民众的隐私和伦理产生极大的破坏作用，不建议立项研究。总部权衡后，私下对他们说，要根据国外同类项目的研究状态确定，只要国外有，就可以做，可以秘密研究，应用于特殊行业。

辰青云一直思考一个问题。七情六欲，到底是什么？或许，它是困住人类精神的枷锁，是探索未知的绊脚石。情感和欲望，可能也像这汹涌的病毒，需要防疫和隔离。他一直研究和探索情绪产生的脑波变化，研究意识和潜意识对情绪的影响，但都非常肤浅。在冥想头盔里，他将沉思宁静强加给大脑，为激发出个体的冥想潜能。在情绪扫描仪里，他扩大了情绪的应用范围，小心翼翼地避免与伦理道德碰撞。他想，未来的人类，精神和情绪将完全透明，任何亲情、爱情、友情，以及利益交织出的所有情感，将一目了然，那将是怎样的世界？他想起神秘的暗天体，若真由灵魂构成，他们之间一定相互透明着，所有本能一览无余，低层次的交流变得多余，而高层次的精神活动，才会彰显人类精神的质变！

8月中旬的一天，梁志明急匆匆地找到辰青云，说自己的前妻可能出事了。说在省医院情绪样机传来的脸型数据中看到前妻面孔，结合人脸的情绪识别，确认是一种悲哀表现。说本来挺痛恨她，看到她的无助，又怜悯起来，问碰上这事怎么办？

"问问孩子，他或许知道。"辰青云说。

"孩子没说过他妈的事。前妻说最近加班，让我带两周孩子。孩子一直挺高兴，没发现异常啊。我在省医院摄像记录中发现她都是下班后去，还带着饭菜。"

"找个员工去医院核实一下，说通过情绪扫描发现一个特殊家属，想了解这位家属的情绪状态。"辰青云找来一名女员工，交代好任务。

第二天上班，女员工回话说："那位家属的妹妹住院了，听医生说掉进河里溺水，大脑缺氧休克，至今昏迷。医生说大概率会变成植物人。晚上这位家属值夜，白天父母照顾，已经一周了，病人还没有苏醒，核实后确认情绪扫描仪给出的悲哀情绪是正确的。"

辰青云问梁志明："你前小姨子没成家吗？没有男人照顾吗？"

"她结婚了，我那位连襟可是位大人物，事业有成，官运亨通，据说已经成为某上市公司的老总。我与他道不同，不相为谋，只在婚礼上见过一面，之后形同陌路。小姨子结婚后，姐俩的观念一步升天，更看不上我这个当时一文不值的小职员！"

"你不去探视一下？虽然是前妻，是前小姨子，也要不计前嫌啊，要有男人胸怀！你前妻可能需要帮助，女人经历磨难时去帮忙，她会感激你的，让她好好体验失去好男人的遗憾。当然，只是瞎猜，我又自以为是了！"辰青云笑着。

"我可不想觍着脸去见这对姐妹，当初就是这个小姨子从中作梗，才促成我们离婚的！她找个有权势的又能怎样，有权势就看不起别人吗？"梁志明一脸气愤。

"人总会变的，你已经逃离苦海，就当帮我吧！"辰青云神秘地说。

"帮你？"梁志明一脸疑惑。

"植物人的脑波变化，意识和潜意识对情绪的破坏程度，你不感兴趣吗？我们可以通过悟空头盔和情绪扫描机，对她实施测试，开拓一些意识层的情绪研究，帮助唤醒病人，也是一种尝试。你是心理学博士，虽然荒废多年，也有底子啊，正好借此深入研究。若是陌生人，你知道，很难与我们合作的！"

"原来是看好这个案例。好吧！我只配合你工作，不掺杂任何感情，别把我的复婚扯上啊！"

下班后，梁志明将孩子送到母亲家，和辰青云一起去医院。

前妻惊讶地看着前夫拿着鲜花和水果走进病房，木木地发呆。梁志明面无表情，介绍完辰青云后，说因为工作来看你们。前妻疑惑地看着他们，问："你怎么知道我妹妹的事？工作探视？"

他们坐下来，辰青云问了病人的情况、医治方案、后续陪护等问题，然后说："我是偶然从医院知道的，也了解你们与老梁的关系，征求他同意后，帮助给病人施以辅助治疗，让她从昏迷中醒来。"他拍拍梁志明又说，"他是我们院最有前途的所长，在心理学领域是核心专家。我们最近研究出一套用以精神理疗的仪器，本来为脑间通信用，现在发现对精神康复也能起作用，所以想过来测试并帮助病人恢复，不知道您是否愿意合作？"他说明原因，梁志明在一旁事不关己地附和着。

她感觉抓住了一根救命稻草，眼角湿润，盯着辰青云说："医生说我妹妹可能变成植物人，我和爸妈都不知道怎么办，只有难受和哭泣。我们按医生的建议，每天按摩和心理疏导，可是不见效啊，我这心里天天堵得难受！你们若有办法，我愿意尝试，总比这么耗下去没有希望强！"她转向梁志明，哭着说："我本想跟你说，来帮帮我，可是说不出口啊，我知道伤你太深，只能这么挺着，可实在挺不下去了！"

梁志明脸色凝重起来，问她："你妹妹到底怎么回事，她丈夫呢，怎么不来？"

她看了眼辰青云，说："唉！家丑就不要外扬了，让别人笑话！"

辰青云赶紧对梁志明说："精神理疗的测试方案，你就对她说吧。明天我让人带仪器和头盔过来，开始辅助治疗。我去和医院协商测试的事，先走了，你们慢慢聊！"梁志明满脸无奈，本来计划一起回去，却把自己扔在这里。前妻则是一脸悲痛和期待，向辰青云道谢。

　　事后，梁志明说出事情经过。小姨子老公因为贪腐被双规，审查期间又牵出更多的贪腐案件，数额越来越大。小姨子到处找人说情，最后内部人员告诉她："除了贪腐，你老公在外面还养着十几个情妇，还生有几个孩子，你却说他事业忙不要孩子。你老公哄女人的水平真高。有几个情妇还联起手来，找人求情，比你的力度大多了。你老公真不是一般人！你这个名正言顺的妻子，一点儿都不知道吗？"小姨子知道后深受打击，一时想不开就跳河了。抢救后就变成这样，一周没有醒来，初步判定为植物人。老公还在牢里呢，知道有什么用！

　　第二天，辰青云让员工把医院入口的情绪扫描仪搬进病房，聚焦到病人的额头上，实时监测病人的情绪变化。病人的大脑还在活动，还有巨大的情绪变化，但面部僵硬，从面部看不出任何情绪变化。

　　辰青云几周前开始研究情感的投射方式，为情绪扫描仪小型化做准备，就是专家反对的便携项目。他按照当初晶创公司游戏头盔里的电路布局，重新设计。悟空头盔只是脑芯片 F 基调安静类情绪的投射，而新设计的情绪头盔，增加正面情绪的投射，比如喜悦、兴奋、关爱、安全和沉思等。他将这个重新设计的头盔戴到病人头上，根据情绪扫描仪的反馈结果，设置相应的刺激信号。只要病人表现为负面情绪，就及时用正面情绪修正刺激。病人痛苦，就用关爱；病人悲哀，就用喜悦；病人恐惧，就用安全；病人烦乱，就用安静。直到情绪扫描仪的测试结果变成正面情绪。但大部分时间里，病人的负面情绪太深，转变效果较差。

　　辰青云拿起电话，犹豫片刻后打给颜依月，问她最近在冥想幻境中是否发现没有断开天梯的行人，说他们正在唤醒一位植物人。他把这名病人最近的生活视频和照片发过去，说若感觉到这样的行人，帮助鼓励和唤醒一下，像当初对贝茹玉濒临死亡时的鼓励一样。

精神治疗期间，辰青云将情绪扫描仪反馈的各类情绪进行归类，比如喜悦、关爱和安全，与脑波采集值对比后，归到潜意识层，而沉思和安静类情绪，归类到意识层。他根据分类，发现病人大部分的情绪都在意识层里，比如爱情和友情、推理和逻辑、思考和理性，而且是各类特征情绪的叠加，不是单一变化。从情绪头盔对病人的情感刺激中，大部分归到意识层。他初步清楚：植物人的大脑中，意识被潜意识包围着，无法跳出来占据主动。对于这名病人，尽量用理性情绪去刺激意识层，才会尽快从昏迷中唤醒。

一周之后，病人终于醒了。醒来后痛骂丈夫，说自己那么傻，被蒙蔽那么久，说当初宁愿找一个老实无用的男人，也绝不找一个哄骗她的男人。她看到梁志明，含泪感谢，重新称呼他姐夫。

梁志明问小姨子在昏迷中梦到了什么，她说跟正常人一样，白天清醒，晚上睡眠。她清楚病房里发生的任何事情，知道戴情绪头盔和辅助治疗的事，看到父母和姐姐的悲伤，她也想尽快醒来，可是身体不听使唤。她尽力配合仪器，感觉有一种强大的意志将她一点儿一点儿地扭转，她知道头盔在起作用。还有睡眠中，出现一些清晰的梦境，有个声音在一片灰白的虚空中呼唤她，牵扯她的神经。多重作用下，她身体的控制力慢慢增强，最后就突然醒来了。

陪护病人的过程中，梁志明和前妻聊了很多。病人醒后，辰青云赶过来，看到他们默契地配合，感叹道："只要不是品质问题，再三观不合的夫妻，共同经历苦难后，都会谦让对方！"

　　辰青云打电话给颜依月，称赞她变成了神仙，能指点迷津，救人于水火。她却骂他学会了哄骗利用，平常不关心，用时假关心，只把她当工具。他赶紧赔不是。她说病人的照片和视频根本不起作用，在冥想中无法确认对方，只是在未断开天梯的人脸中寻找，有一幅抱着装满蜂蜜的瓶子在水中沉浮的画面，还连着一幅跳水的场景，感觉像这个病人。再次冥想时确认后，贴近她的脸后，像上次对贝茹玉一样，传送一些鼓励的意念。他说妹妹越来越厉害，可以治病救人了。她却生气地说："哪天你昏迷了，该不该这样唤醒你！"

　　辰青云发现梁志明的小姨子正在冥想节点时醒来。他调出情绪扫描仪一周来的情绪记录数据，感觉这些情绪如钱塘江的潮水一样，波谷变化，在冥想节点附近，正面情绪居多，远离节点，负面情绪增大，可能暗天体在悄无声息地影响扫过的地区。他又调出情绪扫描仪在医院门诊针对人流的情绪统计，发现规律相同，看来，暗天体在潜移默化地影响着人类。

　　事情结束后，梁志明称赞辰青云，说你这情绪头盔的测试过程，比理论研究强百倍。理论再深奥，没有实际验证和测试，一切都是空谈，很多人文科学太虚假，最终还得靠理工科支撑和验证。然后问："再研究下去，是不是戴上头盔，能看到对方的思想，实现读心术？那才是真正的脑通信科学啊！"辰青云摇摇头，说："目前只是初步掌握了大脑情绪对应的脑波规律，至于思想，要比这些情绪的层次更高，属于意识层顶端的东西。情绪扫描仪识别的各类情绪，只位于意识金字塔的最底端。情绪在意识的占比越低，越能表明此人心灵的强大。而那些天天发泄无聊情绪的人，思想肤浅，境界低俗。"

　　辰青云回到家里，将梁志明小姨子的事说了一遍。

　　骆雪梅调侃道："这就是女人依靠男人的后果，女人若天天指望着男人的呵护和哄骗，等被男人卖了，还要帮男人数钱，这就是物质女的悲哀！所以，女人一定要独立，要向男人争取地位，不被戏弄。"

辰青云不满道："女人强势后也会哄骗男人，欺负男人，把男人当玩物，就像武则天一样。千百年来女人的地位很低，一直处于弱势，也习惯于弱势，于是女人的本性变得敏感多变，只为适应社会，适应男人。而男人一直强势着，习惯强势，已经本性难移。既然这是强大的历史惯性，女人就应先适应男人，适应社会，然后提升自己，也是符合历史的，不能期望立刻实现女权。女性也是母亲，有本能的母爱和温柔，就应该发挥出来，滋补男人和孩子！"

她生起气来："学会拐弯抹角了，你的意思是说，让我先迁就你，把你哄好后，再等你来报答？我本性多变，你本性难移，所以要先照顾你的生活？"

"你这带刺的毛病能不能改改，我没有含沙射影，没有针对你，只针对这个社会，不要太敏感。在公司里不顺心了，拿我开刀？我不想吵架，你先把公司的光环摘掉，像朋友似的沟通，好不好？"他说。

"把你当朋友，不当老公了？正因为在家里，我才放松下来，才不想过脑子，想说什么就说什么，想发泄就发泄，你一个大男人，非让我伪装吗？不跟你发泄，跟谁发泄？跟朋友，跟闺密？为了磨合你，都疏远他们了，我已变成孤僻的老太婆，你体会不到吗？梁志明的前妻和小姨子，三观不正，不要拿她们跟我比，我不依靠男人，只需要你尊重，需要你关心！"

"好啦！咱俩三观都没有问题，都有事业追求，性格也不偏激，对事对物的观念也差不多，可谓门当户对，那为什么还吵架呢？关键就是，谁也不想迁就谁！"

"很理性啊！这么多次的争吵，我们能这样理性地谈一些事情，不觉得奇怪吗？你想过没有，这样理性地说话，跟外面的朋友有何区别？你刚才说应该像朋友一样，我才生气。我问你，多长时间没有甜言蜜语了，多长时间没送花了，多长时间没抱我啦，就是因为把我当朋友，才没有了浪漫！为啥对你不满，就是你太理性，不迁就，让我感到生气！"

"要是你温柔些，不挑礼儿，天天给我点儿笑脸，我肯定甜言蜜语，天天抱你。是你先变得古板，是你把公司的坏心情带回到家里，是你把习惯性强势强加给我，才逼着我理性！"

"哈哈！先怪起我来了，要我天天对你温柔，做个老保姆，像日本女人？等我失业了，等我的公司倒闭了，等我流浪街头，或许会这么想，但你还能要我吗？早把我踢到河里，看我淹死，或者先用公式核算下，是否值得去救。所以，我要学会自救！"

"哈哈！说得对，若是你妈和你掉进河里，我肯定先救你妈。你妈才是这世上最通情达理的人，是真正值得尊重的知识女性。而你一点儿也没继承你妈的优良品质，就想做个凌驾于众生的强势女人，在水里扑腾吧，没人救你！"

第 27 章　技痴与放荡

　　研究所与山城矿业公司合作，重新加固废弃矿井巷道，拓展内部空间。国内著名的华清大学高能物理学院派出测量团队在矿井巷道里摆满几百个盛满重水的透明玻璃瓶，外围安装光纤闪烁探测器。光纤汇总后，接入一套通过射线探测暗粒子能量的仪器。初步探测显示，团队捕捉到一些不在标准模型内的能量射线，这种射线在其他暗粒子探测区不曾被发现。经高能粒子教授反复计算，确认这里具备测量新型暗粒子的条件，适合更深入的研究工作。学院领导讨论后，计划与研究所合作，建立适应矿井条件的暗粒子测试基地。

　　情绪扫描仪的研制基本完成，在等待脑芯片的国产技术突破之前，主要开展更广泛和严格的测试工作。另外，随着各冥想地点采集数据的丰富，理论推导后，更明显地指向那颗神秘的天体。梁志明与之前承担核算的天体物理教授联系时，对方却说数据不够，观察不到，还在核算中。他生气地说，这只是推诿，观察不到就是没有兴趣，还在核算就是不想深入。辰青云说，那就先缓缓吧，咱们先投入暗粒子基地的筹备工作，也许暗粒子才是解开神秘天体的钥匙。

　　辰青云将精力投向暗粒子探测基地的建设中。研究所与华清大学高能物理学院团队的线上会议增多，合作日益紧密。设计方案经反复讨论，遵循高效、安全、节能和环保的原则落实下来。方案包括干扰源分析、粒子探测和能量射线捕集三大设备的构建。

华清大学位于南方一座繁华的大城市，高能物理学院派国内知名的尚飞教授，负责合作项目的联络和指导工作。研究所为尚飞准备了办公室和临时公寓。辰青云去机场接他。正值夏季，尚飞一身短衣短裤，近四十岁，清瘦的身体背着一个大双肩包，远远看去，像驮箱子的瘦马，又像五花大绑的犯人，灰白的头发和汗水粘连的胡须，贴满苍白邋遢的脸上，嘴里冒着热气，像刚出蒸锅的包子，被机场防疫通道筛选出来。辰青云举牌探寻，看见他咧着嘴呵呵笑着走过来，问行李在哪儿，他指指身后，说仅此一件，简单最好，不想婆婆妈妈。到公寓安顿住下，尚飞洗漱完，来到研究所。他刮完胡子洗完头，面容焕然一新，比刚才仿佛年轻了 5 岁，像一位帅气的年轻人。他身上还是短衣短裤，拎一破旧塑料袋，里面杂七杂八的物品，好像刚从菜市场回来，又好像在路边跟老头下完一盘棋，赢得舒畅，悠闲自得，哼着暧昧的小调。辰青云领他到办公室，指指衣柜里的一套工作服，说可以穿这身上班，问还需要什么，他摇摇头。穿上工作服后，他说像囚服。

周末，尚飞来到辰青云的办公室。几天的接触，他们之间已经熟悉，尚飞比他大 10 岁，更像一位老顽童，说话大大咧咧，胡乱开着玩笑。技术讨论会上总是逗大家笑，不是他的语言幽默，而是他的笑话偏离主题太多，不着边际。

"这些天不请我吃顿饭吗？这北方城市，晚上真够凉爽，不出去热闹，真是浪费生命！"尚飞嘻嘻笑着，没把自己当客人，好像多年的老友，又像缠着你玩的小孩儿。

辰青云本来不愿喝酒，但尚飞是粒子专家，正好请教量子物理的一些疑惑，就答应道："当然好了，但我要跟媳妇说一下，她同意才行！"他想起前段时间连续加班，积攒起很多家务，骆雪梅质问他能连续加班，就能连续做家务，劳累是一样的。他可不这么想，后者更累。以前看见家里乱就难受，现在眼不见心不烦，不是逃避家务，主要想逃避她。结婚以来，他觉得不自由，凡是占用业余时间的加班、聚会，一定先跟她说明并做好计划。他感觉她变成了领导，他是执行任务的员工。他打电话给她，说明情况。她回复几句不满后，说少喝点儿酒，不能拖延任务，早点儿回来做家务。

"你媳妇管得真严啊！看看我，多自由，没有任何约束。"尚飞说要找一家日式的居酒屋。辰青云非常纳闷，从来没听说过江城有这类场所。当通过地图真找到一家居酒屋，进入店里后，辰青云大开眼界。尚飞还请了两位漂亮的陪酒美女站在旁边，帮着夹菜倒酒，辰青云感觉不自在。尚飞却谈笑风生，逗得俩女孩儿直笑，点完酒菜后又说："让你请客是开玩笑的，这种地方必须 AA 制，才能独立与小姐姐勾搭，两情相悦嘛。居酒屋就像情人幽会，色香味俱全，让你绕过一切坑洼，填补技术上的枯燥和空洞。"

"你是自由身，离婚了？"

"老婆两年前因车祸去世。儿子刚上高中，在寄宿学校，成绩还好不用我管，所以自由自在，不被约束。我现在正弥补以前的生活缺憾，搞理论把我的前半生荒废了，我要补过来。"尚飞举杯，看辰青云每次只喝一小口，劝道："哎呀，不要像个小姑娘嘛，喝吧，不喝酒，如何体验快乐呢！"陪酒员贴在旁边，亲昵地赔笑。

辰青云被美女贴近触碰着，不自然地喝着酒，说道："抱歉，不知道您爱人的事。你说要弥补以前的生活缺憾，什么意思？"

"年轻的时候，只知道学习、考试、做实验和写论文。博士毕业后留校，天天跟着导师研究方案、分析过程和归纳数据。那时的乐趣就是验证一个个理论，其他的生活内容一概不知，也不感兴趣。老婆管理家中大大小小的事，包括孩子的学习。我记得也辅导过孩子的理科学习，但没想到，也答不出来。我就纳闷，自己是顶尖的物理专家，居然不会解中学的物理和数学题。我重新翻了一遍课本，以最通俗的方式给出解题答案，孩子提交作业后，居然被老师嘲笑，说胡编乱造。孩子也不敢说他爸是教授，之后就不让我辅导了，真是错失这么好的天赋！唉，现在想起来，老婆对家里付出太多，我对不住她啊。老婆走后，家立刻变得空空荡荡，才发现自己欠家里太多，后悔这些年搞这些无用的理论。所以说，要弥补生活的缺憾。"尚飞又是几杯酒下肚，看辰青云没喝，伸手劝他。

辰青云说："研究技术，不就是一种兴趣吗？解决问题很有成就感！就像游戏中过关斩将，难道你丢了兴趣？"他想起自己的经历，那些软硬件研究过程，总会乐在其中，哪里会想乱七八糟的事。

尚飞意味深长地对他笑笑。酒杯又空了，好像酒不入肚话吐不出来，"我这个高能粒子专业，已经落伍，没什么发展了！从爱因斯坦之后的100年，这个学科变成一潭死水，你说后人的那些成就吧，就像掉在死水里的小石子，那点儿小水花，激不起改变。我这近二十年的研究，都是在验证前人的理论，从没有新的大发现。专业上没有突破，长年反复地验证，早把人困死了，哪有兴趣可言。现在，我没有任何动力，所以想起老婆，真的愧对于她，我也不中用了，白活了半辈子！后悔年轻时没有选择其他行业，有其他爱好也行，像摄影、弹琴、唱歌、写文章和练书法等。专业腻歪后，才发现自己只是一个空空的臭皮囊，里面装满无聊，还能研究什么？就是混吃等死。所以老弟，趁年轻，做点儿生活中有意义的事，别学我，误入理论的怪圈，所谓研究的乐趣，只是麻醉自己，逃避生活，将来你会后悔的！"

辰青云觉得这话无意义，只是针对尚飞自己。满腹牢骚很正常，但不能亵渎技术只迷恋生活。自己的脑通信研究，肯定像朝阳一样充满活力，绝不能走偏。他岔开话题问："你在学校教课和搞研究，天天面对单纯的学生，不也挺好吗？为啥报名来这里？"

"说实话，我根本不想来，是学校逼的！"尚飞脸色微红，也许离开了学校，没有忌讳，他说，"校长说我在课堂上对学生危言耸听，指桑骂槐，说我妄议领导，抹黑政策，说我乱搞男女关系，影响恶劣！"

"乱搞男女关系？你是自由身啊，哦，肯定与有夫之妇乱搞！"辰青云调侃。

"哈哈，我才不做第三者。有个女研究生不学习，满脑子女权主义，对外宣扬美女才是稀缺资源，说任何事情都能通过劈腿解决。我的课上，她排名最后，央求给个及格，我说不行，她就满学校造谣。呵，也不看看她那豆芽菜身材，哪来的自信！"尚飞酒意正浓。

"校长这么认定你？有证据吗？"

"现在的学生可不单纯，有些人不听课专门偷录视频，然后重新剪辑后乱发，什么直播平台、表白墙、朋友圈等，等你看到了，完全不是当初要表达的意思，想解释，只能越描越黑。我的课堂上，学生们都喜欢听，满教室黑压压的，因为我把书本的内容变成笑话，变成风趣。现在可好，笑话和风趣传出后，成了校长嘴里的指桑骂槐！不过，怪不得学生，他们还不成熟，对外不知轻重，被人利用！可那位女研究生太不像话，天天招摇，从不学习，像个吃人的妖精，后来撩我是早就设计好的，偷拍我和她的不雅视频，我非常生气，不给她提分，没让她通过。她的考卷摆在那里，答非所问，全是瞎写，谁能给及格呢！后来挂科，是否影响毕业，我不知道。但此后，我就成为学校里不雅视频的主角！而她却像个受害者，满校都是针对我的风言风语。唉！后来出现你这个项目，没人愿意来，就被学校强行指定，把我踢出来，还美其名曰：深入艰苦地区，开创技术创新，提高科学实践！"尚飞涨红脸，不知道是激动，还是酒精的刺激。

"你的同事或朋友们不帮你吗，让你受气？"

"别提了，说到同事更让人生气，上课照书念，下课转瞬没了踪影，生怕学生们提问。他们除了教书，基本躺平，被科研团队排斥。于是，他们总想一些哗众取宠的事。有位女教授，明明研究生理学，非要提议娼妓合法化；有个物理教授，天天挖空心思去攻击某个获得国家杰出奖的创新理论，好像能抬升自己。搞科研的教授，不愿上课，都由小助教们代替，自己忙着包装项目，申请经费。有些教授找学生成立公司，变相转移科研资金，天天做那些偷鸡摸狗的事！"尚飞借着酒劲儿，胡乱地说着，也胡乱地摸着旁边陪酒员的手。

辰青云实在听不下去了，这些大学里的事，他从来不了解。他认为这些事都是制度缺陷造成的。任何制度里，都有钻空子的人。他没有亲身经历，不感兴趣，也庆幸自己，远离科研扎堆的学术界，若凭自己的学历，早淹没在这群大佬的鄙视之中。

他再次岔开话题，想起天书般的量子力学和粒子理论，正好请教，于是问："老尚，量子理论有没有诀窍，总学不明白，有空指点一下！"

"哈哈，说实话，我也不懂，虽然研究了二十年。书里那些理论教过若干遍，滚瓜烂熟，指导你没问题。但我说说自己的看法，可能对你有用。"尚飞显出自信，很久没上讲台了，就像被别人废了武功，练了很久后，又恢复功力，急需找个人试试。他说："我们看不到微观世界，只能间接观测，物理这个专业，先有大量实验数据，再归纳成公式，最后形成理论。宏观可以，微观不行，这些间接测量的数据，若没有归纳出完美公式，理论上就认为有缺陷，为了把这些不完美的公式变得完美，必须做出很多假设和限制，比如为修正某些负值量，就称为虚粒子，为修正某些负能量，就称为暗能量，暗粒子也是如此。它们只是缺陷公式里无法解释的符号。梳理这些公式，然后展开，就自然明白了。只是大佬们善于把虚的东西，胡乱解释，变成了天书！"

辰青云似乎明白，又似乎糊涂。好像绵绵的阴云后，一道阳光穿透出来，又很快被云层遮挡。他想大师们总会化繁为简，或者化简为繁，和这样的人交流，至少开拓了思路，这酒该喝。他又问："这次确定在矿井建立粒子探测基地，对发现暗粒子，有多大把握？"

"老弟，不想打击你，刚才说过，我是被流放到这里的，你说能有多大把握？这个专业已经是死水一潭，若真有新的研究方向，校长还能想到我？既然学校不看好，就死马当活马医，我只当尝试。目前国内有两个暗粒子探测基地，一个在地下两千米深处，面积几千平方米，灌满几万吨的重水，一个在核电站附近的地下巷道。他们的投资是你这里的几百倍，这么多年了，有过重大发现吗？反正我没听说。这矿井里难道就有希望？不过话说回来，"尚飞拍拍他的肩膀说，"不管怎样，我肯定全力支持你，往往新东西都是外行人发现的，也许你真能给我点儿活力！"

辰青云沉默下来，大脑烦乱昏沉，望望杯中的酒，觉得失去了研究的自信！

喝到很晚才结束。辰青云找个代驾，把尚飞送回公寓，然后回到家里。代驾好心扶他到家门口。门开后，他把一身酒气灌入房间。

骆雪梅怒目而视，一手捂鼻一手搀他到洗手间，狠狠教训："几点了，才回来？叫你少喝酒，却醉成这样！什么样的专家教授，让你兴奋成这样？是不是待在家里不舒服，非要到外面瞎扯才舒服？"

他想吐又吐不出来，趴在洗手盆上，任她喋喋不休地训斥。实在忍不住喊道："我肚里难受，就不能帮帮我，拍拍后背，说那些有什么用，谁愿意喝多，体谅下不行吗？凶什么，非要骂死我才高兴？"

她狠劲地拍他后背，想把臭气和臭话一起拍出来。她突然停住，从他后背捏出几根长长的头发，然后又嗅嗅他的身上，脸色骤变，揪着他的耳朵拉到客厅里，厉声问："你跟哪个女人去鬼混了，谎称什么物理教授，你骗谁呢？你说，到底怎么回事？"

他捂着疼痛的耳朵，第一次被她这样拽着，愣愣地看她，好像眼前换了一个人。他把她的手掰下来，冲她喊道："你干什么？疯了，这么大劲！你胡说什么？"

"这头发是哪儿来的，这身上的香水味是哪儿来的？你说啊！"她捏着长头发，指着他的衣服，凶狠地看他。

他想了想，肯定是陪酒女落下的，就把尚飞找的居酒屋和两个陪酒员的事情说了出来，然后喊道："这有什么错吗？女孩儿只是陪酒夹菜，是尚飞找的，这是酒店的一项服务，偶尔粘上头发和香水也很正常，有什么大惊小怪的！"他想起陪酒女的亲昵动作，这个描述可不能说，男人有点儿小过错也正常啊，又没越线。

"你居然去那种阴暗的地方，还说我大惊小怪！有美女陪着多好啊！还回家做什么，你是不是越来越烦我，嫌我是黄脸婆了？以后不管你，你愿意去哪儿就去哪儿，你愿意找谁鬼混就去找，没人管你，以后不用回来了，滚啊，你赶紧滚出去！"她喊着，推他到门口。

两个人相互推搡着，他也喊道："你就会凶我，从来不关心我，把我推出门外，要是醉死在马路上，你是不是还得踢几脚？我是喝多了，难受你也不管，也不问原因，就爱小题大做，还没吵够吗？你想怎样？还要揪我的耳朵，还要打我，还要赶我出家门，你是不是不想过了！才这样嫌弃我，还过什么，离了算了！"

"好啊，离婚你都能提出来，看来早有预谋，离就离，明天就去办手续，你要是不离，你就是猪狗！"她的眼睛红起来，转身气鼓鼓地回到客厅，高声叫嚷，"我愿意凶你啊！过点了就不能打个电话，喝多了就不能提前说。给你打电话也不接，谁知道你是喝多了还是掉在哪个坑里了。你只有你的技术，只管自己，喝多了才原形毕露！"

"我只是喝点儿酒，你就兴师动众，无中生有，扯出一串幺蛾子，至于吗？你根本不像女人，一点儿不温柔，只知道整天对我吼！"

"你说什么，我幺蛾子，不是女人！告诉你，我不是天天服侍你的保姆，不是为男人事业默默奉献的贤妻良母，不是鸡汤文里说的成功男人背后的女人。我也有事业，也要奋斗，也需要你的支持，我可以温柔，但不能牺牲我的事业。你想找一个温柔的保姆，我成全你！我当然能做家务，你的事业很成功，但不能因此就不愿去做家务！我需要和你一样的平等权利，而不是更多的分摊！我天天工作这么累，烦事这么多，你也不帮我，我是女人，也需要安慰，而不是要你去安慰别人。我无中生有？在你眼里我成了泼妇？这么快，就看我不顺眼！还要离婚，好，我成全你！明天就去离婚！"她越说越生气，眼泪掉下来。

他又跌跌撞撞地跑进洗手间，干吐了几次，不再说话。他摇晃着走进厨房，找到杯子倒满水，咕噜咕噜地喝下去。听她这么说，心软下来，觉得理亏。但此时身体难受，心想不管怎样，她也应该照顾自己，居然还说这么狠的话，还嫌他身上的酒气并躲着他。她就是不懂温柔，就知道怼他，便又喊道："好，好，你怎么都行！"说完，将杯子狠狠地丢到桌子上，转身回到卧室，准备睡觉。

她跟进来把他推到门口，凶狠地说，"你这酒气把床都得熏臭，谁还能睡觉，你吐到床上要恶心死谁啊，不许睡在这里！爱去哪儿睡去哪儿睡，都要离了，谁愿再看到你！"她把他推出卧室，从里面锁住门。

他回到客厅，将挡在前面的椅子狠劲踢倒，把沙发折叠放开，脱掉外衣，躺到上面后，立刻昏昏睡去。

梦境中，他回到那个白色恐怖、哀鸿遍野的世界。终于，青城的杀戮停止下来，幕后黑暗的权力登上殿堂。活佛被莫须有的罪名逐出青城，流放到千里之外的西北荒漠，开始漫长艰辛的苦行僧生活，跟随活佛的只有一名俗家弟子。当官兵带着他们经历半年的征途后，在西北边疆荒无人烟的荒漠里，将他们丢下。他们知道，所有藏域的寺庙和城镇已接到告示，不允许接纳他们，禁止入驻。他们只能在荒山野岭里游荡，到处讨饭，流离失所。他们穿一身破烂的藏袄，常常在荒野中被游民攻击，在山林中被山匪抢劫。他们的随身布袋中，只剩几本谁也不愿要的书册和笔记。

　　星河轮转，他们习惯了漫山的孤寂，习惯了山野和荒漠。他们学会了躲避野兽，懂得与狼群共舞。最艰难的日子里，他们都会一心向佛，默念经书，向佛祖畅谈空然的境界。俗家弟子将所有的艰辛，捻出一首首歌词，编成歌谣，在天地间高声朗诵。漫长的苦行生活中，他们的心灵已经与天地融为一体，肉体虽苦，他们的精神却是自由的，任意翱翔在天际之中。

　　他一路跟随着他们。终于，从天际之外，游离了回来，飘浮到窗外。凉风袭来，他进入一座巨大的幽灵般的世界，到处是盛满冰水的透亮的玻璃瓶，像蜂窝一样无际地排列着，幽灵在瓶中跳跃、闪光、游走，环绕飞舞。凉风变成寒风，他缩紧身体。幽灵聚在一起，变成一缕阳光，将他包裹，顿时，暖流涌来。

　　第二天清晨，阳光从窗户照射进来。他睁开双眼，急忙看表。啊！上班要迟到了，迅速起身，才想起，又是一个周六，便又倒下。身上的被子，滑落到沙发的一角。他想起昨晚的沙发上并没有被子。他斜眼向卧室望去，门敞开着，空荡寂静。

　　他起身到餐桌前，餐盘里放了两个鸡蛋和一碗豆浆，旁边一张纸条："我加班去了，先把你积攒的家务做了，好自为之！"

第 28 章　探测暗粒子

　　山城矿井的基建方案，经多方讨论后，达成协议。矿业公司负责地基和土建，包括坑道的挖掘和扩建。方案为地下两层，地上一层，设有垂直电梯，外墙为全钢架结构，开辟一条水泥路与外界连接。每层楼房设四个房间，最下层为仪器间，中间层为测试间和实验室，地上为管理办公室。楼顶架一座大型通信天线，与远山的雪峰辉映。

　　最初商谈中，矿业公司要价高出市场三倍，并拿出政府对塌陷区的补贴政策，以安全为由抬高价码。研究所请求省能源局调解，最后以高于市场两倍价格核定。范达跑前跑后，准备会谈场所，办理资金汇票，获取政府批文，接待环保、消防等评审专家，梳理各路人情往来，最后签订合同。一个月后，土建基本完成。研究所和华清大学的各类设备基本到位。尚飞先期前住山城组织设备调试。

　　10 月，秋风将清苑酒店西南的群山染成褐绿色，连绵的山脉上浮出雪峰，孕育在灰蓝色的天空中。东侧季风沿群山回旋，与山城排放的工业废气搅在一起，堆积在城市的上空，盖上一层灰蒙蒙的薄雾。当初建立能源基地，就是考虑东侧的季风能将工业废气带进西侧的群山里，清洁消纳。可惜季风不给力，滞留在天空中。今年春季，省政府按照青山绿水政策，全面治理污染，重点在山城。到了夏季，电站和矿业公司的废气排放重新改造，加装更高效的环保过滤设备。相比去年，空气清爽了很多，城市上空的雾霾变薄，但要彻底治理干净，还需要政策的坚守。不管怎样，久违的蓝天慢慢撕裂这层薄雾，还一片美丽山城。

研究所的设备到位后，已有员工先过去，但质量管控及技术标准，还需辰青云去确定，而且与尚飞合作调试，是他的责任。当然，很久没看见颜依月了，他很想知道她的现状和冥想程度。

上午，他来到清苑酒店。前台给他安排到三楼的一间套房，里面有两间客房，一间是尚飞的，另一间空着，说是预留给他的。他问老板娘在哪儿，前台说正给员工开会。来时他发过微信，她没有回复。进房间安顿好后，联系基地的尚飞，问了一些情况后，说下午去基地会合。他又发微信给她，回复让他到一楼小包房吃饭。

颜依月消瘦了许多，更显骨感。他爱怜地看着她，说近来太忙，没有看望和关心她，前来弥补过失。她冷淡地一笑，说你知道就行，然后岔开话题，问尚飞的工作，她的口气明显不满。他将尚飞的情况说明，问她发生了什么。

"原来是知名教授，不是包工头？教授的生活很不检点啊，你得好好教训他！"她把他变成尚飞的帮凶，毫不留情地训斥，"他是你请来的，要不是因为你，我早把他撵出酒店了！"

他慌忙问："发生了什么？我不知道啊！"他头一次见她冷淡，感到不安。

"这位教授，晚上总到酒店一楼的酒吧酗酒，到处找陪酒女郎，有时半夜回来，跟服务员大吵大闹，不仅影响别人，还到处挑酒店的毛病，要这个要那个。服务员疲惫不堪。前几天晚上还带个女郎回来，服务员不允许女人进来，他就大喊大叫。这样谁能受得了，你说吧，怎么处理？"她发泄积怨，好像这都是他惹的祸。

"抱歉，抱歉！这家伙现在一个人，没有家，自由散漫惯了，事业不如意，学校排挤他。住在我们独身公寓时，也听到一些传闻，但不像你这里严重。我一定好好教训他，规劝他。可是他比我资格老，哪敢正面教训，你说怎么处理，我听你的。"他感到棘手，愧对于她，毕竟这是尚飞的私生活，没法太多干涉。

"除了这件事，这位教授居然想泡我，通过快递送花，还写来肉麻的情书！把我当啥了，当陪酒女郎了吗？"她盯着他，满脸怒容。

他大感意外，张开嘴不知说什么，憋了半天后，终于吐出："他不知道你有老公吗？这太不成体统了，看来真要好好教训他！"

"我已经离婚了，没人知道，也不想让外人知道。他居然知道，肯定是范达告诉他的，他们常一起喝酒！"她盯着他。

他跳起来，瞪大眼睛惊愕地问："你离婚了，什么时候？为什么不告诉我，你这样的身体，怎么能受得了！"他感觉随她一起跳进了苦海。

"你早该关心，问过我吗？"看到他的窘迫，她又寒光利剑般地问，"你准备什么时候给我借个孩子？还要拒绝吗？"看到他憋红的脸颊，又冷冷地说，"好了，先不说我的事。这位教授怎么处理？"

"怎么处理都行，需要我上手，肯定帮你！"他已失去理智。

"好，就等你这句话。我告诉你，已经教训过他了。前天夜里，他回来后又滋事，我带着几名女员工，堵他到客房里，推到地上，狠狠收拾了他！我骂完后，两位员工接着骂，威胁他，他就蔫了，这都成了员工的笑话。你知道就行，帮我盯着他，别让他过激！"

辰青云吓到了，她居然干出这种事。他愣愣地盯她，才发现她的狠。他的内心如五味杂陈，原本想着她的温柔，一心惦记着她，居然这样借机数落他，冷淡他，还逼迫他。本来受够了骆雪梅的气，想到这里诉诉苦，没想到几个月不见，她没了温柔，没了热情。他感到十分难受，强挺着吃完饭，回到房间，立刻前往基地。

基地仪器间里，尚飞的调试不太顺利，信号非常微弱，粒子捕捉率极低。尚飞说再这样下去，不会看到任何希望，要绝望放弃了。辰青云问在冥想节点时间里，有变化吗？尚飞说粒子稍微多一点儿，总量还是太少，影响不明显。

辰青云说："下次的冥想时间在明天下午，我来冥想，咱们再进行测试。我直觉这些粒子与冥想过程有关，没有大脑参与接收，粒子可能不会产生！"

"这是唯心主义，怎么可能？"

"脑神经元的反应过程，就是意识的反应过程，唯心的东西，间接也是唯物。不去测试，怎么能知道。你不是说物理就是实验数据的汇总嘛，再说，仪器调试还未完成，还受到很多因素制约，要有自信，自信从来都是成功的前奏。"

"晚上请我喝酒吧，给点儿自信，我两天没闻到酒味了！"尚飞说。

"今天晚上就有，矿业公司老总知道我来，晚上请我们吃饭，就在清苑酒店餐厅，你不是千杯不醉吗？正好陪酒！"

"我可不去，你自己去吧！"尚飞吓得连忙摆手。

"呀！害怕什么，反常啊！你见酒不要命，难道有人要你的命？"他想起颜依月在客房教训尚飞的事，在清苑酒店餐厅，不仅她在，还要遇见女员工，尚飞肯定害怕。于是他说："有我在，没人吃你。你必须去，这关系到之后与矿业公司的测试合作。"

晚上回到酒店，矿业公司老总、秘书、基建主任、颜依月和前夫范达，他和尚飞，共七人，围在一间大包房里。服务员上好菜，轮流倒满酒杯。矿业公司老总先致辞，对与研究所合作表达感谢，期望以后进行更多的合作。

老总提酒说："辰所长亲自来指导工作，是对我们基建项目的重视。据你们说，后续还有更大的建设计划，要在矿井旁边建设一座几百米深的实验室，真是大工程啊！祝愿我们再次合作。基地建成后，本想搞一个仪式，但你们太低调，不喜欢搞形式，今天宴请，就当这个仪式了。范达是我们自家人，娶到小颜真有福气，她是我们公认的大美女，也是酒店老板娘，又是辰所长的中学同学。我们借小颜的光，才接触到辰所长，促成了这个项目。我先敬杯酒。小颜，你也赞助，敬我们的客人。"

颜依月客套一番。相比之前宴会，她褪去很多艳丽，清淡中透出几丝无奈，脸庞上少了干练活跃，多了沉稳淡泊，眼眸里盛满清雅，却溢出哀愁。辰青云发现她与老公明显疏远。他想，这桌上可能只有他和尚飞，知道他们离婚的事，其他人肯定不清楚，因为称呼没变，夫妻共同的形式没变。他不时用眼神扫过她。她只是应酬地笑，笑里装满忧郁。尚飞更为奇怪，作为国内的知名教授，应该亮出身份，惊艳四座，更像之前酒桌上大谈特谈，调侃人生，幽默怪趣，变化这么大吗？他发现尚飞总是躲着颜依月的视线，立刻明白，尚飞还心有余悸。

几杯酒后，辰青云表示不喝了，改喝茶水。范达劝道："上次见你时酒量挺大啊，今天怎么不喝了，这可是地地道道的好酒，一定喝好，以后还指望你跟我们继续合作呢！过几天有时间，带你去矿业公司设在山里的度假庄园，那里的风景才叫美，能让你身心愉悦，还有这位技术专家，一起去啊！"

"抱歉！真不能喝了，媳妇不让多喝，喝多了，该被媳妇电话里骂了！"他调侃道，可觉得不妥，又补充道，"最近身体不好，真抱歉！"

"老公，别让他喝了，他正和媳妇要孩子，为了下一代健康，当然要注意身体！"她让服务员换上茶杯，倒满茶水，但对旁边的尚飞，漠不关心。

他看了眼她，心想，自己没制订要孩子的计划，她真会借题发挥，间接逼迫！忙不自然地说："是啊，是啊，不能喝太多，为了要孩子！"

宴会结束后，他拉着尚飞逃难似的离开。他知道背后颜依月的眼睛里，透着怨恨，露着冷淡。他感到难受，不知道她为何变成了这样，没有一点儿柔情，像利剑一样刺入他的胸腔。那曾是他的依恋啊，为什么随着时间的沉淀，这份依恋变成烈酒，灼烤着他的肠胃。

回到房间，尚飞跟着进来，神秘地说："那位漂亮的老板娘原来是你的同学啊，我提你的名字时，她很客气。但这个女人很厉害，几句话就能把人噎死！"

"老尚，你是不是在酒店里犯过什么错，调戏过老板娘，被教训过？"他调侃道。

"唉！我把她彻底得罪了。这女人长得太漂亮，我有点儿控制不住。听说她和老公离婚了，但酒桌上没看出来啊。来酒店后冒犯过她，我这人喝酒易冲动，说过一些不该说的话，做过一些不该做的事，你找时间替我道个歉，这女人太狠，得躲远点儿！"尚飞耷拉着脑袋。

"你从哪儿听说她离婚了？你与范达喝过酒，他说的？"

"没有，跟范达喝酒时，他没说老板娘就是他媳妇啊，何况离婚的事。我在酒吧里听一个女人说的，她也不确定。"

"所以就控制不住自己，去撩老板娘？你胆子真大啊！我可不敢替你道歉。不过，只要你不再犯傻，不和服务员较劲，她不会计较的。这女人很大度，不往心里去。"他安慰尚飞后，又说，"以后不要拿我当挡箭牌了，她六亲不认，一样会收拾我这个同学的！"

"我只说和你志同道合，其他没说什么。"

他心想，这句"志同道合"就是问题，这个尚飞真能惹事。想起明天基地的调试任务，对他说："早点儿休息，明天的工作艰苦，这些天，咱俩三餐都在外面吃吧，晚上回酒店直接休息，不要接触老板娘。看不到她，她就会忘记你，也不用道歉了，这件事自行消退吧！"

第二天两个人早早出发，进入基地后，尚飞将各类仪器的数据导出，给他看前段时间的粒子捕集数据。在千万分之一的测量范围内，只有几个粒子被捕捉，通过轨迹分析，尚飞说那是穿透大气的普通高能粒子，不是与中微子能级一样的暗粒子。

看到尚飞毫无活力的眼神，他安慰："凡事只要努力，都会有柳暗花明的一刻，方法很重要，一条路走不通，就换另一条。以前测试中没有添入冥想，不管唯心还是唯物，测试才能知道。下午到了冥想时间，我戴上头盔后，在20分钟内集中所有探测设备，捕集功率放到最大，重新测试。测试前，重新校准所有仪器。"

下午，尚飞跑上跑下，将所有仪器调零、校正，检查各类接线和通道。确定无误后，将探测功率投入最大。时间到了，辰青云半躺在冥想椅上，戴上悟空头盔，心渐渐平缓。他很长时间没有冥想了，那种不变的幻境像挂在墙上的画，激不起太多兴趣。冥想中，那片虚空的星辰和流逝的符号，让他安静。想起颜依月，是否还关注自己是她的事，眼不见心不烦，正好不愿见到她。

天际间的灰幕渐渐开启，一片灰蓝背景的星辰流动起来，他知道，地点不同，背景也不同，但规律相同。他静静地看着流动的星辰，感觉无尽的孤独。一颗星星向他飘来。他凝视这颗越来越耀眼的星星，感觉一股浓烈的情感从心里迸发出来，像开闸的河水，没有任何羁绊，随心灵肆意奔涌。这颗星星就是童年放学回家，时刻仰望的长庚星，它环绕在脑海，画出一条天际弧线，包围他，纠缠他，又像一条蟒蛇，裹住他。童年和少年的场景伴随这条弧线，划过长空砸落下来，溅射开去。他感叹着对骆雪梅的迷失，对颜依月的迷茫，将她们装载到飞奔的光线里，投射在延绵不绝的沙海中，狂飙到无际的荒漠里。他知道，父爱的缺失让他如女性一般缠绵和敏感，缺少阳刚，酿出阴郁。他要将这种阴郁尽情抛出，让星星全部带走，他不想活得这么累！

冥想结束，他擦去眼角的泪痕，回味着刚才的幻境。正嘲笑自己煽情时，门咣一声推开了。尚飞走进来，满脸的泪水，泪滴沾在胡楂上，闪闪发亮，嘴巴大大咧开，不知是哭还是笑，脸颊上鼓出眼球，就像刚找到失散几十年的亲人。尚飞过来拉住他。

"发现了，发现了！发现暗粒子了！"尚飞大喊。

"慢慢说，什么样的暗粒子？"

"一种理论上从未发现的轨迹线，被仪器捕捉到了，我研究了几十年，从没见过这种特征的粒子轨迹，质量比中微子大一个数量级，像氢原子，但不受电磁力和强作用力影响。它肯定是暗粒子，肯定是暗物质中最基本的粒子，它若存在，那整个暗物质就有了存在的根据！这一定不是梦，一定是真的！"尚飞按着他的肩膀，使劲摇晃。

他起身，跟着尚飞跑进仪器间，调出刚才采集的各类曲线。

尚飞给他讲解着这种可能发现的粒子特征。他完全听不懂，只是被兴奋感染，透尽身体的每个细胞。

"在我冥想期间发现的？"

"是的，这种粒子与你的冥想同步，太兴奋了！明天的冥想时间，我要连续观察，虽然仪器没有全部调好，虽然这个粒子只是一个轮廓，但终于看到了希望！这几天你哪儿也不能去，跟我一起，尽快调好仪器。我们一定要再次抓住它，不能让它跑了！"

兴奋后，尚飞一头扎进仪器间，梳理数据，理论核算。他桌子上的草纸越来越多，电脑屏幕里堆满各类图表。他完全变成年轻人，充满活力。

辰青云又调来几名员工配合尚飞，同时加快调试干扰源的采集分析工作。他相信这些设备都与新粒子相关。电缆调试，施工讨论，他也兴奋着，拼力工作。他要打造一个冥想测试和粒子分析的基地，他要将通信与探测结合。麻雀虽小，五脏俱全，他一定让这里成为国内首个最前沿的测试基地。

工作到很晚，车来接的时候，尚飞根本不想停下来。辰青云说："明天再干吧，你流放到这里，有的是时间。再说，回酒店太晚，酒店又不满意了，老板娘说不定又要骂你呢！"尚飞撇撇嘴，停下工作。

回到酒店，辰青云感到身心疲惫，很快沉沉地睡去。

梦境中，他再次回到那片无际的荒漠。他跟随男孩儿在天地间奔驰，风餐露宿，踏遍所有牧区，寻遍所有的毡房，星河起落了无数次，从每一条线索中出发，在每一条线索中失落。他去过传说中女孩儿掉落的山崖，进过被狼群残食的巢穴，他想找到女孩儿的遗迹，然而，没有任何信息。

终于，男孩儿丧失了所有信心，在一座雪山脚下的寺院里，隐姓埋名，做了一名僧人。他砍柴挑水，修山辟路，勤劳做事，低调做人。他对念经不感兴趣，却将入寺百姓的疾苦记在心里。若有抢劫路人的山匪，若有杀人放火的强盗，若有欺凌妇女的恶霸，他定会在某个深夜，蒙上黑布，斩杀这些恶人。除了父亲曾经的教诲外，他不会在内心听从任何佛教尊者的训导。他想东山再起。但是，可悲的人世间，那些曾经为自由精神聚集的红衣教战士们，早已陨落在人间，生死不明，再没有谁能支撑起这股力量。他想重新扛起这面旗帜，然而，芸芸众生中，都是冷漠的看客。

他想去千里之外寻找流放的父亲，但辗转来的消息，大西北如烟的荒漠和山川里，早已随着尘埃销声匿迹。他从来不想放弃，只是静静等待，一边是缠绵千古的爱恋，一边是慈悲为怀的父爱。他活着的希望，就是找回曾经因他复仇而失去的所有爱，那种刻骨铭心的悲痛。

翌日，又是早早地起床，路上早餐，奔赴基地，中午和晚上订餐。这样连续工作了七天。最后两天，冥想时间轮到夜间，员工们正常回去，他与尚飞留在基地，测试完后在地上铺上毛毯，睡到天明，然后继续工作。七天里，他没见过颜依月，只在每天的冥想里，不知为何会想起她。冥想成了他的情感港湾，可以任意倾诉，只为减轻孤独，释放情怀。他将自己封闭起来，好像回到了曾经的自卑和孤僻中。

第八天，终于完成了初期计划的所有工作，他们没有丝毫的疲惫，眼睛发光，斗志昂扬。尚飞说："这些数据暂时够了，我得回学校查验最新资料和理论，将这些数据重新核算，再与同事们交流，尽快写出一篇完整的论文，尽快在国际上发表，说不定能获国际大奖呢。等论文写完，我们再拟订新的测试方案，再过来升级设备重新测试。这只是万里长征的第一步，后面还有更多的工作，我这后半辈子，又要拼搏了。老弟，谢谢了，给我如此大的希望和更开阔的天空！"

"我们一定能成功！你还要尽早回来，那颗神秘暗天体肯定与这些暗粒子有关，咱们都感兴趣，等你回来一起研究啊！"他想到停滞不前的暗天体研究终于有了新线索。他和尚飞充满期望。

工作结束。第九天，早餐后他们整理行李，准备一起回江城。他想着要不要向颜依月告个别，这些天一直没见她，虽然还对她的逼迫和冷漠生气，但还是惦记她，挥之不去。

他身不由己，向她的办公室走去。敲门进去，他看见金色的阳光铺满房间，她慵懒呆滞地坐在沙发里，直勾勾地看着他。窗外的天空，已经不是几个月前的那般灰蒙蒙，而是透着一片清爽。

"等了你八天，终于来了！"她将茶几上两杯温热的咖啡分开，一杯推向他，"今天就回去？也不跟我聊聊，不想再理我啦！"

目光对视。他看到她僵硬的脸庞舒展开来，朝阳下映出一抹红润，久违的温柔飘了过来。曾经的冷淡烟消云散，又是他喜欢的容颜。

他笑了，调侃道："尚飞教授还让你心烦吗？我可替你盯着呢。这段时间，他没喝过酒，没与服务员发生争吵，他已经变成新人，一个重生之人！你知道为什么吗？痴迷技术可以毁掉一个人，也可以成就一个人。技术是冰冷的，是淡漠无情的，但技术也会带来好处，是专注，是单纯，是持之以恒的依恋！"

"我知道，你还在生我的气，在躲避。我有点儿过分，不该那样逼迫和冷淡你。我还没有转变过来，还太自私，只想着几个月来的烦心事，让你承担。我知道你痴迷技术，不是淡忘我，是淡忘了时间。我不应该把积怨发泄到你头上。这些天冷静后，发现自己还没有去除恶习，还陈旧不堪。我也想新生和重生，但不是那么容易，不要再怪我啦！"她眼含泪水，又轻声说，"我知道你的感受，你心里有我，惦记着我，深藏着我，依恋着我，我已经知足了！不管怎样，我的心都属于你。冥想世界真好，我又回到自由世界！"她看着他。

立刻，这些天凝聚起来的委屈和伤感奔涌出来。他走过去紧紧地搂住她，吻她的额头，吻她满是泪痕的脸颊，吻她的耳朵和脖子，吻她的眼睛和嘴唇。阳光停滞了，时空停滞了，心又粘在一起！

她贴着他的脸颊，轻轻说："要不是身体原因，绝不会饶过你。不过，还是想问你一个问题，必须回答。如果我和骆雪梅都掉进河里，你先救谁？"

第 29 章　暗团与灵魂

11 月末，第一场雪飘下来，还没有落地，就被风吹散，留给江城一片苍茫。尚飞的论文完成后，第一时间赶回来。辰青云去机场接他，看到他焕然一新：一身标准的蓝色西服，白色衬衫上扎着红色领带，梳理整齐的头发下面是一张干干净净的脸孔，精神头儿十足，一副典型的学者风范。辰青云开玩笑问，又处女友了？他哈哈笑着，依然大大咧咧，收敛了以前的萎靡，阳光风趣，幽默明快。他说，这次回山城，你那位老板娘同学肯定不骂他了，得仰视他啊！辰青云撇撇嘴，说到时候见分晓。

研究所与地质学院签订的项目：利用学院组织的大学生夏令营活动，在省外冥想地点开展勘测工作。该项目在梁志明的一再催促下，地质学院终于出具了测绘报告。递交之前，地质学院要求支付全部款项。支付后收到一张彩绘的该冥想地点矿藏分布图和几张附件。辰青云和尚飞仔细看着，感觉就是学生们在野外随意的涂鸦作品，拼成几幅而已。报告里面没有标注测试任务和坐标地点，没有注明仪器型号和校准证书，没有原始数据和误差分析，纯粹是学生们天马行空的想象。附件里全部是教科书上截取的资料，未做任何改动。尚飞说，这些东西好像是从夏令营的师生手里高价买来的写生油画。梁志明核算，这笔支付的费用够夏令营这些师生们游玩半年。

"问问地质学院，是不是搞错了。这些颜色标注的矿藏类型没有详细说明，地层深度、局部剖面及特征岩貌没有详细描述，怎么研究啊？"辰青云说。

梁志明电话询问后，一张附件又发过来，上面胡乱标着一些不同颜色对应的矿藏类型表。他们看了看，调侃说地质学院的老师们居然也学会作秀了，知道我们不懂来蒙混过关套取资金。梁志明看看他俩，问怎么办，尚飞骂道，这帮不学无术的老师，比我们学校还可恶，我来跟他们说。

尚飞拿起电话质问对方："你们把我们当三岁小孩了？拿这些胡乱涂鸦的油画蒙骗，这是在敷衍了事，糊弄外行。你们要么重新绘制，要么把钱退回来！"

对方更强硬："你们懂什么，懂专业规范吗？我们花费了多少工作日，才辛辛苦苦地绘制出来，这是专业的地质勘测图，不是你说的油画！你们这点儿费用根本不够，已经很照顾你们了。要是不服，可以找第三方机构评估鉴定啊，我告诉你们，评估费比你们这点儿费用贵多了，你们去找吧！"对方一通无赖的说辞。

"呵呵！不用找第三方机构，就能鉴定你们报告的好坏。不要以为我不懂，我也是老师，这类事见多了。我告诉你，这份报告中没有引入国家行业标准，没有测试标准，没有仪器标准，你使用的仪器校准校验过吗？有证书吗？你的溯源报告在哪里，原始勘测数据在哪里？你的测试资质和计量认证在哪里？质量执行标准和规程在哪里？只要缺少一项，我就告你们编制假报告骗取资金。你们应该知道后果，下岗是小事，你们学院的牌子都可能被摘掉！"尚飞说完，对方立刻慌了，乞求再给些时间，他又不客气地说，"我现在就准备找律师写诉讼材料，限你们两周，要么把假报告编制得天衣无缝，要么等待法院传票，要么把款项退回来！"对方估计吓坏了，连忙保证。

辰青云说："虽然这幅图简陋粗糙，也能看出地层里含有金属矿藏。钨和重金属肯定有，只是没有具体绘制出来，也不能再指望他们了，就当交学费了。跟他们打官司浪费时间，我看算了吧！我们也可以去现场勘测，但入冬没法进行，只能查以前的地质资料了！"

"不能便宜他们！这事我去处理，一定让他们按标准重新绘制！"梁志明说。

"与天体物理学院签订的暗天体计算项目，也是同样的问题吧？那位教授带领学生计算大半年了，我们提供了翔实数据，难道还没有核算出来吗？也去问问，不能让他们拖下去。"辰青云说。

梁志明联系对方，说还在核算中。他不客气地说："你们先把已经核算的内容发过来，我们看看，若不符合要求，就终止合同吧，时间已经超限了。"

对方说："那怎么行，我们已经计算半年了，眼看结果就要出来，有这么着急吗？观测不到这个天体，所以要周密计算才行！再说，你们提供的数据不全，才导致时间超限，能怪我们吗？而且，先将费用支付给我们，再要结果。"

三人面面相觑！又是一个蒙混过关的合作，又浪费了半年的时间！

"你们还是先把结果发过来，若不符合签订的技术协议，合同立刻终止，请尽快答复。"梁志明不容商量地警告对方。

对方很快发来几页计算表格，尚飞看完后笑道："就这点儿内容吗？我带领几名助手，几天内就能搞定。建议与他们终止合同，我来核算这些参数，完事之后你们请我喝酒就行！"

"很多外委项目都可以自己做，目前体制下，钱只能给别人，不能留给自己。以前总认为拿别人的成果和技术做支撑是省力的事，其实消化过程与自主研制的时间差不多。比如别人用半年开发出一套代码，你高价买过来，看懂这些语句花了三个月，消化用了两个月，整合到项目中又用了三个月。如果自己研发，时间足够了，还省了费用。所以，很多人并不了解艰苦奋斗和独立开发的意义，完整地去研发，才能从全局去分析并解决问题，才能不受制于人！"辰青云说。

尚飞带着几名技术人员，开始独立计算。他们收集天体物理的最新理论，查找最新公式，核对符号单位和校正条件，输入边界数据。一周后，神秘天体的轨道模型勾勒出来。几次技术讨论后，天体运行的参数浮出水面。根据获取干扰源数据出现的偏差规律，参考太阳轨道、月球位置及地球自转体系的坐标，确定天体直径约 900 公里，总质量约 36 亿吨，密度极低。围绕地心运行一圈的周期为 25.4926 小时，由于受到月球和太阳引力的干扰，天体轨道周期发生波动，偏差范围为 0.018 小时。天体为球形，位于地月轨道平面，与地球自转方向相同，轨道半径约 24 万公里，若能观测，与月亮的大小差不多。尚飞大胆假设，这是一颗由暗粒子组成的暗物质星球，围绕地球赤道旋转，除受引力外，不受任何电磁场或物质能量的影响，与中微子团一样，穿越任何物质，完全透明，无法观测。

"看不到这颗暗星球，能有什么方法间接观测呢？"辰青云在技术会上问。

"我有一个方法能验证这颗暗天体的存在，既然天体由暗粒子组成，就与中微子的特性相近。我们知道太阳核聚变过程中释放大量的中微子，向包含地球的空间辐射。当太阳来的中微子经过暗天体时，肯定与里面的暗物质交换能量，因为它们是同一类物质，就像我们地球吸附光子作为能量一样。我猜测暗天体上的能量的来源就是太阳和星际来的中微子。当暗天体经过我们的头顶时，投到地面阴影里的中微子量就会减少，类似月全食或月偏食。通过全球各地建立的中微子观测站，根据发生全食或偏食的地点和时间，进行中微子流量统计观测，就可以间接证明这颗天体的存在。"尚飞说。

"那么，这颗暗天体是怎么形成的，与地球和太阳系的起源有什么关系？"梁志明问。

思考片刻，尚飞说："我只是推测，先说说中微子，它只受两种力，引力和弱力，先不说引力，因为引力比弱力小几个数量级。弱力是什么？目前还没研究清楚，但我这么理解：当中微子位于两个粒子中间时，两个粒子越近，中微子受的挤压力就越大；当两个粒子拉开到一定距离后，中微子的挤压力就不存在了，这种挤压力就是弱力，在原子核间的距离等级上才有，也可以称为粒子逃逸力。中微子经过的物质密度越高，逃逸速率越大。太阳从内核到外层，物质密度逐渐变小，逃逸力就将中微子挤出太阳，同时从核聚变中获取大量能量，这种逃逸力是垂直于球面的，以接近光速逃离太阳，和光子的方向相同。"

尚飞停顿一下，接着说："地球在形成和演化过程中，本身没有核反应过程，不会产生中微子，只能任由太阳来的中微子流过，中微子与我们的物质世界不发生任何反应。想一想构成物质世界的原子，实际上非常空旷，原子核与原子相比，相当于一颗樱桃和一座足球场，即原子空间和物质世界中 99.9999% 是空无一物的，你们看到的物质世界都是假象。中微子的体积又是原子核的十亿分之一，弱力又使它避免与原子核碰撞，所以能轻易穿过任何物质，好像隐身一样。但某种因素，比如人或动物的大脑，或者地球上某些不可知的物体将中微子捕集下来，反应转化成一种质量更大的基础暗粒子，就如在山城基地发现的那种暗粒子。我们假定这类暗粒子是由神经元的活动产生的，是大脑冥想活动时出现的，和中微子怎么结合的不知道，但它肯定成团成簇地产生，我们简称它为暗团。由于暗团的质量远超过中微子，受到地球大气空间的逃逸力作用，他们会沿大气层向太空垂直上浮，当到达密度极低的真空环境后，逃逸力不存在了，此时引力开始起作用，将这些暗团逐渐汇集成天体，围绕地球赤道转动。几十亿年后，地球上的暗团越来越多，汇集成的天体越来越大，逐渐演化成这颗神秘的暗天体。"

"这种暗团，就是灵魂吧？"辰青云开玩笑说，其他参会成员也笑着附和。

"哈！随你们怎么说，我是搞物理研究的，最不相信唯心学说，什么灵魂、神学、转世等学说，都没有科学依据。有些民间科学家搞不清物理的前沿理论，就说科学的尽头是神学，暗物质就是灵魂。虽然我用'暗团'这个词，但与你们认知的'灵魂'不一样，我不想让大众误解，或者被大众诟病，产生思维性混乱，所以称'暗团'。按照刚才的推导，这颗暗天体就是由无数颗暗团组成的，暗团间也可能形成更庞大的错综复杂的结构体，所以暗团的组成结构，才是未知的谜一样的世界。"尚飞调侃道。

"为什么每次冥想时间为 15 分钟？"辰青云又问。

"这个简单，就是暗天体的球体直径扫过地球经线时，类似发生的月食现象。暗天体直径比月球小，所以时间短！冥想产生的暗团是垂直于地球纬线与暗天体交汇的，我们也是根据这 15 分钟计算出暗天体的直径，它在赤道停留的时间最短，南北极时间最长，相差 5 分钟左右。"尚飞回答。

"如果能通信的话，你猜想暗天体与地球之间怎么通信？"辰青云又问。

"这个问题不清楚！根据冥想地点含有的矿藏成分，钨含量较多，钨对暗粒子的弱力影响最大。我感觉钨或者一些放射性重金属对暗粒子起到收集和反射作用，同时释放电子，产生电磁干扰，也就是干扰源的产生原因。这些金属矿藏与锅形天线的机理相同。从云禅寺的地质结构来看，山顶亭阁正好位于山谷金属矿脉反射的中心位置，其他冥想地点基本也是这类结构，只是地质学院没有认真勘测。当然，如何通信，是你们的专项啊！"

辰青云心想，在冥想幻境里出现的天体、星辰、符号、大鸟和天梯上的人形等情景，除他之外只有谷若兰和颜依月知道，而且幻境中意念互动的现象更为神秘。他不想把这个秘密公之于众，不想被质疑或引起混乱。他同意尚飞的说法，要从科学的角度去理解不可知的世界，神学或迷信只是一种愚昧的信仰，科学是主动的，愚昧是被动的。讲究科学，不放任混乱，不招摇过市。

梁志明打趣说："讲个笑话吧，国外有位研究灵魂的学者，说灵魂重量是 21 克。我正好看到一篇人口统计的文章，说地球百万年来，共有近 1200 亿的人口出生，那么他们的灵魂总和有多重呢？我刚才听到老尚的理论，就想算一下，看是多少？"他拿出计算器，很快说出来，26 亿吨。众人惊讶地说数量级一样啊，只差 10 亿吨？他笑着又说，"若将地球所有生存过的动物灵魂也考虑在内，数量就差不多了？但国外这位学者说动物是没有灵魂的，可能吗？还有，地球 46 亿年的历史中，难道只有这百万年才出现人类吗？或许从别的星球移民过来呢。但不管怎样，数量级相同，就已经很巧合了！"他说完，众人玩笑着点赞。

梁志明兴奋起来，又说："还有一件事情，山城基地里由于辰所长的冥想活动，才发现暗粒子，干扰源也同步出现，说明暗粒子与干扰源相关。我们曾经有一位濒临死亡的病人，辰所长去测试过，给她戴上悟空头盔后，大脑周边也出现了类似的干扰源，那么暗粒子也应该相伴出现，但医院并不是符合条件的冥想地点，不应该出现啊，可能我们还没有更好的检测条件。所以，暗团肯定与大脑的活动相关！暗团与暗天体之间也肯定相连，就是暗团之间，说不定也能通信。比如心有灵犀一点通，一见钟情，就是这些暗团之间在通信吧！"

"大师，轮回转世也解释一下吧！"一名员工开玩笑地说。梁志明早被员工们戏称为大师了。

"这个还不简单，既然暗天体能与地球上的暗团通信，暗团们汇集到天体里，自然也能回到地球上。当暗团回来时，不就是轮回吗？只不过在暗天体中，孟婆给暗团灌了一碗汤，让他们忘记以前的事。地球长达百万年的生命历史中，目前只有 80 亿人活着，若真像刚才计算的有 1200 亿暗团在天体里，那暗团肯定太多了，肯定有对应地球生灵的备份！说不定天体里有一个你的备份与你纠缠，就像量子的粒子纠缠！老尚，是不是这样啊？"梁志明也玩笑地回答。

"哈哈，你真会想象。中微子之间肯定能通信，就像光波通信一样。暗粒子与中微子特性相同，质量更大，结构更复杂，暗粒子组成的暗团，通信量肯定巨大！他们可能通过量子纠缠通信，也可能通过频谱波动通信，总之，不会比电磁波通信差。"尚飞说。

"若这么说，是否可以升级悟空头盔，两个戴头盔的人之间能否相互读心？即不用说话就知道对方想什么！"一个成员脑洞大开。

"那可不行，真要发明了这种头盔，世界就得乱套，人类就没有任何隐私可言了！人内心的恶和善，都会暴露在世人面前，你的自控力就不再起作用，就不是人，是野兽了，是无法再继续进化的。老天也绝不会让人类这么做，相当于毁灭了人类自己！所以，若这种能读心的头盔研制出来，比原子弹还要让世界害怕！除非人类自身的素质非常高，已进化到极度完美，完全能容忍这种透明的人生。但到了那一步，人还是人吗？"梁志明笑着说。

"老尚，我想到一个问题，假如我们的火箭将一艘飞船发射到这个暗天体的空间里，轨道和周期相同，即实现伴飞，飞船上的人进入冥想状态后，戴上类似能翻译暗粒子信息的悟空头盔，是不是大脑产生的暗团就会与暗天体中的暗团交流，知道所有的世间真相，或许，就能畅游和体验人类百万年来聚集升华的精神世界？"辰青云问。

"哈哈！不知道，等着你去体验呢！"尚飞调侃道。

第 30 章　无情的女人

暗团与灵魂之争，成了研究所内部的玩笑。大家相信暗粒子，不相信由暗粒子组成的暗团，更不相信与大脑有关。尚飞和辰青云做了很多修正性说明：暗团是科学，灵魂是迷信，让大家走出误区。他们商讨如何验证暗团，最后尚飞列出新的探测设备清单，其中"多维视角能量捕捉仪"为核心设备，需要从国外引进。尚飞开始编写新的测试方案，对国外引进仪器的功能提出规范，准备与代理商谈判。

12 月初，周四，方案刚开始编写，尚飞就急匆匆地找到辰青云，关好门，脸色煞白。之前在研讨会上的春风得意、大讲特讲的派头一扫而光。他慌张地说："老弟啊，你得帮帮忙，有个女人要来追杀我，说不是我死就是她活！你一定挡住她啊，帮帮我！"

辰青云吓了一跳，疑惑地问："老尚，你一个大专家，天天没心没肺的，就是世界毁灭了都与你无关，难道也有麻烦？女人？什么女人能让你这么害怕，女人不都是被你哄来哄去的吗？开玩笑吧！"他只当尚飞在制造一个幽默。

"老弟，记得曾私下对你说过一件事，学校里有位女研究生，考试总纠缠我，后来不知怎么就留校了。这次回学校写论文期间，她又缠上我。刚才给我打电话说怀孕了，要我负责。她肯定栽赃陷害，恬不知耻，让我背黑锅。她说要亲自来这里对质，若不负责这个孩子，就让我名誉扫地。这丫头凶得很，我得躲起来。我先去山城基地了，去基地必须有矿业公司的通行证，她要是找你，千万不能给，能拖多久就拖多久。找不到我，她自然就回去了，一定要帮我！明天她就过来了，我得赶紧坐动车去山城。老兄，拜托了！别的员工若知道，一定帮我撇清谣言啊！"尚飞像个逃兵，丢盔卸甲，又补充说，"方案去基地再写吧，我列出资料清单，你让员工帮我收集一下。另外，千万不要相信那丫头的鬼话，一定帮我挡下啊！"

辰青云惊诧地盯着他，起初以为他在讲故事，看来真和女孩儿有瓜葛，他肯定隐藏了情节，否则能有这么严重嘛！他连忙摆手："不行，我对付女人没有经验，让我去挡她？肉包子打狗，她要是缠上来，我不也牺牲了嘛。这是什么事啊，你还是找个中间人去对付吧！或者找个律师，她不是想告你吗？"

"我哪有认识的中间人，还有律师？就你一个好朋友，以后不逼你喝酒，不对你胡诌还不行嘛！求你了，老弟，一定帮帮我！"尚飞像个无赖，缠上他。

他受不了尚飞的乞求，无奈地说，"好吧！去山城后，看颜依月能不能帮你。千万不要再喝酒闹事，更不能招惹酒店员工，好好恳求，否则她也帮不了你！"

尚飞走后，他呆坐到椅子上，不知道怎么应对，想起颜依月，拿起电话。

"依月，那位让你讨厌的尚飞，遇到一件棘手的私事，非要让我帮忙！"他简单说了尚飞和那个女人的事，又说，"他今晚去山城，你让人给基地送去一张地铺，估计他窝进基地不敢出来了。那个女人肯定去基地找他，酒店有我们的办事处，她肯定先去你那里，一定帮忙挡一下，拜托了！"辰青云恳求着，觉得她阅历丰富，能帮上忙。

"这么龌龊的教授也让我帮忙，碰上烂事才想起我，就不能找点儿好事？平常把我忘得干干净净，现在有困难了，拿我当盾牌。再说，我现在害怕你们这些高级知识分子，高攀不起啊！"电话那端，她调侃道。

"好妹妹，求你啦，我没有这方面的经验，真没有头绪。上次离开山城后，不也常打电话给你嘛，看这次，第一时间想到你，总不能让我天天打吧！对不住啦，你想怎么惩罚都行，求求你了，好不好啊！"她怎么数落自己，他都低声下气地乞求。但骆雪梅不行，她的强势，他一定会反抗。

"好啦，知道了，等他来了再说。以后多给我打电话，也可以聊技术，省得找不到话题，瞎关心。你们脑通信研究有新进展吗？跟我说说，虽然不懂，但也大概知道。上次发现暗粒子，你说与冥想有关，不妨对我聊聊，说不定还能给你们启发呢，发现新事物，也给我讲讲，我现在的冥想场景停滞不前，不知道如何推动。"她语气温柔，看来很想了解与冥想相关的知识，聊聊心情也会好！

他将尚飞根据暗粒子特性推导的暗团理论，简要叙述了一遍，然后说："你冥想中的幻境，可能是一种高层次的梦境，天梯上的其他人，可能是大脑与天体间的场波动，被你监听到了，至于暗团是不是传说的灵魂，谁也无法判定。但你已经走在最前沿，能体验暗团和灵魂的联系，既然冥想停滞不前，就试着找找里面的漏洞，看看幻境里是否有某类更高维度的边界。那位央措活佛，真是谜一样的人物，若能交流最好，你可能维度不够，级别悬殊。我们在基地探测这么长时间，只发现一些基本的暗粒子，如何验证暗粒子团，是下一步要做的事。尚飞是掌握这套理论最前沿的人，你是观测验证这套理论最前沿的人，尚飞不知道你的层次，正好你讨厌他，不能对他讲啊！"辰青云说。

"我级别不够，不能与央措交流？也不能与尚飞交流？当我是小白啊！"她嘲笑道，语气中已变成知识女性，接着问，"你们在别的冥想地点，没有发现幻境吗？也没发现类似央措的人物吗？"

"没有，测试人员戴悟空头盔看不到。我去过两个冥想地点，戴冥想头盔测试过，有幻境存在，但没有像央措的人。"

"噢！说起尚飞，你很崇拜啊。如此好色酒徒，你也欣赏？看来你也有问题！别跟他学坏就行。你们那些理论我的确不懂，我一直认为人品和技术水平是等同的，看来错了，知识分子也有丑恶，三观被你们打乱了。好吧，不骗我就行！"

翌日上午，门卫给辰青云打电话，说华清大学的一位女老师找尚飞，由于找不到，要求见他。他紧张起来，这么快，这位尚飞害怕的女人就来了！他对门卫说，带她到楼上那间敞开办公的小会议室。他心想，那间小会议室里装有摄像头，大家都能看到，若发生什么事，至少有视频记录和员工帮忙。

"您好，我是苏雅怜，是华清大学的助教，想找尚飞，有一些私事，想请您帮忙找到他。"

他看着眼前这位女士，面容清秀，戴一副宽边眼镜，眼镜后面是一张南方独有的娇嫩脸庞，细腻清淡。眼镜让她更具有书卷气质，若摘掉眼镜，一定是位优雅的美女。从任何角度看，她都不像尚飞描述的那样：恬不知耻，蒙骗鬼混。他开始动摇，观念有些混乱。

"你和尚飞是同事？找他有什么事吗？"

"只是个人的私事，必须找到他，要么来不及了！"苏雅怜摸摸隆起的肚子。

"哦！尚飞说过，你们学一个专业，在校关系好！他的理论太强，是这里人人崇拜的大专家，就是太忙，若你来加盟这个

团队，配合他工作，是我们的荣幸啊。这项暗粒子研究涉及的
理论太深，其他人参与不了，正好你来了，先休息两天吧，我
给你安排房间。"他感觉自己劝慰的能力很强，或许真的欣赏她，
想用真诚打动她，挽留她。

"他瞧不上我们这些同事，鹤立鸡群，自以为是。我当然
想一起合作，但人家懒得理我们，更不愿听学校的安排，孤芳
自赏惯了。先不说这些，还是烦请你帮忙，他的电话一直关机，
他现在在哪里？"她没有钻进圈套，避开合作说法，就想找到
尚飞。

"他去山城调试仪器了，那里的清苑酒店有我们租赁的办公
室，他应该在那里。你还是在江城住几天吧，他过几天就回来
了，基地信号不好，他这个人钻进技术后，就封闭起来，找不
到很正常，我们也找不到，只有等他回来。你也别来回折腾了，
正好在这里好好休养，顺便帮我们梳理一些研究，不差这几天，
去山城太辛苦！再说，你一个女孩儿，独自一人，也不安全啊！"
辰青云不知是真劝，还是假劝。

"感谢您的关心，要不是私事缠身，我估计能听您的，但也
得看学校的意见。那就不打扰了，我一会儿就去山城。谢谢！"
说完，她起身告辞。看到她凸起的肚子，行动迟缓，明显弱不
禁风，他开始对尚飞产生恨意。不管怎样，也不能让孕妇到处
乱跑吧！就不能坐下来好好协商，非要让女人辛苦地奔波吗？

他急忙把苏雅伶的行程告诉颜依月，打完电话后，像推掉
一块心里的大石头。心想，尚飞这家伙到底隐藏多少烂事，散
播了多少滥情！

回到家里，辰青云心神不宁，担心被尚飞利用。骆雪梅加
班，很晚才能回来。做完饭，他走进书房，看到乱七八糟的书桌，
更加心烦意乱。他对她从来抽不出时间整理感到不满，不过，

他这种洁癖好像慢慢地被磨掉了，被治愈了。他对整洁的要求降低了，在凌乱的环境看书也能克服，也不太受影响了。他感觉这是他结婚以来最大的改变。整理书桌时，一本《员工管理手册》从书堆中冒出来，他随手翻了几页，看到空白处她写的几行笔记："对员工不狠，再温驯的羊羔也会顶撞你；同情员工的疾苦，会让管理更加混乱；个体员工的品质再好，也不能改变群体的低劣倾向。狼性文化才是适应群体管理的一剂良药！"

骆雪梅回到家，他将尚飞的情况叙述一遍，问她有何良策。

"没那么复杂，为避免见面时打架，先找个中间人，将各自条件说出，若条件相差太大，就再次调解磨合，总有一方要妥协的。这种事情，谁也不想打官司，只能逐次降低自己的底线，直到条件勉强被对方接受，再见面协商，这样问题就解决了。利益交恶的公司之间，常通过这种方式处理。"她按照常理，不加犹豫地说出意见。

"可是对方是一名孕妇，行动不便，脆弱焦虑，人生地不熟啊！情绪又容易失控，不能这样被反复折磨。万一出点儿纰漏，我们单位可承担不起！"

"心疼别的女人啦，先心疼你媳妇吧！"她口无遮拦，想起可能又要争吵，就忍住，平淡地说，"一个女人，明知道怀孕后行动不便，明知道情绪容易过激，刚怀孕时为什么不来，非要等怀孕几个月，才想解决问题？即便到现在，挺个大肚子，为什么不找个朋友先来协商，你说她是知识女性，精神正常，一个正常的女人会这样吗？他们之间又不是爱得死去活来，她又不是无理取闹的泼妇。首先，她的目的不纯；其次，人品肯定有问题。难道不为肚里的孩子想想，这么跑来跑去？除非她根本不想要孩子。你当她是单纯的小姑娘？脆弱的女人？可怜的知识女性？她肯定比你精明，不要被女人的外表迷惑！"

"女人对女人就是无情，一点儿没有怜悯之心。你对员工和外人都是这样吗？是不是认为我应该骂她一顿，赶出大门，不管她的死活？你为什么不骂尚飞呢，虽然他是我的朋友，但觉得他更可恶，更像个渣男，更应该被狠狠痛斥！"他有点儿激动。

"你怎么听不明白？这事与你有关吗？你能插手管好吗？清官难断家务事，这是人家的私事，你是局外人，不要把自己牵扯进去。总说我无情，你直接说狠毒得了，何必绕弯子，说得这么难听！在你眼里，我真是凶神恶煞吗？天天加班，累成这样，还要被你说，就不能让我回家后心情好一点儿。公司的事，没时间帮我，在家里却有时间数落我！好了，打住，不要再争吵这些无意义的事！"她忍住了，若是以前，又要开始吵架。她好像习惯了这种氛围，懒得挑起争端。

他见她没有跳脚冲动，反而觉得自己理亏，就冷静下来："没说你狠毒，只是不能理解，站在你的角度，可能观念不一样。该说就说呗，只要不骂我就行，我都习惯吵架了，你不想吵，我都不适应了！"

"我才想明白，你就想气我。哈哈，我得锻炼忍耐力，看能忍你多久！今天看了本管理书，说管好一个公司，忍耐力最重要，准备用你做试验了！"她自嘲。

"哈哈！那我没有对手，岂不为所欲为了！"他调侃道。

"随便，你不是想离婚吗？给你机会，好好地为所欲为，以后不管你，你说什么都当是你身上放出的一股臭气，我戴上口罩就好了。"

"哈哈！怕我传染你，我也要戴上口罩防你！"

苏雅怜去山城纠缠尚飞的事，终于被他丢到一边，顺其自然了，他不想再提，只是祈愿双方能顺利解决。

　　周六，他自告奋勇陪骆雪梅去公司加班。见到周岩，相互拥抱。周岩的眼睛透着亮，拉他到角落里单独聊了一会儿，之后公司开周总结会。辰青云单独到她办公室，感觉比以前整齐多了，心想，还有点儿进步。半小时后，她临时组织一场讨论会，主要是线上教育中游戏角色的人工智能算法分配方案，让他给出建议。

　　会上，他想了想说："传统格斗游戏的市场份额肯定减少，国家为了青少年健康成长，会严格限制此类游戏的应用，市场前景转差。公司新开发的线上教育游戏主要以提高智力为目的，除智力比拼外，还要考虑智力一般的普通人，要加入专注力、忍耐力及生活能力等内容；要有对品质的评估分，比如角色奉献能力，助人为乐能力，等等；要制定综合品质打分项，与智力比赛并列；比赛中必须有趣味性，游戏中的虚拟角色，要将最新的人工智能添进去，你能跟它聊天和对话；你可以去体验比赛中应用的知识环境，或者给自己添加培训；你可以去旅游，去游览或探索，让游戏给你一个富有想象力的风景。你们当前的场景和空间设计，还是比较传统，没有年轻人感兴趣的元素。互联网上冲浪的新鲜元素还没有融入游戏中，或者说，创新的东西太少，缺乏年轻人迷恋的正能量事物。游戏的主体，还是年轻人，懂他们的生活，才能使游戏发展和支撑下去！"

　　中午按照习惯，三人找了家餐厅，闲聊起来。

　　"姐姐天天加班跟我们熬着真辛苦，盼望这款游戏早日发行，很多粉丝都惦记着这款游戏，总询问我们的进度。姐姐的功劳最大，市场筹备、名字注册、线上机构谈判，甚至游戏中的每个角色环节，都要过问。姐夫得补偿点儿什么，姐姐的桌上很久没有鲜花了，姐夫是不是忘了？"周岩打趣道。

　　辰青云笑着说："我天天给你姐做后勤工作，回到家里做饭，洗碗，哄她睡觉，倒洗脚水，冲咖啡，给她洗内衣、臭袜子，整理书桌，拿快递，倒垃圾，所以，她应该送我鲜花才对！"看见她举起手，忙把举的手拉过来说，"你看，这手指上光秃秃的，也没买结婚戒指，别人还以为没结婚呢。我不给她买，就是等着有人追求她，省得天天嫌弃我。先让她膨胀一阵子，等胖到没人追的时候，就不用鲜花伺候了！"他的脑袋被她的另一只手狠狠拍打着。

"别听他瞎说，你姐夫越来越刁钻无理！在家里狠劲地欺负我，骂我恶毒，嫌我黄脸婆，动不动就酸脸给我，看见美女就怜香惜玉！"

"停，停！"周岩笑起来，"姐姐、姐夫，你俩编的相声太逗了，我都羡慕不过来！"

"贝茹玉的身体恢复如何，去看过她吗？有什么心理变化？"辰青云问。

"看你姐夫，是不是怜香惜玉，那么欺负你的女人他都要关心！我可告诫你，要保持定力，不能妥协，不能同情，不能让她再纠缠你，不能再掉进她们挖的坑里！"骆雪梅说。

"我听姐姐的劝告，再没有联系她，最近也没回母亲家，怕叔叔问我。只是母亲在电话里提过她，说她计划去南方打工，跟叔叔保证过，一定把借的钱还上。可能已经走了，不知道她现在的状态。"

"她走前没说什么吗？没有一点儿情感流露吗？至少说些感谢的话吧！就这么形同陌路了，还是你没给机会？"辰青云奇怪地问。

周岩低下头，不知道怎么回答。几个月来，他犹豫过，也想去探视，但自卑挡在前面，畏缩不前，只能顺其自然，后来就淡忘了。若藕断丝连，她早应联系，但没有任何回音。他知道她的性格，折腾是本性，不折腾，那真与他没关系了，他不知是高兴还是遗憾！

"还想让他俩和好？你脑袋进水了！是你们太单纯，还是你们看到的世界太单纯？女人只有自强才值得爱惜，作践自己的女人，只会作践别人。那个可怜的苏雅怜，能自强吗？那个物质的贝茹玉，会新生吗？漂亮永远都是伪装，省省吧，天真的孩子们！"骆雪梅嘲笑道。

辰青云想要反驳，看到刚摆脱忧郁的周岩，忍住了。

第31章 名利的争夺

深冬临近，在僵冷的天空里，白云被撕裂成鱼鳞形状，像涌动的沙丘，漫过天际，与西南山脉的雪峰相融。近处的山谷里，山林抖掉最后一批树叶，褪去了秋色，只有高处的松树，摇动着绿色。山谷两侧，裸露出的褐色山脊，延伸下来。

颜依月站在酒店的楼顶，在天线塔下方，静静地凝视远方。她越来越喜欢这里。寒风扫过，空气中弥漫着冰晶，刺入脸颊，融入心中。在孤寂难耐时，在冥想的残留记忆里，在清晨冉冉升起的朝阳中，她都想站在这里透透气，聆听风的声音。她总觉得这风中，这冥冥的天空里，有人轻声细语地呼唤她，抛出星辰，伸出双臂，揽她入怀。

苏雅怜来到清苑酒店，通过前台找到尚飞的客房，在门口贴上一张纸，上面写着宁可生下孩子，宁可死在这里，也要见到你。

颜依月从苏雅怜迈入酒店的第一步，就开始关注她，没有行李，只背着大挎包，像一个匆匆的过客，挺着鼓起的肚子，单薄的身体瑟瑟发抖。苏雅怜根本没料到北方的冬天如此冷硬，完全不适合她这个南方女孩儿的贸然行为。她进入暖气的房间里，没有一点儿水分的空气立刻剥去她光嫩的肌肤，卸掉一层细细的皮屑，变成干枯的树枝。颜依月让服务员放置一台加湿机，烧一碗热汤面，煮几个鸡蛋，拌几碟清淡的小菜，又让店员找来一身厚重的羽绒服，送进房间，以便出门穿戴。服务员说是老板娘吩咐的，她表示感谢，说想见见老板娘。

颜依月敲门进入房间，怜爱地注视她，这完全是一名刚出校门的单纯痴情女孩儿，不懂人情世故，被男人欺骗。至于尚飞对她的丑化，还有辰青云的说情，在颜依月心里都变成无理的说辞。尤其看到她迟缓地下床，因怀孕扶着床边缓慢起身的动作，更确定了要为这个女孩儿争取权利的决心。

"听辰所说过你的事，让我帮忙，有具体想法吗？"颜依月问。

"我想尽快见到尚飞，事情处理完后尽快离开，不想给您添麻烦。这里天气太冷，怕给胎儿带来影响。他真的晚上回酒店吗？能等到他吗？我想去基地找他！"她露出忧伤的表情，哀求地望着老板娘。

"他何时回来我也不知道，按照常规，基地的人员都会正常下班，但很多时候会加班，很晚才回酒店。你进不去基地，那里属于矿业公司的生产区，地表塌陷，没有通行证谁也进不去。你有什么要求，尽管提出来，或写成信件。我有通行证，能进去交给他，或者促成他回酒店见你，你看是否可行？"颜依月没有提到给尚飞送地铺的事，也不想拖住苏雅怜，拖不是办法，她要促成这件事尽快解决。

"谢谢！今晚他要是不回酒店，我就写一封信，明天请您交给他，并转告他：我宁可在这里生下孩子，也要等到他！"苏雅怜眼泪汪汪。

颜依月对尚飞生出愤怒，想起辰青云，也产生恨意。她很久没有愤怒了。本来看透世俗的里里外外，看透男人的一举一动，看淡客人的纷繁起伏，看淡波澜不惊的潮流，看空自己，而现在，她又重新捡起愤怒，寻求发泄，尤其让她压抑很久的孩子情结，突然迸发出来。

翌日上午，她带领两名女员工，开车进入基地。至少三年没来这里了，矿业公司的生产区，到处是纵横的矿井和长长的巷道，煤石四处散落着，一处黑色的路边，竖立着通往塌陷区的大警告牌。当她看到远处堆积成金字塔的矿渣山时，又恍然回到童年，那个只有灰色天空的暗淡世界。

进入基地办公室，看见尚飞正埋头在里屋的工作台上写着什么，一大堆资料摆在旁边。两名工人在地板的槽盒里铺设着电缆。开门的工人用手指向里面，示意安静，估计若发出动静，会被尚飞训斥。

她走进里屋，两名女员工护立在左右。尚飞没有抬头，以为是工人干活儿，发觉异样后抬起头来，看见颜依月冰冷的眼神，慌忙站立起来。估计刚才太专注，突然看见这种场景，吓得浑身颤抖，缓过神来慌忙问："老板娘，您来这儿有事吗？"

一名女员工将门关上，屋里只有他们四人。

"大教授，做了见不得人的事，却跑这里躲起来！苏雅怜让我转告你，若不见她，就死在酒店。一个挺着大肚子的孕妇，在酒店里到处哭闹，你说我来做什么？说说吧，这事情怎么解决？"她也是带着这两名女员工，曾经将他堵在房间里痛骂，那次因为他酗酒闹事，这次却要为一个女人打抱不平。

"啊？到底找来了，您帮我挡挡，劝她回去吧！"他露出懦弱。

"你一个知名的大教授，居然这么下贱，没有一点儿责任感吗？就是一位陌生的孕妇，想求你帮忙，也应关心一下，何况这个孕妇怀着你的孩子，就这么冷漠吗？我看你是道德沦丧、恬不知耻！是不是你们这些高级知识分子，脑袋里都塞满了技术垃圾，把人情善恶都给挤掉了，你还是人吗？畜生都会关心自己的孩子，你连畜生都不如！什么钻研技术，都是冠冕堂皇的借口，就是想掩盖自己的丑恶！说说吧，我想知道你这身臭皮囊里，除了技术，还有什么？"她冷冷地瞪他。

"辰所说要帮我的，没跟你说吗？"他被骂得脸色惨白，只得把辰青云抬出来。

"他也是混蛋，居然还想帮你！一丘之貉，我真是瞎了眼，认识这位同学，以后不要提他，等我见到他，会骂他更惨。现在还是说说你吧，这里不是学校，先把你那张虚伪的牌位摘下来，让我见识见识，这群教授如何的狼心狗肺，如何的人模狗样！这是苏雅怜写给你的信，好好看吧，给个回信，我就在这里等着你的回复！"说完，颜依月把苏雅怜密封装订的信件扔到桌上，在旁边的椅子上坐下来，两名女员工站在后面，怒视着他。她想起高中时为了生活，在不畏生死的日子里，也是这样愤怒着，拿着刀子指向那些恶棍，那些情景，至今历历在目。

尚飞见识过老板娘的厉害，如果稍有反抗，估计两位女员工会随时冲上来，撕破他的嘴脸，而且还会像上次一样骂他非礼。他撕开信封，里面写道："我不会难为你，咱们好好谈一谈，你的朋友都是好人，能真诚地帮我，也出乎我的意料。我想真诚地与你商谈，有些事不想落到纸面，期望见面再谈。"

尚飞坐回椅子里，反复地看着信，沉默良久。抬头望了眼冷漠的老板娘，低声说："好吧，只能这样了，我答应跟她谈，明天上午找个时间吧。我今天还有一份方案没写完，还有一些数据没整理，明早之前处理好，回酒店跟她谈。您帮我安排在会议室吧，不想离她太近，最好隔着桌子，万一有事怕她激动，还请您找个女员工在外面帮助。若谈得顺利，我会送她走。您放心，不会给酒店添麻烦！"

她心里的石头落地，却又担心起来，万一谈崩了，他们在会议室里大打出手，可不是她要的结果，回去得做一些准备。

她盯着尚飞："你确定守信，不从这里逃跑？"

"确定，请放心，明早我一定回酒店！"

"发生这种事情，还能静下心来写方案，研究技术？为何现在不回去？你的技术比你的孩子更重要吗？"她不客气地嘲讽，想起辰青云，更生起气来。

"不是这样，只为静下来后好好思考，技术让我冷静，不至于冲动，等忙完手头的工作，也就想好了与她的协商内容！"他低声解释。

回到酒店，颜依月安慰苏雅怜。回到自己房间，她越想越担心，女方要是受到委屈，或者出现过激行为，两个人相互伤害就麻烦了。不行，她绝不允许这种事情发生，也负不起这种责任。她质疑尚飞的行为，准备给女方留下证据，帮助她日后得到自己的权利。她来到小会议室，重新伪装好暗处的微型监控，信号送到隔壁的办公室。她准备在这里录制和偷听，万一发生不测，好快速处理。

第二天早餐后，苏雅怜跟着颜依月到小会议室探查。屋内的暖气不足，稍有些凉。她穿着酒店送她的羽绒服，在小会议室里四处打量："依月姐，您这会议室里有摄像监控吗？"

"没有，你想装上吗？"颜依月心里一惊。

"不是，我不想被偷听，您知道，这种私事不能让外人知道！"

"这里不会安装监控，非常安全！"颜依月感到奇怪，女方居然不为自己的利益着想，可能太年轻、太单纯吧！心想，偷偷监控的视频，若不需要，大不了事后删除！

时间还早，颜依月到接待大厅巡视一圈，查验客房检查厨房，冥想时间在下午，没有被耽误。快9点的时候，按照事先计划，她来到办公室关好房门，启动监控，打开屏幕，戴上耳机，等待两人出场。

苏雅怜早早等待。尚飞准点进入，坐到她的对面，手里拿着那封信。他俩小心翼翼地对视着，异常安静。他首先打破沉默。

"咱俩什么时候发生过关系，这孩子是谁的？你还没纠缠够吗？"

"你忘了，四个月前，你来江城工作之前，晚上到酒吧喝酒，碰到我和闺密。你缠着我们喝酒，对我旧情复发，说学校人情冷暖，说只有我惦记你，说着我的好。后来你把自己灌醉了，我和闺密扶你到家，你不让走。闺密走后我们就发生了关系，你忘了吗？"

"不可能，我是喝多了，但没有记起你们到我家，也没有一丁点儿印象把你留下来，还发生了关系，怎么可能？你在瞎编，要挟我？"

"你喝多就失忆，现在辩解没用了。一年前也发生过这事，你忘了？事后也说失忆，不承担后果！反正这个孩子在我肚里，等生出后做 DNA 不就清楚了，你也抵赖不了。我不想再解释那天晚上的过程。"尚飞还是一脸质疑，她又接着说，"不管怎么说，你妻子去世之后，你的状态不好，需要情感和精神安慰，那时，你就盯上我，想办法接近我，我也不反感，一起玩得不错，后来，我的确想利用你的孤单来诱骗你，目的是让我之后的课程和毕业答辩过关。后来，我动了真感情，愿意和你在一起，你却骗我，玩弄我的感情，抛弃我！4 个月前，也是我对你还留有感情，还想对你好，所以才会在那个晚上留下来陪你。"

尚飞呆呆地看她，摊开双手，沉默一会儿后问："那你怀孕后为什么不告诉我，为什么等到现在才说，你想生下孩子，我也有知情权啊，这不是要挟吗？还去散播流言蜚语？以前那些课程中只有一门没让你过关，其他都过了。毕业答辩，也没太为难你，虽然我给的分数不高，但综合评定后，你不也过关了吗？你怀孕的事我不知道，现在才说，你是想把孩子生下来，还是想让我答应你什么？"

"那天晚上后，不知道怎么回事，第二天就出现流言蜚语，可能是闺密说漏了嘴，也可能被别人发现，但肯定不是我在报复你。我本想保守秘密，没有去找你，更不想要挟你，只想这事尽快过去。对于之前的毕业答辩，我的确没有认真去做，答辩出问题后也没想找你。说实话，我找的是校长，校长是我的远房亲戚，不通过你也能搞定毕业答辩。一年前校长还没有上任，那时帮不了我，所以就利用你。"

"你毕业就当上学校的助教，原来有这层关系！我还以为你又诱骗了哪个教授，才得到这个职位！好了，你的关系我不想知道，这次拼命来找我，不就是想解决肚里的孩子吗？你说吧，后果我都认，要是当初就告诉我，肯定第一时间跟你协商这件事，但怀孕这么长时间才告诉我，你说吧，怎么解决？"尚飞无奈地叹口气。

"有两个方案，你可以选择其一，我不逼你！"苏雅怜说。

"说吧，既然我愿承担后果，就什么也不怕了！"

"第一种方案，我们结婚，把孩子生下来，一起生活下去！"

"不行，我们之间根本没有感情基础，一年前的相处完全是我们相互的无聊，只是弥补妻子去世后的伤感，是我做得不对，向你道歉！先不说你利用我，性格和观念上我们不是一路人，是两代人。我后半辈子不可能跟一个三观不合的人过一辈子，即使因为这个孩子，也不行，这个方案行不通。"

"好吧，那就说第二种方案。我现在只是助教，要在学校立足，必须有科研成果，必须有高层次的论文做学术支撑，这样才能申请博士，才能有晋级和升迁的机会，才能保证我和孩子之后的正常生活！"苏雅怜缓慢地说，特别强调最后一句。

"不去搞研究，不去做实验，怎么能有成果！这与我有何关系，难道让我给你写论文吗？"

"好吧，直说吧，你不是有一篇论文吗？一个月前刚向国际物理学会申请的那篇关于新型暗粒子的研究论文，就是这篇论文，我想把我和校长的名字挂上，校长必须放到第二位，我挂到最后就行。至于论文里现在第二名的辰青云，他不是物理方面的专家，只是配合单位，必须从排名中取消。另外，关于论文研究团队的负责人，必须是校长，代表学校，而不是你做团队的负责人。"

尚飞惊诧不已，瞪大眼睛疑惑地问："你和校长？就为这一篇论文，只图个排名，来找我？而不是因为你肚里的孩子？"

"第一方案就是为肚里的孩子，你不同意，那孩子就是我自己的事，与你无关，我是否生下来，也是自己的事，但你必须补偿，所以才有第二方案，校长也是这么想的！"

"原来这件事是你跟校长商量好的，就为这么一篇论文？"尚飞更加惊诧。

"是的，这很重要！因为校长收到了国际物理学会发来的确认信，信里将这篇论文及研究成果，提名为国际物理学年度的最高奖项，也将是学校历史上的最高荣誉，不光是几百万元的奖金，还有今后国家陆续为这个研究团队投入的巨额资金！所以，不光为肚里的孩子，也为我、校长和学校的利益，才跟你协商，等你同意签字后，校长将最终的名次及团队名单提交给国际物理学会。"

尚飞张大嘴巴，脸颊急剧地抽动，不知是笑，是哭，还是愤怒，或者是高层次的精神分裂。苏雅怜惊恐地看着他，生怕他过来推倒她，痛打她。她两只手压紧桌子，时刻准备逃离，做好防卫姿势。颜依月监视着，心也纠结起来。接下来是沉默。

"哈哈，真是笑话，原来你们就是为这几百万元的奖金？为能控制国家下拨的科研经费？你认为我在乎吗？在乎这个荣誉吗？我搞研究，只是不想无聊，只为活得充实，有精神寄托！我来这里，只为内心的安宁，不想被你们污染。你们懂什么，一群物质白痴！你们愿怎么分配是你们的事，我同意，没问题！辰青云也会同意，他对排名根本不在乎，更不在乎你们那些金钱和荣誉！"尚飞大声嘲笑。

"你确定同意校长的建议？"苏雅怜紧张地问。

"当然，确定！"

她从包里拿出一份协议，推到尚飞面前，"那你签字吧，我可以跟校长交差了！"

尚飞扫了一遍协议，忽然停下来，盯着她，"那孩子怎么办？我要是不同意呢？"

"孩子不关你的事，若生下来，我会抚养，若没时间，会让乡下亲戚抚养，不用你操心，也绝不会让你负责，放心！但是，你要不签这份协议，那么孩子出生后，我会让你的名声彻底变臭，让你被唾沫星子淹死！学校也不会让你再搞这个研究，会把你开除！"她威胁他，生怕他改变主意。

"那不行，孩子出生后，必须由我确定谁来抚养，与你无关。孩子若跟你，一辈子就白瞎了！你必须再写一份孩子的归属协议，申明孩子出生后由我决定抚养权。这两份协议必须一起签，你不同意，我就不签。"

"好吧，我同意！"她没有犹豫，迅速拿出一张白纸，边写边说，"协议书……若苏雅怜的孩子出生，DNA 证实为尚飞子女，抚养权由尚飞确定。……签字……年月日。"

　　苏雅怜签完归属协议，交给尚飞，对他说："你将来可以拿这份协议向我要孩子的抚养权，但回到学校，还是同事，希望对今天的事情保密，为你好，也为我好。我现在就准备回南方，再见！"她收好第一份签好的协议，仔细放进包里，快步走出会议室。

第32章 天地交流

颜依月让女员工送苏雅怜去火车站。

女员工回来后，悄悄对老板娘说："我发现一个问题，来偷偷告诉您，那个南方女孩儿的怀孕好像是假的，是装出来的！"

"怎么可能，有什么依据？"

"我生过孩子，怎么会不知道。送她到车站后，她下车和进站的走路姿势很敏捷，按理说怀孕四个月，走路会很迟缓，可她却正常，还很着急，生怕谁来追她，可能忘了自己身孕的事，与来酒店时完全不一样。就是她刚来酒店时，我也感觉异常，完全不像孕妇的姿势，只在腿脚上有机械性的迟缓，上身扭动却正常。刚才收拾她的房间时，发现垃圾桶里有一个药盒，是她扔下的，药名是氯霉素，要知道，孕妇是不能吃这种药的，会导致胎儿畸形！"

"那个尚飞教授呢？"颜依月想起另一名主角。

"那个教授气鼓鼓地回基地了！"

她僵坐在办公室里，没想到是这种结局。她被一个自认为有知识层次的女人耍弄，被一场拙劣的表演蒙骗，成为女方的喉舌，向男方发难！她奇怪，这座国内著名的学府怎么变得如此道德沦丧，比她经历的世俗还要世俗。她想起辰青云，不该冲动骂他，也忽然明白，原来与他的追求不一样，自己有一种偏执，是一种植于内心的得不到补偿的怨恨。她才醒悟，辰青云与尚飞一样，与她追求的世俗不同。青梅竹马的感情将他们连接在一起，她得到慰藉，本该满足，但更高层次的精神欲望，偏差太大，很难收获，也让她欲罢不能。得不到他，所以恨意袭来，但见面后又难舍难分，这种爱恨交织的情感，无法深埋于心，无法隐藏于身，她没有那么高尚的人格，她只是一个想得到情感慰藉的女人。但若不提高自己的人格，何以得到精神慰藉？

她出去问餐厅，早晨去基地共有几个人？带了几份午餐。回答说包括尚飞共4份。她吩咐再做7份热菜，另找两名年轻的女员工，中午跟她去基地慰问。

颜依月带着员工再次出现在基地时，尚飞惊骇地跳起来，以为老板娘又来找他算账。他呆站在一堆书籍后面，愣愣地看她。他畏惧她，她的眼睛里似乎有看穿男人的利剑，将射出来的冰冷直插入他的灵魂。她的傲娇容颜让他的身心震颤，再大的怒火，只要遇见她，都会化成四散逃逸的鬼魂。第一次来山城耐不住寂寞，对老板娘调情，酗酒带女人晚归，被老板娘带着女员工狠狠教训，被瞧不起，之后他开始理亏。昨天因为苏雅怜的事，让她怒火中烧，他知道在她面前，自己早没有了自尊。他甘愿承受，因为他害怕那道刺入人心的眼神！

"老板娘，苏雅怜已经走了，她的条件我都答应了，还有哪儿不对的地方吗？"尚飞赶紧解释，见她露出笑容，大感意外。

"尚教授，今天来向您赔罪，昨天有点儿凶，有点儿过分，我是来补偿过错的。"她让女员工把办公室的桌子收拾干净，把饭菜摆好，又说，"你们在基地太辛苦，我们餐厅的服务不到位，没有照顾好你们，真是抱歉！一起吃顿热饭吧，弥补我们的过失！"

"您这是……辰所给你打电话了？特意慰问我们？"尚飞摸摸脑袋，想到辰青云。

"辰所跟我提过多次，一直赞赏你的技术能力，以前对您有点儿偏见，希望您这位大教授体谅一下我这个没文化的人。我还要跟您请教些问题，请您帮忙。"

尚飞对她的转变大为惊讶，简直受宠若惊，疑惑地问："是不是苏雅怜跟您说什么了？"

"没有，她是由一个女员工送到车站的，我没有再见到她。"她想起监视他们谈话的事，心想不能让他知道，但又想到苏雅怜的丑恶伎俩，怎么也应让他了解一下，就说："我们有位刚生完孩子的女员工，说苏雅怜的肚子是假装的，说她的走路姿势和吃药情况不对劲！当然，这与我们没关系，也不会关注你的私事。但不管怎样，昨天我管得太多，真是有点儿过分，所以今天向你道歉！"

尚飞惊讶地看她，皱眉仔细想了会儿，也没理出头绪。

"你问问学校里的同事和朋友，就清楚了。哦！赶紧吃饭吧，菜要凉了。"

吃饭期间，尚飞表现沉闷，依然拘谨，估计在想苏雅怜的事，或者在颜依月面前真的放不开。

"吃完饭您有时间吗？我想请教几个关于冥想的问题。"她打破尚飞的沉默。

"当然可以，求之不得啊，您尽管问，多少问题都行，能教授您这样的大美女，我倍感荣幸！"尚飞见到大家冲他笑，不好意思地说，"本来嘛！虽然我年龄比你们大，但谁见到美女不动心啊！"

午饭后，颜依月让两位女员工先回酒店，她下班和调试人员一起回去。

"上次辰所来基地，配合冥想，促使你发现新的暗粒子。除他外，其他人员配合过冥想测试吗？"她首先问。

"我们都尝试过，灰蒙蒙的场景，只有一些无序的符号和一片虚空星辰，跟梦境没有区别，时间又太短，就十多分钟。尝试几次后，就不感到新奇，不再尝试了。来这里的员工几乎都尝试过，但没有一个能达到辰所的级别，估计他有特殊功能，激发暗粒子能力强。"

"冥想中，有一颗特别的星星，在虚空中闪耀着，你们看到了吗？"

"没有，只是一片模糊的星座轮廓。辰所说过这种现象，他说虚空就像夕阳下山后，还没有完全黑时的天空，出现这种背景，就是星辰流动的前兆，会有一颗闪耀的星星，他认为那是长庚星，我们为此争论过，认为那只是个人的感觉，那么多涌出的星星，怎么就确定是这颗呢？因人而异吧，后来再没有讨论过。"

"辰所冥想的激发能力强，你们不行吗？"

"不行，我们冥想中，仪器捕集到的暗粒子太少，辰所冥想时最多，数量是我们的 10 倍。发现的粒子特性都一样，由于只研究特性，后来就让员工配合冥想，不用辰所了。"

"我想在这里冥想一次，你能测试我对暗粒子的激发强度吗？"颜依月来时就决定，在基地冥想。不管尚飞的仪器是否准备好，她带来了自己的冥想头盔。她想换个环境去体验。她从没有换过地点，对于云禅寺上的亭阁，只是听辰青云说，没有亲自去过。她想知道在不同的地点，冥想有何不同。

"当然可以了，冥想几点开始？"

"2 点 20 分，还有两个小时，你的仪器准备时间够吗？"

"时间没问题，一个小时后就能启动，一会儿我先做仪器的调零核准工作。"

"还有一个问题，之前问过辰所，他也没说明白。你说在冥想过程中，大脑会产生暗粒子团，升空后经历一个通道，会上浮接近那个暗天体。你说是否存在可能，比如因大脑故障使冥想中断，暗团还能回来吗？是否要等到下一个冥想节点再回来？"

"你对冥想知道的很多啊，辰所说你对暗物质理论感兴趣，没想到关注的层次这么高！他也没说过你知道暗团的事情啊。你的问题没人能回答，只有测试到暗团后才能总结规律，才知道下一步。你现在比我们的想法都前沿，了不起，老板娘！"尚飞突然感觉这位女人太神秘，不仅能看透内心，还能看透理论。看来他的暗团研究，真是当局者迷，旁观者清。他认真地解释道："假若大脑真的释放了暗团，没有被收回，我想应与做梦的经历相同吧，你在睡梦中突然被叫醒，没有问题吧。冥想中断，即使那个暗团跑了，大脑还会产生新的暗团，毕竟大脑还在你的身上。当然，这些理论都没有验证，只是推测。哦！你大概说的是灵魂吧，你把暗团理解为灵魂了，哈哈，辰所开玩笑你也当真了？我是唯物论者，灵魂这个唯心观念我不相信，你还是问辰所吧，他有时很唯心！"

她突然醒悟，尚飞并不知道辰青云的冥想理论，她差点儿将保守的秘密说出。她没敢再问下去，说自己先去冥想间休息一会儿，等待测试。尚飞启动仪器，开始调试、校准和调零工作，之后打开粒子捕集系统，将功率调至最大，另外两个员工配合。她关好房门，拉好窗帘，静静地半躺在冥想椅上，戴好自己的冥想头盔。她觉得这个新环境中，说不定有新的发现。

冥想场景如约而至，一切如旧。她感觉自己又上升到一个新的位置，当然在酒店里，也会这样日渐浮升，但这次稍许不同。天体的入口还很遥远，央措还是端坐在天体入口，身形轮廓如中国画里粗线条的写意画法。央措的眼睛里，依然看不出更多细节，深邃，呆滞？她将每次固定的疑问投向他："你是谁？为什么在入口？我想与你交流！"这种意念不断地投射，已经尝试上百次，成为她的一种执念。今天换了环境，她不知道是否有效。

近乎专注的执念中，她觉得旁边的风声比以前更真切，灰白的场景比以前更明亮，虚空的视角更广阔，天体内部的世界似乎在流动，像长焦镜头一样快速闪现。她感觉有新的变化，感觉心灵在充盈着希望，向虚空溢出。忽然，一幅意念构成的画面进入她的大脑，那是一幅带着感情依恋的画面：连绵雪峰之间，融雪流进山谷，山谷旁，几座搭建的毡房沿山谷排列，毡房后面的山顶上，一根冲天的木柱迎向雪峰，木柱上系满五色的经幡丝带，随风飘荡。这是什么，她惊诧起来，之后画面消失。天体依旧缓慢划过，她觉得那是央措给她的画面。她凝视着央措进入天体，看着天梯消散。她被挂在那里，清风袭来，冥想要结束了。

醒来后摘下头盔，她呆呆地躺在冥想椅上，静静地回忆那幅画面，印象深刻而清晰。这可能是她第一次与央措交流，也许这个冥想地点更容易传输意念，或者新环境更利于交流。她忽然有了新的想法，在云禅寺上那座她从没有体验过的亭阁里，是不是收获更多？她开始激动，期望填满她的心胸。

冥想刚结束，还躺在椅上回忆，她就听到门外急切的脚步声，突然想起，这里不是她的酒店。她急忙起身打开房门，尚飞走了进来，满脸的兴奋！

"老板娘，您太厉害了，太让人激动了！您比我想象得更完美！"尚飞激动得手舞足蹈，不知用什么姿势才能表达兴奋，"您到工作台来看看，我把捕集的数据给您！"

"发生什么了？我也看不懂数据，你就说吧！"她来到工作台，坐到他特意摆好的椅子上，脸上充满好奇。

"简单说，您冥想激发的暗粒子强度，是上次辰所来这里配合的百倍，粒子特征非常明显。最重要的发现是：上次可能捕集强度不够，没有暴露其他未知的粒子，这次就暴露了。举个例子，以前只拔出个萝卜头，现在萝卜的根系也拔了出来，这些未知的粒子与上次新发现的粒子特征不同，但肯定同属一个结构。这太让人兴奋了！相当于从上次发现的暗粒子中，向下引出更多的体系，这个发现太重要了。现有的仪器只能发现单个粒子的特征，不能同时记录多个不同粒子组成的群体特性，即粒子团的规律还无法探测。我们将要提交的新探测方案和新购置的仪器，就是为测量这个粒子体系，看来希望巨大，等新仪器装好后，这项发现将会更深入，粒子团的特征会更明显，暗团理论就会突破！您真是我们的大福星啊、大宝贝啊！有了您，后面的测试工作就有保证了。可是，辰所从来没说过您有这么强的冥想能力！看来高手在民间，一点儿都不假！"尚飞双手舞动，像位交响乐指挥家。

"哦！真没想到这种效果，本来只想测试一下。坦率地说，我在这片地区长大，比辰所在这里待的时间还长，这片地区对我的影响很深，可能与此有关。平常闲的时候，我通过冥想来锻炼自己，能力可能增强，只有辰所知道我正在冥想锻炼，我也不想让别人知道，也不想卷进你们的研究之中。我的身体不好，需要静养，至于以后新仪器的配合工作，只要身体允许，会配合你们，但不想让外界知道。你跟辰所协商吧，他知道我的事情。"她将之后的配合工作推给辰青云，她感到后怕，差点儿将冥想的原因透露出来。

"好的，我会跟辰所协商的，一定听您的，请放心，一定保证您的健康！虽然我让您不满意，有时乱说话，但一定会为您着想。"尚飞拍着胸脯。

回到酒店，颜依月对在基地冥想的新发现越发新奇。这是偶然的，还是新环境起了作用？第二天在酒店冥想中，她重复昨天的执念，出现的场景几乎相同。央措向她发送了一幅带情感的意念画面，内容也与昨天相似，但视角不同，色调清淡，稍微有些模糊。她直觉：冥想地点发生变化后，才被央措关注，就像人的视觉里，物体移动时最引人注目。或者说，央措的时空与她的时空不同，在她的站位上，看不到变化，她和天梯是一幅恒定的背景，虽然位置渐渐升高，但相对于央措，只是微小的变化，引不起注意。而这次去基地冥想，在央措看来，可能背景发生了较大的变化，于是勾起他的兴趣。而下次又传送相同的意念，只是上次的意念还存储在她的时空里，未刷新，保留了以前的感觉。

于是，她坚定了想法：要去云禅寺，登上那座亭阁体验冥想。她觉得那座寺院里一定有央措感兴趣的事情，以她的坚守和冥想能力，一定能得到央措的传授。或者说，她快到了那个关键的阈值，快走近那道门槛，跨过去之后，就能实现期待的天地交流。也许，她等待的灵魂谜题，就要破解了。她兴奋起来。

她打电话把基地冥想及新发现的事，告诉辰青云，并提出要去云禅寺体验。

"不行，快到严冬了，山顶上寒风刺骨，亭阁里四面透风，谷若兰都不敢上山，在家里调养，你还想去体验？你身体恢复了吗？上一次山，让你半年的休养全部作废，不要命了！山阶上面有雪，亭阁里没有保暖设施，就是上去，也得清完雪，安装保暖设施后才行。"

"我不管，必须去。我等不到明年春天，你想不出办法，我自己想办法，不就是在亭阁里装个简易保暖设施吗？清雪还不简单，我带个施工队上去！"她一点儿不畏惧。

"供暖设施得从禅房拉一根电缆上去，从山脚到山顶那么长，不是简单的事，涉及电源安全和山林防火，我想办法吧，条件具备后通知你。你先检查身体，看是否允许。你不是怕凉吗？冬天上山就不怕了？我的话都不听了？凡事慢慢来，别着急啊，是不是又要怨恨我！这件事，必须听话，不要给我添乱！"停顿一会儿，他突然笑出声来："听说你骂我混蛋，说见到我要狠劲地收拾我，看谁还敢帮你！我可告诉你，没有我的同意，绝不允许你去云禅寺！"他警告她。

颜依月觉得曾经对他的所有不满，全部反馈回来。

第 33 章　洞窟秘密

寒冬降临，几十年来从未有过的大雪，沉积在云禅寺的各个角落，铺满山阶与亭阁。

禅房里，谷若兰安静地看书。窗外环绕山谷的松林，还保留着几片深绿，其余地方，都是光秃秃的枯枝和裸露的山岩。禅房位于寺庙后院，坐落在山谷的一侧。从寺院山门进来，经过正殿，到禅房之间是平缓的石阶。禅房到后院山脚，沿山阶爬上山顶，进入亭阁，约 500 米，落差 50 米，相当于 15 层楼房。进入冬季，她感觉登山越来越困难，每次爬上亭阁，酸痛就折磨着她。医生说她的膝盖里长满骨刺，不建议做爬山类的活动。她就一直吃药，当骨刺消退后又有了登山的愿望。她不愿听老伴儿的劝阻，在家里待久了就像牢笼，要出来透透气。禅房就成了她心灵的自由之地。最近一个月，她每隔几天就来禅房看书，有时看着山尖的亭阁和积雪叹气，就是登上亭阁，也受不了寒冷对膝盖的折磨。

寺庙里有一座藏经阁。掌管寺庙经书及文化的堪布嘉措经常在这里与谷若兰交流。堪布嘉措今年 62 岁，22 岁时进入云禅寺修行，这里是他的家，僧人们尊称他为先师。他每天早餐前背诵经文，早餐后主持法会，然后是给僧人们讲经，主要讲授藏经及藏传文化。午餐后稍作休息又开始讲经，下午 3 点结束，然后进入藏经阁静坐。周六或周日，他会取消下午的讲经活动，更早地进入藏经阁。在藏经阁的闲适时间里，会有客人上门，与他交流经书和佛法。谷若兰了解堪布嘉措的规律，在天气晴好的日子，在禅房烦闷的时候，按照约定时间，来藏经阁与他交谈。

谷若兰主要问他历代的转世灵童及终老寿命问题，还有历代各个活佛名目以及重要历史文化传承等，她对央措的经历尤其感兴趣。她发现，藏书阁中关于央措生活年代的记录和流传下来的传记很少，但后世对他景仰的文章却很多。

堪布嘉措从他的堪布老师那里或者堪布的堪布那里依据口口相传的信息对谷若兰讲述央措的经历。央措最初在西藏担任政教主管，后内部发生叛乱被免职，因为是活佛，被降职为宫师，主持讲经和法会活动。央措在 16 岁时才被确定为活佛。少年时自由不羁的天性，与恋人青梅竹马的爱情，长辈对他的亲情与关怀，融入他 16 岁前的血脉。转世为活佛后，按宫廷规定，严禁接近女色，更不能结婚成家，种种戒律像繁文缛节，使他难以适应，只能将情感深深地压抑起来。26 岁被降职后的偶然机会，遇见少年时的恋人，一段情醉痴迷的情感故事展开，但最终隐情曝光，恋人被杀害，他被流放到西北，终生禁止回藏，变成一名苦行僧。在 10 年近万公里的苦行生活期间，他游历大西北的每个角落，然后向东方前进。36 岁时来到云禅寺所在的灵隐山谷，面对西侧漫长的戈壁荒漠，望着远方绵绵千里的沙海，前行的道路被阻隔，他就此停下脚步，以活佛的名义到处募捐，终于在这片山谷里建起简单的寺庙。三百年后，逐渐发展成这座越来越恢宏的藏传佛寺。央措在 66 岁时圆寂，肉身就在大殿旁边的偏殿里，用几层金箔包裹。央措在世的后 40 年，著有大量的诗文和情歌，都在民间流传，这间藏书阁里没有，可能是教义禁止或有意为之。他的手稿和笔记据说藏在这山谷里，但埋在何处，谁也不知道。

谷若兰问起寺院后面山顶上的亭阁，是何时建造的，旁边的祈愿石柱是否为同时代建筑，亭阁里冥想时能看到一些幻境，是什么时候发现的，与央措有关吗？

堪布嘉措说，央措初来时，每天都坚持爬上那座山顶，背经书，静静打坐。据野史说，正是因为他来到这座有灵性的山顶，困倦睡了一觉，在梦中遇见佛祖，佛祖告诫他，此地就是永留之地，为此，他才结束苦行僧的生活，留了下来。后来，他在山顶立下一根高高的木桩，用长长的布条围出一座锥形的帐篷，又后来，经过三百年的修缮，逐渐变成了今天这座亭阁和旁边的祈愿石柱。

关于在亭阁里冥想出现幻境的事，堪布嘉措这样解释，央措在世时让弟子们定期上山打坐沉思，修行冥想。过世后，接替他的主持活佛禁止弟子们上山，说冥想幻境里的经文符号看不懂，不能让内心平静，与佛教的"六大为体""五佛五智"等宗旨相背离。主持说那里只是央措留给世间俗人的一个梦境，一个守护这座灵山的门符，只适合俗人的朝拜。堪布嘉措一脉相承地接受这种观点，央措虽然去世已三百年，他的凡俗情感依然留在那里，即佛祖说的永留之地，可能是惩罚他，也可能让众人参悟，所以他的肉身只放在偏殿里供奉。后代的僧人们为了不背离修行的宗旨，很少去亭阁打坐冥想。逐渐地，那里成为他们的忌讳。所以，对谷若兰关于冥想细节的问题，堪布嘉措不知道，也不感兴趣。她却感觉：越是身旁美妙的风景，越不被人们关注，至于背离修行的宗旨，只是一种偏见。

辰青云打来电话，询问岳母的身体状况后，说他们研究所已经与寺庙的管理部门协商好，雇用电气工人在寺院里拉一根临时电缆到山顶，清扫山阶积雪，在亭阁木屋里加装保温板材，安装临时电暖片。他说："研究所在山城基地的冥想中发现暗粒子，也想在亭阁里进行测试。配合测试的颜依月是我的同学，在冥想测试中发现一些特殊情景，想见您并恳请帮助。目前只有您和颜依月知道冥想幻境，可以共同研究，但要对外保密。"

亭阁的临时电源和供暖设施完成安装后，谷若兰坐早班车来到寺院旁边的宾馆。颜依月已经入住在这里。她们一见如故，聊了很长时间，尤其在冥想幻境中相似的情景经历，让两个人兴奋不已。谷若兰看到清瘦的颜依月，感觉就是自己年轻时的样子。知道她的手术情况、身体疗养及冥想经历，尤其在冥想程度上，感叹她已经远远超越自己。她们相见恨晚，志同道合，急切地想一起探寻心中的冥想世界！

"今年夏季一次上山冥想中，幻境中看见了小辰，事后知道他们正在进行一次粒子测试。你一直参与冥想，能看到央措诗人，为什么咱俩互相看不到？"谷若兰问。

"那时候咱俩不熟悉，可能看不到，认识后就没问题了。辰所说冥想头盔只有咱们三人有，对那些戴悟空头盔的人，屏蔽掉很多内容，我们能看见他们，他们却看不见我们。冥想中认识央措，是因为我曾经来过云禅寺，可能冥冥之中感受过央措吧。估计咱俩再冥想时，就能看到对方了！"颜依月忽然想起了什么，问："您上次冥想时看到辰所，能感觉他的状态吗？"

"没有什么状态，只感觉他在发呆，测试中出了问题吗？"

"没有！可能他参加的冥想太少，测试中激发的暗粒子太弱，后来我去配合测试，他们发现我的激发能力很强，所以请求我配合。后来我发现，从酒店更换到基地后，冥想中出现一些新的情节。好像能与央措交流了，他传递给我一些画面，也许是这些画面的原因，我想来这里重新测试。听辰所说，您对央措的研究非常深入，所以请您分析这些画面。"

"啊！太好了，我一直期盼与央措交流，可能冥想能力不够，或者不如你那么专注和坚持。唉！老了，腿脚不灵了，要是再年轻 10 岁，一定坚持达到你的程度。"

"阿姨，我就是您的眼睛，发现新场景，第一时间告诉您，咱们共享这些场景。您学识渊博，也是我来这里向您请教的原因！"颜依月将那些画面描述给她。

"这些画面是云禅寺三百年前的原生地貌，山谷里描述的简陋房屋，应该是央措最初和弟子们搭建的禅房。那根高高的木桩和系在上面的五色绳，应是那座亭阁的所在地。后面的雪峰背景也验证了这个地点。这些画面只是视角不同，地点是相同的，还有别的画面吗？"谷若兰解答后问，眼里透着惊奇。

"没有，正因如此，我想亲自上山冥想，说不定从央措那里能获取更多的信息。我在酒店那里，已经很长时间没有新信息了，估计来到这里，央措会重新关注我的变化。"

"央措想交流什么呢？这位活佛停留在天体入口，这三百年来一直这样吗？难道是天体的守卫者！"谷若兰问。

"据研究所的探测人员反馈，在其他冥想地点，没有发现类似央措的人物存在。辰所据此分析，可能央措的肉身还在，或者某种未知的原因，使天体里的央措感觉他的身体还活在人间，等待被唤醒，所以就这么一直等待着。可能只有肉体彻底消散，其大脑释放的灵魂才会真正解脱，才能进入收容他的天体世界里。他可能在等待回归，或者想与世人交流，难道还有更重要的秘密？"颜依月说。

"秘密？他的确有很多秘密，那些诗歌和笔记，至今都在民间流传，可是到现在，也没有手稿或历史文献被发现。或者如藏传佛教中的轮回说法：央措圆寂后，再没有为他寻找过转世灵童，他的活佛传承结束，难道他在寻找自己的转世灵童？"谷若兰说。沉默了一会儿，她眼睛忽然亮起来，问颜依月："什么时候上山？我陪你去。"

"计划中午上山。昨天下午和助手开车过来，带了很多东西，准备在后面连续的白天里冥想。我算了算，能冥想四天，然后又得一周后才能轮到下个白天。工人昨天说，上山的石阶已清理完毕，亭阁铺好了临时保暖设施。您的腿脚不便，要是真想上去，我让助手慢慢搀扶您。您得多穿些衣服，我准备了一身厚厚的羽绒服。我的身体怕凉，您也一样，一定保证上山过程中别被山风吹着。"颜依月看看表说，"离冥想还有三个小时，您在这里休息，我们吃完饭一起上山。"

谷若兰没有去禅房，也没有去藏经阁。她们留在宾馆里一起聊天，两个人像一对母女，又像一对师徒。她觉得颜依月沉稳大度，关怀体贴，比总怼她的女儿强多了。她将知道的藏传文化，尤其有关轮回的历史过程，细致地讲出来。颜依月将从尚飞教授那里得来的暗团理论还有贝茹玉濒临死亡时的通信场景说给她听，两个人促膝长谈。估计颜依月心里很尴尬：还能与辰青云的丈母娘聊到一块儿去！

中午，助手搀扶着谷若兰，三人穿着厚重的外衣登上亭阁。她们进入亭阁的保暖房，脱下外衣。助手关好门，帮她们做冥想前的准备工作，然后守在门口等待。冥想按计划进行，冥想结束后，三人从亭阁出来，谷若兰看到颜依月洋溢着兴奋，知道肯定获得了重要信息。三人有说有笑地回到宾馆。

"快说说，发现什么了？在场景中你比我的位置高，我感觉天梯上你的身形背后，映衬着温暖清亮的光芒，与央措的身形相互辉映，你的身姿清晰，看来你的冥想能力太强了，简直明星般地存在，在虚空的场景中脱颖而出。"谷若兰等助手离开房间，迫不及待地说。

"这次我能清晰地感觉央措。他的身形端庄，腰围僧裙，身披袈裟，内衫坎肩，颜色更丰富。他的服饰与现代僧人不同，更加繁杂和饱满。他的脸部线条更明显，透着明亮和微笑。以前粗线条看时，一直认为那是一张抑郁的脸和一双深邃的眼睛，现在细线条看，那是一副包容和温暖的面孔。他传来一幅完全不同的画面：绘满符号的岩壁，背后是灰白的雪山，其中一个符号明亮凸起，像黑暗中突然闪耀的一束光影，深刻地印在大脑里，我画给你看。"颜依月按照脑中的印象，勾勒出那个符号。

"这个符号好像在哪里见过，一时想不起来，我得仔细想想。"谷若兰拿出手机，在她的相册里翻看，一张亭阁南面的全貌图调了出来，"这幅图是亭阁南面山峰的坡面图，这个坡面比较陡峭，上面的裸露岩石上分布着很多岩画，这些岩画的历史有上千年。这张照片是在亭阁位置上拍摄的。你看，稍微大点儿的岩画能看清楚，比如这里的太阳神和狩猎岩画，但一些小块岩壁上的岩画，就分辨不出来了。你描绘的那个绘满符号的岩壁，让我立刻想到这张照片，但这幅图里并没有这个符号，可能没有拍到。"

"您可能在某个文献上见过，所以有印象。"颜依月提醒。

"对，可能在家里，也可能在藏经阁里。"谷若兰看看表，"堪布嘉措正在藏经阁，我现在去拜访他。然后回家再查阅些资料，明早过来咱们再分析！"她拿着那张画有符号的纸，匆匆离去。

藏经阁里，堪布嘉措正在读经。一阵轻轻的敲门声让他惊讶，这个时间，很少有客人来打扰。看见谷若兰进来，忙请她坐下，给她倒了一杯茶水，问道："很长时间没看见你了，身体还好吗？今天来，这么着急，有事情吗？"

"您见过这个符号吗？"她拿出图。

堪布嘉措仔细看了看，用手描了一遍说："这个符号应是金轮图案的简易画法。你看，这个外圈像个大水滴，内圈是个圆形的轮子，轮子应该有 8 根辐条，指向的中心应该是 3 根叶珠或佛珠，内圈和外圈之间有很多小的椭圆，代表眼睛。这张图只是简单的示意图，但能确定是金轮图。他表达的意思是：佛祖在菩提树下参悟之后，认为人的解脱必须依靠自己的辛苦修行，也可能为修行者指出跳出轮回的途径。这幅金轮图是佛祖第一次给 5 位弟子传授佛法时的寓意场景，中间这个轮子代表轮回，表示人生如车轮一样生生不息，在轮回中剔除一切邪恶。轮辐有 8 根，代表八正道，指向的中心，代表光明和普照众生，所有修行汇聚在中心，称为正念或三昧，这里的 3 根叶珠或佛珠就是这个表述。"

堪布嘉措说完后思索片刻，盯着她："这个符号是从哪里看到的？"

"我正在写一部关于藏传文化中轮回的历史评论。在一篇文献中见到这个符号，我不知道出处，顺便过来问您。咱们这片山谷中的岩壁上，有过类似的符号吗？"谷若兰编了一个谎言，她知道，堪布嘉措对亭阁里的冥想不感兴趣，认为那与佛教宗旨格格不入。她若说出真相，肯定让他反感。她从颜依月叙述的冥想场景分析，这个符号应该绘在一处岩壁上，与岩画风格相近，所以这么问他。

"我知道这个符号在什么地方，南面相邻的那座山崖下，就是亭阁对面的山下沟壑里，离地面 10 米高的崖壁上，有一处岩石上画有这个符号。那里杂草丛生，乱石分布，曾经是天井地牢的一部分，后来荒废。去那里的路早被山石埋没，现在很少有人光顾。从亭阁上看不到这个位置，只有进入山底沟壑，向上仰望时才能看到。我记得年轻时在偶然机会，才发现这个符号的，由于知道它的寓意，所以记忆很深。看到这个符号，就想起那个位置，不知道谁画上去的，远看跟那些狩猎的岩画差不多！"堪布嘉措详细说着，显然对这个符号了解很深。

回到家里，谷若兰查遍所有金轮图的文献资料，与堪布嘉措解释的大致相同。她翻看当地的历史文献，她记得在很早前的一篇地方志记录中，有过对此类简易符号的描述。她一本一本地查找，终于，在一篇地方志文档里发现一段文字："……昆古山脉里分布着众多岩画，都是古人狩猎时将野生动物驱赶到山谷之中，集中捕猎后的一种记录。有盛宴后的普天同庆，有对神灵的祈愿祭祀，有围捕猎物的战斗场景，等等。后人常在这些古代的岩画旁边，凿出洞窟，放入佛像器皿等祭拜之物，进行供奉，或内藏祈愿的书卷。也有山寺僧人利用这些洞窟藏匿禁书或者凡间之物。一般在洞窟外部填入相同口径的石块，缝隙间用黏土填满抹平，外表与岩石相同。此类洞窟常在半山腰，离地面几十丈高，要利用绳索攀岩才能到达。"

第二天清晨，谷若兰坐寺院最早的班车来到宾馆，将堪布嘉措说的符号地点告诉颜依月，并兴奋地说："那处刻有符号的岩壁上，按文献说，可能隐藏着一个洞窟，里面很可能就藏着央措的遗物。但去那里没有山路，我们也无法亲自探查，先保留这个秘密，后续这几天冥想中再确认一下。你用意念问央措，这个符号后面里否有洞窟，是否藏有重要的东西？"

第 34 章　裂岩与雄鹰

连续四天冥想，谷若兰与颜依月沉浸在惊奇之中。从央措获取的意念画面中，那幅金轮图案被明确地突显出来。前两次冥想中，颜依月收到的画面与之前相近，变化较小。后两次冥想中，增添了新的信息。好像父母只讲一个故事给睡前的孩子，只等孩子听腻了，再换一个新的。新刷进她大脑的几幅画面中，夹杂着一幅飘忽不定的场景，好像在一块布满裂纹的岩石上，立着一只黑色的雄鹰，它的眼睛变幻着五彩光芒，凝视她，只停留片刻，就飞走了，脚下的岩石崩裂开来。

画面中新出现的岩石裂纹及雄鹰信息，两个人谁也没分析明白。谷若兰又去拜见堪布嘉措，谎称自己在地方志文献中看见了这幅画面，问在藏传文化中代表什么意义？堪布嘉措也无法解释，只说了一些天葬的事情，说雄鹰可能是秃鹫，在天葬台下的乱石中撕咬死尸，为了让灵魂与腐朽的躯体分离，表达灵魂再生和轮回往复的寓意，体现佛教的最高境界，舍身布施。

四天的冥想结束，谷若兰没有回家，与颜依月在宾馆里畅谈了一夜。她们探究着灵魂的奥妙，分析着天梯的升迁，惊叹着虚空大鸟的用意，猜测着岩画洞窟和岩裂雄鹰的秘密。下次冥想在第二天晚上 7 点，正是山谷里寒风最烈的时候，再轮到下一个白天节点，也是一周之后。她们商量后决定，先消化现有获取的信息，暂停亭阁上的冥想。翌日早晨，她们依依惜别。谷若兰回去后与辰青云协商洞窟的勘测工作，颜依月回山城继续冥想，及时交流新发现的信息。

谷若兰将冥想的新发现告诉了辰青云。她本想让当地文化局组织勘测，说她的同学在那里当局长。他说不行，这样容易暴露秘密。他说与研究所探测部协商，计划先由探测部去实地勘测，若真有洞窟，视挖掘出来的文物价值再确定是否交给文化局，也能第一时间看到文物的原貌。毕竟这个计划是从冥想中获取的，自己先研究清楚，做好对外解释。她表示同意，但要求全程跟随探测部的工作。他劝说不听，只得同意，让她根据山路情况自行决定，也交代给员工做好她进山的安全工作。

几天后一个晴朗的早晨，探测部一行四人与谷若兰接洽。他们驱车找到两山之间的交会口，通过无人机将地形图绘出，根据传来的山路地形图，制定出前进的路线。他们进入两山之间的沟壑，清除掉丛生的灌木、大块碎石和积雪，约一公里的山路花费了近4个小时，终于来到刻有金轮图符的崖壁下。抬眼望去，北侧陡峭的山顶之上正是那座亭阁。她比较纳闷，若央措藏书于此，要从寺庙的山谷绕出山外，再从外侧的这条沟壑进来，一出一进至少几公里的路程，容易被外人注意，而且山路崎岖也不值得央措冒险。当她仔细观察北侧亭阁之下的陡峭山坡时，恍然明白，这个坡面看似陡峭，但坡面上有众多的坑洼，人踩在上面不至于掉下来，从亭阁旁的山崖边绑定一根绳索，系在腰间，很快就能顺着这些坑洼滑到山底，回去时，靠着坑洼的着力，以及绳子的支撑和拉力，很快也能登上山顶。她又仔细观察刻有金轮图符的岩壁，在四周岩壁间露出很多缝隙，还有一些灌木从高处的缝隙中缠绕出来。她想，利用这些岩石间的缝隙，爬上去并不困难。

探测部一位瘦小灵巧的员工借助安全绳，攀岩到刻有符号的上方岩壁，打入几颗钉子，将绳索固定后顺下，安装好滑轮，在绳子底侧挂上一块木板。拉力测试合格后，两名员工登上木板，系好安全绳，另外两名员工在底部拉动滑轮，渐渐升起木板。很快，木板被拉到刻有符号的岩壁上。

"拿锤敲一敲，贴上耳朵仔细听，用声音去判断。"谷若兰在下面向上喊，压抑不住的兴奋和紧张在她的心里震荡。

木板左右轻微地晃动，就像高楼上的擦窗工作。终于，在刻有符号的西侧一米处的岩壁上，传来空空的敲击声，回音明显与别处不同。队员们仔细辨认触摸，一个20厘米见方的洞窟边缘呈现出来，队员们兴奋地喊叫着，见证了一次真正的寻宝过程。队员用刀具慢慢将洞窟边缘的泥土抠下来，逐渐松动堵在外侧的方石，慢慢移出后，电筒光照进去，一个长方形的木盒显露出来。队员戴着手套小心翼翼地抽拿出来，阳光下木盒闪着黑褐色的光泽，古老的褐黄色木纹如垂老之人脸上的细细皱纹，舒展出久违的笑容。洞窟里面除几块石头外，空空荡荡一无所有。木盒拿出后，按照她的要求，又将方石填回原处，恢复到原来的状态。木盒放到铺好绒布的地面上，大家兴奋地看着谷若兰，等待她打开木盒见证奇迹。

她对这里的气候条件非常清楚，一年四季干旱少雨，这里的岩壁挂不住雨雪，下面沟壑的积雪很少。就是到了春夏之际，高海拔的雪山融化后，水也不会流到这里。这种僧人使用的木盒，她在本地博物馆见过，一般用楠木制成，保存几百年都不会腐烂。她用颤抖的手慢慢打开木盒，两本线装的书籍显现出来。她立刻知道：这种书籍采用宣纸印刷，千年也不会腐烂，她悬着的心放下来。她最害怕见到一卷经过几百年碳化的书稿，看来苍天有眼，古人的品质观念要比现代人强。她轻轻地翻了几页，全部是藏文。看到封皮上的落款是央措的藏文名字，她的眼泪流下来，这可能就是她几十年来苦苦寻找的有关央措诗人的真迹！她用绒布仔细包好木盒，告诉队员们，这是几百年前一个活佛的书稿，有着极高的历史价值，她会和本地文物部门共同扫描拍照，最后交给当地的博物馆，整理后展现给世人。

她决定先拿回家里保存几天，好好享受与真迹对话的喜悦，爱抚这几百年来第一次由她传承的真实历史！等欣赏够了，享受够了，研究够了，再送给文物部门吧。她得编个留下的理由，是什么呢，噢！就说省空间信息研究所的探测队，在山间探测信号时偶然发现一个洞窟，获得了这份文稿，先计划勘测书卷年代和地质变迁的影响，等研究完后再送给文物部门。她问辰青云能否这样做。他笑着说，您认为珍贵的东西，别人可能觉得没用，您就当从地摊收购了两本文稿。她放下心来，这是她和颜依月费尽辛苦才发现的，得慢慢研究。

回到家里，她找来相机，老伴儿帮忙，把两本书的每一页拍摄下来。第一本160页，第二本52页。她花了两天时间整理好拷进电脑，然后小心翼翼地放回木盒，用绒布包好锁到书柜里。第一本是诗集，第二本是笔记，初步翻译后，她发现第一本是作者收集的民间诗集与自己作品的合集，每首作品都有来源出处及内容批注。第二本是作者生活年代里重要的事件记录。她决定尽快将两本书翻译出来。这么多年对藏文的研究，她有最全的藏汉字典，翻译这些内容没有问题，而且翻译过程也是一种身心的享受。之后的两周里，她没有出过门，没有散过步，老伴儿天天唠叨着收拾屋子，给她做饭，出去买菜。老伴儿向骆雪梅告状，女儿嘿嘿笑着，说最应惩罚的应是辰青云，她已经惩罚过了！

诗集翻译出来，与央措在民间流传下来的诗词对比后，谷若兰大感意外。那首最著名的代表作——她在亭阁旁祈愿柱上书写的那首诗，居然是他的俗家弟子写成，经历几代人的修改，流传至今的诗词与文稿上的差异很大，很多词语融入近代诗歌的元素。央措与这位俗家弟子关系密切，很多诗歌的注释中都提到过他。这首诗的题注是："佛祖不会怪你，比起皈依佛门的弟子们，谁敢在殿堂之上歌唱，庇护你的，只有佛祖对世间的胸怀！"除此之外，还有大量标注为民间歌谣的诗词被编写收集。央措自己写的诗词，只有十几首，大多为普度世间疾苦而作，其中两首是 16 岁前为恋人所写的情诗，在诗尾题注：寄少年俗情，请佛祖见谅！

第二本笔记，主要以日记体记录了央措的主要生活事件。翻译完后，她才知道这本书里写的历史与藏经阁中记录的央措身世完全不同。他不是内部叛乱的支持者，而是叛乱的平定者，但幕后权势与叛军勾结，将他出卖压制，他妥协后成为傀儡，主要工作就是管理和出版经书，主持法会仪式等活动，但没有实权。后来幕后当权者见局势稳定，阴谋地将一起男女偷情事件扣到他的头上，被莫须有地指证，联名上书到当时的大清皇帝那里。皇帝下旨以苦行僧方式把他流放到新疆及大西北地区，但保持活佛身份。那位偷情的男主角，是给宫殿印制经书的商人，在宫殿角落偷情时被监管者发现，女子掩护商人到地窖，正好央措路过，女子衣冠不整地被抓住，直接被下令杀害。这位商人知道后悲痛欲绝，想要皈依佛门成为僧人，被央措挡住。之后这位商人就跟随央措流浪一生，最后与他一起在云禅寺留下来，就是上面的那位俗家弟子。但此人的名字，在历史文献中没有记载。

她的灵感奔涌而出，多年来计划写的一本关于藏传诗歌的书，瞬间构思出来。她觉得自己后半生又充满了能量，生命刚刚开始。

第二本笔记里最后 30 页内容，是央措筹建云禅寺的记录。

这些记录与冥想有关，单独翻译抄录出来。

　　藏历六月初九：经历 10 天的跋涉，终于来到古岩画狩猎山谷。正值夏季，葱绿的山坡上有成群的山羊和骆驼。牧人们朴实和善，给我们送来大量的羊肉和奶酪。雪山融化的溪水滋润着这片山谷，山泉甘甜可口，真是一处安静的地方，尤其东侧连绵的雪山，让我们在每天的梦里都回想起家乡。我们计划在这里驻扎一段时间，山谷有几间牧民搭建的毡房，牧民们将其中两间打扫干净，在房顶上重新铺满茅草，留给我们居住。

　　藏历六月十五：天气晴朗，今天沿着山谷向高处的山顶攀登，山路坡度较小，平缓直达。很多倒伏的松树和山石堵住道路，厚厚的松枝和树叶像淤泥一样缠住腿脚，四周人迹罕至。山路需要清理和平整，我们花费了整个上午才登上山顶。从山上向四周看，北侧是陡峭的群山，群山间再没有如脚下相似的山谷。东侧是更高的雪山，雪山向阳一侧裸露出部分断裂的山脊。南侧是一座雄壮的切开一半的山峰，切出如平面的岩石壁上刻有大量的古代岩画。此地在远古时就有人活动，真是一块苍天遗落的宝藏之地。西侧的视野最为开阔，山谷渐渐收窄后蜿蜒出一条宽阔的山路，向西引向荒漠和戈壁。这是一块聚集天地灵气的好地方。

　　藏历六月二十五：午后天气炎热，独自登上山顶。山风吹拂，清爽怡人。我决定打坐冥想。半个时辰之后，感觉山风渐冷，我突然发现与以前的静默禅思不同，出现天宫幻境，好大的月亮游走在天庭，远处好像众多的山路若隐若现。顺着山路延伸到顶端，佛殿好像在空中闪现，苍鹰盘旋，真是奇怪！我以为能见到佛祖，虔诚等候，但很快烟消云散。清醒后，再次冥想到日落，没有重现那个幻境。

藏历六月二十六：沉思一夜，心想肯定是佛祖想要召见我。今天早早起来，安顿好弟子后，匆忙上山再去冥想，中午前静默依旧，吃块青稞饼喝些水后，又开始冥想。两个时辰之后，终于又重现那幅幻境，但画面依旧，只是时间比昨天拖后。难道佛祖不肯见我，为何还要让我进入幻境？

藏历七月初五：10天之后，终于在午后的打坐冥想里又看到幻境。我发现幻境中有几个行人在山路上浮动，他们慢慢进入月光里的宫殿。为何我不能进去朝拜？为何每次进入幻境的时间拖后？有几天延伸到傍晚。我应该在山顶上立一根柱子，像日晷一样，通过日照的竿影来确定时间。可能对佛祖的朝拜需要时间积累和预定。

藏历七月初七：我将这件事情告诉弟子，今天午后让弟子们全部上山静坐冥想，只有三人与我一样看见幻境，包括平措（央措的俗家弟子）。其他僧人说只见到模糊的山岩壁画，没有发现月光中的宫殿。冥想后，我们在山林中找到一棵笔直的大树，用斧头砍了一个时辰才放倒，去掉旁枝，拉到山顶固定，并在木柱顶端捆绑绳索斜拉到地面，将木柱固定下来，在四周地面用石头标记好白天6个时辰的位置。

藏历七月二十：冥想中幻境的时间规律终于查清，每天到时间后，略有提前或滞后，但间隔固定。我将发生的时间制成图谱，张贴在墙壁之上，只在白天对应的时间登山冥想，弟子们最初都感兴趣，后来发现无趣，谁也没有在幻境中觐见过佛祖。我决定只要发生在白天就坚持下去。

藏历八月初六：和弟子协商，计划在这里永久停留，我到处拜见当地王府贵人筹集款项，建立宫殿和禅房，接纳四海的僧人来此云集，吸纳民间香火供奉寺院。

后面日志记录的主要内容是宫殿建设、工期排定、僧人管理、会见客人、经书造册、法事活动等。寺庙建成后，日常工作按部就班，很少有重要事件发生，在之后短短的 10 页纸内，就跨越了 30 年，这 30 年里，在第一本诗集中有较多的描述，估计央措在此期间除主持寺庙工作外，其余时间主要与他的俗家弟子进行民间诗歌的整理和收集工作。

最后 5 页，是央措生命里最后的一年，关于冥想的记录又呈现在笔记中。

藏历四月初二：我感觉讲经作法越来越困难，身体逐渐虚弱，头脑中的幻觉开始加重。本地王府寺庙调来的达旺活佛开始接替我的工作，他不支持我在山顶上的冥想，说那不是佛祖的教义世界，但考虑我的众多弟子，并不过多干预。跟随我的弟子越来越少，平措和桑吉，还有桑吉的妻子梅朵，总陪伴在我的身边。看到他们充满幸福，和平措年轻时一样情感激昂，活泼健朗，总让我回忆起过去的岁月，他们都是我生命里的亲人。现在看来，未让平措皈依佛门是对的，自由和快乐从来不是佛堂能够赐予的。

藏历四月十五：今天会见了一位从西藏云游至此的药师，向他请教幻觉的治疗方式。我说总在思想集中的时候，在专注于讲经、读经、深入思考和交谈后，出现严重的偏头疼，并伴随幻觉的侵袭。好像冥想中那些山路上的朝拜者将他们的思想强行灌输给我，或者脑中忽然环绕起天地间的各类图案，没法驱散。最初以为是长年上山冥想产生的后遗症，后来很长一段时间没去上山，却没有任何改善，看来与冥想无关。药师向我介绍了一种驱离幻觉的药物：取自雪山之上裸露在寒风中，落满在岩石缝隙里的一种药物，说缝隙越多越好，而且缝隙里要沉积着白、黑、紫、红和黄色的黏着物，俗称为岩精，然后取雄鹰的脑髓、卵或骨髓炮制而成。经常服用就可治愈此种幻觉。我恳求他回藏后替我买些，他答应了。

藏历五月十二：药师没有任何音信，凡是经藏地来此的僧人我都去打听，但都说此药极难获取，药师可能也无能为力。我准备放弃，我的身体日渐虚弱，可能生命快要结束，我该去觐见佛祖了，虽然偏头疼更加严重，但还能忍受，能坚持到生命的终点，我只是尽量不去专注思考。平措和桑吉知道此事后，说这背后不就是雪山吗？天上的雄鹰到处都有，射下几只便可。我说不行，雪山上没有路，没人能上去，不值得为我这个将死之人冒险。

藏历六月初五：再次见到平措和桑吉，他们采到了让我兴奋的这种岩精。桑吉说找了几个当地的年轻采药人，与他们一起爬上雪山，带着厚厚的衣服和行囊，在雪山和岩石间寻找了五天五夜，终于如愿以偿找到了这种称为岩精的药物。桑吉摔伤多次，身上到处是伤口，看到他由强健变成瘦弱的身躯，我抱住他哭泣。他阳光般清澈并充满激情的眼睛，让我充满至爱，这才是心中佛祖的至高教义，我对生命又有了期望。

藏历六月初八：桑吉与同伴猎杀两只雄鹰，取出它们的脑髓、卵和骨髓，用本地清晨采集的山泉混配，按照藏药的制作流程，与岩精一起加热后清煮，加辅料制成五粒药丸。

藏历六月十二：我开始早饭后服药一次，到今天已经服用三次，果然偏头疼再没有犯过，读经讲经又能正常进行，虽然他们抬着我走路，但我的精神状态却越来越好。平措和桑吉看到我服药后的效果，载歌载舞，说等服完了再去上山采集，下次会更有经验。我询问地点，他们指着东侧雪山上的裸露岩石，告诉我就在那里。我说不再需要了，那里太危险。

藏历六月二十一：我的身体逐渐好转，但用手写字的力量越来越弱，平措天天从早到晚服侍我。很长时间没有上山了，今天精神状态很好，我想着还有些日子，想上山去冥想。平措不同意，我再三恳求，明天午后正好是冥想的轮回时间，再不去，可能没有机会了。他终于答应了。从明天起，我的笔记由平措代写，我不能再握住笔了。

藏历六月二十二：午后老师服用一丸药剂，上山冥想。结束后未醒。老师晕倒后不省人事，抬下山后放到床上休养，直到晚饭时才清醒。晚饭后问他冥想场景，说脑袋中一片空白，冥想的事情全部忘记了。晚上精神恢复后他再次央求明天抬他上山。看到他一生慈悲为怀的苍老面孔，看到他普度众生甘愿奉献的心胸，我答应了他。平措写。

藏历六月二十三：午后按照时辰上山，冥想后，老师的精神突然焕然一新，像年轻人一样两眼放出光芒。我们惊诧不已。下山后问他情况，他不说话，一直沉迷在亢奋中，很久之后才恢复到常态。对我说，他去了一个全新的世界，那里没有人间疾苦，没有世间纷扰，那里的灵魂安详自在，你能看见世间所有的人性，让你突然明白万物的意义，人生的意义！然后，他又央求我，说明天是最后一次上山。看到他亢奋的状态，我实在无法拒绝，再次答应了他。平措写。

藏历六月二十四：清晨老师早早起来，收拾自己的物品，归成两类。他交代我：若将来圆寂了，将这本笔记和这本诗集抄录一份，留给我珍藏，说原稿千万不能放到寺庙里保存，好像知道这些书稿放到寺庙的悲惨命运。他说终于理解了真正的佛教，这些原稿是他一生的自白和灵感，不该在佛堂里保存，应该存到他的灵魂洞窟里。这个洞窟地点只有我和桑吉知道，我明白他的用意。另一类是他的经书和藏品，交给寺院保存。他将最后一丸药剂服下，上山冥想前还开玩笑说，下山后一定告诉我去往那个世界的秘密通道，一起去周游畅玩。然而冥想后，他再没有醒来，圆寂在山顶。老师就这样安静慈祥地走了！我想，他一定在那个世界等我，期望再见！平措写。

藏历六月二十八：按照达旺活佛的建议，在主殿旁边新建阁塔，将老师的肉身安放在那里，永世供奉。平措终笔。

谷若兰终于明白，裂岩与雄鹰的幻境与此相连。

第 35 章　羁绊的情感

第四次行驶在这条荒漠无际的公路上，辰青云感觉远古的空灵向他敞开了大门。

农历新年如期而至，他和骆雪梅回漠城过年。窗外的风景依然孤独广阔，天空背后，藏匿着他悸动的心灵。

年前，总部和研究所的内部网络受到黑客密集攻击，大量主机断网。总部网络专家事后说，多亏他们云集了一批国内顶尖的信息防护专家，才保住重要数据，否则后果极其严重。据清点，整个内网平台受损严重，目前正在评估受损的信息等级，拟订详细的防护方案。

总部信息处和国家信息安全局一行专程来到研究所，召开内部紧急会议，传达总部的整改方案。负责人说，此次黑客攻击的来源是境外某科技猎手组织，他们由某大国暗中支持，目的是盗取我国最新的科技成果及技术资料，并对达到国际前沿的科技团队实施破坏和压制，保证某大国在全球的科技垄断地位。从攻击的路线看，总部到省通信研究院的通信网络是重要的攻击对象，怀疑与研究所新发现的暗粒子研究有关。总部的整改方案是：切断内部网络出口，提高涉密防护等级，与所有内部及知情人员签订涉密协议，制定紧急报警预案，将知情人员纳入所在地区的重点防护名单。

国内高能物理行业很快流出一些教授的奇谈怪论，说国内不具备暗粒子的研究能力，应该与国外的先进团队合作共赢，将所有探测数据无偿共享，共同推动人类的科技进步。还有一些论调夸赞国外技术，嘲讽国内只懂抄袭，不会创新，不可能追平国外技术。

总部与研究所协商后，制定了严格的保密措施，提高基地数据的安全和防护等级。

辰青云利用去漠城的新年假期，除与岳母签订涉密协议外，主要为保护那两本翻译完的洞窟文稿。之前岳母说已摘录完相关笔记，要寄给他时，被他制止，说见面后详谈。

车到楼下，骆雪梅迎着母亲说："妈，你又瘦了！我爸说你变成了宅娘，我可要说道说道。今天把罪魁祸首带来了，咱们开个家庭审判会，我要好好地替您做主！"骆雪梅说着，挽住母亲。岳母却笑着，直等辰青云过来挽住她，一起进到家里。

岳父忙里忙外，递拖鞋，清理沙发，拿水果，沏茶倒水，显然习惯了操劳家务。骆雪梅看不得父亲辛苦，帮他一起收拾屋子。岳母拉着辰青云坐到沙发上，聊起冥想的事情。骆雪梅看不过，又准备怼母亲，被父亲笑着制止。

"这个臭丫头！一回来就想着说我，嫌我在家不干活儿了，看我不舒服了，让你爸受累了。你是不是总欺负小辰，这挑理不饶人的性格得好好改改。要不是小辰在，看我怎么收拾你！"岳母一眼看穿女儿的伎俩，调笑他们父女。

"雪梅工作忙，事业心强，管理几十人的公司，压力太大，您得谅解。她也是担心您的身体，您看，那些治疗骨刺的贴膏，是她特意咨询医院给您买的，还要让爸监督您每天贴上！她在家里天天念叨您的身体，又做家务，又忙工作，比我辛苦啊。您看她回来就做家务，在家里对我可好呢，温柔体贴！"辰青云对骆雪梅使个鬼脸，心想在岳母家，不用被你数落了。

岳母对丈夫和女儿说："你们赶紧买菜去，回来做饭，别在屋里瞎转悠。我要跟小辰聊点儿工作上的事情。"岳父笑着拉女儿出门。

　　进到书房，岳母小心翼翼地拿出绒布包裹的书稿，又拿出翻译完的文稿。主要是最后 30 页，在重点内容上对辰青云做着讲解。

　　"妈，这份文献太重要了，比我想象的更翔实，里面一些细节可能是史上第一次披露。尤其央措记录的冥想时间，还有他最后冥想时的身体状态及圆寂前说的话，这里面可供研究的东西太多。我来之前，国外有些猎手机构正在通过网络黑客方式盗取和攻击我们在暗粒子方面的研究，这些机构可能不知道暗粒子与冥想的关系。研究所还没有对冥想展开更深入的研究。所以您手头上的这份资料非常关键。这份文献及翻译的文稿，一定严格保密，不能告诉第三人。颜依月那边，研究所会在基地单独安排配合。总部要求与外部相关人员签署一份涉密协定，将您纳入地区重点保护名单。这份文献还是留在您这里，千万不能让地区的文化部门知道，暴露风险更大。我们计划给您书房里安装一个保险箱，您将这些资料存放到那里。另外，我给您带来一个有涉密防护的能隔离外界网络的便携电脑，您将家里电脑中储存的文稿资料全部拷到这台新电脑中，删除原电脑中相关信息。一会儿我帮您处理。这份翻译摘录出来的笔记单独复印一份给我。您以后翻译中若发现新的内容，可以通过涉密电脑的加密方式传送给我。"

　　"若别人问起这方面的事情，我怎么说呢？"

　　"您就说只对藏传佛教中诗歌及历史感兴趣，只进行评论和研究，这本来就是您擅长的事情，只是将其中与冥想和轮回相关的内容隐藏掉。与云禅寺僧人交流时，也让他们知道您只对历史和诗歌感兴趣，避开冥想的谈论。"他觉得冥想幻境已经打破了世人的唯物观念。

农历新年初三，他单独去了趟云禅寺。主要检查上次铺设的电源和保暖设施，还有亭阁上安装的干扰源监测仪器，他担心涉密问题。

他来到寺院，僧人们正忙着藏历新年的各类法事活动。游人很少，他感觉山区里所有无家可归的人都被请到这里，来点缀新年的快乐。寺院里所有的风景点，没有人去欣赏，冷冷清清。登上山阶，清除积雪后的山阶落满尘土。登上亭阁，他看到上次施工人员安装暖房时散落的材料，看来谷若兰和颜依月上山冥想后，没有游人上过山。他走到山崖旁边，向对面的岩壁下方看去，想探视那个金轮符号，但真如岳母所说，隐藏太深。他抬起头，向东侧的雪山看去，雪线上裸露出几条山脊，青色山岩在清亮的白雪中隐现。莫非那片雪岩里真有神秘的岩精藏药？他在计划，今年天气转暖后，利用无人机去勘测这些传说中通天的神药。

他走到祈福柱旁边，看见高耸的石柱向四周斜拉的五色经幡丝绳，想起自己认识骆雪梅之前系在上面的红绸，到下方石架前寻找。那条岳母为女儿写的祈愿红绸还在，他写的那条红绸紧挨在旁边，颜色发暗，字迹依然清晰。但不知谁在恶作剧，将挂在上层的一条颜色更暗更长的红绸条绑在他的红绸上面，系成死扣。他花了很长时间才解开，瞅瞅那条红绸，上面写着"来世相见"，他突然记起，这条红绸早在他初次登山前就挂在这里，心想，这久违的灵魂，是不是想纠缠住自己？

看到岳母为女儿写的那条红绸，他再次感叹。他曾因此事问过骆雪梅："你母亲总去云禅寺，没带你去过吗？她替你祈福的那条红绸，你不知道吗？"

骆雪梅对寺庙一点儿不感兴趣，至于冥想中的幻境，她从来不相信。她回答："母亲替我祈福的红绸，是她自己的想法，我可没有央求。小时候去过寺庙一次，那种昏暗的大殿让人窒息，跪拜和朝圣让人感到渺小和自卑，阴森的佛塔里透着一股寒气，好像随时把人扔进山沟，反正感觉非常不好，那种阴沉的地方，我才不愿去！"

"后来也没改变想法？山顶亭阁上那种苍凉孤独的风景，没体会出来？"辰青云问。

"你跟我妈一样，总悲天悯人，臆想那些无聊的风景和幻境！我不喜欢那类风景。站在那样空旷的山顶上，会觉得世间孤独无趣，没有意义！我不想让自己感觉渺小，我是改造自然的人类，不是被围猎的动物。那些岩画的风格才适合我，造物狩猎，阳光自由。正因有小时候在大殿的心理阴影，才要逃脱这类虚假的心静之地！"

"是啊！你对风景不感兴趣，只对现实感兴趣，只崇拜能力！人总有无趣的时候，拿什么充实自己？看看你母亲，学藏文查经书，研究各类历史，著书立说，多充实，多幸福，我真羡慕你这个老妈。等你老了，退休了，也没有别的兴趣，会不会无聊地唠叨，天天折磨我啊！"他调侃。

"你懂什么，管理才是最大的乐趣，管人管事管物，才活得有价值，才像个人，才会不受制于人，才能活出真正的自尊。就算我老了，不管事还会管孩子吧，管自己也行，但绝不去你所说的那种孤山野岭，去聆听所谓神灵或者自然的教诲。那是躲避，那是自卑！躲避和自卑还不可怕，可怕的是掩盖自私和怯懦！"她说。

"呵！你真强势啊，你们母女俩真是天大的差别！你继父当兵出身，豁达大度，可你从小一点儿没被熏陶出来！你真像你的亲爹，比较强势，是个喜欢管理的狠角色！"

"你是不是又想说，我对人冷酷无情？真像你说得那么狠毒吗？要我说，你对这个社会了解太少，沉迷于技术，单纯幼稚！你不知道社会的残酷，不理解我的处事原则。喜欢管理只是一种事业，并不代表对人就冷漠，我对你冷漠了吗？咱俩还是别这样聊下去，总被你带进沟里，不想跟你辩论，懒得吵架，省省吧！"她习惯戳他的软肋，让他无语，也习惯用置之不理，让他无奈。仿佛锋利的尖刀插入棉花，也仿佛用冷淡，缚住他偏执的思想。

他重读谷若兰书写的红绸寄语，那份从央措诗人传承下来的诗情最初感染了他，让他对骆雪梅产生遐想和好感。第一次见到她，被她的自信和活泼率真打动，他从小缺失父爱，正好被这种自信填补，他在潜意识里需要这种父爱式的女孩儿管理。最初接触中，她用女人的柔情打动他，用美貌吸引他，用温情爱抚他，用特质感染他。然而结婚之后，他才逐渐发现，他真正需要的就是温柔和体贴，不是压制。习惯她的素颜后，当性格变得无理，当特质变为普通，他的情感渐渐埋藏。她的自信变成咄咄逼人，活泼率真变成得理不饶人。虽然她爱他，但没有完全相融，有缝隙，有裂纹。他感觉这种爱里没有真正渴望的柔情和细雨般亲密的耳语。他需要母性无微不至的体贴，然后才是情感的互换。他们之间的心灵隔阂越来越深，他知道自己情感缺陷，懦弱自卑，为此也常常自责。然而不知不觉中，颜依月却在他心里的分量越来越重。他感受着苦恼，像绳子一样勒紧自己，无法逃脱。

然而，他转念又想，假如当初选择的是颜依月，会不会也是相同的结局？当生活变成搭伙过日子，当美貌不再天天吸引，当温柔体贴变成了习惯，当她的过去日渐成为他的心结，当他们之间的社会圈子越隔越远，是不是又产生新的无奈，是不是到时还会感叹骆雪梅的好。他悲痛地想，难道所有的爱都是如此吗？爱也有轮回吗？是不是正因为这种无奈的爱，才会有迭代的轮回，才会在轮回中将爱碾碎洗涤，只留下如这山谷般空旷孤寂的情感。那么，世间有真爱吗？在冥冥的暗天体中，爱又是什么？

农历新年剩余的假期里，岳父带他们在沙漠中狂飙，在沙湖边散步，在沙峰上滑板漂移。他觉得空灵离他越来越近，即将罩住他，融入天际。假期很快结束了，他和骆雪梅返回江城。路上荒凉的大漠，孤寂的戈壁，空静的山谷，伴随旷古的无处遮挡的冷风，灌入车窗，浸入心灵。他日渐虚空的精神世界，已经被空灵裹住，需要注入一点儿充实，填补一些专注。他不知道，这些充实和专注到底是什么。

新年的感觉越来越淡，结束假期。他和骆雪梅又投入无尽的工作中，也许只有工作，才能冲淡所有情感的羁绊和心灵的孤独。

3月初，按照总部要求，对基地的安防建设进行检查，辰青云再次来到山城。

中午，走进清苑酒店餐厅包间，颜依月等在那里。

"你回骆雪梅家过年时，你岳母打电话给我，你在旁边没有一点儿感觉吗？骆雪梅也没问过此事？我都替你担心，哈哈！你是心安理得，还是心有愧疚？新年后这么快就来山城，惦记我啦？"她调侃道。

"你是关心我呢，还是关心我的丈母娘？自从你和谷若兰交往后，就不惦记我了，谁还敢惦记你，你不是说急着看这份文稿吗？不惦记啦？"他调笑着，向门外望去。客人很少，空旷的餐厅里只有斜射下来的慵懒阳光。叫菜声从厨房传来。

"谷阿姨知道你来这里吗？骆雪梅也知道吗？"颜依月也调

笑着。

"不知道。难道我来基地视察，一定被怀疑见你吗？难道你对谷若兰暴露了自己？"辰青云收起笑容，注视着她。

良久，两人挺不住对视，哈哈笑起来。服务员端上菜，瞅了眼辰青云说："还没有客人让老板娘开心，您还想吃啥，我们去做！"

"他可是我们的老主顾，财神爷！去拿一瓶店里最好的红酒，然后去休息吧。今天客人少，没事提早下班吧。"颜依月对服务员说。

"你这房间安全吗？有摄像头吗？"服务员走后，辰青云问。

"我的酒店你还害怕，变得这么胆小？是怕我呢，还是怕你自己？我倒是想安装一个，看看你的吃相有多丑！"

"唉！我可能被网络黑客盯上了，他们无处不在。第一件事是跟你签一份涉密协定，这是总部的要求，我把你列入外部配合人员名单中，所以要签这份协议。最近国外机构正想尽办法偷取最新的暗粒子资料，你与此关系重大。除尚飞外，研究所的内部人员并不知道你的配合工作。尚飞说过你的作用，说你是未来技术突破的关键人物，是大宝贝！我可得好好呵护，别弄丢了！"

"只要不卖掉我就行，看来还有点儿价值，还值得活着！"她扫了一眼他拿出的涉密协议，签上字。

"第二件事，你今后在冥想中发现的任何场景，除我之外不能让第三人知道。对酒店的员工们也必须保密，因为无法预料后面的事情。你的冥想房间，对外用于精神治疗，也要做好对病人的防范工作，防止窥探。不能让冥想室与基地扯上关系。你和谷若兰之间交流，也少说冥想的事。自从你与央措交流后，已经颠覆了我的唯物论，我一直纠结和探讨这些唯心产生的机理，可是越研究越感到忧郁和惆怅。当然，依赖你的冥想能力，才可能解开我的心结！"他笑笑。

"哈哈，说得挺神秘！还有第三件事，我替你说，肯定是洞窟文稿的事情。你亲自拿来，看来很重要，怕我泄密？哈哈！你这胆小鬼！文稿里发现了什么？"她两眼放光。

"哈哈，还是惦记着文稿，我这个哥哥，不在关心之列！好吧，等一会儿吃饱喝足了，再给你看，我也学着吊吊别人胃口！"他开始夹菜吃饭，从清早开车过来，已经饿了大半天，"你也吃啊，不饿吗？既然不饿，看着我吃不难受吗？吃完再说！"他嘿嘿笑着。

她却淡定起来，微微冷笑："好啊，我给谷阿姨打电话，说你在这里拿文稿要挟我，调戏我。哈哈，我等得起你填饱肚皮！"服务员拿来红酒准备开启，被他制止。他们吃完饭，来到她的办公室。他从包里拿出文稿，递给她，让她慢慢看，说自己先回客房收拾行李，一会儿下来找她。

他下来时，看到她木木地发呆，问："发现了什么？"

她盯着他："什么时候回去，能多待两天吗？"

"计划明天下午回去，新购买的仪器几周后就要运到基地了，由于体积较大，怕磕怕碰，明早我去察看一下，确定运输及吊装方式，还要处理基地的安全防护及涉密的事。等仪器都到了，我和尚飞再过来，你可能就得配合我们工作了！"

"晚上的冥想你得陪我一起进行，冥想前，你得对我仔细讲解这份文稿，有些描述不太明白！"见他点头，她笑着说，"冥想时助手在场，不用担心我害你！"

"呵呵，我才不怕。还有一件事，下午有时间吗？离天黑还有 5 个小时，身体行吗？车上怕凉吗？能受得了颠簸吗？"他询问她。

"你想去哪儿？"

"到我们父亲那儿看看，很长时间没去了，想他们了，想带你一起去。你身体若不好，下次去也行。自从被暗天体理论纠缠后，总觉得他们一直看着我们，牵引着我们！"

"没问题，正好外面没下雪，公路好走，4 个小时后肯定回来了，我去准备祭品。"

"不用，我都准备好了。你多穿些，灌瓶热水，看好路就行！"

第 36 章　拴紧依恋

下午，沿着矿井塌陷区的边缘，在破烂不堪的公路上，终于到达那座魂牵梦萦的城镇。那里已变成一座鬼城。两个人下车，远远望去，依旧是残垣断壁，乱石沙滩。记忆里的那些街道上，枯枝碎瓦，荒草丛生。远处一波一波堆积的尘土，像潮水退去的泥沙，在杂草中蔓延开来。她指向一座矮山，又指向矮山旁边的一条废弃铁路，紧紧挽住他。他们知道，那是童年和少年时共同的记忆，如今灰飞烟灭，只留下两位尘满双颊、泪如泉涌的过客。

车停到离墓地最近的土路上，空旷寂静的山坡上，阳光透出几圈光晕，无风的天空里却卷起一阵旋涡，扫过坡面。两个人来到父亲的坟前，平整四周，安放祭品，点燃冥纸。看着袅袅的烟雾，共同祭拜。

"这是你第一次带我回到故乡，共同祭奠我们的父亲，共同回忆童年和少年时代，在父亲面前，能祈愿什么呢？"她挽住他的臂膀，喃喃地问。两个人看着腾空的烟雾，随着卷来的旋涡，向天空浮去。她轻声说："父亲们的灵魂就在那颗天体里，注视着我们，他们想说什么呢？"

"我带你来这里，就是想让他们知道，想让上天知道，在下一个轮回的世界里，在那个可能的灵魂天体里，一定要相拥我们的灵魂！我越来越相信，那个世界真的存在。你可能忘了，我们几乎同时来到这个世界，产房里我只比你早几个小时，我们的父亲因此相互认识，成为工友，相邻而居，温饱共助，最后，携手奔赴死亡。他们在产房外确定我们的性别后，第一时间就为我们订了婚约。其实我在想，我们就是那个世界一起轮回过来的，你说，父亲们想说什么？"

"他们想让我们做永远的灵魂伴侣！"她闭上眼睛，抱住他，任阳光肆意，任风尘散落，任天地的脉动交织。

他们回到童年，回到少年，牵着手，遥望西天。很久之后，他轻轻地说："回去吧，长庚星闪耀之前，我们该到家了！"

回到酒店洗去风尘，晚餐时，两个人来到中午那间包房。大厅里几张零星的餐桌上，客人们正在交谈，隔壁包房传来敬酒的喧嚣。菜上齐后，服务员关上门，她启开中午遗留的红酒，倒满酒杯，盯着他："中午不喝是为开车，晚上该喝点儿吧，少喝些，你还得给我讲讲文稿的事，还要陪我冥想，反正你今晚的时间归我！"

"好！我们慢慢聊，我先说岩精药剂的事情。你在云禅寺最后两次的冥想中，获得一幅雪山裂岩和老鹰的画面。在文稿里有一段对央措患有严重偏头疼并伴随幻觉的叙述，从内容看，他不像患有精神分裂症，他可能后来知道了缘由，所以将这幅画面的寓意指向这味药剂。春节在岳母家，我们仔细查了藏药大典，的确有这种采集雪山裂岩中五色岩精的药物，但主要是治疗精神分裂症和幻想症，那名药师把央措当作精神分裂去看待了。但从后面的叙述内容看，他吃了这种药，冥想后却记不起之前的事情，说脑袋里一片空白，到晚上才恢复正常。你记得尚飞曾分析过，大脑中可能存在一种暗团的激活机制，天空中暗天体临近时，暗团垂直上浮，但始终会受身体牵引，冥想结束后，暗团再返回到身体，大脑才彻底清醒。称暗团为灵魂吧，好理解。假如正常冥想时，灵魂上浮，由于大脑始终牵引着灵魂，灵魂获取天地信息后返回大脑里，也就是冥想中看到的幻境，但这个幻境应该是冥想结束前时刻涌入大脑的，只是大脑没有感觉到时间的变化。"

"央措是吃药后冥想的，吃药的机理是什么？"她问。

"关键就在这里，我是这样分析：冥想时，暗天体在天空中搜集各个灵魂，包括濒临死亡的，包括像咱们这样通过冥想触发的，但不管怎样，这些灵魂都会被天体牵引上浮。但我们冥想者没法进入天体。当冥想结束时，灵魂本该回到我们身体，但吃了这种药后，药物作用使大脑无法收回自己的灵魂，灵魂就随天体走了。这灵魂载着你的意识上浮，进入天体，或者游历天体，或者经历未知的事件。由于大脑未收回灵魂，潜意识成为主角，所以冥想结束后央措的大脑一片空白，因为他的意识随灵魂脱离了身体，同时药物对大脑产生损坏，导致他很长时间才缓解过来。"

"后来呢？文稿说央措的大脑空白了，但他还知道冥想？"

"脑科学表明，当一种习惯根深蒂固后，就会变成条件反射，即由意识层固化到潜意识层，就如你常年形成的习惯，比如定点醒来，习惯性思绪，等等。通过这份文稿证明灵魂只在意识层，当灵魂脱离后，潜意识还在身体中，还保留着各种习惯和思绪定式。所以他还要去冥想，这种习惯性思绪变成身体的条件反射，映射在潜意识中。"

他边吃边说，看到她的碗碟未动，笑着说："吃啊，吃饱了再听，重要的在后面呢。"见她吃起来，接着说，"我这几个月一直思考这个问题，请教过很多心理专家，对意识和潜意识的理论进行深入学习。"见她又放下碗筷，调侃道，"不要盯着我，吃饭就是潜意识，饿了不吃才是意识，咱俩还是吃饱了再说！"

她笑了，夹一筷子菜给他，说："好好吃，吃饱了才能摆脱潜意识，趁你意识还清楚，酒就别喝了，怕你一会儿胡说，变成了潜意识！"

吃完饭，两个人坐到包房的沙发上。他接着说："央措在紧接着第二天的冥想后，精神焕发，说进入了那个世界，说那里'没有人间疾苦，没有世间纷乱，那里的灵魂安详自在，能看见世间所有的人性'。他冥想前没有吃药，冥想后精神焕发。他还剩下最后一服药剂，上一次冥想后，虽然大脑空白，但没有出现幻觉和偏头疼，只是不舒服。再次冥想后，他的灵魂再次回到了身体，重新融进他的大脑。灵魂里载满了近一天的游历信息，所以，他感觉在那个世界待了很长时间，那是时间错觉，实际上他经历了 25.5 小时的游历，只在最后冥想结束前，才一起接收到这些经历。"

"最后央措圆寂是怎么回事？"

"他可能通过游历那个世界，知道了这服药剂的作用，他的身体已病入膏肓，知道自己活不了几天，所以想用最后这服药，将灵魂留到天体里。他见到了期望的天体世界，所以下决心告别人世。在最后那天早晨，他留好遗愿，但不想让弟子们痛苦，还对他们开玩笑，其实他去意已决！"

"每次冥想中，他总端坐在天体入口，真为守护那座寺庙才停留在那里吗？"

"这个问题还不清楚，文稿最后说：弟子们将他的肉身封存在主殿旁边新建的金阁佛塔里，后来又移入现在的偏殿里。我问过岳母，能存在几百年不腐的肉身吗？她说文献里有过记载，活佛圆寂后塞进一种药物，并在身体上涂几层金箔，然后每年定期再涂，这样一层一层，能维持几百年。现代有医疗仪器测试后，肉身的确不腐，骨骼完好，但对大脑神经的影响没法证明，所以可能真是他的肉身在起作用，虽然已死亡，但大脑中潜意识的结构还在，冥冥之中还有一根绳牵引着灵魂，使他在天体入口停留。"

"这种药物能买到吗？"她沉默良久，问道。

"你想怎样？也想学央措，尝试一下？早料到你会这样问。我可告诉你，想都别想！在现代医学科技没有分析出这种药剂的机理之前，在没有弄清楚大脑潜意识和意识的沟通机制，以及灵魂与意识的关系之前，这药剂的功能只是猜测。你只有知道的份儿，没有测试体验的份儿！"他严肃地盯着她。

她沉默片刻，笑了笑说："怕我的灵魂跑了，抓不住了？若真像央措说的游历了那个世界，就能证明一件事：他的灵魂没有被撕碎过，还保留完整。这是我从文稿中得出的结论。记得在贝茹玉濒临死亡事件中，她的闺密死了，从闺密进入天体最后传出的意念图来看，灵魂是被那个世界收割的，是要被破碎的，是不可能完整的。但文稿里，却支持灵魂完整，这是给我最大的启示！"

"你没提过这事啊？还保留这个秘密？收割破碎可能只是你的猜测，暗天体的运行机理，肯定复杂得多！"他皱起眉头，然后调侃说，"假如你的灵魂完整地进入那个世界，却发现我的灵魂已经支离破碎了，即我彻底死了，你是不是就像收垃圾一样捡起来，然后不屑地扔进某个收集筒里！"

"哈哈，说得很对，你要是对我不好，就准备这么做。要是对我好呢，到天体里就还想着你，把你那一片一片破碎的灵魂收集起来，梳理黏结成原状，复原你的灵魂！若是表现不好，想想你的后果。"她调笑他。

他也笑了："你怎么知道我的灵魂是破碎的，没你完整？"

"所以，你得尽快研究这服药剂的机理！"她胜利地笑了。

"关于药剂的事，可以制定一份采集方案，让探测队或无人机上山去找。若真能得到，送到相关部门分析，还有鹰脑的事，一并研究。至于分析结果，等仔细辨别确认后，哈哈，等你准备拼接我的灵魂时，再告诉你。如果药物没有任何副作用，当然可以尝试，但没有得到我的同意之前，你绝不能擅自找药，得向我保证！"他又严肃地看她。

"好，我保证！"她笑起来。

"云禅寺回来后，冥想中还有新发现吗？"他问。

"在洞窟找到文稿后，谷阿姨第一时间告诉我，说文稿用藏文书写，还得仔细翻译。我知道后，在之后的冥想里，通过意念向央措发送已找到符号后面的洞窟秘密。之后就再也没有收到有关金轮符号的画面，那些裂岩和雄鹰的画面，也没有收到。可能不在寺庙冥想，央措又不理我了。我回到以前的状态，还是用意念问他，怎么进入那个世界？几天前有幅画面一闪而过，没有记清楚，好像梦境一样模糊，这些天一直在等待，想重新见到那幅画面。"

"是什么画面，至少有个轮廓吧？"

"好像一片沙漠，一个大沙漏，然后有骆驼，有梯子，画面比较混乱，没法看清楚！"她抬起手腕看看表后说："你先回房间休息吧，晚上 8 点 30 分去冥想间。我先检查酒店，下午的工作还没做。"

回到房间，他想着暗团被破碎收割的事，感到无奈。出门沿楼梯上到楼顶，站到那座天线塔下面，看太阳落山后已经渐黑的天空。山城的污染治理已见成效，西侧天空中的长庚星明亮地闪烁着，比以前更清晰。西南山脉的黑色边缘，界限分明。他思索着，这座天线、基地和亭阁，三点在一条经线上，跟长庚星经过的黄道面垂直，那颗神秘的暗天体，现在应该在木星那个位置，一会儿，它就会运行到这条经线的上方。三百年前，央措在笔记上记录的冥想间隔是 25.3 小时，表明这个暗天体的运行周期在加快，三百年快了 1 两分钟，这能说明什么呢？等回去后，还要仔细研究这些变化量，探究这颗神秘的天体！

晚上，辰青云提前来到冥想间。屋里靠墙摆着一张助手的工作台，墙对面有三间被隔断围成的空间，里面有冥想躺椅，半躺方式，不能移动，后背贴一个舒服的靠垫，保证冥想时不向后偏斜。脑袋上方挂一个头盔，就像理发店里给女人烫头的套具。房间里靠窗户有一张单人床，床对面是一张桌子，上面是一台电脑和记录本。窗帘紧闭，灯光温馨柔和，给人梦境般的恬静。

助手向他打招呼："辰所，老板娘说今晚您要尝试冥想，让我给您调好监护装备，这是心脏和脑波记录仪，这是头盔，您到这张躺椅上试试角度，我帮您调整一下身体姿势。"助手熟练地操作完后，递上一杯热水，"还有 20 分钟，您在躺椅上休息一会儿，老板娘一般差 10 分钟过来，她那张躺椅已经准备好了！"

颜依月推门进来，看了一眼躺椅上的辰青云，问助手："辰所的仪器调整好了？"

"好了，没问题。"

"一会儿进入冥想后，注意观察辰所的身体变化，有问题及时处理！"然后转向他，"辰所，准备好了吗？我们开始吧！"

很快进入冥想，他戴的是悟空头盔，只看见星辰和虚空中流动的各类符号，他见不到她，但能感觉她的存在，一种温馨的陪伴，轻柔地抚摩他的灵魂！他跟着星辰，盯着那颗虚空中闪耀的长庚星，畅游在天际之中。

冥想结束，他睁开眼睛，看见助手正盯着他的脑电波和心率曲线。见他醒来，助手问道："感觉怎么样？有效果吗？我看您的情绪很稳定，没有太多的波动！"

"谢谢，体验很好！"他表示感谢。

她从里间出来，对助手说："太晚了，赶紧回家吧，我处理后面的事情。我与辰所交流一下冥想效果。"

助手走后，她问他："冥想感觉怎么样？你好像来过这个房间，但没有体验过，这里环境不错吧？"

"嗯！不错，很温馨。那幅说不清楚的画面又出现了吗？"他问。

"这次画面稍微明确些，看到的那个沙漏，像个大瓶子，将沙漠装在里面，有三分之一的高度吧。这次骆驼和梯子比较模糊，没有呈现出来，再过一些天会清晰的，我有信心，慢慢去体味，静静去欣赏，这才是乐趣，我有的是时间！"

他等她关闭所有电源和机器后，准备下楼，她却把门关好。从包里拿出两瓶红酒放到工作台上。那是下午喝剩的红酒，又新添了一瓶。

"每次晚上冥想后，都睡眠不好，我已经养成喝红酒的习惯。今天这酒拿上来，要你陪我喝，你的灵魂和这酒一样，不想浪费！"她坐到工作台旁，盯着他。

"好！陪你喝，喝醉了，你得把我扶到房间里！"

"你给不了孩子，该给点儿什么吧！"她的眼睛有些迷离。

他没有说话，没敢看她，拿起酒杯倒满，喝完后，抬起头看她："你想要什么？"

她没有回答，拿起酒杯一饮而尽，然后沉默不语。两个人一杯接着一杯，谁也不说话，很快，酒瓶见底。

她终于开口："看见谷阿姨，我才懂得什么是真正的知识女性。她纵论古今，博览群书，跟她对话才感觉到啥是人生，啥是价值，才感叹自己白活了一生。她是个好母亲，见到她的那时起，我就开始自责，不想再影响你的婚姻。不管怎样，骆雪梅有她母亲的血脉，肯定是个好女孩儿。你眼中的她虽然强势，但她还是爱你的，她虽然没有对男女之情深刻地领悟，只想着自己的事业，她现在不了解男人，不知道男人更脆弱。男人的强势为保护女人的生活，而女人的强势为保护男人的心灵！男人的感情越单纯，人生就越富有。我真不想破坏你们的婚姻，想站在她一边！"她的眼角湿润，眼泪在眼眶里打着转，最后掉落下来。

他也跟着落泪，没有说话，他不知道说什么，只有沉默！

"但你今天在两位父亲面前说的话，让我幡然醒悟。我的想法是基于传统的，冥想中那个世界越来越近，越来越真实，他们的传统绝不是我们的传统。那个可能轮回的世界在向我招手，就如与央措交流一样，我真的越来越相信那个世界。传统的道德伦理，在那个新世界里，可能不堪一击，不值得再去遵从！所以，你说的话是对的，也许我们真是从那个世界轮回过来，此生必定要承受磨难，才能体验永久！如果没有磨难，任何灵魂伴侣，都会灰飞烟灭！所以，那个来世里，我们一定要重新牵手！"她说。

"你是说这个世界不让我们投缘，没法走到一起？"他问。

"我们本来是有缘的，同时出生，父亲给我们定娃娃亲，一起经历童年和少年，但老天却拆散了我们。这个老天肯定与那个冥想世界不同宗，我很早就有预感，预感我们只能在来世相伴。结婚前我去过寺庙，在那座祈福柱上系过红绸，但我根本不知道冥想世界就在旁边的亭阁里，上天真会跟我开玩笑，让我错过了真正的姻缘！上次在亭阁冥想时，谷阿姨拉着我到祈福柱看她为骆雪梅写的寄语，兴奋地谈论你俩的姻缘，我才知道你俩的寄语都挂在上面。可是，她如何知道，我的红绸寄语早在你们之前就挂在上面，你好好想想，你当时肯定最先看到上面最长的那条红绸，但为什么，姻缘就错过了！"

"啊！那条写着'来世相见'的红绸是你的？还缠在我的上面，并系成死扣？"他木木地盯着她。

"是啊，离开云禅寺前，我又独自上山将自己的红绸拴上你的，只是感到遗憾，要再次缠上你！"

"哦！春节期间我去过云禅寺，上山时偶然发现的，我以为是别人的恶作剧！"

"恶作剧？你做了什么？"

"我把那个死扣解开了，又让它自由地飘起来，谁让你不写名字，谁知道是你的？"他赶紧反咬一口，的确不应怨他。

她狠劲地推搡，将他从工作台推到地面："你够狠，看来我们真的没有缘分！"

"谁说的，我不相信，我们的灵魂是一起来到这个世界的，怎么能无缘呢！"他站起身，鼓起眼睛直视她。然后，一股热血涌上来，抱起她，向里面的单人床走去。她瞪着他，不说话，任他吻住自己，任他脱掉衣服，任他叠压在身上，任他折腾。

"你不觉得床太小？能容得你这么折腾吗？"她气喘吁吁地说。

"你二楼的房间我可不敢去，店员们都看着呢！"他准备进攻。

"我没有痊愈，医生说至少一年，你真要进去？反正我不害怕！"

"那就和上次一样吧！"

"你想让我吃掉？是吃你的肉体，还是灵魂？"她闭上眼睛，享受着被抚摩的快感，喘息着，轻喊着！淋漓的激情之后，她伸出溢满液体的手掌，笑着说，"这孩子的梦遗比上次多，长大了，手法成熟了！"

"我可不是你的小孩子！"

"如果以后痊愈了，你就得给我个孩子，就用这个！"她握紧手心，液体从指缝间溢出，滴落到她滑嫩湿润的肌肤上。

他紧紧贴住她的肌肤，生怕她的一个动作，一个想法，让他支撑不住，从单人床上滚落。"我知道你想要什么，我的灵魂，来世全部给你！"他抱着她的身体，拥着她的灵魂，沉沉睡去。

他又进入那个无法断开的梦境中。踏遍千山，历经坎坷，跟随着凝望天穹的诗人和弟子，尝遍世间所有的疾苦。终于，残酷统治下的藏王朝分崩离析，新的藏王赦免一切犯人。诗人也终于结束流放，但不愿回藏，那里已没有他任何的亲人和弟子。他准备重新开辟一片天地。活佛的尊号让他的周围开始聚集新弟子，都是各类苦难中流放的僧人，他们一起向东行进。终于，在昆古山脉西侧的山谷中，找到一片与红教旧时驻扎相似的地方。他兴奋地在山间穿行，任由思想狂奔，将所有的激情投进这片山谷。他看见在星河映衬的山林间，曾经统领教派的红衣女侠向他招手，那是他曾经依靠却不敢依恋的女人，她的身影，在梦境里，在思念里，在经书中，在诗歌中，已经深埋于心。他从不敢奢求她的心灵，那是他永生的女神。他看见在朝阳的山岩下，那位胸怀天地的儿子，将他内心的祈望全部化为行动，去挑战旧体制，去用利剑刺破苍穹，但终归于失败。他看见在悠扬的铃声中，在山鸟环绕的天空里，那位依偎在女神身边翩翩飞舞的女孩儿，牵着儿子的手，环绕他，回荡着银铃般悦耳的笑声。

诗人和俗家弟子，将收集和自写的诗集编辑成册，向所有经过此地的路人和云游的僧人赠送。在这些书册中，详细描绘了此片山谷的地理位置，取名为灵隐山谷。他的目的，就是想对失去十几年联系的儿子和女孩儿发布消息。期待着他们在某一年，某一月，某一天，团圆相见，相拥新生。他觉得人生刚刚开始，希望用新生填满生命的各个角落，这才是对佛祖的回馈。

诗人决定永生留在这片山谷，开拓一片新的自由之地。正因为经历磨难，才能空然面对人生，才有了更深的信念，更强的支撑，有了重新造化人间的力量。

这片山谷，开始注入灵气，开始建立毡房，开始疏通道路，开始筹建寺庙，开始建筑大殿，被松林环绕。所有新生的信念，将山谷里的思想填满，筑牢。辛苦的劳作中，他深切地感叹：这才是真正的自由人生！

第 37 章　诱惑的对峙

暗团测试项目批复下来，高能物理研究院和科技部共同出资，为基地购置一套多维视角粒子能量捕捉仪。基地配合的土建方案也批复下来，开始施工。

新购进的能量捕捉仪由国外某跨国科技巨头在国内的代理商提供，他们派专人专车护送。该跨国公司拥有该仪器的全部技术专利和核心制造工艺，仪器内部有安全报警装置，一旦发现被拆解或有电路维护工作，在通电后第一时间通过网络发送报警信号，仪器公司总部接收信号判定为非法后，自动执行自毁程序报废仪器。合同中规定：发生此类违规操作，仪器公司不仅不承担报废损失，还必须由对方赔偿盗用损失。仪器公司对核心技术完全垄断，国内根本没有同性能的替代产品。据说国内曾经有公司研发过，但最终被跨国仪器公司以盗用专利之名起诉，受打击后破产。

梁志明通过搜寻，找到那个被打击破产的技术研发者李伟，详细交流后报总部人事处，政审合格后，与李伟签订涉密协议，引入研究所，负责该仪器的技术维护。辰青云仔细研究新仪器资料后，判断新仪器有盗取暗粒子研究成果的嫌疑，总部派遣安全工程师前来调查，他招集技术人员和安全信息部门，开会讨论该仪器的防泄密安全方案。

会上，辰青云说："山城基地开展的暗团测试项目已经被国外某些科研猎手盯上，近期的黑客攻击和断网事件，都与此有关。据尚飞了解，国际高能物理学会的很多同行多次向他询问粒子的测试机理，这是我们的研究机密。虽然关于暗粒子特性的论文被认为是划时代的，而且已提名今年的国际大奖，但到目前为止，没有正式发布，而各类黑客和攻击却蜂拥般进入我们研究所和总部的网络之中。我们猜想这台仪器存在后门装置，与仪器公司协商多次，要求取消仪器内的网络报警功能，遭到拒绝，他们垄断市场，咱们只能被动接受。仪器中有自毁程序，合同里明确不许拆卸，而且要求仪器启动后必须联网，所以请大家来，商谈如何破解或保证即将进行的测试过程不被盗取。"

"可以在安装中让仪器故意受损，在厂家维护过程中，想办法将内部结构掌握清楚，找出破解或摘除后门的方法。"某技术人员说。

"厂商已明确说明，整个安装和调试由护送该仪器的专人执行，不会让我们靠近仪器，故意受损方式行不通！"梁志明反驳。

"可以这样，由于这台仪器必须联网，在这台机器的网络交换机上安装镜像监测装置，在仪器调试中，厂家会检查仪器内部，我们暗中设置监控，同时对镜像监测的网络包进行分析，就能获取报警信号的通信格式。当仪器正常运行后，只要此类数据包收发，就隔断它，保证仪器不接收自毁指令。"安全工程师提出建议。

"仪器公司为防范此类监测事件，肯定采用动态加密技术，我们根本没法截获和过滤。仪器连接的服务器地址肯定很多，各种连接的握手信号，都是动态加密。所以镜像监测风险太大，很难成功！"另一名安全工程师反驳。

"若我们在断电和未联网状态下，强行打开仪器，能有多大把握破解这套后门和报警装置？当仪器通电和联网后，如何保证仪器不发生自毁？对仪器内部电路又了解多少？先不用考虑专利赔偿，如果成功，按我们的涉密条例，不会再让厂家接触这台仪器，厂家没办法拿到拆卸证据，合同中也没有规定必须上门维护。若这样，你分析破解概率有多大？"辰青云问李伟。

"据我了解，厂家人员必须等到仪器运行，正常联网后才会离开，离开前才会投入自毁程序。只要厂家不离开，发生断网，机器不会自毁。必须在厂家不在场的断网时间内进行破解。厂家也要休息，在他睡觉的 8 小时内去解决问题，这 8 小时内，既要分析电路，又要检查元件，还要上电测试，还可能进行电路板的拆解焊接，比拆除炸弹苛刻多了，即使我们全力投入，很难保证成功！"李伟谨慎地回答。

"厂家认识你吗？"辰青云又问。

"不认识，当初打专利官司时只有上层接触他们。公司倒闭后，我的新工作与此项目无关，所以不认识。"按以前的想法，李伟觉得事不关己最好。

"看来只能见机行事了。这次去基地配合厂家安装，老尚，小李，再有信息部门的两位专责，我们五人，以配合调试的身份参加，尽量多与厂家交流，寻找机会。在没有破解后门之前，不能开展暗粒子的测试，若最终不能破解，只能拱手让出数据了！"辰青云结束了会议。

基地土建完成后，仪器到达的前一天中午，辰青云和尚飞去机场接厂家代表伊慧，然后坐动车一起前往山城。

第一次见到伊慧，让两人大惊失色。伊慧汇集了所有江南女子的优雅，精美绝伦，像在勾织着淡色花布上亭亭玉立的插满梅花的景泰蓝，散发着淡淡清香，如和风细雨般地钻进他们的鼻尖，那种倾国倾城之貌，让他们难以呼吸。辰青云极力控制着自己，但尚飞不同，尽力表现出关怀之情，极尽地主之谊。

伊慧矜持礼让，侃侃而谈，在仪器和粒子探测方面的丰富见识，让他们甘拜下风。她将去过的地方和安装仪器的经历，讲给几位男士，犹如天鹅与井底之蛙的对话。

下午到达清苑酒店。尚飞陪在伊慧左右，喜形于色，爱护有加，生怕一阵轻风吹来，将手中鲜嫩的花蕊吹掉。辰青云走在前面，距离稍远，只是仔细聆听和微笑。进酒店前，他抬头向二楼颜依月的房间望去，身影在玻璃后面闪现。来时，他已与她联系，让她在餐厅准备一桌本地特色的丰盛晚宴，说要招待一位重要客人。

一桌六人开始了酒席。寒暄之后，李伟谦卑地问："小伊姐，厂家信函里说您与护送的仪器一起到达，仪器专车和技术人员在哪里，没跟您一起来吗？"

"仪器专车正往这边来，明早能到山城。没有我的授权，仪器卸不下来，按计划明早在你们基地卸车。辰所，您给我们办的通行证没问题吧，一定保证明天准时进入基地。我的时间有限，在你们这儿的安装调试时间很短，还有别的任务，工期都排满了，实在见谅！"

"没问题，一定保证你们顺利卸车和安装。"辰青云说，心想，这是他见过的最强势的厂家代表，表面温柔，骨子里却透着冷傲。她要是不满意，一定在安装和调试中挑刺，让他们被动。他研究她说的话，想着对策：如何寻找机会解开后门，那才是核心工作，宁可赔上他们的所有笑脸。

"老尚，你们安装调试只有两天，一旦超过两天，是要增加高昂费用的。若调试中出现隐患，仪器必须再次维护，也要重新签订维护合同。我们技术专家来维护的费用是很贵的，你们半年的工资也比不上他一天的费用。所以，尽可能在调试期间完成所有验证工作。我可以跟总部说说情，看能不能延一天给你们！"伊慧称老尚，看来是重视他，可能出于热情，或者因为技术，或者是对一路上照顾的感谢！

"小伊啊，难得来北方一次，虽然快到五月了，但天气预报有雪，这山里的雪景美极了！我也是南方人，盼望大半年了，我带你一起赏雪吧，一定让你终生难忘！小辰，给小伊的房间安排好了吗？房间要暖和，一定放个加湿器！"尚飞情场得意，好像忘了自己的使命，破解后门的工作早扔到一边。

"小伊单独安排在二楼，你们安排在三楼，我在五楼。老尚，这几天一定照顾好小伊，她可是大家捧在手里的能吐芬芳的鲜花！要做好护花使者啊！"辰青云对大家笑着说。

晚宴结束后，辰青云进入尚飞房间，调侃道："大教授，碰到大美女把持不住了？咱们还不知道她的底细，为摸清仪器情况，热情和呵护是好事，但别忘了艰巨任务！"

"嗯！对这位美女是有点儿把持不住，但你放心，调情是调情，技术是技术，分得清。我一定想办法套出她的解锁方式，顺便调一下情嘛，好不容易有机会，享受一下美色，肯定会克制的。我这个大帅哥，哪有女人见着不爱的？我保证不泄密，保证执行咱们的任务，保证尽力套出她的秘密。我是行业专家，她肯定想从我口中知道暗粒子的研究情况，相互美色吸引，多好的机会！小辰，放我这个自由身一马吧！有些机会是可遇不可求的！"尚飞装出无赖的样子，向辰青云求情。

"不能反被她套出秘密吧，我对你一点儿都不放心！"

"你放心吧，我早就编好了一套假探测理论，让她摸黑转悠吧！"

辰青云来到李伟房间，又找来两位专责，协商后没有好办法，只能明天见机行事。

回到五楼，他的房间离冥想室不远，是颜依月安排的，楼道里空空荡荡。从进入酒店到现在，还没见到她，这么晚了，还联系她吗？正犹豫是否打电话，门开了，她走进来。

"哦，老板娘啊，真霸道！随便进任何客房，随意查任何帅哥！"他开起玩笑。

"陪了一晚上江南美女，心情不错啊！那位美女的确漂亮，谁见了都会多看几眼，我都嫉妒了，你能不动心吗？"她调侃。

"我可不敢！什么时候看见的，我怎么没见到你？"

"聊得好热闹啊！连包房外有人都不知道！服务员争着去看，我当然去了，那个尚飞又犯花痴了，你也有点儿迷离，不然能看不到我？"

"哈哈，你来这里想检查我的迷离程度，不怕走廊有人盯你吗？"他笑着说。

"我早把五楼的客人安排到四楼，我来冥想室很正常啊，员工们都知道。不想让我上来？见到漂亮女人就不想我了？你说，我与那位江南美女谁更漂亮？"她踢掉高跟鞋，坐到椅子上，将腿搭到床上，又自语道，"我的长腿可比她的短腿漂亮多了！"

他急忙将窗帘拉上，又检查留下的缝隙。见她笑他，说："笑什么？我可有一帮员工在下面呢，看见了多不好！"

"你在三楼已经交代完了，他们还会上来吗？胆小鬼！"

"你怎么知道？"

"这次来，不是让我做好监控嘛，我一直监视这几层楼。刚才你的搭档尚飞，还有二楼的江南美女，在你上五楼时，就一起出门去酒吧了。我已经跟保安交代过，他们回来后第一时间告诉我。"她伸个懒腰，问他，"你说要监视那位美女，想做什么见不得人的事？"

他把破解仪器的想法告诉她，说伊慧的幕后机构可能想盗取基地的测试数据。

　　思索片刻，她说："我倒有个办法。"然后用手指指自己的脑袋。

　　他立刻知道了她的想法，竖起大拇指。两个人比画着开始谋划，手很快拉住了，自然地躺到床上。他看着她柔嫩的脸盘，细长的手指，红润的嘴唇，突然激起一股情欲，翻身压住她，吻她。她配合着他的激情，脱去衣服，尽情折腾。这次的床更适合两人的翻滚，他不用担心掉到床下，还是上次的底线。折腾完后两人气喘吁吁地钻进被窝。

　　"你的冥想能力越来越强，真是厉害啊，居然对读心这么有信心！上次我在基地冥想，你是不是读过我的心？怕我生气不想承认？"他咬她的耳朵问，见她笑而不语，叹气道，"唉！我的灵魂被你抓住，变成孙猴子，跳不出去了，你可以为所欲为，够狠毒！"想起总对骆雪梅说这个词，又改口说，"不是狠毒，是很邪！"然后手又滑向她的身体，开始第二轮折腾。当他们再次气喘吁吁地安静下来时，电话铃突然响起，他俩跳跃地坐起来。她从床头拿起手机，里面传来声音："老板娘，那两人回来了，男的喝多了左右摇晃，女的扶着男的去二楼了！"

　　他俩对视一会儿，感觉不妙，立刻下床，捡起扔到地上的衣服，快速穿好，又到洗手间匆匆洗漱一番，她说："我先下去让服务员查房，并到监控室去，你一会儿再下去，想办法把尚飞拖回三楼他的房间，不然，两人解释不清楚！"说完后，她提着高跟鞋离开房间。

　　两个女服务员以安全为由打开房门。伊慧一脸惊愕，质问私人空间怎能被打扰？服务员说楼道已纳入公安视频系统，单人间里没有双方的身份登记，派出所会突击检查，罚款我们，所以要求与你一起进来的男士进行登记。尚飞已经醉倒在床上，根本睁不开眼睛。伊慧立刻说自己喝多了，刚清醒过来，不知道发生了什么。然后想了想，拍拍自己的脸颊，说想起来了，这位男士是她的朋友，住三楼客房，送她回来先醉倒了。她请服务员扶他回三楼房间，并再三表示感谢！

次日早晨，辰青云叫醒还在沉睡的尚飞，等他清醒后问："昨天晚上怎么回事？你跑到伊慧的房间做什么？"

尚飞瞅瞅自己，又瞅瞅房间，疑惑地盯着辰青云："伊慧房间，我没去啊？"然后仔细回忆后又说，"我只记得约她出去喝酒，没喝多少啊，后来……我就想不起来了，断片了？我以前喝酒断过片，你知道的，我真去她房间了？你们都看见了？"

"昨晚上我被服务员叫醒，说你进到伊慧房间没出来，查房发现你醉倒在那里。我赶紧下楼和服务员把你扶到三楼房间。伊慧也有些醉态，但比你清醒。你喝多后，她问过你什么吗？或者，你对她说过什么？有与暗粒子相关的事情吗？真危险，要不是被我们救出来，你可能全泄密了！"辰青云说。

"我知道，你提醒过。我早就将编好的假理论强化到记忆里，快形成条件反射了。理论是：只有基地这类特殊地质矿脉，对中微子吸收后才会产生暗粒子，结合仪器就会测试出特性，就如他在论文中描述的那类特性。昨晚醉酒时好像提过这事，肯定没有说冥想与暗粒子之间的关系！"尚飞保证，但锁紧眉头还在仔细回想。

"好吧，你醉酒的事我跟老板娘说过了，让她们保密，放心吧。只要伊慧不说，谁也不会知道。我有一个想法，将计就计吧，到基地后想办法让她冥想，说冥想是最好的精神休养，观察她的反应。下午2点正好是冥想的时间节点，让她尝试一下幻境。我想她对冥想肯定有所耳闻，肯定感兴趣，用悟空头盔让她体验一次。你的任务很重要，她要是被伺候舒服了，机会就来了，要寻找一切机会！"辰青云幽幽地说。

　　早餐后，等仪器专车到达，大家一起去基地。尚飞依然陪在伊慧的旁边，有说有笑，全然忘了昨晚的事。辰青云把大家安排进商务车，抬头向二楼颜依月的房间望去，心里祷告：下午的冥想很重要！

　　进入基地，卸车吊运及木箱开封，将仪器固定到指定位置。伊慧按照流程授权签字，最后掀掉层层包装，仪器的真面目显露出来，像个大保险柜，体积如两个成年人排在一起。正面有一块突出的小液晶屏和嵌入的数字密码键盘，侧面一处电源和几处探测接口，一个显示输出接口，一个网络接口，多个信号接插头。仪器柜里面应该就是控制电路和核心装置，柜体围着厚厚的铁板。随车还有几件木箱，里面是仪器配件和类似雷达的捕集天线。

　　辰青云看到仪器柜有点儿绝望。伊慧指着数字密码盘对他们说，打开内部仪器需要输入两次不同的密码，只有三次机会，连续三次输错就会启动自毁程序。仪器内部有振动监测器，若仪器晃动或强行打开时会导致振动报警，也会启动自毁程序。这是最新版，她也不知道这些密码，调试期间她会全程参与，并实时与总部联系，总部会授权她的每一步操作，若她有解决不了的问题，厂家才会派人处理，但过了调试期，必须重新签订维护合同。

　　辰青云看看同事，大家面面相觑，感觉如大海捞针一样没有希望。伊慧和随车来的技术人员监控指导，尚飞和李伟开始连接各类接口，进入启动和调试步骤。按照调试规程，需要两个白天，第二天联网进行整体验收。联网后，任何破解操作，网络故障，都可能使仪器柜里的核心元件自毁，只有厂家人员前来调查后，才能确定更换方式。其间所有操作都会记录在仪器里，厂家调出记录，违规情况就曝光了，而且有了证据，将面临高额罚金。

"这里山区的网络不好，万一停电或出现电信故障，导致网络中断，使仪器自毁，我们不应该负责啊。再说，合同中也没有明确外部网络信号中断的处理事宜，这个问题如何解决呢？"辰青云看着说明书，指着仪器的网络接口，问伊慧。

"这是升级版，已经考虑过此类问题，只要仪器断网前后的自诊断信息完全一致，就不会发生自毁。"伊慧自信地回答。

第38章 解剖美色

中午，酒店派车送来午餐。吃完后，辰青云当着伊慧的面对同伴说："现场环境太乱，千万别误碰仪器，让尚飞和厂家人员继续调试吧。上午的配合工作基本完成，下午帮不上忙了。仪器精密，需要安静的调试环境，别添乱了。咱们先回酒店，有问题再过来，酒店到这里也不远！"同伴领会意思，点点头。他对尚飞说："暂时帮不了你们，我们先回去，下午调试完，我来接你们，祝一切顺利！"说完和同伴离开基地，只留下尚飞和厂家人员。

回到酒店，辰青云通过远程加密通信，在便携电脑上打开基地的监控，找到两人在仪器间的工作画面。测试厅设在仪器间的楼上。以前不知道冥想能产生暗粒子时，称冥想间，后来发现有关联，在冥想间重新布置测试仪器和电缆后，改称测试厅。

基地仪器间里只剩下尚飞和伊慧。两个人配合默契，尚飞不仅忙前忙后地承担主要测试工作，嘴里也一直没闲着，极尽幽默和笑话，逗她开心和高兴。她抹了把脑门上的汗，顺便优雅地将挡在脸旁的长发撩到耳朵后面，娇声对他说："听说你们有个冥想间，现在改成测试厅，为什么要改啊？"

尚飞心头一紧，感觉这女人真厉害，不知从哪里套出了冥想的事情。难道昨天喝酒被她灌了迷酒，露出冥想的事情？正想着解密的任务，看来时机来了。他刻意含蓄地说："冥想间能让工作人员精神愉悦，跟喝咖啡一样，倍感轻松，然后集中精力，能更好地观测暗粒子行踪，还能治疗失眠。但这里毕竟是实验室，所以改为测试厅。"

"听说里面还配有冥想用的头盔，能快速让大脑愉悦、安静。一会儿工作累了，能让我享受一下吗？"

尚飞正想着如何引她冥想，听她这么说，立刻知道昨晚肯定被她套出一些冥想的事情，看来自己禁不住诱惑，被算计了！昨晚的断片肯定与她有关。知道辰青云在监听，他偷偷向摄像头做个手势，然后假装惊讶，悄悄说："小伊，这是我们基地的福利啊，不能让外人知道和享用，辰所已经告诫很多次了。你真想尝试吗？"

"你忘了，昨晚上喝酒时你说过的，基地有间冥想室，辅助员工休养和睡眠！不就是一间休息嘛，为什么不能被外人使用？昨晚跟你喝酒，我都没睡好，让我体验一下吧！"伊慧伸伸懒腰，显得很累。

尚飞神色慌张，看看表说："好吧，我一会儿检查一下测试厅的监控系统，想办法暂时关闭。准备好后，我偷偷带你进测试厅。进去后我告诉你头盔的使用方法，你冥想时我在门口守着，体验后一起回仪器间，我再上去恢复监控。记住，冥想时千万别想仪器与暗粒子的事，只想生活，如音乐、诗歌之类的事情，这样才会体验到愉悦。"

辰青云和颜依月在房间里远程监控着，他们将相互配合的细节又重新捋了一遍。看看表，还有半个小时，他握握她的手。她离开进入旁边的冥想室。他仔细盯着尚飞和伊慧在测试厅里的一举一动。

尚飞说的关闭监控，只是演示给伊慧的假操作。辰青云盯着测试厅，看见伊慧半躺在冥想椅上，戴好悟空头盔，尚飞在旁边指点。伊慧准备好后，尚飞坐到门口的椅子上，紧张地关注她的面部表情。辰青云心想，尚飞当然也要借此机会好好欣赏美女的容颜和身材。

冥想结束。助手离开后，辰青云赶紧推门进入冥想间，看见颜依月站在工作台旁发呆，紧张地问："怎么样？有什么结果？"

颜依月看到他的慌乱，笑了笑，仰起头，指指自己的脸颊。他急忙上前亲了亲，然后她开始叙述冥想中的情景。

"进入冥想后很快看到伊慧的身形，肯定是她！这几天在酒店里多次见过，但她不认识我，也没注意过我的面容，肯定感觉不到我的影响。我把意念全部放到她的身上，问她想得到什么，贴近她的脸，很快，一幅有跳跃粒子的画面出现，画面中隐含她与尚飞喝酒时窥探的表情，看来她真要套取暗粒子技术！"她停顿了一下。

"然后呢？"他紧张地看她。

"然后，按你的计划，我将一幅还未公开发表的暗粒子特性图用意念发给她。我发现她的脑海里，满是跳跃的兴奋表情，我又立刻把第二幅图，上面是液晶小屏幕和数字密码键盘的画面送进她的脑里。"

"然后呢？"

"等了稍长一段时间，她的脑海里满是疑惑、惊讶和迷茫的表情。我立刻按计划又发出一幅意念画面：仪器柜里游荡着大量闪烁的暗粒子图。等了一会儿，我发现她的脑海中出现一幅奇怪的画面，好像是一条游动的鱼，也可能是一个活动的公式，像是叠在一起的'符号 +1=0'的公式。"

"符号 +1=0？这是什么公式？"辰青云仔细想。

"符号里好像有个字母 e！"

"那符号里是否也有 π 和 i 这两个字母？ $ei\pi + 1 = 0$ 。"他用笔将这个公式完整写出，给她看，"这是欧拉公式，你看像不像这个形式？"他开始兴奋。

"是这个公式，e 和 π 非常突出地显示着，其他的符号暗淡些！"

"后面又看到了什么？"

"后来按你的要求，将如何避免自毁的问题发到她的大脑，很快看到一幅电路图闪现出来，最后在一排五颜六色的线上停留下来。"

"五颜六色的线？有什么明显特征？"

"只有淡黄色的一根线在快速闪动，非常明显！"

"然后呢？"

"我看见她的脑海里有充满疑惑和迷茫的表情符号，我立刻把你给我的第一幅图，那幅未公开发表的暗粒子特性图再次传给她，然后她的脑海中又涌出一片兴奋，但不如第一次强烈，又闪出你说的那个欧拉公式，但很快，她脑中的画面混乱起来，最后一切消散了，直到冥想结束！"她说完沉思着，想是否还有遗漏。

他亲了亲她的额头，匆忙回到自己房间。从回看的监控画面上，看到伊慧若有所思地从冥想椅上下来。尚飞过来问："怎么样，体验幻境了吗？有精神愉悦的感觉吗？这件事千万保密啊！"伊慧回答："我看到里面有几片模糊的星辰，背景的虚空中有一些符号，有些符号跑进大脑里与我交流，贴出几幅很有意思的画面，嗯，精神上很舒服！"

监控画面里明显看出伊慧对尚飞的热情收敛了，已没有更多交流的想法。莫非她认为已达到效果，已从尚飞身上获取了足够信息，已知道冥想的作用，只等待后期的数据？不管怎样，他们给她一个假象，至少让背后的科技猎手们没有获取关键技术，至少在测试环节上还留有余地，即使科技猎手得到数据，也不能让他们走到技术的最前沿。

晚上 6 点，基地的主要接线调试完成。他去接尚飞和伊慧，与厂家人员一并回来，餐厅订了一桌饭菜，庆祝他们当天工作顺利。

辰青云敬伊慧酒，央求她："小伊，这台仪器还得指望你们好好维护，若以后发现问题，请你跟老板求求情，给我们降低点儿维护费用，后期探测任务巨大，还会向你们订货的。另外，若因为意外发生自毁，恢复系统的费用也给我们打点儿折扣，毕竟这些费用很高啊，我们的资金申请也不容易！"

"发生自毁的损失肯定由你们承担，自毁电流瞬间会烧损主板和芯片，必须完整地更换主板，这一块收费我说了不算，但你们这两天对我的细心照顾，非常感谢，以后上门的维护费用肯定能降下来，这块我有话语权，后续合作也肯定顺利，祝你们成功！"

晚餐结束，尚飞赶紧来到伊慧旁边，悄声说："小伊啊，是不是还没有尽兴，想去哪里再喝，想玩什么，尽管说，辰所让我今晚陪好您，我们一起去唱歌吧！"尚飞央求道。

"昨天已经玩得很'嗨'，今天工作太累了，我想好好休息。晚上还要跟总部汇报情况，明天还有重要的验收工作，等完成后，留有时间再庆祝吧！"看到尚飞还无赖地请求，坚决地说，"今天真的不行，我上去休息了！"

"你若改变想法，一定发信息给我，等你消息！"尚飞不依不饶。

回到房间，辰青云立刻招集同伴，对尚飞说："你留下来盯着伊慧，千万不能让她发现我们的行踪。"然后对李伟和另外两人说："咱们现在就去基地，明天早晨前回来，这一晚上可能很辛苦，赶在明早验收前找出破解方法，若找不出，也要想办法推迟伊慧的验收时间，或找出仪器的破绽，为以后寻找机会！"

窗外的雨夹雪在今年头一次降落，夜色渐浓，远处灯火在苍白中散出光芒。他们四人悄无声息地来到基地。仪器面前摆好工作台，铺上一块洁净的白布，两束灯光从左右射向仪器正面，聚焦在液晶小屏幕和下面的数字密码盘上，像话剧舞台上投射的白亮光柱圈，像手术台上聚焦的惨白人体。四人站在圈外，映出四副幽灵般鬼魅的脸影。

"怎么能不留痕迹地打开柜门？密码能是什么？"李伟迷茫地问。

"今天的操作只有我们四人知道，我们都签了涉密协定，不要过问操作原因，大家只负责自己的工作。密码我已经通过其他途径获取，现在开始操作。目前只能尝试用密码打开柜门，由于是调试期间，不会发生自毁。液晶屏每行 10 个字符，每个密码应该是 10 位数。我说密码，李伟操作，其他人监视。"辰青云说。

"第一个密码：2718281828。"辰青云的心脏咚咚跳着，每个人都一样，似要山崩地裂！

液晶屏滴了一声，输入的数字变成星号，挨个拼命闪烁！几秒钟后，又嘀了一声，星号变成一串英文：pass！大家惊叫。辰青云赶紧发出嘘的声音，生怕好兆头被吓走。

"第二个密码：3141592653。"辰青云的心脏要跳出来，旁边三人的头发竖立着。

最后 10 秒的闪烁等待，好像经历了一个漫长的世纪，生命轮回了若干次！

柜门啪的一声，自动弹开，里面的仪器露出完整的电路及接插元件。四人兴奋得张大嘴巴，手臂紧紧搭在一起。

"现在仪器处于断电状态，还没有经历首次启动，仪器不会对操作进行记录。我们先把所有电路板、接插件、接口芯片和每个固定螺钉都详细拍照下来，把密码盘及小液晶屏后面的电路也详细拍下来。两位专责，用最大分辨率拍下照片后打印出来，一会儿详细研究。"辰青云等两人将柜内所有角落及电路板正面全部拍下后，对李伟说："我来拆卸电路板，你监督并记录我的每一个操作过程，包括每一颗螺钉的顺序，插件的位置，并按顺序编号，有序放到工作台上，一定保证重新安装后完整复原！"

两个小时后，电路板有序地摆到工作台上。仪器旁边墙上，贴满打印出的电路照片。

"李伟，你负责检查电路中数据的输出部分，找出去往主通道和后门通道的连接电路，分析电路原理，想出断开的方案。"

"你俩负责检查网络连接电路，对上面的每个通信芯片，查找对应芯片厂家的说明书，检查网络通信是如何通过硬件芯片传送的，找出对应的通信协议！"然后对大家说，"一定先仔细研究照片上的电路构成，你们都是这个行业的专家，基础电路不用关注，主要查关键和特殊的电路构成。我来研究自毁的电路组成，想办法剔除自毁控制！"

紧张的 3 个小时后，凌晨 3 点，四人的电路修改方案全部拿出。按照辰青云的要求，依据修改方案，需要在电路上重新焊接，要保证不留痕迹，万一有问题迫使伊慧打开柜门检查时，不能发现焊接痕迹。其他三人的改动量较小，焊接修改完后大家相互检查，确定没有问题后，一起聚焦到辰青云的自毁控制电路上。

"我反复查看和分析这个电路，自毁控制应该从这处电缆排线开始，沿整个电路板向板边缘的地线汇集，"他指着这个插有

8 根颜色标志的电缆排线说。其中淡黄色的线比较粗，他特意盯着这根线，知道这是颜依月在冥想中得到的暗示。他仔细分析后也确认就是这根线，内部掐断后，还要使电线的外皮相连，保证绝缘，自毁电流就不会导出，而且从外部看不出破绽。他接着说："大家帮我分析一下，最后确定是否就是这根线，就像拆除炸弹上的那根最关键的线，若错了，功亏一篑，大家所有的努力都白费了！"

"你要是不指出这根线，我们根本判断不出这根线起什么作用，你分析后，就应该是它！"大家叹为观止，李伟由衷地称赞道，"辰所，您的硬件水平真牛，高手中的高手，你们国企真是藏龙卧虎啊，我头一次见识如此高超的技术操作。"

"不是我的功劳，这种技术和密码一样，是从其他途径得到的，我只是照葫芦画瓢。总部有更厉害的技术高手，我只是个皮毛，不多说了。"他谦虚地说着，却暗自发笑，他把颜依月的功劳和自己的硬件能力，全部归于从不知晓的高手身上。

所有的操作和破解工作完成后，又对密码盘后面的电路进行破解，增添一条万能密码，即任何时间，只要输入这条万能密码，就能打开柜门，即使伊慧更换密码，也不害怕了！

3 个小时后，凌晨 6 点，所有电路板和接插件恢复到拆卸前状态。四人对照初始照片相互检查，确保无误后，关上柜门，大功告成。雨夹雪已经停止，他们顶着灰白的天际，悄无声息地回到酒店。

休息 1 个小时，他们陪伊慧来到基地。紧张和兴奋让同伴们毫无睡意。尚飞依然护花使者般围拥着光鲜靓丽的伊慧，可她却变成一位冷血的商业谈判人员，对验收细节及合同条款把握着主动权，丝毫不给他们留下任何回旋的余地。

通电、启动、测试，诊断程序通过，配件连接正常，网络正常。伊慧接通总部电话，那边网络监控信号正常。辰青云一颗狂奔脉动的心终于安稳下来。他问伊慧："仪器验收后，本次合同是否执行完毕？"又指着合同玩笑地问，"你们将来不担心这里面的技术被高手盗取吗？这个基地可不太安全啊！"

"本次合同已经完成，不管仪器发生自毁，还是出现人为损坏，不重新签订维护合同，我们是不会来的。"伊慧冷淡地回复，接着说，"我们一点儿不担心技术被盗取，只要网络联通，国内绝对不会有破解此类仪器的技术高手，就是集中你们总部的所有力量也不行，真有人能破解，也是几年后要淘汰这项技术的时候！"她的语气充满傲慢。

送走伊慧，辰青云和同伴们在酒店的包间订了一桌酒菜，低调庆祝。

饭桌上，辰青云调侃说："我们的尚飞大教授，四十多岁了，还像个年轻的帅小伙，到处招摇，风流倜傥，沉迷美色啊！不知是假戏真做，还是真戏假做？但我发现一个现象：凡是顶尖的技术专家，都是痴情女人的汉子！"大家哄笑。

"我也是为工作啊，想办法套取她的信任，尽心找出破解方案。辰所，你不也默许了这种行为，满足我的渴求了吗？我不会出卖技术的，与美女互动，正好顺势而为，若不是顶尖的专家，她连正眼都不瞧我！"尚飞委屈地说。

"辰所，还有各位同事，感谢你们把我带入这个团队。有了这些仪器和图纸，我感觉自己重获新生。下一步，在这些图纸的基础上，一定能设计出咱们的独立技术，绕过他们的专利和技术壁垒，研发出完全自主产权的新仪器，这就是我的新目标！"李伟眼角湿润，举杯感谢大家。

"下一步，我们将利用基地的新旧仪器，搭建暗团测试的新平台，编写方案，准备新一轮探测。祝大家共同努力，共同奋斗，获取震撼科技界的新发现！"辰青云举起杯，大家同祝。他凑到尚飞耳边，轻声调侃："老尚，老板娘再带着员工骂你，我可不会替你求情了，何况，还需要她的配合！"

回到房间，可能睡眠不足，可能兴奋消退，一股莫名的不安和惆怅涌入辰青云的大脑。他想起骆雪梅，自己背着她与颜依月幽会，每次来时都想控制自己拉开距离，但每次都控制不住。纠结和错乱的情感已经让他不能自拔，像蚕蛹一样被紧紧包裹，只等待沸水的蒸煮。他想着这些天还要留在这里，更觉忧郁。拿起手机，对骆雪梅说："我还要在山城基地待上几天，你自己在家里注意安全，工作别太累，我测试完后立刻回去！"

他与骆雪梅结婚以来，没有当面称过她亲爱的，总觉得别扭，已习惯直呼其名。每次吵架后，他就想出差，但出差后又惦记她。回到家里，却忘了惦记，又回归到那种既争吵，又平淡，且相互独立的日子。他不知道恋爱时的激情是如何被慢慢消耗掉的！难道他们真的不合适，或者注定被上天淡忘？他走到窗前，怅然若失。

颜依月开门进来，看到她轻柔的身姿，他忽然明白：他的激情和他的灵魂一样，需要激发，需要共振，封闭自己，纠结自己，何来的激情！虽然道德已刻入灵魂，无法改变，但感情应是不被束缚的。

没等她说话，他就把她推倒在床上，发泄他的惆怅。

"大白天的，着什么急，你状态不好，要冷静！"她被压在床上，轻轻地耳语，见他红着脸爬起来，起身拍着他，像哄一个小孩子，然后急切地问，"昨晚一夜未归，事情很棘手吗？你的脸色如此忧郁，解锁失败了吗？"

"哈哈，有你的灵魂陪伴，何言失败！"

第39章　缠绵的四季

　　春季很短，夏季很长。雪峰还未消融，远山就蔓延出绿色，层峦叠嶂。干热的季风掀起滚热的尘埃，在荒漠中，在沙丘上，旋转着，飞舞着，直上云霄，形成天地间相连的沙漏。夏末，一场暴雨袭来，在昆古山脉所有的山谷沟壑间，像纵横的眼泪，铺满天地。苍绿的山草和青嫩的黄花沿山野疯狂地生长，在山脉与山城广阔的丘陵间环绕，在矿井深处高耸的矸石山上，刷满一层黄锈。暴雨过后，天空越来越宁静，从南方飞来的不知名大鸟，在城市的上空盘旋，发出清脆的叫声，响彻远方。

　　秋天匆匆来临。颜依月站在楼顶高耸的天线塔下面，扶着塔架，眺望天边的白云。天空离她越来越近，她能嗅到大鸟羽毛的味道，跟随它的叫声，穿透天庭。这半年来几乎每月都能见到辰青云，都会尽情享受他带给她的快乐。不管在共同的冥想中，还是相互的怀抱里，灵魂越缠越紧。她不知道谁在收紧牵线，还是冥冥中轮回在召唤。她常常疑问：如果天天在一起，就如他和骆雪梅的生活，还能让他们的灵魂紧密相连吗？也许这世上最远的红颜，才会变幻出永生的伴侣。更多时候，不安和恐惧萦绕在她的脑海，那个离自己越来越近的冥想世界，逐渐清晰。

　　冥想幻境里，她上浮的位置越来越高，离央措越来越近。她能看清他阳光的面容和眉眼间清晰的轮廓。那轮廓里，是看淡世间的睿智和宽广的心灵。她渐渐明白那个沙漏所代表的意

390

义，冥想的次数越多，沙漏积蓄的沙海越厚，那群远远的如海市蜃楼的驼队，越来越高大，她似乎听到悠扬的驼铃声，清脆激昂。她知道：当沙海溢满的时候，当驼队走近身旁，那片她期盼的世界，将敞开大门。她计算着，估计再有半年，沙漏将溢满，她不知道那个时候，自己将被带向何方。

"如果我像央措一样，在某个时间，被那个世界带走，你还会想我吗？"在某天凌晨结束冥想后，她依偎在他的旁边，喃喃地问。

"傻妹子，惦记你有什么用，那个世界里，你将遇见无数轮回来的灵魂伴侣，早把我忘了，除非把我一起带走，或者在我的脑袋里安个灵魂闹钟，提醒我想起你。可到时候，都不知道你在何方，随着时间流逝，想你还有啥用，只能挥霍无尽的空虚！"他闭着眼睛，困倦地搂着她，梦境般回答。

她翻身骑上来，掐住他的脖子，狠狠瞪着他："看着我，再说一遍！"

他喊着疼，睁开眼睛，用手揉搓被掐红的脖子，将她又搂回到臂膀里，打着哈欠，轻轻地说："你身体健康，事业有成，不做苦行僧，不做痴情女，没有嫌弃我，没得厌世病，凭什么想去那个世界？你要是去了，将给多少人带来痛苦，苦命的母亲，未立业的弟弟，还有我这个蓝颜知己。虽然我没有离婚，没有孩子，只要你同意，肯定会离婚，如你所愿。你若去那个世界转一圈，返回也行，就怕迷失自己，一去不返。你和央措不一样，他是苦行僧，你是及时乐，是我的月亮，没有你，我的世界一片昏暗，好了，不要问这些荒唐的问题！"

"要是有条件，去游历一圈，但保证返回，还让我去吗？"

"不行！回来就不是你了，你能保证回来？那个世界可不一定让你回来！"

"你们探测部去雪山找岩精的事情，有什么进展？"

"还惦记这件事？难道央措邀请你了？简直着魔，无可救药！雪山上的岩精已经通过无人机抓取回来，但采量很少，只够化验。梁志明正在根据检测结果，寻找与之匹配的药物，还没有匹配出来。他总在质疑，这药真能对测量暗团有效果？我只能搪塞他。这种藏药，梁志明查验后说是治疗精神分裂症的，若没有精神病，你吃后反而得了怎么办？我可不想抱着一个疯女人！"他又搂紧她，"赶紧睡觉！"

长达一年半的冥想中，近三分之一的时间在夜晚。睡眠不足、熬夜熬血，让她的病情难以治愈。她不敢去医院，生怕病情转向负面。她煎熬着，感觉生命在快速地消耗，她极力地隐藏，恐惧变化的病情。她知道，他再泛滥的激情，也极力克制自己，小心翼翼地呵护她未痊愈的身体。她也知道，他的心里有骆雪梅，有传统，有事业。她不想破坏他的平衡。

冥想中沙漏即将溢满的事情，她没有说。她一直犹豫着、判断着，这种决定随着时好时坏的身体，艰难地选择着。她在担忧，真进入那个世界，回不来了，就是与他的永别，与家人的永别！她庆幸没有孩子，没有牵挂，可以肆无忌惮地想她的未来，但恐惧也伴随着她，无论在梦境中、在生活中，还是日常大部分百无聊赖的空想中。

几个月前，辰青云与尚飞利用新购置的暗团探测仪器，在她的配合下，获得重大发现。在万分之一秒的时间内，探测到一幅形如章鱼的暗团图案，在基地的时空中向上飞升，冥想结束时，暗团的归来也是如此。他们按照猜想构建出暗团的暗粒子结构图，尚飞算出暗团上升的速度约为光速的一半，整体特性与之前发现的单个暗粒子完全不同。暗天体与暗团之间的神秘面纱被慢慢地掀开。尚飞和辰青云成为暗粒子领域中最神秘的大佬，由于实验只能在山城基地进行，必须有她配合才能探测出章鱼的影像。在世界各地的暗粒子实验室，只依据尚飞的论文，根本无法验证，于是被各路专家质疑，认为造假。但后续的理论越来越翔实，论文无可挑剔，行业混乱了，他们也不愿为新理论辩解，这里已变成探测的独立王国。每次在仪器上观测到章鱼的新轨迹，她看到辰青云和尚飞紧紧拥抱，胜过所有情感。看着他们在基地里没黑没夜地演算，兴奋地交流，她就感到心潮澎湃。当那个暗天体的基本结构终于绘制出来的时候，她柔情地看着他，生怕一个暧昧，将他的所有结果摧毁。他的工作越来越隐秘，分支越来越细，成果越来越多。她知道，他越是这样全身心地投入，粘在她怀里时，才会有孩童般的灵魂愉悦！

她的生命已离不开他。他事业上的每一次喜悦，每一次艰辛，每一次无眠的探究，都牵引着她。她喜欢他的执着、专注，虽然有时被冷落，但他的灵魂在纯净地畅游着，没有俗事的污染，没有丑恶的羁绊。层层的技术分析，庞大的数据挖掘，艰难的理论计算，艰辛地探究答案，这些看似痛苦，看似痴情，其实才是他真正的快乐！她跟随体验着这种快乐。每次冥想中，她也专注着感受，那些幻境中行人流逝的情感，如涓涓细水注入她的脑海。她感觉自己的人生和星辰一样，向着未知目标，奔赴！

然而，自责和恐惧也常常侵袭她。梦境里，谷若兰拉她的手，骆雪梅满眼怨恨。她越来越觉得自己亏欠她们太多，欠这个世界太多，或许，她根本就不属于这个世界。她的病情开始向负面发展，医生警告她，再不好好休养，没有太多日子了，最多两年，让她做好心理准备。她的恐惧变得麻木，坚强地笑着，对所有人隐瞒病情，对辰青云，对母亲，对生活中的朋友。

最后，她下定决心，无论是否回来，无论大脑是否损坏，无论生离死别，一定去那个世界。当这样决定后，她突然发现，人生是如此的轻松自由。

她准备另辟蹊径，寻找岩精药剂。她先找到本地区的藏药商，又通过药商联系到采药人，咨询后知道当前藏区正是采集季节，主要是雪莲、虫草和灵芝。她提出采集岩精的要求，与药商讨价还价后达成协议，后又与对方协商大型鹰类山鸟的猎取，遭到拒绝，说那是国家二级保护动物，猎取要判刑的。药商知道藏区有牧民豢养苍鹰和雀鹰，可以和牧民商谈收购死去的新鲜的鹰体。通过药商努力，她终于得到了所有配药的购买渠道。她反复研究辰青云留下的洞窟笔记，按照药商的建议，研究药材收集后的配制方案。

她回母亲家的次数增多，聊聊家常，过问弟弟的生活和工作。每次交流后，就像心里横下一把刀，割裂刺痛。尤其见到辰青云，像掉落悬崖后抱住的一棵树，相依生死。有时回到酒店，面对冷冷清清的房间，会搂住被子号啕大哭。她变得多愁善感，精神越来越游离于现实之外。她感觉这样下去，总有一天会崩溃。

冥想幻境中，她强烈地向央措传送意念：她要像他一样，去游历那个世界。但她总问：能否回来？央措没有回答，传给她的，只有那幅沙漏里渐渐堆高的沙海驼队，还有央措轮廓里越来越深邃的目光，没有任何反馈，天梯的升幅越来越小。

辰青云与骆雪梅的关系日渐僵硬，生活和事业的对立，观念差异，让俩人的情感生出缝隙。两个人之前总吵架，现在连吵架都感到多余，冷战成了习惯，家成了俩人的合租房。他们各自全身心地工作，都成了工作狂。保姆是他们的纽带，每天的饭菜、打扫和房间整理，都由保姆定夺，只为了相互减少怨气。

出差更成了他逃避的天堂。

颜依月知道两人的现状后，深感不安。她了解女人，知道自己的介入，霸占了他的情感，给骆雪梅带来巨大的痛苦。她对他说，我们只是亲密的兄妹，虽然关系有些过头，但还应回归理性。甚至警告他，若再伤害骆雪梅，就是伤害她！后来又说，除测试配合外，还是冷却一段时间吧，去跟骆雪梅和好，不要相互伤害，她不想成为罪人。然而，每次见到他，她还是控制不住自己，又缠上他，又重新折磨自己。他不再提骆雪梅的事。她清楚，自己已经陷入不能自拔的情感之中，无法挣脱。纠结和矛盾缠绕着她，病情在加重，她又一次下定决心，尽快准备进入冥想世界，脱离苦海。然而每次下定决心后，又被推翻，再次经历折磨，再次下定决心！

春天来了，缠绵的风吹拂着青绿的五月。经历了两年的冥想后，颜依月终于从药商手里拿到药材。看着桌上高价购置来的岩精和苍鹰，她心想，这是雇凶杀人，为获取灵魂的新生，在杀死自己。按照药商提供的炮制方法，她将药剂制成两丸，储存到冰箱里。她通过药商寻遍官方的、民间的各类藏医，问这种药剂吃后对身体的影响。大部分医生说有副作用，但是什么副作用却说不出来；一些医生说影响有限，很快能恢复；只有个别医生说那就是毒药，对身体有不可逆的损伤。她越来越烦乱，越来越犹豫，最后抛掉所有藏医的警告，就是去死，也心甘情愿！她知道这种药物肯定会加剧她的虚弱，让她痛苦，就如化疗一样。她甚至想，还是快点儿脱离这个世界吧。

助手在一次冥想后，关心地说："老板娘，您身体越来越虚弱，得多睡觉，多吃些补品，这样下去可不行。我从家里拿来一只山母鸡，给餐厅了，让他们晚上给您炖汤，您得好好补一补！"看到她只是苍白地微笑，又说，"您以后轮到后半夜冥想，我过来陪您吧，我怕您的身体虚脱，出点儿事情没人帮助。要么，您夜里就好好休息，别冥想了，熬夜对身体不好啊！"

　　她只让助手白天来，晚上过了9点，就自己准备冥想。轮到后半夜，她就在小床上睡到天亮，然后回自己房间补个长觉。助手比她小几岁，既是保姆又是护理员。这间冥想室里，每周都会有老人来此精神休养，助手有时比较累，不仅护理，还要安慰。这些老人大多家事缠身，以求放松心境。一些年轻人出于好奇也前来体验，由于冥想程度浅，只觉得像一场白日梦。有时碰巧与他们共同冥想，颜依月能看清楚这些人的内心。有时，她会与老人交流，安慰他们，这些老人便成了常客。助手知道规律，也冥想过几次，觉得仅仅是精神的放松治疗，没有别的特效，但助手觉得老板娘已经像吸毒一样依赖上这种治疗，想好好劝她，但不知怎么说，只能心里难受。

　　颜依月期待的冥想幻境终于来了。央措透过意念，将一幅天地间宽阔的云图铺进她的大脑。她看到如五岳的山间云雾从两侧涌来，她的天梯之上，在灰白色的天际中顺下一束光柱。两圈彩虹如光环一样套在光柱的顶端和中间，一些人形正走在光环笼罩的光柱之中，随着人形的移动，光环慢慢上升。在光柱顶端，一座巨大的天体城门隐隐浮现。她向天梯下方看去，两只山鸟踩着山岩守在那里。她疑虑地盯着山鸟，时间慢慢地流动，身边的光环轻轻浮起，整个天际慢慢下沉，一直落到山岩之下，瞬间，虚空消散。之后，央措的眼睛里流出一股爱抚，在她的身体里融入一片天地间至爱的暖流。她感觉，这是央措对她最明确的召唤！

　　她开始实施计划，对助手说："你在酒店工作5年了，最近2年才做我的助理，工作很累，为我操了不少心，我把你当亲人看。不瞒你，我的身体越来越差，没有食欲，失眠困倦，心也静不下来，你要是发觉我哪里出差错，及时提醒。但有件事情我必须跟你商量，这件事对我非常重要，不管以后发生了什么，一定替我保密，我相信你！"

"老板娘，您就是我的亲姐姐，多年对我的帮助，比亲人还亲，我都不知道该怎么报答，您有什么事尽管吩咐，我绝不会对外人说，一定替您保密！"助手看着她憔悴的面容，眼眶湿润，听到如此重托，顿时慌乱起来。

"明天中午的冥想，我会经历一次非常重要的精神理疗，冥想结束后可能昏迷不醒，你一定陪在我身边，不能让任何人打扰。若我出现异常行为，你一定控制好我的身体，床头有盒安神药丸，紧急时让我喝下。这期间整个五楼不能让店员和外人进来，可能昏迷很长时间，若到明晚10点之前还未醒来，而且神志恶化，再去叫救护车。如果没有抢救过来，小床下有两份遗嘱，一份给母亲，一份给辰青云。"颜依月眼角湿润。

"老板娘，您不能这样啊！这是要害死自己啊！您应该让辰所来陪护，我知道您喜欢他，可不管怎样，您也不能去寻死啊！您还年轻，不能这样啊！"助手呜呜哭起来。

她拥抱助手，拍拍她的肩膀，笑着说："我没想寻死，不是你想的那样。这只是一次吃药后的冥想理疗。辰所不让我做，是我偷着要做。那服药剂很快会失效，我不想放弃这艰辛获取的希望，所以一定不能让他知道。我吃药后身体可能异常，所以让你陪在身边，神志不清时照顾我，若出事送去医院，千万别多想，出事的概率很低。我当然想好好地活在这个世上！"她只能说谎，让助手没有后顾之忧。

她想着央措喝药后的情节，感叹他经历了几十年的冥想修行，一心向佛，才愿意心系来世。而她是女人，只有两年的冥想经历，还留恋着人间，心系现世。她不想学央措，还惦记着家人和辰青云。但是，她必须做最坏的打算。

　　她觉得不能再犹豫了，明天一定实施这个计划。她的冥想幻境里，央措传来的画面中，沙漏已经溢满，沙流向她涌来，驼队早已蹲卧在溢出的瓶口。央措似乎已向她伸出双臂，等待归来。她清晰地看见那双清澈而阳光的眼睛，就像辰青云一样！难道，真的要发生吗？期望真的降临吗？那是一个怎样的世界！

第 40 章　灵魂游历

　　翌日上午，助手紧张地问："您再考虑考虑，真的确定服药冥想？"

　　颜依月笑着说："确定！在冥想前半小时，我会吃下那粒药丸，戴上头盔提前进入冥想。冥想结束后，若出现昏迷，不管发生什么，只要心率、血压这些参数正常，一定让我准时参加明天下午的冥想，这事非常非常重要！这一天的时间里，我就住在这里，酒店的工作已安排给大堂经理。你准备好清淡的饮食，够我们一天食用。记住，只在今晚 10 点之后，若还昏迷不醒，而且上述参数恶化，再确定是否送医院治疗！"

　　冥想前一个小时，辰青云打来电话："忙什么？好像有事瞒我！早上梦见你从楼顶摔下去，吓死我了，今天看你活过来没有，哈哈！身体怎么样，去看医生了吗？好好休息，过几天去看你，再陪我去一趟父亲那里。我想他们了，当然也想你！"他透着忧虑，又开着玩笑。

　　"没忙什么，活得挺好。哈哈！你梦见我啦？还是对骆雪梅用点儿心吧，你们和好了吗？一定保重！你来后，一定陪你去祭拜父亲，还有一件事……"她强压悲痛，犹豫着是否说出。对方笑着要她快说，她缓缓地说："你真爱我吗？"对方大笑起来，说你又犯了情痴，问这种傻问题。她也笑了："那你对我说一遍，说我永远爱你！我们的灵魂永远相伴！"对方听到她怪异的声音，轻轻笑着说："好吧，依月，我永远爱你！我们的灵魂永远相伴！"

再交流下去，她一定泣不成声。她相信心灵感应，正想给他打电话，电话就进来了。她挂掉电话，擦掉满脸的泪水，坚定起勇气，像一名即将冲锋的战士！

一切准备就绪，她吃下第一粒炮制好的药丸，戴好头盔，静静地半躺在冥想椅上。

她好像沉睡了一个世纪！

冥想幻境的天幕拉开，五彩的光环套住她的天梯，几只大鸟飞来，瞪着黑色的眼睛。由于光环的隔离，大鸟们只在旁边环绕。她的天梯从底部延伸到天体，没有断开。旁边的虚空中，看不见行人，只有流动的星辰和符号，天际上方，飘浮着灰白的天体。天体入口，没看见央措。所有视界内渐渐变暗，身底下墨汁般的黑夜涌上来，弥漫周遭。她感觉自己越来越轻，越来越虚，疾速地被这无尽的黑色吞没。她感觉冰冷的寒风如千万根钢针刺入她的肌肤，无数映着微光的血滴从身体冒出，顺着钢针，细雨般地溅出。忽然，黑夜中闪出白色大鸟，向她扑来，叼啄肉体，啃食骨髓，不时飞跃环绕。大鸟的眼睛里，映出她的记忆：由童年延伸到天边的铁轨、隆隆而过的火车、牵引她的小手、一片小刀、一摞行李、南方灯火游离的街道、绿皮火车、母亲苍老的脸颊、辰青云阳光般温暖的笑容。她感觉身体被一层一层地剥开，凡是有用的，都被吸走，刚才还鲜活的记忆，已经遥远得像几个世纪前蒙上的厚厚尘泥，在江河中沉淀、冲刷，只留下映射出岁月晶痕的橙色石头。

醒来时，已是傍晚，助手哭似的搂着她，喃喃地说："您要是再不醒来，我真的叫救护车了！您要吓死我吗？"

"我在哪儿？"她瞪大眼睛看着助手，虚弱地问。她想坐起来，但身体根本不听使唤，"你是谁？"她只能从嘴里费劲儿地说出。

助手惊恐地看着她，想起早晨的嘱咐，说："您只是昏迷，暂时神志不清，到明天早上就好了。我是您的助理，放心，好好睡一觉！来，喝点儿粥，您太虚弱了，听我的话，明天就好了！"助手流着眼泪，守护着虚弱的亲人，心疼她的无助。

翌日早晨9点，助手准备好早餐，守在她的身边。颜依月再次醒来，渐渐恢复些零星的记忆。助手总觉得她心里缺失了什么，眼睛里一片茫然。在助手的引导下，她粗略清楚了自己的事情，但还是不明白，为何变成这样？助手最后说："老板娘，下午还有一场冥想，之前清醒时您吩咐过我，一定要参加这次冥想，说参加后才能发挥药效，才能恢复正常，冥想后，您就没事了，应该能记起所有事情。您现在什么也别问了，事情太多，说不过来，您就安心地好好休息，等待下午的冥想，一切都会好的！"助手扶起她，喂完早饭后，又让她安静地躺下，心中涌出悲伤，偷偷擦泪。

颜依月还在记忆的深渊里沉思。她极力思考着，但思考越深入，大脑越疼痛，像裂开一样。她只记得吞噬的黑暗，溅出的血滴，还有从身体跃出的透着黑色眼睛的飞鸟。

她不知道，在昨天的冥想中，她的灵魂已经与肉体断开，那根牵引她的风筝线断了。现在她的灵魂正在暗天体里游历，等待下一次冥想来临，等待身体里的药剂失效，等待冥想后灵魂与肉体再次相连，等待灵魂的回归。若没有这颗归来的灵魂，她的身体只会越来越弱，潜意识将主导身体。当错过这次冥想，下次连冥想的能力都没有，就彻底没救了。所以这次冥想对她非常重要。从央措的笔记中反复推导，她才明白这个道理。辰青云当然也明白，所以坚决不让她去尝试！

终于熬到下午的冥想，助手扶她到躺椅，调整好姿态，戴上头盔。她就像个僵硬的木偶，迷茫地不知所措地听着安排。她一阵恶心，觉得身心疲惫，差点儿无法支撑。助手看着时间越来越近，将一粒安神药丸送入她的嘴中，温水服下。她开始安静下来，慢慢期待：人生中最重要的时刻。

终于，灵魂归来，将断线后近 25 小时的游历归还给她的大脑。虽然只在冥想的最后几分钟归来，但她真切地体验了漫长的一天。

乳白色的天幕拉开，她沿着天梯上行，套在她身上的光环越来越大，脚下的天梯渐渐变宽。远远的另外几处天梯，从虚空中延伸过来，冒出几位行人，汇入一片更宽阔的广场。她的视界逐渐清晰，脚下的石阶像磨砂出来的花岗岩，直铺向天体入口的城门。天体外的虚空中，流动的星辰和符号如江河之水，向后方流逝。城门入口，央措站在那里，飘逸着身形，眼睛中透出和蔼的光辉。她迎着他走去。前方，一道淡白色的光柱挡住她，央措用手一挥，推开光柱，微风吹来。她看到身后遗留的深不见底的天梯下方，昆古山脉向后方缓慢移动，山城消失了，山脉消失了，一片沙漠涌现出来。她转过头，前方巨大的城堡笼罩在雾气中。央措带着她，飘进城门。

她站在一条巨大的旋转通道入口，内壁嵌满尖刺，尖刺后面是无数光滑的刀片，任何东西经过它后都会切割成碎末。她惊恐地盯着央措，不敢前进一步。央措的意念传来，在沙漏里溢满的沙流上，一只高大的骆驼停在身边，骆驼卧下来，示意她上去。她闭上眼睛，向前跨上驼背，骆驼站起来向通道走去。她感觉一股强大的引力将她吸进旋转的机器，一阵撕心裂肺的痛苦，伴随着肉体被撕裂出去。她觉得身体里抽出千万根筋络，进行重组和汇集，然后是抽筋剥骨般的痛苦。很快，这些痛苦伴随着肉体脱离出去，她感觉一身轻松。骆驼依然驮着她，向一片融着阳光的沙海走去。

忽然，天地间所有的空间都有了颜色，各类色彩斑斓的建筑充斥着视界。天体里遍布着无际的城市。她面前的这座城市像刚刚被清水洗过，晶莹透亮，层层叠起的空间里闪烁着温暖的色彩。所有建筑都是一个模式，底部宽阔厚重，高处渐窄，比金字塔还细，但高耸入云，比埃菲尔铁塔大，更雄伟壮丽！林立的建筑高矮不齐，色调不同，结构都相似。每栋建筑之间的距离适中，地面上全是洁净光滑的类似花岗岩的材质，无缝衔接起整个视野。这些高矮不齐的建筑向无际的平面拓展着，没有任何道路。大部分建筑是高楼，楼层间闪出光线，又忽然消失，交织出无数平铺的光带，游离在繁华的形状和颜色之间。

天空依然是湛蓝的颜色，但无数条细微的白线构筑出无限的网格。她感觉那是将天空中所有的白云，像棉花一样注入织布机里，然后抽出细丝，编织出规整细致的充满天际的经纬线。她看到了太阳，但直径小了一倍，一点儿都不耀眼，柔和的光线充斥着整个城市。没有月亮，没有行星，但无数颗更小的恒星在湛蓝的天空中发出如太阳一样柔和的光芒。她从来没有见过白天里的星辰，觉得城市里的所有光芒，均匀柔和，是因为无数颗恒星与太阳交融在一起，均匀地照射在整个天际。她想，即使这天空中最大的太阳沉入星球的背后，这柔和的光芒只会变暗一丁点儿，在这里，永远不会有黑暗。

她看到自己，穿一身浅灰色的长裙，心想，颜色太淡了吧！若鲜艳点儿更好。立刻，她的感觉实现了，浅灰色变成鲜艳的红色。哦！太鲜艳了！立即渐变成淡红色。她惊讶自己有改变颜色的能力。她想起盘在脑后的发束，心想若长发飘飘该多好，立刻，生出长长头发，舒展下来，围在腰间。哦！她的心情立刻愉悦起来。她看到身边的央措，穿着藏红色的衣袍，肩披袈裳。心想，他也能按她的意愿改变形象吗？于是想象变化，可是对方丝毫不变。央措对她自我感觉的形象无动于衷，毫无察觉，好像根本不知道她视觉里的映象。

她转向央措，想问些什么，但根本发不声来。这个世界没有声音，只有心灵的感触。于是，她用心灵唇语问第一个问题："这是哪里？这个世界是什么？"

"这里是地球上所有灵魂的母球，几十亿年前，这颗母球从死亡的金星移来，将灵魂种子投向地球。从地球诞生第一批生命开始，灵魂就伴随成长，随着生命死亡，灵魂溢出，他们上浮到天空，回归母球，依靠母球的引力，将地球上各类成长不均的灵魂逐渐吸附，聚合并长大。经过几十亿年的演变，轨道迁移，变成这颗地球的卫星。灵魂是人类看不到的，这颗卫星也无法观察。欢迎来到这个世界！你是被孵化的一颗近乎完整的灵魂！"央措用意念回答。

"完整的灵魂？这是什么意思？"

"只有人类拥有完整的灵魂，然而，当死亡的人类来到这个星球，经过天梯后，一部分灵魂先被天鸟撕咬蚕食，进入城门后，剩余的灵魂再经过那条旋转通道，大部分被切成碎片，每个碎片都有意识，那些原本完整的记忆、思维和情感，都被切割成小片，即生前的意识都被分离消散了，除非将所有这些碎片重新组装，才能整体地恢复生前的意识，但想恢复这几万个碎片，几乎不可能，他们就永远地消散掉了！这些碎片的意识，就相当于一只昆虫，一尾鱼虾。当然，有些碎片非常致密，难以破碎，会大些，相当于一只羊，一匹马，或者一头凶狠的野兽。当然，那些灵性的动物灵魂会从其他通道进来，但几乎全部破碎。所有这些破碎的灵魂碎片，都变成了这颗星球的材料，用于建筑、土地、楼房、天空，还用于灵魂的滋养和拓展，帮助这颗星球慢慢长大！"

"为什么我是完整的？"

"是你的自我意识完整。刚才经过破碎机后，你 30% 的灵魂已经被破碎掉了，现在的你，是那 70% 的灵魂意识，所以还能代表你，近乎完整。其实，你很多意识里杂乱的东西都被去除了！"

"为什么我 70% 的灵魂没有被破碎？"

"因为专注！人的思维只有长久地专注，才会使这部分专注的灵魂越来越致密。有人专注于某个东西，与此东西相关的意识和记忆，就会被紧密地依附。比如曹雪芹，来时有近 80% 的主体没有破碎，因为与他写作相关的情感、性格、思考等生活状态，都融入他专注于情节的思维中；又比如近代的大科学家爱因斯坦，有近 90% 的主体没有破碎，因为他在技术研究之外的生活状态，也因专注的研究被深深地吸附进去，变成致密的灵魂，所以这种致密无法再被破碎下去。至于你，因为专注于冥想，那个沙漏时钟，其实是你专注冥想后，促使灵魂主体致密的变化进度图，当你的沙漏已满，表明你已达到 70%，即保证你自我意识主体的构成下限不被破坏。到达这个指标后，你来到这里，才会近乎完整地保留自己的意识，即你还觉得自我存在于这个世界中！"

"那些天鸟也在撕咬灵魂，还能保证灵魂的完整吗？"

"它们与破碎机一样，只是把灵魂中最松软最脆弱的一部分吃掉。大鸟将那些残忍的、恶毒的、不符合进化条件的灵魂变成食物，以此生存。那些食用后还可利用的灵魂碎片被排泄出去，散落到人世。它们不再经过天体的净化，直接去世间依附新的生灵。"

"那些林立的建筑和高楼是做什么用的？"

"这些高楼是灵魂碎片的加工厂，针对不同地区、不同类型、不同属性进行分门别类，包含人类生活的方方面面。比如最近的那座高楼，属于技术大类中的某一小类；比如远处最高的那座大楼，属于情感大类里最多的那支分类：我们称为'男女情感工厂'。举例最近的那座技术类高楼，当所有破碎后与此相关的小片意识体，比如某个发明思路、某项专利、某组逻辑、某个技术构思、某张图纸、某串符号等，都会汇集到这座大楼的底层，并且按碎片大小自动找到与之匹配的类似蓄水池的库池中。管理这座大楼的，就是专注于该领域不能再被破碎的超过 70% 的完整灵魂。这些管理灵魂都有自我意识，占比越高的灵魂，等级越高，他们层层管理着这座庞大的碎片库池。你进入到这些大楼里，可以与这些有自我意识的灵魂交流，从他们那里了解分类，了解内容，并从各类的库池中，得到适合自己的灵魂碎片，添补到自己的空缺部分，比如你还空缺 30%。这些灵魂碎片都是有微弱意识的，只是复杂的程度不同，当然补到你身上后，若它不适合你的主体，便像刺一样让你难受，最终再次卸掉，重新寻找！这个世界里所有具有自我意识的灵魂，都以此目的生活！"

"那些灵魂碎片也能与我交流吗？"

"当然！它们也有选择的权利，当那些大块的未超过 70% 的灵魂碎片通过层层选拔，从大楼管理员那里得到其他工厂交换来的碎片后，组合量一旦超过 70%，就和那些主体超过 70% 的管理灵魂一样，变成了自由灵魂，只是没有管理职位。它们从库池中升华出来后，可以游走在这个世界的任何角落，当然，反向也是如此！"

"为什么我要补充这些灵魂碎片？"

"这就是你来到这个世界的生存意义，补齐自己完整的灵魂是你的最终目标，这需要漫长的时间，你的主体若很勤奋，就很快完成。要是懒惰，就很漫长！这里所有的灵魂，不管是管理员，还是自由人，都要从这个世界的各个高楼中索取自己缺失的那部分，灵魂的组成超过 256 类，缺一类都不完整。如果你初来时已经具备了某类组合，那么不能再从同类库池去寻找，也无法补到身上。所以，这个寻找和选择是漫长的，也是有趣的，是你在这个世界的生命全部。当然，你会接触到形形色色的灵魂，他们就是你新的朋友和人生。"

"补齐自己的灵魂！为什么这是最终目标？"

"你从地球来到这个世界，因为你不完整，所以要被这里破碎和收割，抛掉你那些不专注的部分！当你在这颗星球重新补齐灵魂后，也不会最完美，也要被更高等级的灵魂星球再次破碎和收割。这样一级一级迈向更高文明的母体。在这星辰的深处，那些更空灵的地方，隐藏着这些顶级的灵魂母体，你看不到她们，但你能感受到，她们才可能是地球、太阳、银河系等物质世界的创造者。但那里究竟是怎样的机制，我也不清楚。我只知道这里的世界，是专属于地球的灵魂加工厂，但她并不是一个代表先进文明的天体。"

"这颗星球的上层灵魂母体在哪里？"

"这颗更高等级的灵魂母体每 42 天在天空中出现一次，我说的时间是以地球日为标准。到时，她会收割这里已完成补齐的主体灵魂，对那些没有补齐的灵魂，只要超过 360 岁，也一并被收割，也会按照专注的法则去破碎。所以在这里，你最多活 360 岁。当然，你要是有对自己灵魂的完美信心，当然可以先行奔赴更高等级的文明。而地球，只是我们用来种植和收割的前级文明。你看，那个像玻璃般透明的占据四分之一天空的天体，就是地球。我们这里的光线和地球上的光线不一样，在地球科技中称为中微子粒子流，它们是我们母星球和个体灵魂的能量之源，就如地球上的太阳光。那颗更高等级的灵魂母体，从引力来说，可能就是地球上传说的第九大行星，她和这个天体一样是暗星球。那里的灵魂，不光来自我们，也来自临近的恒星系！与我们是双向交流的！"

她跟着央措的意念寻找到那颗占据硕大空间的地球，几乎透明，要是不注意，根本看不到。她又问："地球上是否真的存在轮回，这里的灵魂能否回到地球，重新人生？"

"可以，对于有自我意识的主体灵魂，回去后不能保证回来时还有 70% 的主体。因为主体意识在人间随时变化，任何新的思维都可能削弱原有的主体意识，所以有主体的灵魂很少愿意回去。对于低于 70% 的没有自主意识的灵魂，会由高楼管理人员定期投放人间，等待再次收割，这些投放下去的灵魂低于 70%，但收回时却多出 30%，相当于播种收割，新收获的灵魂中肯定有更理想、更美好的部分，很多有天赋的人就是占比很高的收割灵魂，这就是轮回的意义！那些更高等级的灵魂星球，与我们之间也是如此！当然，各等级天体中也存在弊病，灵魂碎片中也包含大量恶劣的、沦丧类的碎片，这些碎片投放到前级文明后，会影响他们的进化能力，比如地球上也会因此滋养出各类后天的恶劣人性。天体的目的就是重新过滤，如污泥中收割荷花，去除这些恶劣也是天体的主要目标，这样才能逐渐进化。"

"我是怎么来的？跟您一样靠冥想修行和专注吗？"她问。

"我当初冥想了近十年才达到 70% 的主体。后期对佛家的信仰减弱，当那些专注佛家思想的内容下降到 30% 以下，专注于冥想的思维和情感才上升到 70%，所以当我第一次进入天体，清楚占比后，第二次毫不犹豫地进来。对你来说，日常没有特别专注的事情，经历世间缠绵的情感，这些情感已经完全依附到专注的冥想中，所以你专注冥想后，没有被其他琐事排挤，经过两年多的冥想修行，很快达到 70%，所以我给你沙漏和药丸的提示，是想让你不放弃这个机会。"

"我还能回去吗？"她想起了来时的愿望。

"你来到这里是那药丸起作用，它让你在冥想通道中断开与自己肉体的连接。只要你的肉体还活着，有生命体征，即你肉体与灵魂牵引的那根线还在，你就能重回人间。但只有你这 70% 的灵魂能回去，其他 30% 的碎片还暂时保存在临时库池里，没有被分配出去，你有一个权利，在临时库池里可以保存他们 360 天，这期间可以将它们交给高楼或再次投放人间。但你已经无法收回，它们粘不上你了。你这 70% 的灵魂主体回去后，依附到身体里，身体里的潜意识会补足你缺失的 30%，但肯定不是来时的你。回去后，必须坚持你的冥想专注，才能保证冥想主体不降到 70% 以下，否则来时再经过破碎机，你就没有自我意识而不复存在了。所以，你得想好，现在回去，被潜意识侵蚀后，是否还能保证 70% 的主体不损坏，这很难确定。所以回去的几天内趁潜意识未融合之前，回来就没问题。而且，由于某些潜意识不受控制，会加剧对你身体的破坏，你会感觉越来越难受，除非你的身体非常好，很快能控制这些潜意识，这样才能恢复身体的正常机能！"

"我怎么回去？"

"只要你的身体还有生命，我就可以带你去城门之外，当天体经过你的肉体上方时，就会被你的大脑牵引回去。若你不想回去，就不用出城门。你不能单独出去，级别不够。你现在人间的肉体还被潜意识控制着，潜意识里存在大量的负面情绪，很快会将你的身体损坏，你挺不了几天的！坚持要回去吗？"

"我想一想。若回去，如您上面所说，也许很快回来。另外，您为什么总在城门口等候？您的肉身也像我一样起作用吗？"

"说到这里，我得感谢你。这300年来，我的级别逐渐提升，终于达到条件，能够去城外浏览。每次经过寺院上方，都要出城凝视下界，已经养成习惯。我这300年来的愿望一直没有实现，虽然投放很多灵魂到人间，但没有一个能完成我的遗愿。当我看到谷若兰和你多次进入冥想视界，就期望你们帮我实现。终于，我那些洞窟中的诗集和文稿可以继续流传于世了，所以感谢你的帮助。我不用总出城门，但还是惦记那座自己修建的寺庙，还要每天出去看的。我的肉身早已死去，早已不受牵引。"央措停顿片刻，又说，"若肉身死亡，只有低于70%的灵魂碎片才能被管理员重新投放，主体灵魂是回不去的，只能进入更高级的文明。也就是说，如果你的肉身死亡了，就无法通过城外牵引回去，只能找专业灵魂工厂破碎掉自己的70%，才被投放下去，即相当于你死了，投到人间之后，也不是现在的你。"

"噢！这里也存在人间的各类生活吗？比如情感、工作、娱乐和各类复杂的人生？"

"当然，这里到处是成双成对的灵魂伴侣，在专门的娱乐大楼里会模拟出人间的各种活动，只要人间有的，这里都有，人间没有的，这里也有。你要知道，这里满载着最有智慧和最专注的灵魂群体，他们创造和模拟出来的科技世界，比人间更丰富、更充实、更充满创造力，而且通过投放，拉动着地球的科技进步。"

"辰青云也能通过药丸进来吗？你知道他吗？"

"当然知道，你倾心的爱人，还有谷若兰，都是我最关注的人！看来你的主体里还完整地保留他的情感，真是冥冥之中因果的回报！他专注技术，根据我的观察，他的专注部分已经超过70%，当然可以通过药丸进来。但等他进来后，他那70%的主体灵魂里，主要是技术，与你共同积攒的感情，不一定都在主体中。你们能共享多少呢？很多可能被破碎了，即不能保证这个主体就是你未来的灵魂伴侣！"

"那可不行！还有其他办法吗？"她将沮丧和乞求传给央措。

"除非不经过城门破碎，直接在这里的空间停留！我们就有办法！"

"什么办法？"

"当他停留在这里的时候，我们可以委托专业灵魂工厂进行碎片替换，将你与他之间的所有情感和记忆摘取出来，再从库池抽取纯净碎片，凑够70%主体。再将库池其他的纯净碎片，填补回去，这样当他离开后，这里就留下完整的主体，成为你真正的灵魂伴侣！而返回去的他，依然保留技术主体，依然在未来进入天体时，保证自我存在。"

"替换需要多长时间？"

"应在几小时之内，精准时间需要与灵魂工厂协商，你若来了，有的是时间探讨！"

"看来，我必须回去，将这方法告诉他！"

"不用，当他进入冥想视界后，我可以出城替你带出信息，用意念传给他。"央措停顿一会儿，又说，"你还有一个地球日的时间考虑，若真要回去，到时候我会带你出城。现在，这新的一天里，让我陪伴你吧，好好体验这里的生活。非常期望你能留下！我已经快到寿命了，将被那个更高等级的文明收割，我不知道是否还能保住自己的主体。但我去之前，可以教你很多这里的生活技巧，让你的专注能力更强，能向更高等级的灵魂母体升华。好吧，你现在想去哪里？"

"我想去那座最高的大楼，你说的那座男女情感工厂！"

"好，你跟着我，一起把意念投向那座高楼的入口，说：我申请进入，请批准！"

很快，那座高楼的底层向他们投射出光束，像一根笔直的透明管道。两个人沿着光管内壁，快速地飘去。

第 41 章　闪耀的长庚星

灵魂归来。颜依月看着助手，轻轻一笑中恢复了记忆。她安抚满脸泪水的助手，脸上浮现出阳光般的笑容，声音透着一股低沉，不像以前轻柔，神态更像一位长者，将熟透的气质环绕在周围，宽宏的眼神里，填满青春和靓丽。

然而，身体经历了这次灵魂的撕裂后，更为虚弱。她知道，那服药剂的副作用还未完全消散。还有身体里的潜意识，正悄无声息地添补归来后缺失的灵魂，她不知道这些曾经压抑的潜意识，对她产生多大影响。不管怎样，她必须坚持冥想，集中精力专注于冥想，这样才能保证主体意识不缺失。在翌日的冥想中，央措还是一如既往地传给她沙漏的画面，是溢满状态。她知道央措期待着她的再次回归。而她，需要一个仔细的思考。

她想好好梳理自己。自从央措带她进入那座情感工厂，她对情感的认知更加透彻。亲情、友情、世情，包括目睹高楼里海量般纠缠的爱情，这些情感碎片，是构建人间世界的基石，虽然从来不完美，正因为要去完善，才推动整个精神世界的进步。这些情感碎片犹如身体上的肌肉，而人类的文明、科技、文化等犹如骨骼和血液，被这些情感碎片包裹和支撑着，没有感情，就没有灵魂。没有怨恨，也产生不了爱情。每一块灵魂碎片，都是被情感致密地包裹。情感层次越高，灵魂越致密，越不容易被破碎。那些具有自我主体的灵魂，都是被情感的外壳紧紧包裹着。她清楚在自己专注的冥想中，包裹着对辰青云的全部情感，而他的技术专注里，未必包裹她的情感。

忽然间，她看透了生死，若对死亡都不害怕，那些生活中羁绊情感的东西，都变得渺小。她觉得可以抛掉条条框框，抛掉人世间所有的道德规范，去享受情感的快乐。然而，只要处于人世间，各类规则和伦理就会强加于身上，让人身不由己。社会规则和伦理像漫天的石头雨，在情感面前筑起一座高墙。她渐渐理解，为什么压制爱情，就是因为这些爱的想法根本不符合人世的规范。理解之后，纠结和矛盾又开始撕裂大脑。她知道，再纠缠下去，这些好不容易形成的专注冥想，会慢慢被侵蚀，说不定，从灵魂的主体中消耗。她开始焦虑。

她对身体的控制越来越弱，恢复记忆的当天，她立刻去医院进行检查。噩耗传来，医生告诉她癌细胞在快速扩散，治愈的希望渺茫。医生也非常惊讶，休养调理后已经控制住的病情，为什么突然恶化。她想到那服药剂，想到不受控的潜意识。她的身体开始出现红斑，开始向全身扩展。她想立刻见到辰青云，想倾诉她的痛苦。然而，她知道，根本控制不住见面后的悲痛，只能默默地守住秘密，守住即将在人间失去的最后一份依恋。但她没有绝望，坦然面对，因为她理解了灵魂的真正意义。很快，她就放弃了回来好好享受生活的想法，扩散的癌细胞，更让她下定决心：她要重新进入灵魂母体，离开心爱的人去独自承受无尽的心痛。她艰难地拿起电话。

"青云哥，最近还好吧，中午别休息了，想跟你聊聊天。我遇到一些新的事情，想与你商量！"她压抑住伤痛，尽量表现出平静，她想最后倾听他的声音。

"还好，你怎么样？嗓子有点儿哑，感冒了？等我忙完手头的事，过去看你！"

"没事，有点儿炎症。你那些项目进展得怎样了？"

"还好，都比较顺利，之前多亏你这个宝贝配合，不然不会这么顺利。我们正和尚飞构建新的暗团模型，准备制定新的实验方案，过段时间还要重新测试，还得你配合啊。你冥想里有新发现吗？上次那些沙漏和驼队的画面还会出现吗？理解出意思了吗？这段时间忙，又忘了与你沟通冥想的事，也忘了关心你身体，都怪我，考虑不周！过去后一定补齐，别怪我就行！"传来他嘿嘿的笑声。

"记得你说过想通过载人飞船去探测暗天体，进展怎样？"

"是有这种想法，总部不会同意的，怎么问起这个问题？"

"求你做做工作，一定想办法实现这个目标。最近冥想中央措传过一些画面，暗示载人飞船能实现对暗天体的游历！"她的语气有些悲凉，接着说，"你的身体健康，现在五十多岁的人都能当航天员，你更没问题！好好锻炼身体，一定要上天去探测暗天体！央措传给我的画面里有这种期望，只求你去实现了。央措用意念反复强调这件事，所以，求你答应这个请求！"她近似哭泣。

"你怎么啦，心情这么坏！为什么这样说，央措真有此想法吗？真是奇怪！我可没想上天，就是真能实现，也是几年后的事情！你还是关心自己的身体吧，难道在医院查出了问题？我感觉不对劲，好妹妹，不要对我隐瞒，告诉我，你怎么啦？这些天我一直心乱如麻，总在梦里看你哭泣，我现在就去你那里，见面详说吧，好吧！"他语气慌乱，准备立刻动身。

"跟你开玩笑呢，不许来！哈哈，你要来，我就给雪梅打电话！"她强忍住泪水，装出笑脸，又说，"以后遇到难关，心若累了，就来我这里冥想吧！我发现冥想能提供源源不断的灵感，让你所向披靡。我告诉你一个秘密：只有晚上 10 点左右的冥想，才会有新灵感产生，你懂的，每隔 16 天才会轮到，一定记住这个秘密啊！"

"傻妹妹，啥时候变得神经质了？哭也是你，笑也是你，我可不想见你时，看到一个多愁善感的疯婆子！以前到你那里，总会赶上晚间 10 点的冥想，只是巧合，何来新的灵感，是不是想我了？真的没事吗？怎么感觉你怪怪的！"

"哈哈，女人是感性动物，总有几天会怪怪的！女人越强势，内心越脆弱。听我的话，放下自尊，对雪梅好点儿。当然，你搞技术时，常想起我的功劳就行！"她调侃道，透着无奈，除了自责，她觉得在技术上，他包裹她的情感太少。

"好妹妹，啥时变得如此大度？还能维护骆雪梅，我怎么不信呢！我们已经冷战很长时间了，你大度，那就劝劝她吧，哈哈，别打起来就行！你啥时有了这些想法，不像你的风格啊！"他也调侃。

"青云哥，还记得吗？童年和少年，放学回家时总有一颗星星指引着我们。冥想世界里，也有一颗星星，像座灯塔照亮虚空。我们从废墟中分离，在新生中重逢，这颗星星曾经繁华过，也变成过废墟，又重建了我们的世界，未来，她将继续闪耀，永远牵引我们。你懂这颗星星吗？"

"当然，夜晚来临时，她是长庚星，黎明时，她又变成启明星。是的，没有破碎的晚霞，何有黎明的灿烂；没有废墟，何有重生；没有情感，何有人生。你怎么了？也变成了诗人！"他的眼角湿润，觉得她已经重生，成了他心中真正的伴侣。

"青云哥，现在想你了，又犯情痴了，再跟我说一遍上次的誓言吧。我先说：我们的灵魂永远相伴！永世相随！永远爱你！你要保证做到啊！"她不容置疑地恳请道。

"好，我保证，永远爱你！我们的灵魂永远相伴！永世相随！"

颜依月给辰青云写了一份遗嘱：

> 青云哥，当你看到这封信的时候，我已经进入天堂，那个美妙绝伦的世界！天机不许泄露，那里将有我所有的梦想，等待新生。记住我曾说过的话，来世相见！
>
> 我的骨灰，请分一半埋在父亲旁边，我想永远伴随他们。另一半骨灰，请放进山谷的那间洞窟，或撒向山谷。我的母亲和弟弟，请代为安慰。酒店我已经聘请新的团队替弟弟打理。五楼那间冥想室，我已经签好协议，永久租给你，作为你的冥想基地。

安排好一切，她笑着对助手说："还有一粒药丸，吃完后进行最后一次冥想理疗，病情就痊愈了。上次的疗效很好，这次将更好，但仍要昏迷。我会重生的，变成健健康康的女人！若出现问题，没有抢救过来，记得床下的文件，交给对应的人。"她安慰哭泣的助手，拥抱她后，喝下最后那粒药丸，安静地躺到冥想椅上，最后一次冥想。

翌日中午，辰青云匆匆赶来，在医院里守了两天两夜。医院给出的结论是癌细胞扩散全身，病人服用精神类的化疗药物，昏迷不醒，药物的副作用使肌体加速恶化，导致器官衰竭死亡。

他痛不欲生！怎么也没想到在不知情不同意的情况下，她寻找到了岩精药剂，去体验和尝试，像央措一样，离开人世，进入她的天堂。她就这么狠心地走了，抛下对他的所有情感！当助手将遗嘱交给他时，他掩面哭泣，所有的遗憾和伤感，化成千万根利剑，刺入他的胸腔，生出千万只猎鹰，啄食他的躯体。

他与她的家人在医院里安置好遗体。没有火化前，在紧临的两个冥想节点，他回到酒店五楼的冥想室。助手将颜依月的冥想头盔递给他，哭着说："姐姐生前说将这间屋子的使用权给你，今天才明白她的用意！她怎么这么绝情啊，多好的老板娘，多好的姐姐，就这么走了！这副头盔和冥想椅，老板娘说让您继续用，让我管理房间。"

他安慰助手说："只要有时间来这里，我就会来冥想。我不在的时候，你还和以前一样，对外开展精神理疗吧。她的头盔我收起，来时会用。这两天里，我想体验冥想，缅怀你的姐姐，我的妹妹！"

进入冥想，他急切地寻找虚空里的天梯。没有颜依月的身形，无际的虚空中，只有星辰流动。那颗明亮的长庚星依旧闪耀着！他紧盯着天体入口，没有发现她。不可思议的是，央措也不在。他充满惆怅，也感到兴奋。她真的被央措带走了！真的进入了那个世界！真的还安好！但是，曾经答应的灵魂伴侣，也这么永远断开了吗？

颜依月的遗体火化后，按照她的遗愿，他将一半骨灰埋在他们父亲的两坟之间。另一半骨灰，与洞窟文稿复印件，一起安置到央措的洞窟中，永久封存。

一年后，辰青云和骆雪梅的孩子出生了，一个女孩儿。两个人的母亲轮流来照看孩子。与岳母一起聊天时，他问："妈，您这一辈子专注于历史研究和文献评论，觉得幸福吗？您和老伴儿在一起，没有感觉到枯燥和无趣吗？"

"人来到这个世界都是无趣的，因为无趣，才会寻找有趣，才会促成各种各样的人生。无趣是天生的，有趣是后天的，是被社会挤压出来的。所有人类的有趣，又反补给社会，才有人类的进步。个体的有趣，滋养个体的灵魂，不会消失，只会升华。和老伴儿在一起，怎么能无趣呢？这辈子欠他太多，下辈子补过吧。年轻时荒废了很多时间，现在正是弥补学问的时候，这就是乐趣！专注历史研究，评判每一个搅动历史的人物时，才知道生命就是摆脱无趣！研究历史，虽然有苦有乐，但到终点时，会带着丰盛的灵魂，享受人生的幸福！"

"妈，您相信永生吗？"

"人类当然会永生，但个体不会，因为个体无法背负沉重的记忆，这些记忆，都是情感的积淀，这份积淀只能越来越重，最终压垮个体。但升华的灵魂会重塑感情，进入轮回的世界。"

"妈，您真相信轮回，那个央措的天体世界吗？"

"当然！历史上有很多迷雾，都指向这里！"岳母瞅了眼摇篮里的外孙女，充满慈爱地说，"看到外孙女，我就高兴，感觉幸福，觉得做什么都有趣！我感觉这孩子的眼睛里透着一种熟悉，让我感受亲切，这可能就是冥冥之中的轮回吧！"

他早就感觉到了，在孩子的眼睛里，深藏着颜依月的童年，那份永远的依恋。

骆雪梅接过话："妈，您把外孙女和历史人物搅在一起，当然熟悉亲切了。人老了，都会迷信！但你这个女婿，有点儿不像话，也跟着你迷信，哪有什么永生和轮回？那只是佛教提供给人的一种精神信仰，添补你们的无趣！我的闺女绝不能迷信，我要让她成为人间的凤凰！"她拍拍摇篮里的孩子，又说，"我的孩子只能像我，不能学你们！"

他笑着说："妈，看看你家大闺女，现在还怼你，等我女儿长大了，也一样怼她，那时她才会理解，不是不报，时候未到！"

"我总想起颜依月，她太执念冥想，每天都坚持，对冥想的每个细节都记录。我总记起跟她一起上山冥想的经历，常常在梦里见到她，唉！这孩子太专注了，没了太可惜！我也想通了，你爸有时说得在理，说别去寺庙，我就不去；说出去散步，我就跟着出去散步。不能只顾自己执念，要寄托情感。我一直琢磨，是不是再写一本书，关于历史和人性，可行吗？"岳母问他。

"当然行，我全力支持您！"他回答。

"妈，您还是跟老爸好好享受生活吧，别祸害自己生命了。你真听老爸的话吗？老爸都变成家庭主夫了！你就知道看书，带来的这些书都是宝贝，比孩子还珍贵！"骆雪梅怼着母亲。

"妈，别听她瞎说，真的感谢您，能跟您交流历史和人文，也让我享福了，这才是最大的乐趣！"他转向骆雪梅："现在公司不忙了，有孩子后发现你闲了下来，开始生闲气了。我看，你还是去忙公司的事，省得闲下来嫌弃我们！"

"嫌弃你？是你嫌弃我。说我不像女人，说我是工作狂，教训我拿着管理不放。现在好了，如你所愿，权力下放了，我也啥事都不管了，有孩子后，更觉得轻松。技术工作由周岩管理，人事经理提升副总后，都由他们管了，真有点儿不适应，这都是你的功劳！为了照顾孩子和你，我牺牲了自己，能没有气吗？我才不想管你，心更累！我放开了你的手脚，应该感谢我才对！"

"妈，您听她这么说，是抱屈呢，还是抱冤？"他笑着问。

"有了孩子，谁都不会抱屈了，随着孩子的长大，也不会抱冤的！"岳母说。

"不行，我想明白了，不能太闲，还得去管理，不能放手！但要高效地去管，不能像以前那么累，要管好，要好好学习管理的技巧！"骆雪梅说。

"好，我支持你！"他拍拍她的肩膀，又问，"周岩和贝茹玉还有联系吗？"

"是那个曾濒临死亡的女孩儿子吧？你说她的灵魂被改变过了，在生活中真有改变吗？"岳母插话问。

"贝茹玉还真有能力，去南方两年，就升职为一家大型电商平台的销售经理，真是出乎意料，她欠周岩的钱都还了，还说准备在江城开一家分店，真有一股拼劲啊，真是大难不死，必有后福。周岩每次提起她，都挺兴奋，说不定他们将来真成了呢！"骆雪梅感叹道。

孩子哭起来，辰青云从摇篮里抱出孩子，轻轻摇晃。哄着孩子安静后，犹豫片刻，他抬起头对俩人说："妈、媳妇，有一件事情告诉你们：我们上报总部的载人飞船暗天体测试计划批复下来，借助其他的太空项目，顺路去探测那个天体结构。国家宇航局检查我们的身体条件后，我的条件满足，符合宇航员的基本素质。同事们也推荐我去。所以，我要去宇航局接受训练，计划四个月后上天。您二位要辛苦了！若出现风险回不来，照顾好你们自己，也照顾好孩子！"

骆雪梅的眼圈红起来，嚷道："不许去，孩子不能没有你！"

第42章　重生与归来

辰青云带领研究所，逐渐成为总部最前沿的科研机构。围绕通信和脑波领域，拓展各类研究项目，吸引国内外众多的人才。这里有乐趣，有探索，有默契，有成功，有欣欣向荣的创新氛围。这里的大部分人，承担着艰辛平淡的工作。社会上没有人懂他们的技术，行业里，他们是开拓者。他更为低调，像一颗启明星，沉淀着黎明的曙光。

宇航局受训之前，辰青云被尚飞邀请到学校为师生们演讲。他慷慨激昂地陈词：

> 我们赖以生存的地球，终究要毁灭；整个太阳系，终究要毁灭；银河、星辰和万物宇宙，终究要毁灭，谁也逃脱不了，所有物质组成的生命终将归于尘埃。所有星辰聚集成黑洞或伴随着黑洞慢慢蒸发，几万亿光年后，稀释到整个宇宙时空，逐渐冷寂，最终达到绝对零度。到那时，宇宙的整个物质世界将彻底消亡，变成虚无，变成黑暗，没有任何星光，没有任何天体，这就是宇宙最基本的规律：物质的熵增定律，这是物质世界遵从的铁律。
>
> 那么，我要问，那个时候，我们还存在吗？我们的精神世界也随物质世界消亡了吗？不，绝对不是，应该完全相反，我们的精神在逐渐地壮大、聚集和升华，我们的生命从无机到有机，从单细胞到多细胞，从单一生物到千万

物种。我们人类，一步一步演化，从海洋到陆地，从鱼类到动物，从猿人到智人，我们的精神世界，也从无到有，从触碰的条件反射到简单的潜意识，从意识到精神，从认知生存到认知世界，从认知科学到认知宇宙，我们的大脑越来越复杂。这是一个向完美精神递增的过程，是一个真真切切的凝练过程，这个规律，才应是精神世界的铁律，我们可以将之称为：精神熵减定律。

那么我们要问：除了物质，宇宙里还有什么？人类也是物质，人类的精神也是物质吗？是的，精神应是一种看不见的物质，它存在于这个宇宙中，它遵循熵减定律。

由此，我们是否可以判断：宇宙中的熵也必定守恒。那么，当物质世界消融的时候，精神世界在哪里？试问一下大家，宇宙大爆炸的理论从何而来？量子涨落的理论又怎么解释，虚空中为什么凭空冒出粒子？我们能不能这么分析：物质宇宙从虚空中突然爆发出来，是我们精神世界聚集到极点后的彻底释放，由精神再转变为物质世界。我们的精神，早已从多少轮宇宙初创前的零点成长壮大，伴随宇宙的更迭，一次比一次更伟大地重生。那么，精神世界在哪里？她应在宇宙无尽的虚空中，逐渐开拓，永远存在。

问题出现了，若这种假设成立，为什么要经历这种循环？物质到精神，精神又回归于物质？这种宇宙的更迭要永远持续下去吗？我们不知道。

反过来又问：精神在虚空中是怎么生存的？我想，精神世界是不可能离开物质世界独立存在的，精神必须依赖于物质，随着物质世界的消散，精神所寄生的星球会越来越少，但精神构建日益强大，她会逐渐适应各类更残酷的环境，黑洞周边、暗物质和虚空，适应于任何环境。宇宙起源，所谓的宇宙大爆炸，只是精神世界的一次集中释放，她们只为了重新收割这个宇宙。就如大海中的一艘客轮，在航行中被海浪拍成千万块碎片，每个碎片房间的人都会为生存去适应新的环境。假如这个过程是几亿年，碎片越来越小，房间里的人越来越小，但他们的精神和智慧却越来越强大，每个人都能适应最小碎片的房间。但终有一天，这些微小的房间会消失，里面承载的强大精神，会在这一刻将所有积累的能量释放出来，可能毁灭自己，可能升华自己，再在海洋上重新铺出一片陆地，开始孕育新的适合精神成长的土地。

那么，一个最重要的问题：人为什么而活？

我想，人一定是为精神的升华和完美而活。精神会最终找到那个宇宙不再更迭循环的平衡点，一个完美融于物质的精神世界，一个完美适应精神的物质状态，一个完美的不增不减的熵环境。

那么，人从哪里来，又往何方去？人应该从低层精神中来，向高层精神中去，我猜想，越高等级的精神，个体间的情感越透明，只有低等级的精神，个体间的情感才隐藏至深。只有相互透明，才不存在自卑和怯懦，才没有渺小和孤独，才会升华精神。

下面，我要说另一个重要的问题。

当宇宙起源或宇宙大爆炸从一个新的起点重新开始时，精神世界真的归零吗？若没有精神的凝聚、升华和继承，这个宇宙的循环更迭会无限地循环下去。若这样，承载精神的人类世界，随着物质的归零而归零，岂不真没有任何存在的意义了！

　　我们就从这里说起，研究这个能被继承的精神载体。

　　我们发现，只有最智慧的物种才能继承这种精神，这就是人类。这种继承的结构体是什么，我们给她起一个名字，叫"量子灵魂"，和人体的细胞单元对应。她应该是构成我们精神世界的最小单位，属于暗物质，我们称之为暗团。

　　它们在哪里？它们寄生在我们的大脑中，被千亿根神经元细胞束缚着。当这些神经元彻底死亡之后，它们就相互牵引地剥离出来。那些更完美的思想，那些更智慧的记忆，那些让精神凝聚不散的情感，那些能推动人类进步的技术，都以量子团模式分离出来。而那些贪婪的、丑恶的、黑暗的，不能带来精神升华的量子灵魂，将被剔除破碎。所以，只有人类的量子灵魂体，才存在这种升华，这种千亿年升华的结果，才会让这个精神世界，永生强大。

　　这些量子灵魂体，从千百万年来人类的死亡中升华凝聚出来，汇集成一条涓涓的长河，在管道中传送，这个管道我们称之为"灵魂管道"，她是在宇宙更迭的延绵不断的精神世界中，被继承的重要结构，她就存在我们的时空中。

　　它们向何处传送？它们的物质环境是什么，和地球一样吗？

　　我们已经研发出最先进的暗粒子探测仪器，通过它们，就能了解那个精神世界的实质，了解人类自己。还有最重要的：将知道人类的精神去往何方？

　　假如，当人类的发展不再前进，当科技停滞，当道德开始沦丧，当人与人之间、企业之间、国家之间的尔虞我诈走向极端，当所有的懒惰成长为一种时尚，当年轻人不再拥有奋斗的激情，当恶俗的风气充满世界，当人类这片麦田被病虫严重侵蚀，我想，不用人类自己，藏于宇宙的精神破碎机就会将人类灭绝：火山、陨石、疫情、战争、动乱等，灭绝人类的手段太多了，那时，人类的精神还需要收割吗？人类已没有任何价值。而这些精神破碎机的存在，证明人类只是作物，随时会被清理，而等待下一个春天，重新种植，重新收割。

所以，只有一个原因能说明人类的前方是什么，因为：人类的灵魂是被种植的，是需要像麦田一样被收割！是为了培育更先进的灵魂种子，再次种植，再次收割，这样一次比一次成熟和先进。人类的目的，就是培育灵魂，填充精神，拓展未来！

那么，有上帝和造物主吗？当你的精神升华后，感受所有的星辰都和太阳一样温暖时，你就变成了上帝！

那么，我们能与更高等级的外星文明交流吗？不能，因为我们的级别不够，只有更高的精神文明天体，才会与宇宙的各级文明相互交流，我们只是她们耕种和收割的麦田。她们在哪里？在这星空中，在暗天体中，耕耘收割我们，她们才是宇宙的文明节点。宇宙并不存在黑暗森林，那只是低等文明自我封闭自以为是的想法，被高等文明不屑一顾，因为我们有太多的拙劣和自私，我们只是一片麦田！

我们的教育，若不以改造灵魂为目标，不去剔除那些自私的、拙劣的、丑恶的毒瘤，不提升灵魂和精神品质，技术能力再强，也终将被剔除破碎，失去精神的升华之路。年轻人的未来，只有培育灵魂，耕耘种植，丰富精神，良性循环，才能进入更高等级的文明，这才是人类的终极目标！

　　最后一次行驶在这条荒漠无际的公路上，所有的空灵，都凝聚成一线，牵引着他的灵魂。窗外，所有熟悉的视界中，沙漠与戈壁交织，雪山与白云纠缠。东侧连绵的昆古山脉里，山谷间满眼青绿，丘陵上飘动经幡。公路西侧，依然是漫天的沙海，延绵出无限的风情。所有视野内，依然没有一棵树，没有一处房屋。

　　军车行驶在这条公路上。辰青云坐在车里，熟悉窗外的所有风景。军车在前面一座刻有字迹的石板旁停下，然后转弯，向西侧的沙漠驶去。他惊讶地发现，军车也能适应沙漠行走，每次经过此地时的疑惑，终于清楚，这里的沙漠深处就是军事禁地。几公里颠簸后，出现一条平整坚固的沙路，而来时的公路，已消失在气浪升腾的沙丘之间。

　　总部向国家申请的载人飞船暗天体测试项目获批后，辰青云第一个报名。层层筛选后，虽然比不上专业飞行员的体格，但他的身体素质基本满足。综合评估后，由于他的积极性最高，还是项目负责人，行业水平较高及专业能力极强，确定以专家身份进入宇航员培训基地。本次载人飞船项目是一次环月空间探测任务，与月球基地有关。任务完成后，在返回时顺路进入暗天体测试，两项任务绑到一起。

　　宇航员最后确定两人，负责人是某空军基地飞行员，负责飞船的整体操控。由于涉及敏感的空间军事活动，任务计划不公开。辰青云负责在暗天体里对探测仪器进行监控和暗粒子的冥想激发测试。宇航局利用火箭军最强大的星际导弹作为火箭，将飞船发射出去。飞船完成环月轨道的测试任务后，下降轨道与暗天体交汇，进入暗天体，伴飞六小时后，返回地球。伴飞时，仪器对里面环境参数及暗粒子分布密度进行测试，验证暗天体的结构特性。任务完成后飞船降落到某荒漠地区，飞行过程经历三天。

宇航局培训结束后，辰青云简短地向家人视频告别。军车带着宇航员向漠城西侧的沙漠腹地驶去，那里有发射基地。家人们不知道他们何时发射，何时返回！

"一定平安归来，我和孩子在家里等你！"骆雪梅流着泪向他告别。

"一定平安降落，平安归来！"岳母眼角湿润，抱起孩子，举着孩子的小手向他挥舞。

他眼含泪水，向她们挥手告别。他不知道此去的后果，虽然做好了周密的准备。走前，他从梁志明手中拿到几粒配制好的药丸，那是梁志明根据岩精和鹰脑炮制的药物机理，检验分析后，通过大量的精神类药品筛选，从国外一家药企高价获取后，通过医学实验室，对药物进行重新配比，剔除无用部分，经过猴子实验，几乎没有副作用后，提炼出药品。梁志明认为那是治疗冥想幻觉后遗症的药物。

颜依月去世以后，辰青云花大量时间与尚飞在基地里测试。他既是管理人员，又是暗团粒子的冥想配合人员。每隔 16 天，他会去清苑酒店五楼的冥想室，进入晚上 10 点的冥想。他知道这个时刻，能看到央措端坐在天体入口，与他意念交流。他渐渐明白很多东西，知道天机不可泄露，对新世界的强烈渴望和对她的依恋，让他深陷进去，不能自拔。基地测试产生的冥想后遗症，就是让梁志明研制药物的缘由。而他的真实目的，只为飞天这一刻。他把药丸变成随身携带的糖丸，准备在暗天体伴飞时服下。

冥想里与央措的交流中，他将飞船可能的发射窗口，进入暗天体的角度变成图示，用意念传给她。角度和轨道参数是他研究后提供给宇航局的。央措在意念里一定能感知他的想法，一定会想办法在合适的空间里接收他。

　　宇航培训前的最后一次冥想，他抚摩她用过的头盔，感受她的躺椅，看着里面那张小床，想着曾经缠绵的场景，记起每次笑容，每次对话，他的眼泪滚落。冥想幻境里只能通过央措了解她，她没有级别出城。他想着她灵魂的表情，依偎的身姿，依恋的模样，这些，都是他永远的情感支撑。

　　沙漠深处，一泓静静的湖水挤在沙丘之间。这样的小湖泊在这片广袤的沙海中到处分布着，像一颗颗璀璨的明珠，尤其一年中难得的几次降雨后，这些明珠疯狂地从沙漠里涌出，挤满这个世界，只为看看天空和大地的颜色。湖泊旁边，几排灰色的军用建筑与沙丘融为一体。辰青云进入军营，一条隧道自动敞开，原来这沙丘腹部，是军队的作战指挥部。

　　下了车，一队士兵护送，沿隧道前行 500 米后，一座巨大的发射天井出现在眼前。天井顶棚嵌着一座淡黄色的大型井盖。天井里，巨大的星际火箭静静竖立着，头部已更换为带尖顶的飞船。教官说星际火箭的发射技术非常成熟，已多次进行过载人飞船测试。操作室里，几排技术军人紧张有序地下达着各项检测指令，前面的大屏幕上，显示着地月之间的轨道航线，航线上各节点的空间参数，实时刷新着。

　　休息室里，他们等待着火箭和飞船的各项检测内容，漫长的指令验证后，终于在预定时间，操作室下达发射前的启动指令。他们开始准备，穿好宇航服，戴好头盔。他的随身用品中，有几粒标有维生素 C 的糖丸，这是他报备的防止低血糖的随身物品，检查后被允许带入飞船，他悬着的心落下去。

　　进入飞船，调整好坐姿，测试仪器启动，自检通过。一切指令应答正常后，他透过旁边小小的窗户，看到几百米巷道后挺立身姿的军人向他们招手。他安静地闭上眼睛，头盔里传来清亮的声音："发射前一分钟准备。"当强大的推力将他死死地压在座椅上时，他感觉死也不过如此，就是死了，若主体意识存在，也要想尽办法在天体里搜寻她的踪迹。当推力渐渐平缓，他睁开眼睛，盯着那些闪烁的仪器。他知道，进入暗天体后，启动测试按钮后，所有的探测将自动进行，他将进入冥想配合，为这些仪器捕集空间的所有暗团粒子。

窗外，在渐渐弯曲着微光的地面上，他看见那条荒漠无际的公路，那片戈壁丘陵里美丽的漠城，那条云禅寺坐落的灵隐山谷，山尖上红色的亭阁和五色经幡，那条雄壮巍峨的昆古山脉，山脉中间撑开的连绵的雪峰，东北侧山脚下深绿色的山城，沿山脉东侧平缓的绿洲，繁华的江城，穿城而过引入天边的长长河流。他发现，昆古山脉及其边缘环绕的公路，犹如一只巨大的眼睛，凝视着他，仿佛倾诉天际间所有的孤独！

两天后，飞船调整轨道，准备进入暗天体。他检查完所有仪器，按下自动检测按钮。当看到密集的暗团粒子在仪器屏幕上跳跃飞舞时，他张开了笑脸。窗外，他看着闪耀着蓝光的美丽地球，看着淹没了星辰的黑色天际，服下药丸，闭上眼睛。然而，梦境先行袭来。

他再次回到那个缠绕心扉的梦境。他看到星河弥漫成一片孤烟，滑落到远山脚下。手持利剑的男孩儿骑着红彤彤的骏马，迎着黎明，驰骋荒漠，溅入河流，飞过原野，向着心中的山谷奔驰。他看到星辰散落出无数泪光，铺满到毡房，头系五色彩绸的女孩儿骑着洁白的青云玉马，迎着日出驶向草原，跨入雪山扫过戈壁，向着梦中的山谷奔来。

女孩儿先到山谷，与义父一起筹建寺庙，期盼着奇迹。终于，男孩儿如期归来。他们长久地拥抱着，任凭天地间的磨难，再无分离！他抚摩女孩儿的泪脸，虽然皱纹已上额头，他牵起女孩儿的手掌，虽然粗茧已满掌心；她依偎在男孩儿的怀里，虽然胸膛盛满苍凉；她缠绵在男孩儿的心中，虽然脸庞溢满艰辛。

他们在山谷中的溪流边围起草垛，在寺庙对面的山坡上扎起羊圈，在松林边上建起毡房。男孩儿不再做佛院僧人，女孩儿不再是红衣成员，他们带领着羊群、马群、驼群，在草原上，在戈壁上，在沙海中，踏着蓝色的天空，奔赴自由。

每个午后，在清澈的蓝天下，活佛带几本经书，弟子带几本诗集，拨动所有的转经筒后，迎着山谷登上山顶。山阶之下，几十座林立的佛塔上空，清雾缭绕，松鸟盘旋。他们静静地聆听，在阳光点缀的金色亭阁里，在亭阁与山谷间辐射的五色经幡中，在洁白的雪山下，随山谷的风声，弥漫荡漾。

静静地诵经，冥想。在这山谷，在这松林，在这雪山，在这萧萧的山风里，与灵魂为伴，与灵感为生。天地情怀，便成为他们心中的风景：尘世中有我，来世中有你，芸芸众生，何为清苦，何是天涯？追随的是歌声，所愿的是空灵。

梦境结束后，进入冥想，好像沉睡了几个世纪！

他看见无数条七彩的丝线，在身体里缠绕、牵引、抽离。他感觉千万根线绳拉扯着神经，从身体涌出。每根线绳里，都系着他的美好记忆。童年里引向天边的铁轨、隆隆而过的火车、压薄的小刀、牵起的小手、凄美的面容、眷恋的眼神、叠起的行李、安静的教室、无际的公路、父亲的墓碑、残垣断壁的故土、美丽的山城、清苑酒店。他觉得身体被一层一层剥开，凡是与她的记忆，都被吸走。渐渐地，这些曾经鲜活的故事，越来越模糊，越来越遥远。他觉得这个世界像积攒了几个世纪的厚厚尘土，等待江河的再次汇集，再次冲刷，等待透亮的天空，开出一片山水的纯净。

他梦见了：她怀抱着千丝万缕的线绳，向他招手，向他微笑，是永驻，还是永别？

他醒来时，已在宇航局的医院。他喃喃地问："这是哪里？你们是谁？"一名护士高兴地说："你从飞船回来后，一直神志不清，你的同伴一路照顾你，帮你在归来时穿上太空服，安全降落后，军队把你送到这里。所有机能检查后，你的身体正常，只是昏迷不醒近似植物人，我们用最先进的仪器全力唤醒你。医生说：'从没见过如此清纯安静的大脑。'终于，你醒了！"

医院观察期间，他渐渐想起之前的记忆，但模糊不清，需要有人提醒和引导。两周后，他出院回到家里。

他踏进家门，感觉离开了几十年，仿佛游子归来。骆雪梅在门口抱住他："平安就好！医院不让探视，吓死我们了，回来就好！"她抹去眼泪，笑着拉他进屋，康乃馨和粉红色的玫瑰摆满客厅。

"媳妇，我也想你，这些年来梦里都是你的影子，你真漂亮！"他的眼睛里放出光彩，好像第一次见她。他抬起头，看到身后微笑的仙骨般的长者，"妈！您好，我也想您！"

"回来就好，回来就好！"谷若兰拉着他坐到沙发上，凝视他的眼睛，悄悄问，"见到那个世界啦？见到你熟悉的人啦？"

"哪个世界？什么人？"他疑惑地看着谷若兰。

"有央措的世界，还有颜依月，你忘了？"

"央措是谁，颜依月是谁，我不认识啊！"他眼睛里纯净得像一汪清潭，没有任何隐藏。

骆雪梅从卧室里抱出孩子，送到他的怀中。

他抱起孩子，愣愣地看着孩子的眼睛，突然阳光般地笑了！